Arkadi und Boris Strugatzki
Die zweite Invasion der Marsianer

Zwei Science-fiction-Erzählungen

Phantastische Bibliothek
Band 139

Suhrkamp

Redaktion und Beratung: Franz Rottensteiner
Originaltitel: *Vtoròje prischèstwije marsiàn; Skàska o tròjkje*
Deutsch von Giuseppina Morbioli
Umschlagzeichnung von Tom Breuer

suhrkamp taschenbuch 1081
Erste Auflage 1984

Lizenzausgabe mit freundlicher Genehmigung des
Insel Verlags, Frankfurt am Main
Suhrkamp Taschenbuch Verlag

Druck: Nomos Verlagsgesellschaft, Baden-Baden
Printed in Germany
Umschlag nach Entwürfen von
Willy Fleckhaus und Rolf Staudt

1 2 3 4 5 6 – 89 88 87 86 85 84

Inhalt

Die zweite Invasion der Marsianer 7

Das Märchen von der Trojka 129

Die zweite Invasion der Marsianer

Aufzeichnungen eines Vernünftigdenkenden

»Ach, diese verfluchte konformistische Welt!«

1. Juni (3 Uhr früh)
Mein Gott, und jetzt noch das mit Artemis! Hat sie sich also doch mit diesem Nikostrat eingelassen. Meine Tochter, nennt sie sich ... Na, schön.
Gegen 1 Uhr nachts weckte mich ein trotz der Entfernung lautstarkes Krachen, und ich sah betroffen ein unheilversprechendes Spiel von roten Flecken auf den Wänden meines Schlafzimmers. Es war ein tosendes, rollendes Geräusch, ähnlich wie bei einem Erdbeben: das ganze Haus schaukelte, es klirrten Glasscheiben, und auf meinem Nachttisch hüpften die Arzneifläschchen herum. Erschrocken stürzte ich zum Fenster. Im Norden leuchtete der Himmel glutrot: es war, als hätte sich, weit hinter dem Horizont, die Erde gespalten und schleudere Fontänen von verschiedenfarbigem Feuer gerade auf die Sterne zu. Und die beiden dort unten auf der Bank, direkt unter meinem Fenster, saßen unentwegt, eng umschlungen, im grellen Schein infernalischer Blitze und von Erdstößen gerüttelt; sie sahen und hörten nichts, so hingebungsvoll küßten sie sich. Ich erkannte sofort Artemis und nahm an, Charon sei zurückgekehrt, und Artemis, vor lauter Freude darüber, knutsche sich nun mit ihm ab wie eine Braut, anstatt ihn schnurstracks ins Schlafgemach zu geleiten. Aber gleich darauf, im Lichte eines Blitzes, erkannte ich die berühmte ausländische Jacke des Herrn Nikostrat, und mir fiel das Herz herunter. Solche Augenblicke können einen Menschen um seinen Verstand bringen. Andererseits könnte ich nicht behaupten, daß diese Entdeckung für mich wie ein Blitz aus heiterem Himmel gewesen wäre. Es hatte wohl Gerüchte gegeben, Anspielungen, alle möglichen Witzeleien. Und dennoch, ich fühlte mich total vernichtet.

Ich faßte mir ein Herz, und ohne die geringste Idee zu haben, was da zu unternehmen wäre, schleppte ich mich, barfuß, wie ich war, in den Salon und telefonierte der Polizei. Versucht es jedoch einmal, eine Polizeistelle zu erreichen, wenn es dringlich ist! Vorerst war die Nummer die längste Weile besetzt, dazu kam dann, daß in jener Nacht ausgerechnet Pandareus Dienst hatte. Ich frage ihn, was für ein Phänomen dort hinter dem Horizont zu beobachten sei. Er weiß nicht, was ein Phänomen ist. Ich frage ihn:
– Können Sie mir sagen, was am nördlichen Horizont vor sich geht? –
Er will wissen, wo das ist, und ich weiß schon nicht mehr, wie ich ihm das erklären soll, aber schließlich kapiert er es doch.
– Ach ja, richtig –, sagt er, – Sie meinen wohl den Brand? –, und teilt mir mit, daß in der Tat ein Brand zu sehen ist, was das aber für ein Brand sei und wie es dazu gekommen sei, habe man noch nicht festgestellt. Unser Haus bebt, überall knarrt es, auf der Straße brüllt man aus Leibeskräften irgendwas von Krieg, und der alte Esel erzählt mir lang und breit, man hätte ihm soeben Minotaurus ins Revier gebracht: sternhagelvoll, hatte dieser den Gehsteig vor der Privatvilla des Herrn Laomedont entweiht; er hält sich nicht auf den Beinen, ja, nicht einmal zu raufen ist er mehr im Stande!
– Werden Sie Maßnahmen ergreifen, ja oder nein? – unterbreche ich ihn.
– Ich werde Ihnen darüber auch berichten, Herr Apollon –, erwidert der Esel beleidigt. – Ich muß hier gerade ein Protokoll abfassen, und Sie demolieren mir das Telefon. Wenn euch alle dieser Brand schon so sehr in Aufregung versetzt ... –
– Und wenn ein Krieg ausgebrochen ist? – frage ich.
– Nein, Krieg ist es nicht –, erklärt er mir. – Ich müßte davon wissen. –
– Oder ist es vielleicht eine Vulkaneruption? – frage ich. Er weiß nicht, was eine Vulkaneruption ist. Ich bin am Ende meiner Kräfte und lege den Hörer auf.

Bei dieser Unterhaltung ist mir der Schweiß ausgebrochen. Ich kehre zurück ins Schlafzimmer und schlüpfe in Schlafrock und Hausschuhe.
Das Krachen war anscheinend verstummt, wenn auch das Wetterleuchten weiter andauerte; die beiden hatten aufgehört sich zu küssen, auch saßen sie nun nicht mehr eng umschlungen auf der Bank, sondern standen aufrecht, Hand in Hand: jeder konnte sie sehen, da es infolge der Blitze am Horizont taghell war, mit dem Unterschied jedoch, daß das Licht nicht weiß, sondern rotorange war; und darüber hinweg krochen braune Rauchwolken, braun wie flüssiger Kaffee. Meine Nachbarn eilten auf der Straße umher – jeder in dem Aufzug, wie er sich im Moment des Ereignisses gerade befunden hatte. Frau Euridike faßte jeden am Pyjamaärmel und verlangte, man möge sie retten; nur Mirtill, als einziger, hatte seinen Lastkraftwagen aus der Garage gefahren und war nun, zusammen mit seiner Frau und seinen Söhnen, eifrig damit beschäftigt, all sein Hab und Gut aus dem Haus zu schaffen. Es war eine echte Panik, eine Panik wie in guten alten Zeiten – schon lange habe ich so etwas nicht mehr erlebt. Es war mir jedenfalls klar, daß es – sollte in der Tat ein Atomkrieg ausgebrochen sein – weit und breit keinen besseren Ort als unser Städtchen gibt, um sich zu verstecken und die Geschehnisse in Ruhe abzuwarten. Handelt es sich hingegen um einen Vulkanausbruch, so erfolgt er weit weg von uns, und somit besteht auch in einem solchen Fall für unser Städtchen keinerlei Gefahr. Außerdem ist es zweifelhaft, ob es sich hier überhaupt um einen Vulkanausbruch handelt: wo gibt es denn in unserer Gegend schon einen Vulkan?
Ich begab mich nach oben, um Germione aufzuwekken. Dort spielte sich das Übliche ab:
– Scher dich weg, Saufbruder! Hättest am Abend weniger getrunken! Meine Ruh will ich haben ... – und noch anderes dergleichen. Daraufhin erzählte ich ihr mit lauter und überzeugender Stimme über Atom-

krieg und Vulkanausbruch, natürlich nicht ohne dabei etwas aufzutragen, sonst hätte ich bei ihr kaum Gehör gefunden. Ihr verschlug es die Rede, sie sprang aus dem Bett, schob mich mit einem Stoß beiseite und stürzte brummend in das Speisezimmer:
– Werden wir gleich sehen, aber dann ... wehe dir ... – Sie öffnete die Hausbar und überprüfte die Kognakflasche. Ich war ruhig.
– Sag einmal, woher kommst du in diesem Zustand? – fragte sie mich, mißtrauisch herumschnuppernd. – Aus welcher gemeinen Nachtspelunke? – Doch als sie zum Fenster hinausblickte und auf der Straße die nur halb bekleideten Nachbarn sah, als sie Mirtill bemerkte, der in Unterhosen auf seinem Dach auftauchte und mit einem Feldstecher gegen Norden schaute, war es ihr nicht mehr um mich zu tun. Wohl war der nördliche Horizont wieder in Stille und Dunkelheit versunken, man konnte jedoch in der Ferne noch eine Rauchwolke vermuten, die die Sterne zur Gänze verdeckte. Was soll ich schon sagen, meine Germione ist eben nicht irgendeine beliebige Frau Euridike. Sie haben nicht dasselbe Alter, und auch ihre Erziehung ist grundverschieden. Ich schaffte es nicht einmal, ein Gläschen Kognak zu kippen, als Germione schon wieder daherkam, Koffer herbeischleppend und aus vollem Halse nach Artemis rufend. »Ruf, ruf nur«, dachte ich mit Bitterkeit, »so wird sie dich auch hören.« Und da erscheint schon Artemis im Türrahmen ihres Zimmers. Mein Gott, sie ist bleich wie der Tod, schlottert am ganzen Körper! Sie hat schon den Pyjama an und an ihren Haaren baumeln Lockenwickler. Sie fragt:
– Was ist denn los? Was habt ihr denn alle? –
Sagt was ihr wollt, aber auch das ist Charakter. Wäre nicht dieses Phänomen gewesen, hätte ich über die Affäre wohl kaum etwas erfahren, und Charon schon gar nicht. Unsere Blicke trafen sich, sie lächelte mir mit bebenden Lippen zärtlich zu und ich konnte mich nicht dazu entschließen, die Worte, die mir auf den Lippen schwebten, auszusprechen. Um

mich zu beruhigen, ging ich auf mein Zimmer und begann, meine Briefmarken einzupacken. »Du zitterst«, sagte ich im Geiste zu ihr, »du hast Angst! Fühlst dich einsam, schutzlos: dir ist bange. Und *er* bot dir weder Hilfe noch Schutz. Er pflückte die Blume der Lust und ging dann seiner Wege. So ist es, meine Liebe, wenn ein Mensch ehrlos ist, ist er es durch und durch.«

Die Panikstimmung war indessen – wie ich erwartet hatte – rasch abgeflaut. Die Nacht hatte sich normalisiert, die Erde hatte aufgehört zu schwanken, die Häuser knarrten nicht mehr. Irgendwer hatte Frau Euridike zu sich mit nach Hause genommen. Niemand brüllte mehr über Krieg, es gab auch keinen Grund mehr zu brüllen. Vom Fenster aus sah ich, daß sich die Straße geleert hatte, nur da und dort war ein Haus beleuchtet, und Mirtill flimmerte auf seinem Dach wie der unterste Stern des Sternenzeltes. Ich rief ihm zu und fragte, was es denn dort zu sehen gebe.

– Schon gut, schon gut –, sagte er ärgerlich. – Legt euch nur schlafen, schnarcht, sie werden es euch schon zeigen ... – Ich fragte ihn, wer denn diese »sie« seien.

– Schon gut, schon gut –, fuhr Mirtill fort. – Es gibt Obergescheite. Angefangen bei eurem Pandareus. Ein Trottel, euer Pandareus, ein Trottel und weiter nichts. –

Die Erwähnung Pandareus' bewog mich, nochmals bei der Polizei anzurufen. Es dauerte lange, bis ich eine Verbindung bekam, und als es dann endlich soweit war, teilte mir Pandareus mit, es gebe keine besonderen Neuigkeiten, und im übrigen sei alles in bester Ordnung; dem besoffenen Minotaurus habe man eine Beruhigungsspritze verpaßt, außerdem den Magen ausgepumpt, und nun sei er besänftigt; und bezüglich des Brands, so habe die Feuersbrunst schon längst aufgehört, zumal es gar keine Feuersbrunst war, sondern ein Riesenfeuerwerk anläßlich eines Festes. Während ich überlegte, was das heute

wohl für ein Fest gewesen sein könnte, legte Pandareus den Hörer auf. Er ist nicht nur dumm, er hat obendrein ein letztklassiges Benehmen, er ist übrigens immer schon so gewesen. Es ist befremdend, Leute wie ihn bei der Polizei anzutreffen. Unsere Polizisten sollten intelligent sein, sie sollten ein Vorbild für die Jugend und nachahmungswürdige Helden sein; einem Polizisten sollte man getrost nicht nur Macht und Waffe, sondern auch die Erziehung der Jugend anvertrauen können. Charon ist da anderer Meinung: für ihn ist die Polizei, so wie ich sie mir vorstelle, eine »Kompanie von Brillenschlangen«, wie sie kein Staat brauchen kann, da sie wohl imstande wäre, sogar die für den Staat wichtigsten Persönlichkeiten – angefangen beim Premierminister und Polizeipräsidenten – zu verhaften und umzuschulen. Ich weiß nicht, ich weiß nicht – aber es wird schon so sein. Daß jedoch ein Polizeivorgesetzter nicht weiß, was ein Phänomen ist und daß er während der Ausübung seines Amtes ein rüpelhaftes Benehmen an den Tag legt, so etwas schickt sich wohl nirgends!
Über Koffer stolpernd bahnte ich mir einen Weg zur Hausbar. Im selben Moment, da ich mir gerade ein Gläschen Kognak eingoß, kam Germione ins Eßzimmer zurück. Sie sagte, das hier sei ein total verrücktes Haus, man könne sich hier überhaupt auf niemand verlassen, die Männer seien keine Männer und die Frauen keine Frauen. Ich sei ein ausgewachsener Alkoholiker, Charon ein Weltenbummler und Artemis ein ganz und gar lebensuntüchtiges »Weißhändchen«. Und noch anderes dergleichen. Es wird sich schon jemand finden, der ihr erklärt, warum man sie mitten in der Nacht aus dem Bett geschreckt und veranlaßt hat, die Koffer zu packen! Ich antwortete ihr so gut ich konnte und verkroch mich dann in mein Schlafzimmer. Mir tut alles weh, ich weiß jetzt schon, daß sich morgen mein Ekzem wieder verschlechtern wird. Jetzt schon peinigt mich die Kratzlust, ich halte mich jedoch einstweilen noch zurück.
Gegen 3 Uhr früh erbebte die Erde aufs neue. Es

dröhnte Motorengeräusch und Eisengerassel. An unserem Haus zog eine Kolonne von Militärautos und Panzerkarretten vorüber. Der Konvoi bewegte sich langsam, mit abgeblendeten Scheinwerfern. Mirtill hatte sich einem Panzerwagen angeschlossen: sich am Vorsprung einer Luke festhaltend, trippelte er irgend etwas brüllend einher. Ich konnte nicht hören, was man ihm antwortete. Die Kolonne entfernte sich schließlich, und er blieb zurück. Ich rief ihn und fragte, was es Neues gebe.

– Schon gut, schon gut –, sagte Mirtill. – Kennen wir, kennen wir zur Genüge diese Manöver! Da fahren sie herum, diese Obergescheiten, und alles für mein Geld! –

Mir war somit alles klar. Es sind große Manöver im Gang – möglicherweise sogar unter Einsatz von Atomwaffen! Wäre da vielleicht nicht ratsam, den Gemüsegarten zu umzäunen?

O Gott, o Gott, jetzt nur in Ruhe schlafen!

2. *Juni*

Ich kratze mich schon am ganzen Körper. Es ist interessant, daß ich mich einfach nicht dazu entschließen kann, mit Artemis ein ernstes Wort zu sprechen. Ich mag diese rein persönlichen, die Intimsphäre betreffenden Aussprachen nun einmal nicht. Außerdem, wer sagt mir denn, ob sie mir überhaupt antworten würde? Weiß der Teufel was man mit diesen Töchtern machen soll! Wüßte ich wenigstens, was ihr eigentlich fehlt! Sie hat einen Ehemann, nicht etwa einen buckligen Schlappschwanz, sondern einen robusten Kerl in den besten Jahren. Kein Scheusal, kein Krüppel, auch kein Liederling. Möglicherweise kommt alles daher, weil die Nichte des Zahlmeisters ihm aufreizende Blicke zuwirft und Thione ihm verliebte Äuglein macht – das weiß ohnehin ein jeder! –, ganz zu schweigen von den Gymnasiastinnen, von den weiblichen Sommergästen und den Landhausbesitzerinnen, oder auch von Madame Persephone, die man wohl die Katze aller Katzen nennen kann: eine Katze, der kein Kater widerstehen kann! Was Artemis mir antworten würde, weiß ich. »Langweilig ist es hier«, würde sie sagen, »zum Sterben langweilig.« Und dagegen kann man auch nichts einwenden. Eine Frau wie Artemis, jung, schön, ohne Kinder, mit einem beneidenswerten Temperament, wie sie es hat, sollte man in einen Wirbel von Unterhaltungen, Tanz, Flirt und so weiter führen. Charon gehört aber leider zu einer anderen Sorte Menschen, zu den sogenannten Tiefsinnigen. Ein Denker – Totalitarismus, Faschismus, Managertum, Kommunismus – das sind seine Interessen. Tanzen ist seiner Meinung nach ein Sexualerotikum, die Gäste – lauter Trottel, ein Spielchen Königsschnapsen – wag es nicht einmal vorzuschlagen! Dabei säuft er wie ein Loch! Da setzt er sich beispielsweise mit fünf von seinen tiefsinnigen Kumpanen zusammen, stellt fünf Flaschen Kognak auf den Tisch, und los geht es mit ihren Diskussionen – bis es Tag wird. Das Mädchen gähnt, gähnt noch einmal, knallt schließlich die Tür hinter sich zu und geht schlafen. Soll das ein Leben sein? Ich sehe vollkommen ein, ein Mann braucht sein »Männerleben«, andererseits braucht auch eine Frau ihr »Frauenleben«! Aber nein, ich liebe ihn ja, meinen Schwiegersohn, er ist nun einmal mein Schwiegersohn, und ich liebe ihn. Aber wozu denn all die Debatten? Was wollt ihr damit schon ändern? Eines ist klar: Magst du auch noch soviel über den Faschismus diskutieren, den Faschismus läßt das vollkommen kalt – du hast nicht einmal Zeit aufzustöhnen, und schon stülpt man dir einen Stahlhelm auf den Kopf und – vorwärts, marsch marsch, es lebe der Führer! – Und wenn du es unterläßt, dich um deine junge Frau zu kümmern, wird sie es dir eben auf ihre Art und Weise heimzahlen. Und dagegen hilft auch das Philosophieren nicht! Ich sehe ein, ein gebildeter Mensch hat das Bedürfnis, sich dann und wann auch über abstrakte Themen zu unterhalten. Aber alles mit Maß und Ziel, meine Herren!

Heute war ein zauberhafter Morgen. (Temperatur plus neunzehn, Bewölkungsgrad eins, Südwind 0,5 pro Sekunde.) Ich sollte zur meteorologischen Station hinübergehen, um den Windstärkegrad zu überprüfen, da mir mein Anemometer wieder einmal auf den Boden gefallen war. Nach dem Frühstück beschloß ich jedoch – etwas anschieben kann nicht schaden! –, ins Rathaus zu gehen, um die Sache mit meiner Pension ins reine zu bringen. Ich schlenderte so dahin und genoß die Ruhe – da sehe ich plötzlich eine Menschenmenge an der Ecke Freiheitsstraße – Erikastraße. Es stellt sich heraus, daß Minotaurus mit seinem Zisternenwagen in die Auslage des Juweliers gefahren war, und die Leute hatten sich angesammelt, um zuzusehen wie er nun, schmutzig und aufgedunsen, bereits seit dem frühen Morgen neuerdings besoffen, dem Wachebeamten seine Angaben macht. Sein Anblick paßte so gar nicht zu dem strahlenden Morgen und mir verging augenblicklich all meine gute Laune. Natürlich hätte die Polizei Minotaurus nicht so früh freilassen dürfen; man hätte doch wissen müssen, daß er sich sogleich wieder betrinken würde, wo er schon einmal an Trunksucht leidet. Andererseits, wie könnte man ihn auch nicht freilassen, da er ja der einzige Kanalräumer in der Stadt ist? Es gibt in einem solchen Fall nur zwei Alternativen: entweder man befaßt sich mit seiner Umerziehung und erstickt im Unrat, oder man einigt sich eben auf einen Kompromiß im Namen der Hygiene.

Und Minotaurus' Schuld war es, daß ich mich verspätete. Als ich auf dem »Plätzchen« eintraf, waren die »Unseren« bereits vollzählig versammelt. Ich bezahlte meine Strafe, dann bot mir der einbeinige Polyphem eine vorzügliche Zigarre in einer Aluminiumhülse an. Diese Zigarre hatte ihm sein Exvorgesetzter Polykarp, Leutnant bei der Handelsflotte, für mich geschickt. Polykarp war einige Jahre mein Schüler gewesen, bevor er durchbrannte und sich als Schiffsjunge anheuern ließ. Er war ein geriebener

Junge, ein mächtiger Fratz. Nachdem er von dem Städtchen ausgerissen war, hätte mich Polyphem beinahe bei den Gerichtsbehörden angezeigt: angeblich hätte ich den Lausejungen mit meinen Unterrichtsstunden über die große Anzahl von Welten um seinen Verstand gebracht! Heute noch ist Polyphem der festen Meinung, der Himmel sei nicht gasförmig, sondern hätte einen harten Grund, und die Trabanten rasten darauf herum wie die Motorradartisten im Zirkus. Meine Einwände über die Nützlichkeit der Astronomie gehen ihm nicht ein: sie waren ihm damals unverständlich und sind es heute ebenso.
Die »Unseren« sprachen darüber, daß der Zahlmeister wiederum die für den Erbau eines Stadions ausgesetzten Gelder veruntreut hatte. Und das schon zum siebenten Mal. Wir beratschlagten, erwogen das und jenes, und kamen schließlich wieder zu der Erkenntnis, hier müsse man endlich Gegenmaßnahmen ergreifen. Silen zuckte mit den Achseln: er war felsenfest davon überzeugt, daß hier wohl nur ein Gerichtsverfahren in Frage kommt.
– Genug mit halben Maßnahmen –, sagte er. – Abhilfe schafft nur ein öffentliches Verfahren. Die ganze Stadt soll sich neben der Baugrube des Stadions versammeln und dortselbst, am Ort des Verbrechens, möge man den Veruntreuer an den Schandpfahl nageln!
– Gott sei Dank – betonte er, – ermöglicht uns die Dehnbarkeit unserer Gesetzgebung, der Schwere des Delikts in aller Präzision gerecht zu werden. –
– Fast möchte ich behaupten, unsere Gesetze seien in gewisser Hinsicht eher *zu* dehnbar –, bemerkte der gallige Parall. – Zweimal schon stand der Herr Zahlmeister vor Gericht und beide Male schwankte unser dehnbares Gesetz zu seinen Gunsten. Wahrscheinlich wirst du einwenden, die Verhandlungen seien nur deshalb so ausgegangen, weil sie nicht an Ort und Stelle, sondern im Rathaus stattgefunden haben. –
Und Morpheus sagte, nach gründlicher Überlegung, daß er ab heute den Zahlmeister weder rasieren noch

ihm die Haare schneiden werde. Möge er mit Bart und langen Haaren herumlaufen!
– Ihr seid lauter Arschlöcher! – sagte Polyphem. – Habt ihr denn noch immer nicht kapiert, daß er euch allen etwas pfeift? Er ist in guter Gesellschaft. –
– Das ist es ja gerade –, mischte sich der gallige Parall ein und brachte uns dabei in Erinnerung, daß außer unserem Zahlmeister noch der Stadtarchitekt in Amt und Würde sei, jener Architekt, der im Rahmen seiner Fähigkeiten das Projekt des Stadions entworfen hat und jetzt selbstverständlich daran interessiert ist, man möge, Gott behüte, ja nicht mit dem Bau beginnen. Der Stotterer Kalaid begann zu fauchen und zu zappeln, und als ihm alle ihre Aufmerksamkeit zugewandt hatten, erwähnte er, daß namentlich er, Kalaid, sich voriges Jahr beim Blumenfest mit dem Architekten fast gerauft hatte. Dieser Bericht gab der Unterhaltung eine neue, entscheidende Wendung. Der einbeinige Polyphem, als Veteran und ein Kerl, der keine Angst vor Blut hatte, schlug vor, den beiden bei der Einfahrt zu Madame Persephones Etablissement aufzulauern, um ihnen die Fresse einzuschlagen. In solchen entscheidenden Augenblicken unterläßt es Polyphem gänzlich, auf seine Ausdrucksweise zu achten – es bricht bei ihm die Kaserne durch!
– Die Fresse einschlagen muß man der stinkenden Bagage –, wetterte er. – Einen Denkzettel geben dem Dreckgesindel, dem elendigen! Die Knochen brechen! –
Erstaunlich in der Tat, inwieweit derartige Ansprachen die »Unseren« aufzupeitschen vermochten! Alle gerieten in Hitze, begannen herumzufuchteln, zu gestikulieren, und Kalaid fauchte und zappelte noch stärker als sonst: vor lauter Aufregung brachte er kein Wort hervor. Und da bemerkte der gallige Parall – übrigens der einzige von uns, der die Ruhe bewahrt hatte –, daß in unserer Stadt, außer dem Zahlmeister und dem Architekten, immer noch frisch und munter in seiner Sommerresidenz, ihr gewichtigster

Freund – ein gewisser Herr Laomedont – lebt. Auf diese Mitteilung folgte plötzlich ein allgemeines Schweigen: jeder sog an seiner in der Hitze des Gefechts ausgegangenen Zigarre oder Zigarette, zumal jeder sehr gut wußte, daß Herrn Laomedont nicht so leicht beizukommen war, weder mittels eines Denkzettels und noch weniger durch »Brechen der Knochen«. Und als schließlich Kalaid, mitten in die plötzlich eingetretene Stille und ganz ohne zu wollen, mit seinem traditionellen Ausspruch hineinplatzte:
– D-d-die F-f-fresse soll man ihnen einschlagen! –, schauten ihn alle mißbilligend an.
Mir fiel ein, daß ich eigentlich schon längst im Rathaus sein sollte, steckte meine nicht zu Ende gerauchte Zigarre in die Aluminiumhülse zurück und begab mich in den dritten Stock, ins Vorzimmer des Herrn Bürgermeisters. Mich frappierte die ungewöhnliche Geschäftigkeit in den Amtsräumen. Alle Beamten waren irgendwie außer sich. Selbst der Herr Sekretär war heute ausnahmsweise einmal nicht damit beschäftigt, seine Fingernägel zu betrachten, sondern hantierte mit Riesenkuverts, die er mit Siegellack verschloß; sein Gesichtsausdruck war dabei höchst unwillig und gleichzeitig dienstfertig. Mit einem Gefühl größer Verlegenheit näherte ich mich dem Tisch dieses glattgeschleckten, nach der letzten Mode gekleideten Schönlings. Mein Gott, was würde ich wohl dafür geben, nichts mit ihm zu tun zu haben, von ihm nichts zu sehen oder zu hören! Den Herrn Nikostrat habe ich überdies schon früher nicht ausstehen können, wie auch alle anderen hochstaplerischen Snobs unserer Stadt. Ehrlich gesagt, mochte ich ihn schon damals nicht, als er noch mein Schüler war. Er war faul und anmaßend – und seit der gestrigen Entdeckung dreht mir sein Anblick allein schon den Magen um. Ich wußte nicht, wie ich mich ihm gegenüber verhalten sollte. Aber da es einmal keinen Ausweg gab, faßte ich mir ein Herz und stammelte:
– Herr Nikostrat, weiß man vielleicht schon etwas be-

züglich meiner Sache? –
Er schaute mich nicht einmal an, ja, wie man so sagt, er würdigte mich keines Blickes.
– Verzeihen Sie, Herr Apollon, aber wir haben vom Ministerium noch keinen Bescheid erhalten –, und fuhr fort, seine Kuverts zu versiegeln. Ich stampfte auf und wandte mich zum Ausgang, ich fühlte mich elend; so fühle ich mich übrigens immer, wenn ich mich in Amtsräumen aufhalte. Da, ganz unerwartet, rief mich Herr Nikostrat zurück und machte mir eine verblüffende Mitteilung: Seit gestern sind alle Verbindungen mit den Maraphinen unterbrochen!
– Na, was soll das heißen? – sagte ich ihm darauf. – Sind denn die Manöver noch nicht beendet? –
– Was für Manöver? – wunderte er sich.
Da wurde es mir zu dumm. Bis heute weiß ich nicht, ob ich recht gehandelt habe oder nicht. Ich blickte ihm damals scharf ins Gesicht und sagte:
– Diejenigen natürlich, die Sie selbstpersönlich in der vergangenen Nacht zu beobachten geruhten! –
– Sind Sie dessen so sicher, daß es sich da um Manöver handelte? – äußerte er mit einer beneidenswerten Kaltblütigkeit und bückte sich von neuem über seine Kuverts. – Ein Feuerwerk war es. Lesen Sie doch die Morgenzeitungen! –
Ich müßte ihm eigentlich doch ein paar Worte hineinsagen, zumal wir unter vier Augen sind. Aber, darf ich das überhaupt?
Ich begab mich anschließend wieder auf unser »Plätzchen«, wo man gerade über die Natur des nächtlichen Phänomens debattierte. Es kamen noch einige von den »Unseren« hinzu: Mirtill und Pandareus. Pandareus' Uniformrock war nicht zugeknöpft, er selbst war unrasiert und abgespannt vom Nachtdienst. Mirtill sah um kein Haar besser aus, da er die ganze Nacht, ein Unheil befürchtend, um sein Haus patrouilliert war. Jeder hielt eine Morgenzeitung in den Händen, und man besprach eifrig eine von »Unserem Beobachter« gebrachte Notiz mit dem Titel »Ein Fest auf der Schwelle.« »Unser Beobachter« teilt

uns darin mit, daß man in den Maraphinen Vorbereitungen zur Feier des 153-jährigen Jubiläums treffe und daß in der letzten Nacht – so habe er es aus meist verläßlichen Quellen erfahren – eine Feuerwerkprobe stattgefunden hat, die die Bewohner der umliegenden Städte und Dörfer in einem Radius von zweihundert Kilometern beobachten konnten.
Muß Charon sich einmal auf Dienstreise begeben, und schon bringt die Zeitung einen Blödsinn nach dem anderen! Mögen sie sich dort einmal den Kopf zerbrechen und erwägen, wie ein Feuerwerk aus einer Entfernung von 200 km aussehen mag! Und seit wann ein Feuerwerk von Erdstößen begleitet ist! All das habe ich den »Unseren« unverzüglich klargemacht. Die Antwort war, daß sie selbst am besten wüßten, welches Jahr wir schreiben, und rieten mir, den »Boten von Miles« zu lesen. Dort stand schwarz auf weiß, die Einwohner von Miles seien in der letzten Nacht Zeugen von eindrucksvollen Militärübungen gewesen, bei denen die modernsten Mittel der Kriegstechnik angewendet wurden.
– Und was hab' ich gesagt? – war ich im Begriffe auszurufen, aber Mirtill fiel mir ins Wort. Er berichtete über einen ihm unbekannten Chauffeur der Firma »Ferntransporte«, der bei seiner Tankstelle zum Auftanken seines Wagens angehalten hatte; nachdem er sich mit 150 Liter Benzin, zwei Büchsen Autoöl und einer Kiste Marmelade eingedeckt hatte, hatte er ihm unter Geheimnis mitgeteilt, daß während der letzten Nacht, aus völlig unbekannten Ursachen, die unterirdischen Fabriken der Raketenbrennstofferzeugung explodiert waren. Es seien dabei dreiundzwanzig Leute der Wache und die vollzählige Nachtschicht ums Leben gekommen. Zudem seien 179 Mann spurlos verschwunden.
Während wir sprachlos vor Schrecken dastanden, erkundigte sich der gallige Parall in herausforderndem Ton:
– Ja, und wozu hat er dann die Marmelade gebraucht? –

Diese Frage verschlug Mirtill die Rede.
– Schon gut, schon gut –, sagte er schließlich. – Ihr habt gehört. Ich sag' nichts mehr. –
Auch wir hatten darauf nichts zu sagen. Freilich, was hat die Marmelade damit zu tun? Kalaid begann zu zischen und zu fauchen, sagte aber dann doch nichts. Und da ergriff der alte Esel Pandareus das Wort:
– Kameraden –, spricht er. – Hört mir zu! Das waren gar keine Raketenfabriken. Es waren Marmeladefabriken, ist euch das klar? Und nun gebt Ruh! –
Wir setzten uns nieder.
– Unterirdische Marmeladefabriken? – sagte darauf Parall. – Nanu, Chef, du scheinst heute in einer ausgezeichneten Form zu sein! –
Wir klopften Pandareus auf die Schulter:
– Ja, Pan, man merkt sofort, daß du schlecht geschlafen hast! Minotaurus muß dir arg zugesetzt haben, Pan. Es steht schlecht um dich, lieber Pan. Es wird Zeit, höchste Zeit, daß du in Pension gehst! –
– Ein Polizist –, und er selbst beschwört eine Panik herauf – sagte Mirtill beleidigt. Er war übrigens der einzige, der Pandareus' Rede ernst genommen hatte.
– Deshalb ist er ja auch Pan, um Panik heraufzubeschwören! – spottete Dimant. Auch Polyphem lieferte dazu einige treffliche, wenn auch höchst unanständige Witzeleien. Pandareus stand da, starr wie ein Klotz, mit hervortretenden Augen und den Kopf verdrehend wie ein Stier, der gerade vom Torero überwältigt wird. Schließlich knöpfte er sich seinen Rock bis zum letzten Knopf zu und brüllte:
– Genug gesprochen! Abtreten! Im Namen des Gesetzes! –
Mirtill kehrte zu seiner Tankstelle zurück, alle Anderen gingen ins Wirtshaus.
Im Wirtshaus angelangt, bestellten wir uns sogleich ein Bier. Ein Genuß, dem ich bis zu meiner Pensionierung leider entsagen mußte!
In einer Kleinstadt, wie es die unsere ist, kennt den Lehrer wohl ein jeder. Für die Eltern deiner Schüler

bist du so eine Art Wundermann, der durch ein schlechtes Beispiel in seinem Privatleben unter Umständen die Kinder davon abhalten könnte, den Fußstapfen ihrer Väter zu folgen. Von früh bis abends wimmelt es im Wirtshaus buchstäblich von Schülereltern, und genehmige ich mir einmal ein unschuldiges Krügchen Bier, habe ich am darauffolgenden Tag unweigerlich eine demütigende Unterredung mit dem Schuldirektor zu gewärtigen. Wo ich doch so gerne ins Wirtshaus gehe! Ich liebe es, in einer guten Männerrunde zu sitzen, wo man sich ernsthaft und zwanglos über alle möglichen Themen unterhält, und mich dabei von Stimmengeschwirr und Gläserklirren berieseln zu lassen; ich liebe es auch, mitunter einen deftigen Witz zu erzählen und anzuhören oder ein Spielchen zu machen – mehr der Ehre als des Geldes wegen –, und sollte ich dabei gewinnen, eine Runde Bier zu bezahlen. Na ja, schon gut.

Japet brachte das Bier, und wir begannen über den Krieg zu sprechen. Der einbeinige Polyphem meinte, daß – sollte es sich hier tatsächlich um einen Krieg handeln – bereits die Mobilmachung begonnen hätte; der gallige Parall entgegnete, daß wir, sollte es ein Krieg sein, überhaupt nichts davon wüßten. Ich unterhalte mich nicht gern über Krieg, und mit Vergnügen hätte ich ein Gespräch über die Alterspensionen angebahnt, aber wie sollte ich schon ... Polyphem legte seine Krücke quer über den Tisch und fragte, ob denn Parall vom Krieg überhaupt eine Ahnung habe.

– Weißt du zum Beispiel, was eine »bazuka« ist? – fragte er in strengem Ton. – Und weißt du, was es heißt, in einem Schützengraben zu sitzen, während Panzerwagen über deinen Kopf dahinrollen und du nicht einmal bemerkt hast, daß du dir die Hose vollgemacht hast? –

Parall entgegnete ihm, daß er von Panzerwagen und vollen Unterhosen nichts verstehe und auch nichts verstehen wolle, und was den Atomkrieg betrifft, ver-

stehen wir alle miteinander genauso wenig.
– Da setzt du die Füße auf eine Mine und kannst zum nächsten Friedhof kriechen! – fügte er hinzu.
– Du warst stets ein mieser Zivilist, und als mieser Zivilist wirst du auch sterben –, sagte der einbeinige Polyphem. – Und der Atomkrieg ist ein Nervenkrieg, verstehst du das? Sie greifen uns an, wir greifen sie an, und wer dann als erster die Hosen voll hat, der hat verloren. –
Parall beschränkte sich, mit den Achseln zu zucken, während Polyphem immer mehr in Hitze geriet.
– »Bazuki«! – brüllte er aus Leibeskräften. – Und schon hast du die Hosen voll! Ist es vielleicht nicht so, Apollon? –
Als er sich ausgetobt hatte, stürzte er sich in alte Erinnerungen. Er erzählte, wie wir beide, ich und er, damals im Schnee einen Panzerangriff abgewehrt hatten. Mir sind solche Erinnerungen ausgesprochen zuwider.
– Angeschissen von oben bis unten! – berichtete Polyphem.
Ich weiß nicht, aber es ist schon möglich, daß es wirklich so gewesen ist, ich kann mich nicht mehr entsinnen. Jedenfalls liebe ich es nicht, darauf zurückzukommen. Polyphem hingegen scheint bis auf den heutigen Tag von der Kaserne nicht losgekommen zu sein. Was müßte man ihm denn noch amputieren, damit er endlich für immer und alle Zeiten aufhört, ein Unteroffizier zu sein? Vielleicht ist der Grund darin zu suchen, daß er nie »eingekesselt« wurde, wie es mir passierte. Oder ist das eben Charaktersache?
Wir blieben noch sitzen, und ich beschloß, bei dieser Gelegenheit gleich mittagzuessen. Bei Japet ißt man für gewöhnlich gut, heute aber roch seine Mehlklößesuppe – die Spezialität des Hauses – intensiv nach Funzelöl. Ich sagte es ihm auch. Japet litt seit drei Tagen an Zahnschmerzen, die so schlimm waren, daß er außerstande war, seine Gerichte gebührlich abzuschmecken.
– Weißt du noch, Phöbus, wie ich dir damals einen

Zahn ausgeschlagen habe? – fragte er mich mit traurigem Blick. Und ob! Wir gingen damals in die siebente Klasse, beide verehrten wir Iphigenie, und täglich gab es zwischen uns beiden eine Rauferei. Mein Gott, wo sind doch die Zeiten, da ich noch raufen konnte! Iphigenie ist angeblich mit einem Ingenieur im Süden verheiratet, soll bereits zwei Enkelkinder und Angina pectoris haben.

Auf dem Weg zu Achilles sah ich vor dem Haus des Herrn Laomedont sein grauenhaftes, rotes Auto mit den gepanzerten Scheiben stehen; und hinter dem Lenkrad saß, eine Zigarette rauchend, der widerliche junge Laffe, der sich immer über mich lustig macht. Er schaute mich in einer Weise an, daß mir, um meine Würde zu wahren, nichts anderes übrigblieb, als ihn zu ignorieren und auf die andere Straßenseite hinüberzuwechseln. Achilles thronte hinter der Kasse und betrachtete gerade seinen neuerstandenen »Kosmos«. Seit es ihm gelungen war, das blaue Dreieck mit dem silbernen Aufdruck aufzutreiben, hatte er es sich zur Regel gemacht, ausgerechnet bei meinem Kommen, wie rein zufällig, sein Markenalbum herauszuholen. Da ich ihn durchschaue, tue ich so, als ob ich es nicht bemerke. Obwohl – ich gestehe es – mein Blut dabei in Wallung gerät. Das einzige, was mich daran tröstet ist, daß die Marke restauriert ist. Ich habe ihn darauf auch aufmerksam gemacht.

– Ja, sicher, eine einmalige Sache –, sagte ich ihm. – Schade nur, Achilles ... ich sehe da eine Falzspur ... wirklich schade ... –

Er verzerrte sein Gesicht und brummte irgend etwas von Trauben, die mir zu hoch hingen.

– Da kannst du machen, was du willst –, sagte ich ihm gelassen. – Falzspur ist Falzspur, daran kannst du einmal nichts ändern. Ich persönlich hätte die Marke für diesen Preis nicht gekauft. Was fange ich schon mit einer gefalzten Marke an? Natürlich gibt es Leute –, fuhr ich fort, – die in diesem Punkt großzügiger denken, denen es keine Rolle spielt, wenn ein Exemplar ausgebleicht oder gefalzt ist. Sie nehmen

eben alles, egal ob ausgebleicht oder restauriert. Ich selbst denke darüber anders, für mich ist so was unseriös. Solche Exemplare nehme ich höchstens für meinen Tauschfonds – irgendein Einfaltspinsel findet sich immer, dem eine Falzspur mehr oder weniger nichts ausmacht. –
Ich werde es dir schon abgewöhnen, mir deinen »Silberaufdruck« unter die Nase zu halten!
Im großen und ganzen jedoch verlief mein Besuch bei Achilles sehr nett. Er versuchte, mich zu überzeugen, daß das gestrige Feuerwerk ein Polarlicht von äußerst seltener Art gewesen sei, dessen Auftreten gelegentlich von einem Erdbeben besonderer Art begleitet wird. Ich wiederum wollte ihm die Version mit dem Manöver und der Explosion der Marmeladefabrik einreden. Mit Achilles kann man aber leider keine Debatte führen. Ich weiß, er selbst ist zwar nicht von dem, was er behauptet, überzeugt, aber er streitet und will recht behalten. Sitzt da wie ein mongolisches Götzenbild, schaut zum Fenster hinaus und wiederholt immer wieder dasselbe: Ich, Apollon, sei in unserer Stadt keineswegs der einzige, der etwas von Naturereignissen versteht! Man sollte meinen, daß in der Pharmazeutischen Lehranstalt ernsthafte Studien betrieben werden. Aber nein, dem ist nicht so! Übrigens – nicht mit einem einzigen von den »Unseren« ist es möglich, bei einer Debatte zu einem vernünftigen Schlußpunkt zu kommen. Nehmen wir zum Beispiel Polyphem. Bei einer Debatte geht es ihm nicht um das Wesen einer Sache: die Wahrheit an und für sich interessiert ihn nicht, wichtig ist nur eines: den Gesprächspartner anzupöbeln. Nehmen wir an, man debattiert über die Form unseres Planeten: Mit präzisen, jedem gebildeten Menschen geläufigen Argumentationen versuche ich ihm zu beweisen, daß die Welt, grob ausgedrückt, eine Kugel ist. Verbissen und erfolglos bestreitet er der Reihe nach alle meine Beweisgründe. Kommen wir dann auf die Form des Erdschattens bei einer Mondfinsternis zu sprechen, platzt er mit einem Sprüchlein heraus, wie

etwa: »Schatten ... ach, mein Schatten du ... Schatten am hellichten Tag ... laß dir die Warze unter der Nase entfernen, laß dir die Haare auf deiner Glatze nachwachsen ... dann debattieren wir weiter ... .«
Oder nehmen wir Parall. Unlängst unterhielten wir uns über die Trunksucht und ihre Heilung. Aber im Nu landete unser Gespräch bei der Außenpolitik unseres damaligen Präsidenten, und ging dann auf das Thema des allgemeinen Wahlrechts über. Dabei ist bemerkenswert, daß ich mich nie – damals wie heute – weder für die Außenpolitik noch für die Panspermie interessiert habe, während an Alkoholismus, sehr zum Leidwesen der Angehörigen, der leibliche Neffe meiner Gattin Germione leidet. Im Augenblick dient er bei der Armee als Sanitäter – damals aber war mein Leben ein ständiger Alptraum. Ach ja, der Alkoholismus ist die Geißel der Völker!
Die heutige Debatte mit Achilles endete damit, daß er die ersehnte Flasche auf den Tisch stellte und wir uns je ein Gläschen Gin genehmigten. Achilles' Geschäfte gehen eher schlecht. Mein persönlicher Eindruck ist, daß er sich den Gin wohl kaum leisten könnte, wenn es da nicht Madame Persephone gäbe. Auch heute kam wieder jemand von ihr in die Apotheke.
– Ich könnte ihnen ein Digestivum anraten –, sagte Achilles in zartem Flüsterton.
– Nein –, erwiderte das Dienstmädchen. – Madame ersucht Sie um etwas Wirksameres. –
Also, etwas Wirksameres braucht sie! Dann kam noch Japets Küchenjunge um Tropfen gegen Zahnschmerzen. Und dann kam niemand mehr, und wir konnten nach Herzenslust plaudern. Ich tauschte mir seine »Rotes Kreuz«-Serie für mein rosarotes »Monument« ein. Zwar brauche ich selbst das »Rote Kreuz« nicht, aber Charon sagte mir vorgestern, bei ihm in der Redaktion sei eine Anzeige mit folgendem Wortlaut eingelangt: »Für einen Satz ›Rotes Kreuz‹ biete ich beliebiges Exemplar mit kopfgestelltem Aufdruck der Serie ›Standart‹.« Dazu möchte ich bemerken – so

unglaubwürdig es auch scheinen mag –, daß Charon der einzige in unserem Hause ist, der sich nicht über mich lustig macht. Und überhaupt, wenn ich so überlege, ist Charon absolut kein schlechter Mensch, und das Benehmen, das Artemis an den Tag legt, ist nicht nur unmoralisch, sondern auch gemein. Wer ist schon dieser Nikostrat!

Als ich gegen 9 Uhr abends nach Hause kam, sah ich wieder die beiden im Garten sitzen, im Dunkeln: sie küßten sich diesmal nicht, sie haben also doch ein Gewissen. Ich trat in den Garten hinaus, nahm Artemis bei der Hand und sagte zu diesem Laffen:

– Auf Wiedersehen, Herr Nikostrat, ich wünsche Ihnen eine gute Nacht. –

Artemis entreißt mir ihre Hand und entfernt sich, ohne ein Wort zu sagen. Und der Liederling versuchte nun auf höchst plumpe Weise, die peinliche Situation auszuglätten: er begann da ein Gespräch über gewisse Empfehlungen des Magistrats, die ich meinem Pensionsgesuch beizulegen hätte. Und ich bleibe stehen und höre ihn an. Mit einem Stock sollte man ihn aus dem Garten jagen – ich aber stehe da und höre ihm zu! Mein verfluchtes Feingefühl! Zudem noch meine Unsicherheit! Dies ist schon ein richtiger Minderwertigkeitskomplex! Und da hat er plötzlich noch die Unverfrorenheit, schamlos zu grinsen und zu fragen:

– Wie geht es denn Ihrer bezaubernden Frau Germione? Herr Apollon, Sie haben es mit ihr wahrlich gut getroffen! Zu so einer guten Hausfrau würde ich auch nicht nein sagen. –

Mir verschlug es die Rede, während er, ohne eine Erwiderung abzuwarten – ja, wozu übrigens? – davonging, die ganze Straße entlang laut lachend. Ich blieb allein im finsteren Garten zurück.

Ja, da kann man eben nichts machen. Dessenungeachtet muß ich jetzt trachten, die Beziehungen zwischen mir und Germione wieder in Ordnung zu bringen. Ich weiß sehr wohl, viel Sinn hat es nicht, aber der seelische Frieden erfordert eben Opfer.

3. Juni

Von Zeit zu Zeit befällt mich eine wahre Panik bei dem Gedanken, die Sache mit meiner Pension könnte nicht klappen. Ich bekomme Herzbeklemmungen und bin zu jeder Beschäftigung unfähig.

Wenn ich vernünftig überlege, sind meine Aussichten dabei höchst günstig. Erstens einmal habe ich – die Kriegsjahre nicht miteinberechnet – volle dreißig Jahre als Lehrer gearbeitet. Ja, sogar dreißig Jahre und zwei Monate, um präzise zu sein. Zweitens habe ich nicht ein einziges Mal meinen Arbeitsplatz gewechselt, habe niemals meinen Dienst unterbrochen, sei es wegen Übersiedlungen oder aus sonstigen ablenkenden Umständen; ein einziges Mal, vor sieben Jahren, genehmigte ich mir einen kurzfristigen Urlaub, auf meine eigene Rechnung. Grob gerechnet, passierten mehr als viertausend Schüler meine Klassen, beinahe die ganze heutige Bevölkerung. Drittens habe ich mich in den letzten Jahren stets hervorgetan, und dreimal habe ich sogar den Direktor während seines Urlaubs vertreten. Viertens war mein Wirken immer untadelig, ich besitze sechzehn Dankschreiben vom Ministerium, ein persönliches Glückwunschschreiben vom verstorbenen Minister zum Anlaß meines fünfzigjährigen Jubiläums, dazu noch eine Bronzemedaille mit der Inschrift »In Anerkennung des Diensteifers auf dem Gebiet des Unterrichtswesens«. Eine besondere Lade in meinem Schreibtisch enthält die Dankschreiben der Schülereltern. Und fünftens sind da noch meine Fachkenntnisse zu erwähnen, meine Spezialität. Im Moment sind alle ganz rappelig auf diesen »Kosmos« – die Astronomie ist somit hochaktuell. Meiner Meinung nach ist auch das ein Beweisargument für meine Verdienste. Also – zieht man all das in Erwägung – wo gäbe es da noch Bedenken? Wäre ich der Minister, so würde ich mir, ohne lange Überlegungen, eine Pension der ersten Gruppe zuteilen. Mein Gott, sollte das wirklich der Fall sein, hätte ich endlich ein ruhiges Gefühl. Im Grunde genommen, ich brauche ja gar nicht soviel

zum Leben. Drei bis vier Zigaretten, ein Gläschen Kognak, etwas Kleingeld für eine Kartenpartie – ja, das ist auch schon alles. Und die Briefmarken natürlich. Eine Pension der ersten Gruppe – das wären 150 im Monat. 100 davon gebe ich Germione für den Haushalt, 20 kommen ins Sparbuch als Notgroschen, und was übrigbleibt, behalte ich für mich. Damit habe ich für meine Briefmarken und für alles übrige genug. Habe ich das nicht etwa verdient?
Es ist schlimm genug, daß ein alter Mensch von niemandem mehr gebraucht wird. Zuerst wird man ausgepreßt wie eine Zitrone, und dann heißt es: Schau, daß du krepierst! Wen interessiert es jetzt schon, daß du eine Medaille hast? Wer hat denn schon keine Medaillen? Und sicherlich wird irgendwer auch beanstanden, daß ich in Kriegsgefangenschaft war. – Sie waren in Kriegsgefangenschaft? – – Jawohl. – – Drei Jahre, nicht wahr? – – Stimmt. – – Sie haben demnach Ihr Amt drei volle Jahre unterbrochen, erhalten also eine Pension der dritten Gruppe. Und, bitte, belasten Sie uns weiterhin nicht mit Ihren Briefen, es ist zwecklos! –
Ganz anders ist es hingegen, wenn man »Bekannte« hat! Übrigens, da habe ich doch einen ehemaligen Schüler, den General Alkim, im »Unteren Kongreß« sitzen. Wie wäre es, wenn ich ihm einen Brief schriebe? Er müßte sich eigentlich an mich erinnern, hatten wir doch ständig kleine Reibereien miteinander, kleine Plänkeleien, an die die inzwischen erwachsen gewordenen Schüler mit so großem Vergnügen zurückdenken! Bei Gott, dem schreibe ich! Ich werde so beginnen: »Ich begrüße Dich, mein Junge! Auch ich bin inzwischen alt geworden ...« Ich warte noch ein bißchen, dann schreibe ich ...
Heute verbrachte ich den ganzen Tag zu Hause. Germione war gestern bei ihrer Tante auf Besuch und brachte mir einen Riesenpacken alter Briefmarken mit. Darunter befinden sich einige hervorragende Exemplare, wenn auch gefalzt und restaurationsbedürftig. Mirtill hat in seinem Hof ein Zelt aufgeschla-

gen, und dort haust er nun mit seiner ganzen Familie. Er brüstet sich damit, daß er im Notfall binnen zehn Minuten reisefertig sein kann. Er berichtete, daß die Verbindungen mit den Maraphinen noch immer unterbrochen seien. Ganz bestimmt lügt er. Minotaurus ist, stockbetrunken, mit seinem stinkenden Zisternenwagen in das Auto des Herrn Laomedont gefahren und hat sich mit dem Chauffeur geprügelt. Beide brachte man ins Polizeirevier. Minotaurus steckte man zur Ausnüchterung hinter Schloß und Riegel, während man den Chauffeur angeblich ins Spital brachte. Es gibt also doch eine Gerechtigkeit auf Erden! Artemis verhält sich still wie ein Mäuschen: demnächst soll Charon zurückkommen! Germione möchte ich lieber nichts erzählen, vielleicht läßt es sich doch vermeiden. Ach, wenn man mir bloß die Pension der ersten Gruppe zuteilte!

4. Juni

Soeben habe ich die Abendzeitungen durchgesehen, weiß jedoch genausoviel wie vorher. Zweifellos hat sich da so einiges verändert. Aber was namentlich? Und infolge welcher Ereignisse? Bei uns übertreibt man ebensehrgern, das ist es.

Am darauffolgenden Morgen, nach dem Frühstück, beschloß ich, mich zum »Plätzchen« zu begeben. Es war ein schöner, lauer Morgen. (Temperatur plus 18, Bewölkungsgrad 0, Südwind, 1 Meter in der Sekunde nach meinem Anemometer.) Als ich aus meinem Gartenpförtchen heraustrat, sah ich, wie Mirtill um sein auf dem Boden zerlegtes Zelt herumhastete. Ich fragte ihn, was er da mache.

– Schon gut, schon gut –, antwortete er wutentbrannt. – Es gibt das Übergescheite. Bleibt nur ruhig hier und wartet, bis sie euch allen die Gurgel abschneiden. –

Mirtill glaube ich zwar kein Wort, bei solchen Redensarten aber überkommt mich regelmäßig eine Gänsehaut.

– Na, was ist denn schon wieder passiert? – fragte ich.
– Die Marsbewohner –, sagte er kurz und begann mit dem Knie das Zelt zu traktieren. Im Augenblick verstand ich ihn nicht so recht: mag sein, daß gerade deshalb dieses sonderbare Wort bei mir ein Gefühl hervorrief, als wäre etwas Schreckliches, Unbezwingbares im Anzug. Mir wurden die Knie weich, und ich mußte mich auf die Stoßstange des Lasters setzen. Mirtill schwieg, er schnaubte und pustete nur.
– Was hast du da gesagt? – fragte ich.
Er raffte sein Zelt zusammen, warf es auf das Lastauto und rauchte sich eine Zigarette an.
– Die Marsbewohner sind bei uns eingefallen –, sagte er im Flüsterton. – Das bedeutet das Ende für uns alle. Sie haben die Maraphinen angezündet, angeblich ist dort alles bis auf den Erdboden abgebrannt. In einer einzigen Nacht gab es zehn Millionen Tote, stell dir das einmal vor! Und heute beehrten sie uns im Rathaus. Die Macht haben nun sie in der Hand, und auch alles übrige. Das Säen auf den Feldern wurde von ihnen untersagt; außerdem, so erzählt man zumindest, beabsichtigen sie, jedem von uns den Magen herauszuschneiden. Aus irgendwelchem Grund benötigen sie unsere Mägen, kannst du dir das vorstellen? Ich will das nicht erst abwarten, meinen Magen brauche ich selber. Als mir all das zu Ohren kam, war mir augenblicklich klar: Diese neuen Methoden sind nichts für mich, von mir aus soll ruhig alles zugrunde gehen, ich fahre zu meinem Bruder auf sein Landgut. Meine Alte mit den Kindern habe ich bereits mit dem Autobus vorausgeschickt. Dort wollen wir erst einmal die Ereignisse abwarten, dann werden wir schon sehen, was weiterhin zu tun ist. –
– Hör auf –, sagte ich. Obwohl ich wußte, daß er log, wurde mir immer banger zu Mute. – Hör auf damit, Mirtill, was redest du da? Wer soll eingefallen sein? Wer soll die Maraphinen in Brand gesteckt haben? Mein Schwiegersohn hält sich derzeit in den Mara-

phinen auf. –
– Sie haben ihn gefaßt, deinen Schwiegersohn –, sagte darauf Mirtill voller Mitleid und warf den Zigarettenstummel weg. – Somit ist deine Tochter Artemis Witwe. Freie Bahn also für den Gemeindesekretär! ... Nun, ich fahre. Leb wohl, Apollon! Wir beide sind stets gut miteinander ausgekommen. Behalt mir auch du ein gutes Angedenken! –
– Um Gottes Willen – schrie ich, von Verzweiflung gepackt und vollkommen verdattert. – Sag doch, wer ist denn bei uns eingefallen? –
– Die Marsbewohner! Die Marsbewohner! – sagte er wiederum im Flüsterton. – Aus jener Richtung! Von dort! – und zeigte dabei mit dem Finger zum Himmel. – Von einem Kometen kamen sie auf die Erde herab!
– Marsianer vielleicht? – fragte ich zuversichtlich.
– Schon gut, schon gut –, sagte er und bestieg die Fahrerkabine seines Lastautos. – Als Lehrer siehst du da möglicherweise klarer. Was mich betrifft, ist es mir vollkommen schnuppe, wer mir die Eingeweide ausnimmt ... –
Ich war jetzt endlich überzeugt, daß alles nur ein Lügengespinst war.
– Mein Gott, Mirtill –, sagte ich. – Was du da sagst, kann doch nicht dein Ernst sein! Du hast schließlich ein gewisses Alter, bist schon Großvater. Was können das schon für Marsianer sein, wo doch Mars ein Planet ohne Lebewesen ist? Daß dort kein Leben herrscht, ist eine wissenschaftlich begründete Tatsache! –
– Schon gut, schon gut –, brummte Mirtill; er war aber seiner Sache nicht mehr so sicher. – Tatsache hin, Tatsache her! Wo ist da die Tatsache, der Beweisgrund? –
– Kein »Schon gut, schon gut«! Es gibt Beweisgründe –, sagte ich. – Du kannst jeden Wissenschaftler fragen! Übrigens: ein jeder Schuljunge weiß darüber Bescheid! –
Mirtill stieg stöhnend wieder aus seiner Fahrerkabine.

– Von mir aus soll alles zugrunde gehen! – sagte er und faßte sich dabei mit der Handfläche am Nacken. – Wem soll ich eigentlich Gehör schenken? Dir? Oder vielleicht gar Pandareus? Ich verstehe überhaupt nichts mehr! –
Er spuckte auf den Boden und verschwand in seinem Haus.
Auch ich beschloß, wieder nach Hause zu gehen und von dort die Polizei anzurufen. Pandareus war im Augenblick schwer beschäftigt: Minotaurus hatte das Gitter der Arrestantenzelle durchbrochen und war getürmt. Pandareus mußte nun eine Razzia organisieren. Er teilte mir mit, daß vor eineinhalb Stunden tatsächlich einige Personen im Rathaus erschienen waren, irgendwelche Obrigkeiten, möglicherweise Marsianer, ja, es laufen Gerüchte um, daß es sich wirklich um Marsianer gehandelt habe. Für eine Herausschneidung der Mägen gäbe es indes keine Hinweise, außerdem sei es ihm im Moment nicht um die Marsianer zu tun, Minotaurus allein sei in seinen Augen ärger als alle Marsianer miteinander, die Arrestanten inbegriffen.
Dann eilte ich zu unserem »Plätzchen«.
Die »Unseren« waren fast vollzählig vor dem Eingang des Rathauses versammelt und debattierten hitzig über gewisse höchst eigenartige Spuren auf dem Boden. Diese Spuren stammen von einem der Marsianer, die im Gemeindeamt gewesen sind, das wußten sie genau. Morpheus betonte, daß nicht einmal ihm als altem Friseur und Masseur jemals derartige Ungeheuer unter die Augen gekommen wären.
– Spinnen –, sagte er, – riesige, von Zotteln bedeckte Spinnen! Das heißt, die Männchen davon sind zottig und die Weibchen nackt. Sie bewegen sich auf den Hinterpfoten fort, während ihnen die Vorderpfoten als Fangarme dienen. Hast du die Spuren betrachtet? Lauter kleine Löcher! Schau, da ist er vorübergegangen! –
– Es geht nicht darum, daß er vorübergegangen ist –,

meinte Silen überlegend. – Die Erde hat eine größere Schwerkraft – Apollon soll es bestätigen –, so daß sie außerstande sind, auf normalen Füßen zu gehen. Zu diesem Zweck sind sie mit besonderen, sprungfederförmigen Stelzen versehen. –

– Ganz richtig, Stelzen –, bestätigte, kaum vernehmbar, Japet. Er hatte eine eingebundene Backe. – Bloß sind das keine richtigen Stelzen. Sie haben da so eine Art Maschine, ich habe es im Kino gesehen. Diese Maschinen ruhen nicht auf Rädern, sondern auf stelzenförmigen Hebeln. –

– Unser Zahlmeister hat sich da wieder einmal geschickt aus der Affäre gezogen –, sagte der gallige Parall. – Im vorigen Jahr der ungewöhnlich starke Hagel, im vorvorigem Jahr die Heuschreckenplage, und jetzt kommt er uns mit den Marsianern! Ganz epochengerecht, in Einklang mit der Eroberung des Weltraums! –

– Ich, für meine Person, kann nicht unbekümmert auf diese Spuren schauen –, beteuerte Morpheus. – Das ist eine unheimliche Sache. Gehen wir, Freunde, wollen wir darauf nicht einen trinken? –

Kalaid begann, nach langem Grübeln, plötzlich zu zucken, und sagte schließlich unter Fauchen und Zischen:

– H-h-herrliches We-we-wetterchen heute, lie-liebe Freunde! Gu-gut geschlafen? – Wegen seines Sprachfehlers distanzierte er sich stets von den Besprechungen der Ereignisse, obwohl er als Veterinär sicherlich in der Lage wäre, uns in Anbetracht der Spuren manch nützlichen Hinweis zu liefern.

– Mirtill ist bereits auf und davon –, sagte Dimant mit einem blöden Kichern. – ›Leb wohl, Dimant, wir beide sind immer gut miteinander ausgekommen. Paß mir auf meine Tankstelle auf‹, sagte er. ›Und sollte da etwas sein, zünde sie an‹, sagte er, ›um sie nicht dem Feind zu überlassen.‹ –

Da fragte ich ihn behutsam, was man über die Maraphinen wisse.

– Angeblich hat man sie in Brand gesteckt –, antwortete Dimant bereitwillig. – Man sagt auch, von dort sei telefoniert worden, wir mögen Ruhe bewahren. – Vollkommen überzeugt, daß alles nur unsinnige Gerüchte seien, war ich schon dabei, ihnen alles zu widerlegen, als plötzlich die Polizeisirene aufheulte. Wir wandten uns alle um.

Über den Platz zuckelte im Zickzack wie ein Feldhase, wankend, versoffen und aufgedunsen, unser Minotaurus, und hinter ihm her jagte Pandareus mit seinem Geländewagen. Stehend, sich an der Windschutzscheibe festhaltend, schrie er irgend etwas und schwenkte dabei ein Paar Handschellen.

– Gleich hat er ihn! – sagte Morpheus.

– Ist nicht gesagt! – entgegnete Dimant. – Hast du gesehen, was er macht? –

Minotaurus war zu einer Telegrafenstange gelaufen, hatte sich mit Armen und Beinen daran festgeklammert und begann nun emporzuklettern. Pandareus sprang jedoch flink vom Auto, faßte Minotaurus am Hosenboden, und von einem jungen Polizisten unterstützt, zog er den Kanalräumer vom Pfahl herunter. Sie drängten ihn dann in den Wagen und legten ihm die Handschellen an. Der junge Polizist fuhr mit Minotaurus ins Revier; Pandareus wischte sich mit dem Taschentuch den Schweiß von der Stirn, und sich im Gehen den Rock aufknöpfend, kam er zu uns.

– Er hat ihn doch gefaßt –, verkündete Morpheus, an Dimant gewandt. – Ewig willst du streiten! –

Pandareus erkundigte sich, was es bei uns Neues gebe. Wir berichteten ihm über die Spuren der Marsianer. Er hockte sich sogleich auf den Boden und vertiefte sich in die Untersuchung des Falles. Ich gestehe, sogar mich durchdrang unwillkürlich ein Respektgefühl ihm gegenüber – seine professionelle Geschicklichkeit stach sofort ins Auge. Leicht seitwärts gebeugt, besah Pandareus sich die Spuren, ohne sie jedoch mit den Händen zu berühren. Ich hatte das Gefühl, daß sich bald alles aufklären würde. Pandareus watschelte um die Spur wie eine Ente, sein die

Hosen spannendes Hinterteil hin und her bewegend. Dabei murmelte er:
– Aha ... Alles ist klar ... Aha ... Klar ... –
Wir warteten geduldig und schweigsam; nur Kalaid machte Anstalten, etwas sagen zu wollen, mehr als ein Gezische und Geschnaube brachte er jedoch nicht hervor.
Schließlich richtete sich Pandareus mit einem Krächzen wieder auf und, einen Blick auf den Platz werfend, als ob er da etwas entdeckt hätte, deklarierte er in einem abgehackten Tonfall:
– Zwei sind es. Sie haben einen Sack mit Geld herausgetragen. Der eine hat einen Stock mit einer Klinge, der andere raucht eine »Astra«. –
– Auch ich rauche »Astra« –, meinte der gallige Parall, worauf ihn Pandareus mit einem scharfen Blick musterte.
– Zwei – zwei was? – fragte Dimant. – Marsianer etwa? –
– Ich habe gleich gewußt, daß es niemand von den »Unseren« ist –, sagte Pandareus langsam und ließ Parall dabei nicht aus den Augen. – Anfangs dachte ich, es seien Kerle aus Miles, die ich kenne ... –
Da platzte Kalaid heraus:
–N-n-nein, verfolgt sie nicht mit dem Wagen! – meinte er.
– Und wenn es wirklich Marsianer sind? – fragte Dimant. – Ich verstehe nicht ... –
Pandareus überhörte die an ihn gerichteten Fragen und starrte weiterhin Parall an.
– Los, gib mir deine Zigarette, Alter –, befahl er ihm.
– Wozu das? – fragte Parall.
– Ich möchte mir deinen Zubiß ansehen –, erklärte Pandareus. – Außerdem würde es mich interessieren, wo du dich heute früh zwischen 6 und 7 aufgehalten hast. –
Auch wir richteten unsere Blicke auf Parall. Parall sagte, daß seiner Meinung nach Pandareus der größte Dummkopf auf Erden ist – will man von dem Kretin absehen, der ihn als Polizeibeamten einge-

stellt hat. Wir mußten ihm beistimmen und begannen, Pandareus auf die Schulter zu klopfen.
– Jawohl, Pandareus, alter Freund! Diesmal hast du wieder einmal einen Bock geschossen! Hast du denn nicht kapiert, daß es sich da um die Spuren eines Marsianers handelt? Ach, unser alter Pan! Andererseits – wie sollte denn schließlich ausgerechnet ein Alterchen wie du über die Marsianer Bescheid wissen? Marsianer sind keine Kanalräumer! –
Pandareus war schon einigermaßen hochgegangen, als ganz unvermutet der einbeinige Polyphem aus dem Rathaus trat.
– Verdammte Scheiße! – platzte er in unsere ausgelassene Stimmung hinein. Er trug eine besorgte Miene zur Schau. – Die Marsianer sind im Anmarsch, sie haben bereits Miles eingenommen! Die »Unseren« verlassen den Ort, verbrennen die Mahd, zerstören hinter sich die Brücken! –
Mir wurden wieder die Knie weich, ja, ich brachte nicht einmal die Kraft auf, mich bis zu einer Bank zu schleppen, um mich hinzusetzen.
– Sie sind im Süden gelandet, zwei Divisionen sind es –, berichtete Polyphem mit heiserer Stimme weiter. – Bald werden sie hier sein! –
– Sie waren schon hier –, sagte darauf Silen. – Sie bewegen sich auf einer besonderen Art von Stelzen fort. Sieh dort die Spuren ... –
Polyphem sah kurz hin und sagte dann ärgerlich, das seien seine eigenen Spuren. Da war es mit einem Mal allen klar, daß es tatsächlich Polyphems Spuren waren, das heißt die Spuren seiner Krücke. Als Pandareus das hörte, machte er sich seinen Rock bis zum letzten Knopf zu und brüllte dann über alle Köpfe hinweg:
– Genug gesprochen! Schluß! Abtreten! Im Namen des Gesetzes! –
Ich betrat das Rathaus. Dort war alles mit prallen Säcken verstellt. Längs der Wände, auf den Treppenabsätzen, ja sogar im Empfangsraum standen Säcke herum. Aber bis auf den fremd anmutenden Geruch,

der aus den Säcken drang, und daß alle Fenster sperrangelweit offenstanden, war alles wie gewöhnlich. Herr Nikostrat saß hinter seinem Schreibtisch und polierte sich seine Fingernägel. Geheimnisvoll vor sich hinschmunzelnd, gab er mir zu verstehen, daß die Dienstordnung es ihm untersage, Auskünfte über die Marsianer zu erteilen; er könne mir aber positiv versichern, daß alles so gut wie gar nichts mit meiner Pensionsangelegenheit zu tun hat. Eines jedoch steht fest: von nun an wird es in unseren Gebieten unrentabel sein, Weizen anzubauen; rentabel hingegen wird der Anbau eines neuen, hochnahrhaften Getreides mit – so drückte sich Nikostrat aus – universellen Eigenschaften. Heute noch wolle man mit der Verteilung der Säcke unter den Landwirten des Umkreises beginnen.

– Und woher kommen die Säcke? – fragte ich.

– Sie wurden hier abgeliefert –, antwortete Nikostrat gewichtig.

Ich überwand meine Schüchternheit und erkundigte mich, von wem sie namentlich abgeliefert wurden.

– Von offiziellen Persönlichkeiten –, war die Auskunft. Dann zwängte er sich hinter seinem Schreibtisch hervor, murmelte eine Entschuldigung und ging mit seinem schlaksigen Gang ins Arbeitszimmer des Herrn Bürgermeisters. Ich ging auf einen Sprung in die Kanzlei hinüber, um mit den Stenotypistinnen und dem Amtsdiener zu plaudern. So seltsam es auch scheinen mag, alle bestätigten sie mir zwar mehr oder weniger die Gerüchte über die Marsianer, ich hatte aber keineswegs den Eindruck, daß sie über präzise Informationen verfügten. Ach, das sind mir aber eigenartige Gerüchte: Niemand glaubt daran, und doch erzählt sie jeder weiter! Dabei werden die normalsten Fakten verdreht und entstellt. Nehmen wir da als Beispiel Polyphem mit seinen zerstörten Brücken! Was hat sich denn da in Wirklichkeit abgespielt? Polyphem war als erster auf dem »Plätzchen« erschienen. Die Stenotypistinnen sahen ihn vom Fenster aus und baten ihn, in die Kanzlei zu

kommen, um eine Schreibmaschine instand zu setzen. Während er an der Maschine arbeitete und dabei die Mädchen mit der Erzählung seiner Beinamputation unterhielt, trat plötzlich der Herr Bürgermeister ein, stellte sich vor ihnen auf, lauschte nachdenklich und stieß schließlich die mysteriöse Phrase hervor:
– Demnach, meine Herren und Damen, sind die Brücken abgebrannt! – und ging dann wieder in sein Arbeitszimmer zurück, wohin er sich unmittelbar darauf eine Flasche »Fargoss«-Bier und Sardinenbrote bringen ließ. Polyphem erklärte indessen den Mädchen, daß es bei einem Rückzug gang und gäbe sei, die Brücken hinter sich zu zerstören, um den Vormarsch des Feindes zu verhindern. Alles Übrige ist demnach klar. Ich fühlte mich verpflichtet, die Rathausbeamten über die Bedeutung des mysteriösen Ausspruchs des Herrn Bürgermeister aufzuklären: »Die von uns getroffene Entscheidung ist unwiderruflich...« Alle zeigten sich daraufhin erleichtert – erleichtert und gleichzeitig etwas enttäuscht...
Das Plätzchen war leer: Pandareus hatte alle vertrieben. Auch ich hatte mich so ziemlich beruhigt und machte mich auf den Weg zu Achilles, um ihm von meinen neuen Anschaffungen zu berichten und bei dieser Gelegenheit das Terrain bezüglich der »Architektur«-Serie abzutasten: Wer weiß, vielleicht nimmt er dafür mein ausgebleichtes Exemplar, zumal ein einwandfreies, sauberes ja ohnehin nicht aufzutreiben ist? Gefalzte Marken nimmt er letzten Endes ja auch! Allein, auch Achilles befand sich in der Mühle der umlaufenden Gerüchte. Auf meinen Vorschlag antwortete er zerstreut, er wolle sich die Sache erst einmal durch den Kopf gehen lassen. Und da brachte er mich, ohne sich dessen bewußt zu sein, auf eine blendende Idee:
– Die neuen Herrscher –, sagte er, – sind nun die Marsianer. Und du weißt, Phöb, eine neue Macht bedeutet neue Briefmarken! –
Ich fragte mich beschämt, wieso ich eigentlich nicht

selbst auf diesen simplen Gedanken gekommen war. Sollten diese Gerüchte auch nur zum Teil wahr sein, wäre es wohl die erste und klügste Aktion seitens dieser sagenhaften Marsianer, neue, eigene Marken herauszugeben oder zumindest unsere alten im Umlauf stehenden Werte mit einem Überdruck zu versehen. Ich verabschiedete mich in aller Eile und begab mich schnurstracks auf die Post. Natürlich waren dort keine Briefe mit neuen Marken eingelangt, und auch sonst gab es nichts Neues. Wann werden wir uns endlich abgewöhnen, Gerüchte ernst zu nehmen? Jedes Kind weiß doch, daß es auf dem Mars kein Leben gibt: Die Atmosphäre ist viel zu dünn, das Klima über alle Maßen rauh; es fehlt außerdem das Wasser, das ja die Grundlage jeglichen Lebens bildet. Der Mythus der Marskanäle hat längst und endgültig seinen Zauber verloren: es stellte sich heraus, daß alles nur eine optische Täuschung war. Kurzum, all das erinnert mich an die Panik, die voriges Jahr der einbeinige Polyphem auslöste, als er mit seiner Schrotflinte in der Stadt umherlief und dabei aus Leibeskräften brüllte, ein menschenfressender Riesenmolch sei aus dem Tierpark der Hauptstadt entlaufen. Mirtill brachte es damals fertig, samt Frau, Kind und Hausrat fluchtartig die Stadt zu verlassen und erst zwei Wochen später wieder zurückzukehren.

Das durch das monotone Leben umnachtete Hirn meiner Mitbürger fabriziert schon bei der kleinsten Schwankung die unwahrscheinlichsten Hirngespinste. Unsere Gemeinde kann man mit einem im nächtlichen Schlaf versunkenen Hühnerstall vergleichen, wo es schon genügt, an einem Federchen der ersten, auf der Stange schlafenden, scheckigen Henne anzukommen, und schon gerät alles in eine unbeschreibliche Aufregung: es entsteht ein Geflatter und Gegacker, und der Mist fliegt nur so durch die Gegend. Nach meiner Meinung ist das Leben ohnehin bewegt genug. Wir alle sollten unsere Nerven schonen. Unlängst las ich, daß Gerüchte die Ge-

sundheit sogar in weit größerem Maße gefährden als das Rauchen. Der Autor bewies es anhand von Ziffern. Da war noch zu lesen, daß die Auswirkung eines Panikgerüchts im proportionalen Verhältnis zur Volksdummheit steht; und das stimmt, obwohl ich zugeben muß, daß auch die Gebildetsten unter uns sich zuweilen erstaunlich leicht von der allgemeinen Stimmung mitreißen lassen und stets bereit sind, mit der übergeschnappten Menge mitzutrotten, ganz egal wohin.
Das beabsichtigte ich nun den »Unseren« zu sagen. Auf dem Weg zum Wirtshaus jedoch bemerkte ich auf unserem »Plätzchen« neuerdings einen Menschenauflauf. Ich trat hinzu und mußte feststellen, wie zerstörend sich die Gerüchte bereits ausgewirkt hatten. Meinen Erwägungen schenkte man überhaupt kein Gehör, alle waren von einer maßlosen Erregung erfaßt, und die Veteranen schüttelten und rüttelten eine Flinte, die sie nicht zu reinigen vermocht hatten. Der Grund der allgemeinen Aufregung war folgender: Die Soldaten des 88. Infanterieregiments waren aus dem Dienst entlassen worden. Nun erzählten sie eine völlig unzusammenhängende Geschichte. In der vorvergangenen Nacht hatte man in der Kaserne Alarm gegeben. Kurz darauf – noch vor Tagesanbruch – saß das Regiment in voller Kampfbereitschaft in Lastfahrzeugen und Panzerkarretten auf dem Exerzierplatz. In der Früh wurde der Alarm wieder abgeblasen, und der gestrige Tag lief wieder ordnungsgemäß ab. In der letzten Nacht wiederholte sich der Hergang, mit dem Unterschied jedoch, daß am Morgen ein Oberst des Generalstabs mit einem Hubschrauber bei der Kaserne eintraf. Er erteilte dem Regiment den Befehl, sich im Karree aufzustellen, und ohne aus dem Hubschrauber zu steigen, hielt er eine lange, völlig unverständliche Ansprache, flog daraufhin wieder ab, und das Regiment löste sich fast zur Gänze auf. Den Soldaten war es bereits gelungen, bei Japet mächtig aufzutanken; sie redeten lauter wirres Zeug zusammen und

stimmten von Zeit zu Zeit ein unanständiges Liedchen an:
– »Nioba, Niobeia ...
Komm mit in die Heia ...« –
Bemerkenswert ist, daß der Oberst des Generalstabs bei seiner Ansprache mit keinem Wort die Marsianer erwähnte. Im großen und ganzen behandelte er nur zwei Themen: die patriotischen Pflichten des Soldaten und den Magensaft, wobei er auf eine unfaßbare Weise die beiden Begriffe in Zusammenhang brachte. Die Soldaten selbst bekamen diese Spitzfindigkeiten nicht mit, eines jedoch prägte sich ihnen felsenfest ein: Sollte ab heute einer von ihnen vom Feldwebel mit einem Kaugummi »Narko« oder einer Zigarette »Opi« erwischt werden, bekommt er auf der Stelle 10 Tage Bau, und dort kann er dann dünsten. Der Oberst flog ab, und der Chef des Regiments, ohne vorderhand das Karree aufzulösen, ordnete den Unteroffizieren und Korporalen an, unverzüglich eine gründliche Inspektion in den Kasernen vorzunehmen und etwaige Rauschgift enthaltende Zigaretten beziehungsweise tonisierenden Kaugummi zu beschlagnahmen. Mehr wußten die Soldaten nicht, wollten auch nicht mehr wissen. Sie umschlangen sich gegenseitig mit den Armen und stimmten aufs neue ihr unflätiges Soldatenlied »Nioba – Niobeia ...« an; sie grölten es mit einer derart schauerlichen Stimme, daß wir uns auflösten und sie stehenließen.
Polyphem ließ sich mit seiner Krücke und Schrotflinte mühsam auf einer Bank nieder. Er brüllte, daß die Generäle uns verraten hätten, daß wir von Spionen umzingelt seien, daß sich die wahren Patrioten zusammentun müßten, sofern es noch einen Patriotismus gibt, und so weiter und so fort. Ohne Bein könne er leben, ohne Patriotismus hingegen wäre es ihm ganz und gar unmöglich. Als er heiser war, schwieg er und rauchte sich eine Zigarette an. Ich versuchte es noch einmal, die »Unseren« zur Vernunft zu bringen: auf Mars gebe es nun einmal kein

Leben, ja, es hat dort nie ein Leben gegeben, und all das Gerede sei erfunden und erlogen. Doch man ließ mich auch jetzt nicht zu Worte kommen. Morpheus hielt mir sogleich eine Morgenzeitung der Hauptstadt unter die Nase, mit einem Riesenartikel: »Herrscht auf Mars Leben?« Darin wurden alle bisherigen Beweisgründe ins Lächerliche gezogen. Ich ließ mich nicht aus der Fassung bringen; unbeirrt versuchte ich, eine Diskussion anzuregen. Da drängte sich Polyphem an mich heran, faßte mich beim Kragen und röchelte mit bedrohlicher Miene:

– Du willst wohl unsere Wachsamkeit einschläfern, was? Scheusal, widerliches! Du Spion der Marsianer, du glatzköpfige Scheißfigur! An die Wand mit dir! –

Ach, ich vertrage es einmal nicht, wenn man mit mir so umgeht! Ich bekam Herzbeklemmungen und rief nach der Polizei. Das sind ja ausgesprochene Rowdymanieren! Solange ich lebe vergesse ich das Polyphem nicht! Was bildet er sich überhaupt ein? Ich riß mich los, nannte ihn ein einbeiniges Schwein und ging ins Wirtshaus.

Mit einer gewissen Genugtuung konnte ich feststellen, daß Polyphems patriotisches Gezeter nicht nur mir zuwider war: von den »Unseren« waren einige bereits im Wirtshaus. Alles saß um Kronid, den Archivar, herum. Man schenkte ihm unentwegt Bier ein, einmal der, dann wieder der andere, man fragte und lauschte – man wollte Näheres über den heutigen Besuch der Marsianer in Erfahrung bringen!

– Ach, die Marsianer! – sagte Kronid und verdrehte dabei schwerfällig die Augen. – Eben Marsianer! Einer heißt Kalchand, der andere Elej, beide kommen aus dem Süden, haben solche Nasen ...

– Ja – und das Fahrzeug? – wollte man wissen.

– Eben ein Fahrzeug – schwarz – kann fliegen – ... Nein, ein Hubschrauber ist es nicht. Es fliegt, das ist alles. Na, bin ich denn etwa ein Flieger? Woher soll ich denn wissen, wie es fliegt? –

Ich bestellte mir ein Abendessen. Als die anderen

sich von Kronid wieder abgewandt hatten, holte ich zwei Glas »Gin« und setzte mich zu ihm.
– Haben Sie zufällig etwas Neues bezüglich meiner Pension gehört? – fragte ich ihn. Kronid war aber nicht mehr aufnahmefähig. Anstatt mir zu antworten, beschränkte er sich, wie ein Automat, mit triefenden Augen, ein Glas nach dem anderen hinunterzustürzen, und dabei murmelte er vor sich hin:
– Marsianer eben, der eine heißt Kalchand, der andere Elej ... ja schwarz ... sie fliegen ... Aber nein, keine Ballons, keine Luftschiffe ... Ebej, sage ich ... Nicht ich, sondern der Pilot ... –
Dann schlummerte er ein.
Als später Polyphem und seine Bande ins Wirtshaus kamen, ging ich demonstrativ nach Hause. Mirtill war also doch nicht weggefahren! Er hatte in seinem Garten neuerdings sein Zelt aufgeschlagen. Er hockte gerade dort und kochte sich auf einem Gaskocher das Abendessen. Artemis war nicht zu Hause, sie war ausgegangen, ohne zu sagen, wohin; Germione war mit der Reinigung der Teppiche beschäftigt. Um mein Gemüt zu beruhigen, widmete ich mich der Restaurierung meiner Marken. Ein erhebendes Gefühl, fürwahr, immer wieder feststellen zu können, zu welcher Meisterschaft ich es darin gebracht habe! Ich bezweifle, ob überhaupt jemand imstande ist, den von mir aufgetragenen Klebstoff von dem ursprünglichen zu unterscheiden. Achilles jedenfalls nicht! Und nun zu den Tageszeitungen. Höchst sonderbare Zeitungen, das muß ich schon sagen! Beinahe alle Spalten bringen alle möglichen medizinischen Abhandlungen über eine vernünftige Ernährungsweise. Mit einer fast unnatürlichen Entrüstung schreibt man da über Heilpräparate, die Opium, Morphium oder auch nur Koffein enthalten. Was dann, wenn mich plötzlich Schmerzen in der Leber befallen? Bin ich da gezwungen, sie zu ertragen? Andererseits finde ich in keiner einzigen Zeitung eine Rubrik über Philatelie. Auch kein Wort über Fußball.

Dafür bringen aber alle Zeitungen gigantische, völlig inhaltslose Artikel über die Bedeutung des Magensafts. Ich mute mir zu, auch ohne ihre weitschweifigen Erläuterungen über die Bedeutung des Magensafts Bescheid zu wissen! Nicht ein Teleschreiben aus dem Ausland, kein Wort über die wirtschaftlichen Folgen des Embargos – dafür eine saublöde Dissertation über den Weizen: Der Weizen enthalte angeblich keine Vitamine, der Weizen werde allzuleicht von Parasiten befallen – und ein gewisser Marsius, Magister der Wissenschaften für Bodenkultur, behauptet sogar, der seit tausend Jahren praktizierte Anbau von Weizen und anderen Nutzsorten von Getreide, wie etwa Hafer und Mais, hätte sich als universeller Fehler in der Geschichte der Menschheit erwiesen – ein Fehler, übrigens, dem abzuhelfen es zum Glück noch nicht zu spät sei. Von Getreide verstehe ich zwar nichts – das ist schon Sache der Spezialisten –, aber bezüglich des Artikels muß ich schon sagen, daß er in einem unzulässig stänkerischen, ja vernichtenden Ton gehalten ist. Mir war sofort klar: Dieser Marsius ist ein typischer Südländer, ein Nihilist und Krakeeler!
Es ist Mitternacht, und Artemis ist noch immer nicht nach Hause gekommen. Auch im Garten sehe ich sie nicht. Und dabei wimmelt es auf den Straßen nur so von betrunkenen Soldaten. Sie hätte doch zumindest anrufen können, wo sie ist! Gleich wird Germione auftauchen – ich warte schon darauf – und mich fragen, was denn überhaupt mit Artemis los sei. Ich weiß nicht was ich ihr darauf sagen werde. Ich liebe solche Unterhaltungen nicht, ich ertrage sie einfach nicht. Und ich frage mich: Wem ist meine Tochter eigentlich nachgeraten? Meine selige Mutter war eine überaus bescheidene, zurückhaltende Frau gewesen; ein einziges Mal nur hatte sie sich in einen Stadt-Architekten verliebt, wobei die ganze Liebelei aus zwei oder drei Billets und einem Brief bestand. Und ich selbst war auch niemals ein geiler Bock gewesen, wie sich Polyphem ausdrücken würde. Heute

noch denke ich mit wahrem Entsetzen an meinen Besuch bei Madame Persephone zurück. Nein, das ist wahrlich kein Zeitvertreib für zivilisierte Menschen! Ist doch die Liebe – und mag sie auch noch so fleichlich sein – ein Mysterium, und ihr im Beisein von auch noch so guten und wohlwollenden Freunden zu huldigen, ist in der Praxis bei weitem nicht so vergnüglich, wie es in manchen Büchern geschildert wird. Dabei denke ich selbstverständlich nicht – Gott bewahre! – an meine Artemis und an die Möglichkeit, sie könnte sich in diesem Augenblick bacchantischen Tänzen inmitten von Flaschen hingeben. Anrufen hätte sie aber schon können! Über die Blödheit meines Schwiegersohns kann ich mich indes nur wundern. An seiner Stelle wäre ich schon längst nach Hause zurückgekehrt. Ich wollte schon meine heutigen Aufzeichnungen beenden, das Buch schließen und ins Bett gehen, da kam mir folgender Gedankengang: Offensichtlich blieb Charon nicht ohne Grund so lange in den Maraphinen. Es ist gräßlich, nur daran zu denken, aber ich ahne, was sich dort abspielt. Oder sollten sie alle umgekommen sein? Mir fallen jetzt die vielen Versammlungen unter meinem Dach ein, seine merkwürdigen Freunde mit dem vulgären Gehaben und den üblen Manieren – Mechanikertypen mit rauhen Stimmen, die den Whisky ohne Soda tranken und scheußliche, billige Zigaretten rauchten; Lärmbrüder mit kurzgeschorenen Haaren und in angeberischen »jeans« und bunten Hemden, die sich im Vorzimmer niemals die Schuhe reinigten. In ihren Gesprächen ging es immer wieder um einen Weltstaat, um Technokratie; man erwog da unausdenkbare Machinationen, die in einem krassen Widerspruch zu alldem standen, was dem friedliebenden Menschen Ruhe und Sicherheit gewährleistet. Jetzt erst geht mir ein Licht auf, was sich da abgespielt hat! Mein Schwiegersohn und seine Kumpane waren also Extremisten – und sind dann ausgerückt. Das ganze Gerede über die Marsianer ist natürlich nichts anderes als ein entstellter Abklatsch von den tatsächlichen Geschehnissen. Die Verschwörer frönten gerade diesem berüchtigten, geheimnisvoll klingenden Wort, und ich hatte es für durchaus möglich, daß sie sich nun selbst »Marsianer« nennen, oder etwa »Vereinigung für den Ausbau des Planeten Mars«, oder, sagen wir, »Gesellschaft für die Wiederbelebung des Planeten Mars. Ja auch die Tatsache, daß der Magister der Agrarwissenschaften den Namen Marsius trägt, scheint mir vielsagend: es steht außer Zweifel, daß dieser Marsius der Anführer des Umsturzes ist. Völlig unverständlich bleibt mir die Abneigung der Rebellen gegen den Weizen und ihr läppisches Interesse für den Magensaft. Wahrscheinlich ist alles nur ein Ablenkungsmanöver, man will damit unsere Gemeinschaft außer Fassung bringen.

Zugegeben – ich verstehe sehr wenig von Aufständen und Revolutionen, daher kann ich mir auch schwerlich erklären, was da vonstatten geht; eines steht für mich jedoch fest: Als man uns dazumal wie Hammel in die Schützengräben trieb, um uns dort erfrieren zu lassen, während sich die Schwarzhemden mit unseren Frauen in unseren Ehebetten herumbalgten – darf man da fragen, wo *ihr* zu jenem Zeitpunkt wart, meine Herren Extremisten? Wie so viele andere, habt auch ihr euch damals Abzeichen angesteckt und gebrüllt: »Es lebe der Führer!« Wenn ihr schon so viel Gefallen an Revolutionen findet, warum macht ihr sie denn immer zum falschen Zeitpunkt? Wer ist denn heute schon neugierig auf euch und euer Revoltieren? Ich vielleicht? Oder Mirtill? Oder gar Achilles? Warum laßt ihr uns nicht in Frieden? Meine Herren, ihr alle miteinander seid nichts anderes als ein Haufen von »Unteroffizieren« von genau derselben Sorte wie der patriotische Narr Polyphem.

Verfluchter Dreck, mein Ekzem plagt mich schon wieder! Ich kratze mich wie ein Jahrmarktsaffe, es helfen mir keine Tropfen, keine Salben. Alle Apotheker sind Lügner. Ich brauche keine Arzneien, Ruhe

brauche ich, weiter nichts!
Wenn Charons Intelligenz für eine bessere Pensionsgruppe ausreicht, müßte ich eigentlich so gut wie sicher in die erste Gruppe fallen.

5. Juni
Ich habe schlecht geschlafen. Zuerst weckte mich Artemis, als sie um ein Uhr nachts nach Hause kam. Ich war fest entschlossen, mit ihr ein offenes Wort zu sprechen, aber daraus wurde nichts. Sie gab mir einen Kuß und schloß sich daraufhin in ihrem Schlafzimmer ein. Um mich zu beruhigen, mußte ich ein Schlafmittel nehmen. Dann schlummerte ich ein und träumte irgendeinen Unsinn. Um vier Uhr wurde ich dann neuerdings aus dem Schlaf gerissen. Diesmal war es Charon. Während alles schläft, brüllte er durch das ganze Haus, als ob außer ihm niemand da wäre! Ich warf mir den Morgenrock um und eilte ins Wohnzimmer. Mein Gott – er sah einfacht furchterregend aus! Mir wurde im Nu klar, daß es mit dem Umsturz schiefgegangen war.
Er saß am Tisch und verschlang gierig alles, was die übernächtige Artemis vor ihn hinstellte. Neben ihm, auf dem Tischtuch ausgebreitet, lagen die zerlegten und bereits eingeschmierten Teile seines Gewehrs. Charon war unrasiert, hatte rotunterlaufene Augen; seine zerzausten Haare hingen ihm in verklebten Strähnen ins Gesicht – und beim Essen schmatzte er wie Minotaurus, der Kanalräumer. Er saß dort in Hemdärmeln und es ist anzunehmen, daß er auch ohne Jacke eingetroffen ist. Nichts, absolut nichts an ihm erinnerte an den Chefredakteur unserer kleinen, jedoch respektablen Zeitung. Sein Hemd war zerfetzt und voller Erde, seine Hände schmutzig, die Fingernägel abgebrochen, und seine Brust wies erschreckend aufgedunsene Schrammen auf. Er dachte gar nicht daran, mich zu begrüßen; er starrte mich nur mit verrückten Augen an, und das Essen hinunterwürgend, knurrte er:

– Wartet nur, ihr Schweinehunde! –
Ich hörte über diese unbändige Begrüßung hinweg, sah ich doch, daß der Mann nicht bei sich war. Mir gab es aber einen Stich im Herzen, ja, mir wurde derart schwach in den Beinen, daß ich mich auf den Diwan setzen mußte. Auch Artemis schien zutiefst erschrocken, obwohl sie ihr möglichstes tat, um es zu verbergen. Charon schenkte ihr indes überhaupt keine Beachtung, er zeterte nur:
– Brot her! –, oder: – Arta, was ist mit dem Senf? Wie oft muß ich noch darum ersuchen? –, oder: – Schenk mir »brandy« ein, zum Teufel! –
Eine Unterhaltung im üblichen Sinn kam nicht zustande. Mich vergeblich bemühend, das Herzklopfen zu unterdrücken, fragte ich Charon, ob er eine gute Fahrt gehabt hätte. Als Antwort grölte er völlig zusammenhanglos, daß er »ihnen« über die Fresse gefahren sei, jawohl, leider aber nicht denjenigen, denen es geziemt hätte. Ich versuchte, auf ein anderes Thema überzugehen, der Unterhaltung eine friedliche Wendung zu geben, und erkundigte mich über das Wetter in den Maraphinen. Mein Gott! Er blickte mich an, als hätte ich ihn tödlich beleidigt, und brüllte dann in seinen Teller hinein:
– Hirnlose Idioten! ... –
Nein, ganz zwecklos, mit ihm konnte man nicht reden. Er schimpfte unaufhörlich und verwendete dabei letztklassige Ausdrücke – er schimpfte während des Essens und auch nachher, als er mit dem Ellbogen die Teller beiseite schob und mit seinen zerschundenen Händen nach seinem Gewehr griff. Ein Glück nur, daß Germione sich eines festen Schlafs erfreut, ein Glück, daß sie diese Unterhaltung nicht mitanhören mußte, wo doch Germione für Gemeinheiten ganz und gar nichts übrig hat! Für Charon sind alle lauter Schweine, lauter Kanaillen, aber was ist denn da wirklich passiert? Was ist der wahre Sachverhalt? Nach Charons Meinung »haben es alle Dreckschweine in ihrer Sauerei bereits so weit gebracht, daß jedes beliebige Erzdreckschwein heutzutage mit

allen anderen Dreckschweinen machen kann, was ihm beliebt, und daß dabei kein Dreckschwein auch nur einen Finger rühren würde, um zu verhindern, daß dieses Drecksgesindel sich in jeden Scheißdreck einmischt...« Artemis stand wie ein Häufchen Elend hinter ihm, und die Tränen flossen ihr nur so über die Wangen. Von Zeit zu Zeit warf sie mir einen flehentlichen Blick zu, aber was konnte ich denn schon machen? Wo ich doch selbst Hilfe brauchte – wegen der erheblichen Nervenanspannung war mir, als ob sich ein Schleier vor meine Augen gelegt hätte. Ohne auch nur für einen Augenblick in seinem unflätigen Gezeter innezuhalten, packte Charon sein Gewehr (eine moderne, bei der Armee verwendete Maschinenpistole), setzte ein Magazin ein und erhob sich dann schwerfällig, wobei er zwei Teller auf den Boden stieß. Artemis, mein armes Töchterchen, wandte ihm daraufhin ein derart bleiches, blutleeres Gesicht zu, daß Charon – wenigstens mir schien es so – sich einigermaßen besänftigte. Er unterbrach sein Lästern.

– Aber, aber, mein Kindchen! – sagte er und legte ihr schwerfällig seinen Arm um die Schultern. – Wenn du willst, kann ich dich ja auch mitnehmen – du würdest aber keine Freude daran haben, wo du doch ein ausgesprochenes Nesthäkchen bist! –

Mein sehnlichster Wunsch war, mein Mädchen möge jetzt die richtigen Worte finden. Ja, und sie handelte, als hätte sie meinen Gedankengang geahnt: sie brach in Tränen aus und stellte ihm, nach meiner Meinung, die wesentlichste Frage:

– Was wird nun aus uns werden? –

Ich sah sofort, mehr hat Charon nicht gebraucht. Er steckte sich die Maschinenpistole unter den Arm, gab Artemis einen Klaps auf das Gesäß und sagte mit einem widerwärtigen Zähnefletschen:

– Keine Angst, Kindchen, mit dir wird sich schon nichts ändern –, und ging eilig dem Ausgang zu. Aber ich konnte ihn doch nicht einfach so, ohne eine Erklärung von ihm erhalten zu haben, ziehen lassen.

Ich bezwang meine Schwäche und sagte zu ihm:
– Einen Augenblick, Charon. Sag uns doch, was wird jetzt sein? Was werden sie mit uns machen? –
Nur diese Frage allein verursachte bei ihm einen unbeschreiblichen Wutausbruch. Er blieb auf der Türschwelle stehen, und halb zu uns gedreht, mit einem fast schmerzlichen Kniezucken, stieß er mit einem Fauchen die folgenden geheimnisvollen Worte hervor:
– Wenn uns nur ein einziger Schweinehund sagen wollte, was da zu machen sei! O nein, jedes Dreckschwein will nur wissen, was man mit ihm machen wird! Fürchtet euch nicht, denn euer ist das Himmelreich auf Erden! –
Laut die Tür hinter sich zuknallend, ging er schließlich fort, und schon eine Minute später hörten wir, wie er sein Auto wendete und sich entfernte.
Die darauffolgende Stunde verbrachte ich wie in der Hölle. Artemis hatte einen hysterischen Weinkrampf, der fast einem Tobsuchtsanfall gleichkam. Sie zertrümmerte sämtliches, sich noch auf dem Tisch befindende Geschirr, packte das Tischtuch und schleuderte es auf den Fernsehapparat, und mit den Fäusten die Tür bearbeitend, kreischte sie mit erstickter Stimme:
– Für dich bin ich also eine Närrin? ... Eine Närrin, wie? ... Und du ... Ich spucke auf dich ... Mach du, was du willst, und ich mach' was ich will! ... Hast du verstanden? ... Verstanden, ja? ... Du wirst noch auf den Knien dahergelaufen kommen ... auf den Knien! ... –
Wahrscheinlich hätte ich ihr ein Glas Wasser bringen sollen, ihr ein paar Klapse auf die Wangen geben oder was man in solchen Fällen eben zu tun pflegt; indessen lag ich auf dem Diwan hingestreckt, und niemand war da, der mir eine Validontablette gebracht hätte. Es endete damit, daß Artemis in ihr Zimmer stürzte, ohne sich im geringsten um mich zu kümmern; ich blieb noch eine Weile liegen und kroch dann in mein Bett, wo ich halbohnmächtig entschlummerte.

Der darauffolgende Morgen war trüb und regnerisch. (Temperatur plus 17, Bewölkung 10, windstill.) Die Auseinandersetzungen zwischen Artemis und Germione wegen des nächtlichen Radaus im Wohnzimmer habe ich gottlob verschlafen. Ich weiß nur, daß es einen Skandal gab, beide gehen mit einem langen Gesicht umher. Als mir Germione den Kaffee brachte, war in ihrem Gesichtsausdruck deutlich die Absicht erkennbar, auch mir einen Rüffel zu erteilen. Sie schwieg jedoch. Wahrscheinlich sehe ich sehr schlecht aus, und sie ist ja eine gute Frau, deshalb schätze ich sie auch. Nach dem Frühstück – ich habe mich eben dazu aufgerafft, zu unserem »Plätzchen« zu gehen – kommt ein Junge als Bote von Polyphem und überbringt mir einen von ihm unterschriebenen, sogenannten Tagesbefehl. Als Mannschaftsmitglied der »Städtischen Freiwilligen Truppe gegen die Marsianer« werde ich aufgefordert, mich »gegen 10 Uhr auf dem Concordeplatz einzufinden: mitzuführen ist entweder ein Schießgewehr oder irgendeine andere Waffe, ferner Proviant für drei Tage«. Selbstverständlich, schon aus Prinzip werde ich nirgends hingehen! Von Mirtill, der noch immer in seinem Zelt haust, habe ich erfahren, daß sich bereits seit Tagesanbruch die Landwirte im Rathaus einfinden, um sich von dort die mit dem neuen Saatgut gefüllten Säcke zu holen, die sie dann auf ihre Felder schaffen. Man spricht davon, daß die zur Vernichtung bestimmte Getreideernte noch auf dem Halm zu günstigsten Bedingungen von der Regierung aufgekauft wird, ja, nicht nur das, man folgt sogar einen Vorschuß für die Ernte des neuen Getreides aus! Die Landwirte wittern in alldem eine wesentliche Agrarspekulation; da man aber von ihnen kein Geld und auch keinerlei schriftliche Verbindlichkeiten verlangt, wissen sie nicht, was sie von der ganzen Sache halten sollen. Mirtill will mich überzeugen – ausgerechnet mich! –, daß es keine Marsianer gibt, zumal auf Mars ja kein Leben herrscht, und daß die Sache mit dem Getreide einzig und allein einer neuen

Agrarpolitik zuzuschreiben sei. Er persönlich sei indes jederzeit bereit, die Stadt zu verlassen, und für alle Fälle hätte er sich sogar einen Sack von den neuen Saatkörnern geholt. Wie schon gestern, berichten auch heute die Zeitungen ausschließlich über Weizen und Magensaft. Ich werde mein Abonnement kündigen. Auch die Meldungen im Rundfunk beziehen sich nur auf den Weizen und den Magensaft; ich drehe das Gerät schon gar nicht mehr auf, ich sehe nur mehr fern, da ist noch alles wie vor dem Umsturz. Der Herr Nikostrat kam mit seinem Auto, Artemis eilte ihm entgegen, und beide fuhren los. Es ist besser, sich über diese Affäre nicht den Kopf zu zerbrechen – wer weiß, vielleicht will es das Schicksal eben so.
Obzwar das Geschwätz über Getreide und Magensaft nicht aufhört, scheint der Aufstand trotzdem geglückt zu sein. Charon hatte in den Maraphinen nicht das erreicht, womit er gerechnet hatte; unverträglich und unanpassungsfähig, wie er schon einmal ist, zerstritt er sich mit allen seinen Kumpanen und lehnte sich gegen sie auf. Ich befürchte, daß uns aus dieser Sache noch Unannehmlichkeiten entstehen. Wenn solche närrische Kerle wie Charon zur Maschinenpistole greifen, dann schießen sie auch. Mein Gott, wann kommt denn endlich einmal auch für mich eine Zeit ohne Verdrießlichkeiten?

6. Juni
Temperatur plus 16, Bewölkung 9, südwestlicher Wind, 6 Meter in der Sekunde. Mein Anemometer ist repariert.
Mein Ekzem hat sich bis zur Unerträglichkeit verschlechtert, ich werde mir die Hände einbinden müssen. Noch dazu schmerzen mich meine erfrorenen Ohren – wahrscheinlich infolge des Wetterumschlags.
Marsianer hin, Marsianer her – mich ödet es schon an, darüber zu debattieren.

7. Juni
Mein Auge tut mir noch immer weh, es ist angeschwollen, und ich kann damit nicht sehen. Achilles' Augenpackungen helfen mir nur zum Teil. Er meint, daß mein blaugeschlagenes Auge noch mindestens eine Woche zu sehen sein wird. Im Augenblick ist es noch rötlich-blau, dann wird es sich grün färben, späterhin gelb, und schließlich sieht man dann überhaupt nichts mehr. Man muß schon sagen, das war eine ausgesprochene Grausamkeit, ja Kulturlosigkeit! Einen älteren Menschen mir nichts, dir nichts zusammenzuschlagen, der nichts anderes verbrochen hat, als eine harmlose Frage zu stellen! Wenn die Marsianer schon mit Ausschreitungen beginnen, wie wird das wohl noch enden? Und dabei kann man sich bei niemandem beschweren; das einzige ist, abzuwarten, bis sich die Lage klärt. Mein Auge schmerzt derart, daß mir sogar das Herz weh tut, wenn ich daran denke, wie ich mich über den schönen, heiteren Morgen gefreut habe. (Temperatur plus 20, Bewölkung 0, Südwind, 1 Meter in der Sekunde.) Als ich nach dem Frühstück auf den Dachboden hinaufstieg, bemerkte ich mit einigem Erstaunen, daß die Felder am Stadtrand eine ganz bestimmte bläuliche Farbtönung angenommen hatten. Und in weiter Entfernung hatten sich die blauen Kornfelder dermaßen mit dem Blau des Himmels vermischt, daß die Linie des Horizonts trotz der Durchsichtigkeit der Luft, in der nicht der geringste Dunstschleier zu sehen war, vollkommen verwischt war.
Dieses marsianische Saatgut war ja überraschend schnell aufgegangen! Es ist ohne weiteres anzunehmen, daß – wenn nicht heute, dann morgen – das neue Getreide unseren Weizen endgültig verdrängt.
Auf dem »Plätzchen« traf ich nicht nur die meisten von den »Unseren«, sondern auch eine große Anzahl von den übrigen Stadtbewohnern, die von Rechts wegen bei ihrer Arbeit sein sollten; auch Landwirte waren dort, ja sogar Schulkinder, die um diese Zeit gewöhnlich beim Spielen sind. Alle dräng-

ten sich um drei umfangreiche, mit bunten Plakaten und Reklamebildern beklebte Kraftfahrzeuge. Mein erster Gedanke war, es sei ein Wanderzirkus da, um so mehr, als man auf den Plakaten atemberaubende Seiltänzer und auch noch sonstige Manegehelden bewundern konnte. Morpheus, der schon längere Zeit dort gestanden hatte, klärte mich auf: Es handle sich hier keineswegs um einen Zirkus, sondern um ambulante Spendezentren. Im Inneren der Fahrzeuge gebe es da mit Schläuchen ausgestattete Pumpen. Die einzelnen Pumpen werden von drei jungen, kräftigen Burschen im Arztkittel bedient. Jeder Vorübergehende wird ersucht, sich seinen Überschuß abzapfen zu lassen, und man bietet dafür einen erstaunlich hohen Preis: einen »Fünfer« für ein Glasvoll!

– Überfluß von was? – fragte ich. Man wollte den Überfluß an Magensaft! Die ganze Welt scheint wegen des Magensafts übergeschnappt zu sein.

– Das werden doch nicht etwa Marsianer sein? – fragte ich.

– Marsianer? Ach wo! – sagte Morpheus. – Es sind lauter junge, stämmige, behaarte Kerle. Einer von ihnen ist sogar halbblind. –

– Halbblind? Na und? Jeder, egal welcher Rasse er angehört, egal ob auf der Erde oder auf dem Mars, wird halbblind, sobald ihm ein Auge beschädigt wird. –

Damals wußte ich noch nicht, daß meine Worte eine Prophezeiung waren. Was mich ärgerte, war die Überheblichkeit, die Morpheus an den Tag legte.

– Mein ganzes Leben habe ich noch nie etwas von einäugigen Marsianern gehört! – erklärte er.

Die Leute ringsum folgten unserem Gespräch, und Morpheus, in einem Anflug von Selbstgefälligkeit, konnte einfach nicht umhin, seinen zweifelhaften Ruf als Redner und Debattierer unter Beweis zu stellen. Wo er doch auf diesem Gebiet überhaupt keine Ahnung hat!

– Aber wo! Das sind keine Marsianer! – deklarierte er. – Es sind ganz gewöhnliche junge Männer aus den Vororten der Hauptstadt. Davon sitzen Dut-

zende in jeder Kneipe. –
– Unsere Informationen über den Mars sind so dürftig –, sagte ich in ruhigem Ton, – daß die Annahme, die Marsianer hätten das Aussehen von jungen Kerlen aus den Vorstadtkneipen, keineswegs den wissenschaftlichen Standpunkten widerspricht. –
– Vollkommen richtig! – mischt sich da ein neben uns stehender, mir nicht weiter bekannter Landwirt ins Gespräch. – – Das haben Sie sehr überzeugend ausgedrückt, mein Herr »Ich weiß nicht, wie ich Sie titulieren soll«? Dieser Einäugige hat bis zum Ellbogen tätowierte Arme – und ihre Weiber sind alle nackt. Wie er sich so die Ärmel aufkrempelte und mit dem Schläuchchen an mich herantrat – na, denke ich mir, wozu ist das gut?
– Nun, was sagt die Wissenschaft hinsichtlich der tätowierten Arme der Marsianer? – fragte Morpheus boshaft. Damit wollte er mich treffen. Wohl eine billige Art und Weise – stinkt ganz nach Friseurladen! Mit solchen Mätzchen machst du mich nicht fertig!
– Der Professor Zephir –, sage ich und blicke ihm dabei fest in die Augen, – der Chefastronom am maraphinischen Observatorium ist, bestreitet nicht in einem einzigen seiner zahlreichen Artikel diese Gepflogenheit bei den Marsianern . . . –
– Stimmt! – mischt sich da wieder der Landwirt ein.
– Sie tragen Brillen, damit sehen sie besser. –
Und Morpheus mußte alles hinunterschlucken. Er schnaubte:
– Ich gehe ein Bier trinken –, und zwängte sich durch die Menge. Ich blieb, wollte ich doch den weiteren Verlauf der Dinge abwarten.
Eine Zeitlang passierte nichts. Ob Landwirte oder Geschäftsleute – alle standen sie da wie die Maulaffen, glotzten und tuschelten untereinander; die einen wie die anderen – eine unschlüssige Bande. Da entstand in den ersten Reihen ein kleiner Tumult. Ein Landbewohner riß sich plötzlich seinen Strohhut vom Kopf, schleuderte ihn, mit dem Arm weit ausholend, mit Wucht auf den Boden und brüllte lautstark:

– Aber ja – ein Fünfer ist auch ein Geld, warum denn auch nicht? –
Und während er noch sprach, stieg er entschlossenen Schritts die Stufen der kleinen Holztreppe hinauf und schob sich durch die Tür ins Wageninnere. Wir sahen nur noch die hintere Hälfte seines Rumpfes, voller Staub und Kletten. Was er dort sagte und fragte, konnten wir wegen der zu großen Entfernung leider nicht hören.
Als er wieder herauskam, war seine Haltung anfangs verkrampft, lockerte sich aber bald darauf. Er tat ein paar Schritte, steckte die Hände in die Taschen und, leicht zurückweichend, schüttelte er den Kopf. Dann, ohne jemand anzublicken, beugte er sich behutsam zur Erde, hob seinen Hut auf, reinigte ihn sorgfältig vom Staub und mischte sich wieder unter die Menge.
Im Türrahmen des Fahrzeugs tauchte ein bemerkenswert hochgewachsener Mann auf – er hatte nur ein Auge. Steckte er nicht in dem weißen Arztkittel, könnte man ihn, mit seiner schwarzen Augenbinde, den Bartborsten und den behaarten, tätowierten Armen, ohne weiteres für einen Strolch aus den Elendvierteln halten. Uns mit einem düsteren Blick musternd, streifte er sich in aller Gemütsruhe die aufgekrempelten Ärmel herunter, rauchte sich eine Zigarette an und sagte in barschem Ton:
– Na, tretet doch ein! Fünf Moneten bezahlen wir für jedes Gläschen! Das ist doch Geld! Wir zahlen bar! Bedenkt doch, wie viele Hemden ihr durchschwitzen müßt, um fünf Moneten zu verdienen! Hier genügt es, ein Schläuchchen zu schlucken, und die Sache hat sich! Also? –
Während ich ihn so betrachte, kann ich mich nicht genug über die Kurzsichtigkeit der Stadtverwaltung wundern: Wie kann man bloß einem Stadtbewohner – ja auch nur einem Bauern – zumuten, seinen Organismus einem derartigen Banditen anzuvertrauen?
Ich machte mich aus dem Staub und ging zu unserem »Plätzchen«.
Die »Unseren« waren schon alle da, jeder hatte eine

Flinte bei sich und vereinzelte trugen auch eine weiße Armbinde; Polyphem hatte sich eine alte Militärkappe aufgesetzt. Triefend vor Schweiß, hielt er gerade eine Ansprache, aus der hervorging, daß die von den Marsianern begangenen Greueltaten bereits die Grenze der Erträglichkeit überschritten hätten, daß alle Patrioten unter ihrem Joch bluten und stöhnen und daß schließlich der Augenblick gekommen sei, einen ernstlichen Widerstand zu leisten. Und er betonte, daß Hauptschuld an allem die Deserteure und Verräter seien. Deserteure und Verräter von der Sorte der dickärschigen Generäle, des Apothekers Achilles, des Angsthasen Mirtill, eines Renegaten wie dieser Apollon.

Bei seinen letzten Worten wurde mir schwarz vor den Augen, mir blieb die Sprache weg. Ich faßte mich erst wieder, als mir auffiel, daß dem einbeinigen Narren Polyphem außer mir niemand zuhörte. Alles war ganz Aug und Ohr für Silen, der soeben vom Rathaus kam und berichtete, daß angeblich die Steuern in Hinkunft nur mehr in Magensaft eingehoben werden. Aus den Maraphinen traf heute eine Weisung ein, die besagte, daß ab heute der Magensaft den im Umlauf befindlichen Geldeinheiten gleichgesetzt ist. Der Magensaft hat also ab jetzt denselben Kurs wie das Geld, und infolgedessen sind alle Banken sowie Sparkassen jederzeit bereit, ihn an Geldes Statt entgegenzunehmen.

Der gallige Parall bemerkte dazu:

– Weit haben wir es gebracht! Der Goldbestand wurde verpufft, und jetzt versucht man, die Währung, anstatt mit Gold, mit Magensaft zu decken! –

– Was willst du damit sagen? – fragte Dimant. – Ich verstehe nicht. Müssen wir uns da vielleicht gar ein Spezialgeschirr zulegen, eine Art Menageschale? Und wenn ich ihnen anstatt Magensaft Wasser bringe? –

– Hör mich an, Silen –, sagte Morpheus. – Ich bin dir einen Zehner schuldig. Kann ich ihn dir in Magensaft zurückerstatten? – Er war springlebendig geworden. Bisher hatte ihm ständig das Geld zum Saufen gefehlt, ständig mußte er es auf fremde Rechnung tun.

– Eine herrliche Zeit bricht an, Freunde! – rief er aus. – Will ich mir einmal einen hinter die Binde gießen, gehe ich einfach zur Bank, lasse mir den »Überschuß« abzapfen, kassiere die Moneten und – auf geht's in die Kneipe! –

Da begann Polyphem wieder zu brüllen:

– Gekauft haben sie dich! Du hast dich den Marsianern für Magensaft verkauft! Ja, verkauft hast du dich, während sie in unserer Stadt herumstrolchen und sich aufführen, als ob sie auf ihrem Mars wären! –

Und in der Tat, über den Platz glitt soeben gemächlich und völlig geräuschlos ein höchst fremdartig anmutendes Vehikel: es war schwarz und schien weder Räder noch Fenster, noch Türen zu haben. Hinterdrein lief johlend und pfeifend eine Schar von Gassenjungen; hin und wieder versuchte der eine oder der andere sich daran anzuklammern, doch keinem von ihnen gelang es, denn das Fahrzeug war aalglatt, glatt wie ein Klavier. Ich muß schon sagen, ein wahrlich ungewöhnliches Ding!

– Soll das wirklich ein Fahrzeug der Marsianer sein? – fragte ich.

– Von wem denn sonst? – erwiderte Polyphem gereizt. – Von dir vielleicht? –

– Ich habe nicht behauptet, es sei mein Auto –, entgegnete ich. – Gibt es denn so wenige Autos auf der Welt, daß jedes gleich von den Marsianern stammen muß? –

– Wer sagt denn das, du altes Luder? – schrie Polyphem aus vollem Halse. – Ich habe lediglich behauptet, daß die Marsianer, dieses Drecksgesindel, in unserer Stadt herumlungern, als ob sie zu Hause wären. Und daß ihr euch alle verkauft habt. –

Da ich mich mit ihm nicht näher einlassen wollte, zuckte ich nur mit den Achseln; Silen hingegen antwortete ihm sehr einsichtig:

– Sei mir nicht bös, Polyphem, aber dein Gezeter wird mir allmählich zu dumm. Nicht nur mir, übrigens. Meiner Meinung nach hat jeder von uns seine Pflicht erfüllt. Wir sind dem Freiwilligen-Trupp beigetreten, haben unsere Gewehre gereinigt. Was willst du noch mehr, sag es uns! –
– Patrouillen, Patrouillen brauchen wir! – sagte Polyphem in einem Anflug von Hysterie. – Wir müssen die Straßen verbarrikadieren, die Marsianer nicht in die Stadt lassen! –
– Gut, und wie willst du das verhindern? –
– Fahr zum Teufel, Silen! Wie man sie aufhalten kann? Nichts einfacher als das! »Halt! Wer dort? Ich schieße!« Und dann feuerst du los. –
Ich kann ihn nicht anhören: Polyphem ist kein Mensch, sondern eine lebende Kaserne.
– Also, stellen wir eben eine Patrouille auf! – sagte Dimant.
– So einfach wird das aber nicht sein, glaubst du nicht? –
– Das ist nicht unsere Sache –, sagte ich nachdrücklich. – Silen kann bestätigen, daß so etwas gesetzwidrig ist. Das ist Sache der Armee. Möge sich die Armee um Patrouillen und Schießgefechte kümmern! –
Ich kann diese Kriegsspiele einmal nicht leiden, schon gar nicht, wenn Polyphem der Kommandant ist. Das ist ja Sadismus, ausgesprochener Sadismus! Da fällt mir gerade ein: Unlängst wurden in unserer Stadt Atomschutzübungen abgehalten, und bei dieser Gelegenheit, um eine möglichst echte Atmosphäre zu schaffen, fiel Polyphem nichts Besseres ein, als raucherzeugende Sprengkörper herumzuwerfen, so daß jeder schleunigst die Gasmaske aufsetzen mußte. Viele von uns haben Vergiftungen davongetragen – nur der Gedanke daran ist mir wie ein Alptraum. Polyphem ist nun einmal ein Unteroffizier und läßt sich nichts dreinreden. Ein anderes Mal wiederum mischte er sich in den Turnunterricht einer Schule, beschimpfte den Turnlehrer mit den unflätig-

sten Worten und brachte dann den Schuljungen auf eigene Faust den Militärschritt bei. Sollte man ihn wirklich mit dem Kommando einer Patrouille betrauen, würde er zweifellos mit seiner Schrotflinte auf jeden Erstbesten drauflosschießen, bis schließlich auch die Lebensmittelbelieferung zum Stillstand käme. Natürlich würde er sich auch gegen die Marsianer nach Herzenslust austoben, und die Marsianer würden dann als Rache unsere Stadt stürmen und in Brand stecken. Doch diese alten Trottel sind nun einmal wie die Kinder! Patrouillen, jawohl Patrouillen müssen her! Ich spuckte demonstrativ auf den Boden und begab mich ins Rathaus.

Der Herr Nikostrat polierte sich gerade seine Fingernägel, und auf meine zaghaften Fragen antwortete er mir beiläufig so:

– In der Finanzpolitik unseres Staates wurden einige Reformen durchgeführt: Eine wichtige Rolle im Geldverkehr wird künftig der sogenannte Magensaft spielen. Es ist zu erwarten, daß in allernächster Zeit die Zahlkraft des betreffenden Saftes mit der des Geldes gleichgeschaltet wird. Bezüglich der Pensionen gibt es vorläufig noch keine besonderen Verfügungen, es bestehen jedoch alle Voraussetzungen dafür, daß, sobald man die Steuern in Magensaftwährung eintreiben wird, auch die Pensionen im sogenannten Magensaft ausgezahlt werden. –

Mir fiel wieder einmal das Herz herunter, aber ich nahm dann meinen ganzen Mut zusammen und fragte den Herrn Nikostrat geradeheraus, ob seine Erklärungen nicht etwa anders zu interpretieren seien, und zwar, daß der »sogenannte Magensaft« als Symbol der neuen Finanzpolitik aufzufassen sei. Der Herr Nikostrat zuckte unschlüssig mit den Achseln, und seine Fingernägel betrachtend, erklärte er:

– Magensaft ist Magensaft, Herr Apollon! –

– Was soll ich denn mit Magensaft anfangen? – fragte ich ihn am Rande der Verzweiflung.

Er zuckte abermals mit den Achseln und sagte:

– Sie selbst wissen ganz genau, daß für jeden Men-

schen der Magensaft unentbehrlich ist. –
Ich war mir vollkommen im klaren, daß der Herr Nikostrat entweder lügt oder einiges verschweigt. Über alle Maßen bestürzt, äußerte ich den Wunsch, den Herrn Bürgermeister zu sprechen. Man lehnte es mir ab. Ich verließ das Rathaus und warb mich bei der Patrouille an.
Wenn man einen Bürger, der durch dreißig Jahre hindurch untadelig auf dem Gebiet der Volksaufklärung gewirkt hat, mit einem Gläschen Magensaft zu entlohnen gedenkt, so hat dieser Bürger das Recht, seine Entrüstung darüber auf beliebige Weise kundzutun. Es ist vollkommen unwesentlich, ob dabei die Marsianer im Spiel sind oder nicht.
Für anarchistische Handlungsweisen habe ich nun einmal nichts übrig und bin jederzeit bereit, meine Rechte auch mit der Waffe zu verteidigen. Und wenn auch alle genau wissen, daß mein Protestieren rein symbolischer Natur ist, soll es ihnen bewußt werden, daß sie es nicht mit einem armen Analphabeten zu tun haben. Sollten jedoch diese Magensaft-Spendezentren zu einer ständigen Institution werden und die Banken und Sparkassen tatsächlich Magensaft an Geldes Statt in Empfang nehmen, würde ich natürlich meine Einstellung ändern. Über die Banken und Sparkassen sprach bisher nur Silen, daher betrachte ich die ganze Angelegenheit vorläufig als bloßes Gerücht. Und über die Spendezentren weiß ich folgendes: nachdem sich Morpheus zur Patrouille gemeldet hatte, wollte er dieses Ereignis unverzüglich mit einem Trunk besiegeln; er lieferte sich also dem einäugigen Banditen aus, kam dann mit geröteten, tränenden Augen wieder zurück, hielt uns einen nagelneuen, knisternden Fünfer unter die Nase und teilte uns mit, daß die Fahrzeuge im Begriff seien, die Stadt zu verlassen. Von einer ständigen Institution kann also nicht die Rede sein: so wie sie gekommen sind, ziehen sie wieder ab. Hat man es geschafft, den Überschuß abzugeben, ist es gut, ist man nicht mehr dazugekommen – hat man eben Pech gehabt. Ich finde das empörend.

Polyphem hatte mich zusammen mit dem Stotterer Kalaid eingeteilt, von zwölf bis zwei Uhr nachts den Concordeplatz und die angrenzenden Straßen abzupatrouillieren. Nachdem er uns zwei von Silen ausgefertigte Ausweise überreicht hatte, klopfte er mir auf die Schulter und sagte gerührt:

– Die alte Garde! Was würden diese Scheißzivilisten wohl ohne uns anfangen, Phöb? Wußte ich doch, daß du im entscheidenden Augenblick auf unserer Seite stehen würdest. –

In Tränen ausbrechend, fielen wir uns um den Hals. Im Grunde genommen ist Polyphem kein schlechter Mensch, er liebt es eben, daß man sich ihm widerspruchslos unterordnet. Ein durchaus verständlicher Wunsch. Ich bat ihn, mich vom Dienst freizustellen, und machte mich zu Achilles auf. Patrouille hin, Patrouille her – immerhin war es notwendig, irgendwelche Maßnahmen zu treffen. Ich fragte Achilles, was eigentlich der Magensaft sei, wem er von Nutzen sein kann, wozu er überhaupt gut ist. Achilles antwortete mir, seines Wissens tauge er zu einer erfolgreichen Verdauung und zu weiter nichts. Das wußte ich auch ohne seine Erklärung.

Demnächst werde ich dir einen größeren Posten von diesem Magensaft anbieten können –, sagte ich. – Wirst du ihn nehmen? –

Darauf sagte er mir, er wolle es sich überlegen. Dann schlug er mir vor, ihm meine unvollkommene »Tierpark«-Serie für eine zackenlose Flugpostmarke von 1920 zu geben. An und für sich wäre diese zackenlose Marke ja eine einmalige Sache – nur ist eben die von Achilles zweimal gefalzt und hat obendrein noch einen Fettfleck. Ich weiß nicht, ich weiß wirklich nicht ... Beim Verlassen der Apotheke bemerkte ich neuerdings das Marsianerfahrzeug. Möglicherweise war es dasselbe von vorhin, vielleicht aber auch ein anderes. Allen Verkehrsregeln zum Trotz fuhr es in der Mitte der Straße. Ich war zum Wirtshaus unterwegs, und das Fahrzeug bewegte sich in derselben Richtung. Und da es mit der Geschwindigkeit eines

Fußgängers dahinglitt, hatte ich die Möglichkeit, es mir genauer zu betrachten. Mein erster Eindruck bestätigte sich: am ehesten konnte man das Fahrzeug mit einem verstaubten, stromlinienförmigen Klavier vergleichen. In Abständen blitzte es unter dem Fahrgestell auf, wobei das Vehikel leicht zu hüpfen begann, aber nicht etwa aus irgendwelcher Defektheit, denn es glitt unentwegt vorwärts. Nicht einmal aus nächster Nähe konnte ich daran Fenster oder Türen entdecken; was mich aber am meisten erstaunte, war das gänzliche Fehlen von Rädern. Zugegeben, infolge meines Körperumfanges war es mir leider nicht möglich, mich genügend tief hinunterzubücken, um den Boden der Karosserie eingehender ins Auge zu fassen. Möglicherweise waren aber doch Räder vorhanden – ein Fahrzeug so ganz ohne Räder gibt es ja nicht.

Da – plötzlich hielt das Fahrzeug an. Und natürlich hielt es vor der Privatvilla des Herrn Laomedont. Ich erinnere mich noch, wie ich damals mit Bitterkeit dachte: »Es gibt Leute auf der Welt, für die der alte oder ein neuer Präsident, die Marsianer oder wer auch sonst noch überhaupt keinen Unterschied ausmachen. Diesen Leuten gegenüber verhalten sich die jeweiligen Machthaber allemal voller Achtung und Aufmerksamkeit, was diese Leute aber keineswegs verdienen, schon gar nicht, was die Achtung betrifft – ja, ganz im Gegenteil«. Und da trug sich etwas völlig Unerwartetes zu. In der berechtigten Annahme, es werde nun jemand aussteigen und ich würde nun endlich einen leibhaftigen Marsianer zu Gesicht bekommen, blieb ich etwas abseits stehen und, zusammen mit den anderen Stadtbewohnern, deren Gedankengang offensichtlich mit dem meinen identisch war, wartete ich die Ereignisse ab. Zu unserem Erstaunen und unserer Enttäuschung stiegen aber gar keine Marsianer aus dem Fahrzeug, sondern einige nette junge Leute in enganliegenden Mänteln und mit gleichen Baretts auf dem Kopf. Drei davon gingen zum Haupteingang der Villa und klingelten, während sich zwei andere leger und ungezwungen, die Hände tief in den Manteltaschen, an das Fahrzeug lehnten. Das Tor wurde geöffnet, die drei traten ins Haus, und unmittelbar darauf ertönten von dort seltsame, nicht allzustarke Geräusche: es klang so, als ob da drinnen jemand unachtsam Möbel herumrückte; gleichzeitig hörte man gedämpfte Schläge, als ob jemand einen Teppich ausklopfte. Die zwei Männer, die beim Fahrzeug geblieben waren, schienen von diesen Geräuschen überhaupt keine Notiz zu nehmen. Sie standen noch immer in derselben Pose auf ihren Plätzen: einer von den beiden blickte zerstreut die Straße entlang, und der andere behielt währenddessen das oberste Stockwerk der Villa im Auge. Kurz darauf öffnete sich plötzlich das Tor und heraus trat, langsam und vorsichtig wie ein Blinder, mein Beleidiger, der Chauffeur des Herrn Laomedont. Sein Gesicht war bleich, sein Mund weit aufgerissen, die Augen gläsern und hervortretend, und beide Hände hielt er fest auf seinen Leib gepreßt. Er tat ein paar Schritte auf dem Gehsteig, dann setzte er sich ächzend und krächzend auf den Boden; dort blieb er eine Weile zusammengekauert sitzen, krümmte sich immer mehr, und sich vor Schmerzen windend, wälzte er sich schließlich auf eine Seite, zog die Beine an und blieb regungslos liegen. Ich muß gestehen, ich war im Moment einfach sprachlos. Alles hatte sich mit einer derartigen Geschwindigkeit abgespielt, mit einer derartigen Selbstverständlichkeit abgewickelt, mitten im normalen Straßenlärm, daß sich das in mir unwillkürlich aufgekommene Gefühl, es müsse ja alles so sein, nur noch bekräftigte. Ich war nicht im geringsten beunruhigt und suchte auch nach keinen Erklärungen, so groß war mein Vertrauen zu diesen netten, zurückhaltenden jungen Männern ... Einer von den beiden warf einen flüchtigen Blick auf den auf dem Boden liegenden Chauffeur, rauchte sich eine Zigarette an und begann aufs neue, das oberste Stockwerk zu beobachten. Mir schien es sogar, als lächelte er dabei. Da ertönten

Schritte und aus dem Portal traten, einer nach dem anderen, zuerst einer der jungen Männer im enganliegenden Mantel, sich ein Taschentuch an den Mund drückend; als zweiter der Herr Laomedont in einem prächtigen orientalischen Schlafrock, ohne Hut und mit Handschellen; dann kam der zweite junge Mann im enganliegenden Mantel, sich im Gehen die Handschuhe anziehend; und als letzter der dritte junge Mann im enganliegenden Mantel, vollbeladen mit Waffen: mit dem rechten Arm drückte er sich drei oder vier Maschinenpistolen an die Brust, in der linken Hand hielt er einige normale Pistolen, den Finger auf dem Abzug, und auf beiden Schultern hatte er je ein Maschinengewehr hängen. Auf den Herrn Laomedont warf ich nur einen kurzen Blick – heute noch stehe ich unter dem Eindruck jenes nassen, klebrigen roten Klumpens. Die ganze Kavalkade überquerte gemächlich den Gehsteig und verschwand im Inneren des Fahrzeugs. Die heraußen gebliebenen zwei jungen Männer stießen sich lässig von der polierten Seitenwand des Fahrzeugs ab, an der sie bisher gelehnt hatten, traten an den auf dem Boden liegenden Chauffeur heran, hoben ihn behutsam an beiden Händen und Füßen auf, und nachdem sie ihn ein paarmal hin- und hergeschaukelt hatten, warfen sie ihn durch das Villenportal. Der eine von ihnen zog dann irgendein Papier aus der Tasche und klebte es sorgfältig auf die Klingel. Während sich das Fahrzeug, ohne zu wenden und mit derselben Geschwindigkeit, wie es gekommen war, in entgegengesetzter Richtung entfernte, schritten die zwei zurückgebliebenen jungen Männer diskret und unauffällig durch die sich zerstreuende Menge und verschwanden hinter der nächsten Straßenecke. Als ich mich von dem Schock infolge der unerwarteten und ungewöhnlichen Geschehnisse wieder erholt und auch mein Denkvermögen wiedererlangt hatte, überkam mich eine Art seelische Erschütterung, als ob sich da eine Umwälzung in der Geschichte vollzogen hätte. Ich bin fest davon überzeugt, daß auch die

übrigen Augenzeugen dabei Ähnliches erlebt und empfunden haben. Wir drängten uns alle zum Villeneingang, niemand jedoch entschloß sich dazu hineinzugehen. Ich setzte mir die Brille auf und verlas über die Menge hinweg das unter der Klingel angebrachte Manifest. Das Manifest hatte folgenden Wortlaut: »Das Rauschgift ist der Ruin und die Schande der Nation! Die Zeit ist gekommen, mit dem Rauschgift endgültig aufzuräumen! Wir werden es durchführen, und ihr werdet uns dabei unterstützen! Erbarmungslos werden wir gegen alle diejenigen vorgehen, die Rauschgift in Umlauf bringen.« Ein anderer Aufruf hätte zweifellos eine ein- bis zweistündige Debatte hervorgerufen, heute hingegen wagte es niemand, aus sich herauszugehen, man tauschte lediglich Ausrufe aus wie:
– O weh, o weh, o weh ... –
– Er hat es verdient ... –
– Ha-ha-ha-ha ... –
– Ja, meine Herrschaften ... o jemine! –
Irgendwer verständigte die Polizei und holte einen Arzt herbei. Der Arzt trat in das Haus und kümmerte sich um den Chauffeur. Anschließend traf Pandareus mit dem Geländewagen der Polizei ein. Er stapfte vor dem Eingang herum, las einige Male das Manifest, kratzte sich am Hinterkopf und riskierte sogar einen Blick ins Innere der Villa, hineinzugehen war er jedoch zu feige.
Von drinnen rief ihm der Arzt wütend höchst unehrerbietige Namen heraus. Pandareus postierte sich mit gespreizten Beinen vor den Eingang, aufgebläht wie ein Truthahn. Mit dem Erscheinen der Polizei hatte die Menge wieder etwas Mut gefaßt und äußerte sich nun in bestimmterem Ton:
– Sind das vielleicht Manieren, was? –
– Na ja, da ist ja alles klar ... –
– Interessant, interessant, meine Herren! –
– Mein ganzes Lebtag hätte ich derartiges nicht für möglich gehalten! –
Mit einiger Besorgnis stellte ich fest, wie sich die

Zungen bereits gelöst hatten, und ich war, trotz der unbändigen Neugier, schon im Begriff fortzugehen, als Silen Pandareus ohne viel Umstände fragte:
– Somit, Pan, hat das Gesetz also doch triumphiert? Habt ihr euch endlich geschlagen gegeben? –
Pandareus kniff hintergründig die Lippen zusammen und stieß dann etwas unschlüssig hervor:
– Meine persönliche Ansicht ist, daß wir uns nicht geschlagen gegeben haben. –
– Was soll das heißen – nicht ihr? Wer sonst? –
– Ich vermute – die Gendarmerie der Hauptstadt –, sagte Pandareus in zischendem Flüsterton und blickte sich gleichzeitig nach allen Seiten um.
– Was ist das für eine Gendarmerie? – tönte es aus der Menge. – Seit wann fährt denn die Gendarmerie mit einem Marsianer-Fahrzeug? Nein, Gendarmerie ist das keine! –
– Was soll es dann nach eurer Meinung sein? Etwa leibhaftige Marsianer? –
Pandareus blähte sich noch mehr auf und brüllte aus vollem Halse:
– Hallo, wer spricht da von den Marsianern? Vorsicht! –
Aber niemand scherte sich mehr um ihn. Die Zungen hatten sich indessen endgültig gelöst:
– Schon möglich, daß es ein Marsianervehikel ist; die Insassen jedoch sind keine Marsianer, das ist einmal sicher! Jedenfalls haben sie genau dieselben, typisch menschlichen, schlechten Angewohnheiten. –
– Vollkommen richtig! Außerdem frage ich mich: warum sollten sich die Marsianer auch für das Rauschgift interessieren? –
– Lieber Freund, ein neuer Besen kehrt gut! Und was sollte ihnen an unserem Magensaft liegen? –
– Nein, meine Herren, Menschen waren das keine! Sie waren zu ruhig, versteht mich, allzu schweigsam. Ich persönlich bin der Meinung, es waren die Marsianer selbst. Sie funktionieren wie Maschinen. –
– Stimmt genau, wie Maschinen! Roboter! Und warum haben die Marsianer schmierige Hände? Weil sie

Roboter eingebaut haben! –
Selbst Pandareus hielt sich nun nicht mehr zurück und verkündete seine persönlichen Mutmaßungen.
– Aber nein, meine alten Freundchen –, deklarierte er. – Das sind keine Roboter. Es handelt sich in diesem Fall um eine Neueinführung: bei der Gendarmerie rekrutiert man jetzt nur mehr Taubstumme. Zum Schutz der Staatsgeheimnisse. –
Diese Auslegung bewirkte bei den Leuten zunächst Verwunderung und gleich darauf giftige und zum Teil auch höchst scharfsinnige Entgegnungen. Ich entsinne mich nur mehr der Äußerung des galligen Parall. Er meinte, das Vorhaben, von nun an bei der Polizei ausschließlich Taubstumme einzustellen, sei an und für sich absolut keine schlechte Idee; nicht zum Schutz der Staatsgeheimnisse jedoch, vielmehr um ganz und gar unschuldige Menschen vor dem saublöden Geschwätz zu schützen, das sie von sogenannten offiziellen Persönlichkeiten über sich ergehen lassen müssen. Darauf hin knöpfte sich Pandareus seinen Uniformrock auf, holte tief Atem, knöpfte sich den Rock wieder zu und brüllte dann, wie es lauter nicht ging:
– Genug gesprochen! Abtreten! –
Wir mußten also auseinandergehen – schade, denn gerade in diesem Augenblick fuhr der Rettungswagen vor. Der alte Esel hatte vorhin derart getobt, daß wir die folgende Szene leider nur aus einiger Entfernung beobachten konnten. Wir sahen, wie man von der Villa den verletzten Chauffeur heraustrug und hinterdrein, zu unserem allgemeinen Erstaunen, noch zwei andere Körper.
Alle die »Unseren« schlugen den Weg zum Wirtshaus ein und ich schloß mich ihnen an. Beim Schanktisch standen, leger und ungezwungen, die beiden jungen Männer in den enganliegenden Mänteln. Wie schon vorher, waren sie ruhig und schweigsam, tranken ihren »Gin« und blickten dabei mit zerstreuter Miene über die Köpfe der anderen Gäste hinweg. Ich bestellte mir ein Mittagessen, und während ich

meinen Hunger stillte, sah ich, wie die am meisten Neugierigen von den »Unseren« sich nach und nach zu den jungen Männern vordrängten, und besonders lächerlich fand ich dabei, mit welcher Plumpheit sich Morpheus bemühte, mit ihnen ein Gespräch über das Wetter in den Maraphinen anzuknüpfen, während Parall, offensichtlich bestrebt, den Stier bei den Hörnern zu fassen, ihnen vorschlug, zusammen einen zu trinken. Die beiden jungen Männer standen dort, als ob sie keinen von den Umstehenden bemerkten, leerten brav die Gläser, die man ihnen zuschob, hüllten sich aber weiterhin in teilnahmsloses Schweigen. Die Witze belustigten sie nicht, alle Bemerkungen ließen sie völlig kalt, und die direkten Fragen überhörten sie ganz und gar. Ich wußte nicht, was ich davon halten sollte. Hatten mich zu Anfang ihre ungewöhnliche Zurückhaltung und völlige Gleichgültigkeit angesichts der albernen Bemühungen der anderen, sie in ein Gespräch zu ziehen, in helle Begeisterung versetzt, so begann ich jetzt selbst zu der Auffassung zu neigen, daß es sich tatsächlich um Roboter der Marsianer handle: wahrscheinlich haben die Marsianer selbst ein derart erschreckendes Äußeres, daß sie sich uns unmöglich »in persona« zeigen können. Ich witterte also in den beiden jungen Männern leibhaftige Marsianer, obwohl wir von ihnen bis heute noch nichts Näheres wissen. Die »Unseren« wurden indes immer dreister. Sie hatten die beiden umringt, und ohne sich im geringsten zu genieren, begannen sie deren Wesen zu begutachten – und einige erfrechten sich sogar, den Mantelstoff zu befühlen! Alle waren jetzt felsenfest davon überzeugt, Roboter vor sich zu haben. Japet begann sich sogar zu beunruhigen. Während er mir einen »Brandy« einschenkte, sagte er mißmutig:

– Was, Roboter sollen das sein? Sie haben je zwei Glas »Gin« gehabt, zwei »Brandy«, zwei Päckchen Zigaretten – wer wird das nun bezahlen? –

Ich versuchte ihm klarzumachen, daß in diesem Überprüfungsprogramm des Getränke- und Zigaret-

tenbedarfs seitens der Roboter ganz bestimmt auch irgendeine Zahlungsart der Konsumationen vorgesehen ist. Japet hatte sich gerade beruhigt, als beim Schanktisch eine Rauferei losging.
Später stellte sich heraus, daß der schrullige Dimant mit dem galligen Parall gewettet hatte, er würde eine brennende Zigarette an die Hand eines Roboters halten und nichts würde passieren! Mit meinen eigenen Augen habe ich nun folgendes gesehen: Mitten aus der sich unterhaltenden Menge schoß blitzartig, wie der Korken aus einer Flasche, Dimant heraus: er flog mit dem Rücken voraus und mit den Beinen strampelnd durch den ganzen Saal, warf dabei Tische um und was ihm sonst noch in die Quere kam, und endete schließlich in einer Ecke. Es verging keine Sekunde und auf genau dieselbe Weise wie vorhin Dimant, kam auch Parall durch die Luft geflogen, nur endete er in einer anderen Ecke. Die »Unseren« stoben erschrocken auseinander. Ich wußte überhaupt nicht, was da los war, ich sah nur, daß die beiden jungen Männer wie ehedem still und schweigsam an der Theke standen und, wie in Gedanken vertieft, beide mit denselben Bewegungen, die Schnapsgläser zum Mund führten.
Parall und Dimant hob man vom Boden auf und schleppte sie ins Hinterzimmer: dort sollten sie wieder zu sich kommen. Mit meinem Brandyglas in der Hand folgte ich den anderen ins Hinterzimmer, wollte ich doch erfahren, was sich abgespielt hatte. Als ich hinzukam, hatte Dimant gerade das Bewußtsein wiedererlangt und betastete sich, überaus blöde dreinschauend, die Brust. Parall war zwar noch immer bewußtlos, schluckte aber schon etwas »Gin« und trank hinterher Sodawasser. Neben ihm hielt das Dienstmädchen ein Handtuch bereit, um ihm, sollte er zu sich kommen, einen Gesichtsumschlag zu machen. Jetzt erst erfuhr ich den von mir bereits beschriebenen Hergang des Zwischenfalls und stimmte den anderen vollkommen bei, als sie behaupteten, daß Parall ein Provokateur und Dimant eben ein

Trottel sei, um kein Haar besser als Pandareus. Trotz all dieser klugen, besonnenen Erwägungen hatten sich die »Unseren« aber keineswegs zufriedengegeben: alle waren der festen Meinung, daß es so nicht weitergehen könne, daß man unbedingt etwas unternehmen müsse. Polyphem, der sich bis zu diesem Zeitpunkt im Hintergrund gehalten hatte, deklarierte, es sei der Augenblick für die erste Kampfhandlung unserer Freiwilligen Truppe gekommen.

– Wir werden draußen den Bürschchen auflauern bis sie das Wirtshaus verlassen –, sagte er und begann anzuordnen, wer von uns und wo sich jeder postieren sollte und wann wir einzugreifen hätten. Ich zog mich sofort von diesem Unterfangen zurück. Erstens einmal bin ich von Haus aus ein Gegner jeder Gewaltanwendung: ich habe nun einmal so gar nichts von einem Unteroffizier. Zweitens trifft – nach meiner Meinung – die beiden jungen Männer bei der ganzen Affäre keine eindeutige Schuld. Ich denke nicht daran, mich mit ihnen zu schlagen; was ich vorhabe ist, mit ihnen über meine Pensionsangelegenheit zu sprechen. Ich schlich mich also aus dem Hinterzimmer und begab mich wieder zu meinem Tisch. Ausgerechnet diese Handlungsweise setzte aber den Anfang zu einem späteren, für mich äußerst betrüblichen Geschehnis.

Übrigens auch heute noch, wo ich das damalige Erlebnis mit nüchternem Auge betrachte, muß ich betonen, daß die Logik meiner damaligen Handlungen absolut untadelig war. Die jungen Männer – so überlegte ich damals – sind nicht von unserer Gegend. Und der Umstand, daß sie mit einem Marsianer-Fahrzeug hier eingetroffen sind, ist mir am ehesten ein Beweis dafür, daß sie aus der Hauptstadt kommen. Und vor allen Dingen – ihre Mitwirkung bei der Exekutierung des Herrn Laomedont bekräftigt in mir die Annahme, daß sie zweifellos zu den Machthabern gehören: zum Herrn Laomedont hätte man wohl kaum gewöhnliche Vollstrecker aus der Mann-

schaft entsandt! Also mußten die beiden jungen Männer über die neuen Umstände sicherlich gut informiert und infolgedessen in der Lage sein, mich über viele Dinge, die mir am Herzen lagen, zu beruhigen. Ich – ein kleiner Mann, der vom Chauffeur des Herrn Laomedont gehänselt wird, dem der Gemeindesekretär jede nähere Auskunft verweigert – kann es mir auf keinen Fall leisten, die Gelegenheit einer verläßlichen Information zu verpassen! Auf mich persönlich hatten die jungen Männer in keiner Weise beängstigend gewirkt. Daß sie mit dem Herrn Laomedont und seinen Leibwächtern wohl etwas grausam umgegangen waren, hatte bei mir nicht die mindesten Bedenken hervorgerufen. Das gehörte eben zu ihrem Dienst – und das Opfer war der Herr Laomedont, bei dem übrigens eine Bestrafung schon längst fällig war. Ja – und hinsichtlich des Zwischenfalls mit Parall und Dimant, meine Herren, so ist Dimant blöd, und man kann mit ihm nicht verkehren; Parall ist wiederum imstande, mit seinen galligen Witzeleien jedermann in Weißglut zu versetzen. Ganz davon zu schweigen, daß ich persönlich es auch nicht dulden würde, daß man mich einen Roboter nennt, und schon gar nicht, daß man mir eine brennende Zigarette auf die Hand drückt.
Als ich meinen »Brandy« ausgetrunken hatte, stand ich auf und ging zu den jungen Männern an die Theke, fest vom Erfolg meines Unternehmens überzeugt. Für die bevorstehende Unterhaltung hatte ich mir in allen Einzelheiten einen Plan ausgeklügelt, selbstverständlich unter Berücksichtigung ihrer Mission und ihrer Gemütsverfassung infolge des soeben erfolgten, bedauerlichen Zwischenfalls sowie ihrer ihnen eigenen Schweigsamkeit und Zurückhaltung. Gleich zu Anfang gedachte ich, sie wegen des unannehmbaren Benehmens meiner Mitbürger um Entschuldigung zu bitten; anschließend wollte ich mich vorstellen und der Hoffnung Ausdruck geben, daß ich sie mit meinem Gespräch nicht belästige; ich würde mich über die Qualität des »Brandy« beklagen

– Japet schenkt davon bekanntlich allzu oft und gern die billigste Sorte aus – und die beiden zu guter Letzt einladen, sich aus meiner persönlichen Flasche zu bedienen. Erst dann – eventuell würde ich vorher noch kurz das Wetter in den Maraphinen und in unserer Stadt erwähnen – wollte ich unmerklich und behutsam auf das Hauptargument übergehen. Ich sah, daß, während der eine von den beiden an seiner Zigarette paffte, der andere, den Rücken zur Theke kehrend, aufmerksam mein Herannahen beobachtete. Ich beschloß daher, mich gleich an ihn zu wenden. Meinen Hut lüftend, sagte ich:
– Ich wünsche einen guten Abend! –
Da vollführte der Laffe eine lässige Bewegung mit der Schulter, und mir war, als ob in meinem Kopf eine Granate explodierte. Ich kann mich an nichts mehr erinnern. Ich weiß nur, daß ich eine geraume Zeit neben Parall im Hinterzimmer gelegen habe, daß ich »Gin« geschlürft und Sodawasser nachgetrunken habe, und jemand hatte mir auf das blaugeschlagene Auge eine nasse Serviette aufgelegt.
Ich frage mich nun: Was erwartet uns denn noch?
Niemand kam mir damals zu Hilfe, niemand erhob auch nur ein einziges Wort des Protests. Alles wird sich wiederholen! Die jungen Laffen werden neuerdings Schrecken und Entsetzen verbreiten, indem sie die Leute auf offener Straße zusammenschlagen. Polyphem fuhr mich in seinem Kleinwagen nach Hause. Ebenso gleichgültig wie alle anderen, als ob überhaupt nichts geschehen wäre, saß meine Tochter im Garten und küßte sich mit dem Herrn Gemeindesekretär. Nein – trotz alldem, was geschehen ist, selbst wenn ich wüßte, wie es auch diesmal wieder enden würde, müßte ich es erst recht versuchen, mit den beiden jungen Männern ein Gespräch anzuknüpfen! Natürlich würde ich diesmal dabei mehr Vorsicht walten lassen, ich würde auch nicht zu nahe an sie herantreten. Von wem könnte ich sonst die gewünschten Auskünfte erhalten? Ich habe es satt, um jeden Groschen zu zittern; ich bin außerstande, mich

weiterhin mit Privatstunden abzuplagen; ich bin auch nicht gewillt, mein Haus zu verkaufen, in dem ich so viele Jahre hindurch gelebt habe. Das befürchte ich, und ich möchte Ruhe haben.

8. Juni

Temperatur plus 17, Bewölkungsgrad 8, Südwind, 3 Meter in der Sekunde. Ich sitze zu Hause, gehe nirgends hin, treffe mich mit niemandem. Die Geschwulst ist wohl zurückgegangen, und die verletzte Stelle verursacht mir kaum noch Schmerzen, aber trotzdem ist mein ganzes Aussehen noch immer verunstaltet.

Gestern nacht belagerte unsere »jeunesse dorée« das von Soldaten besetzte Etablissement von Madame Persephone. Man erzählt, es habe dort ein regelrechtes Gefecht stattgefunden. Die Armee ließ ein wahres Schlachtfeld zurück. Sollten da vielleicht nicht die Marsianer im Spiel sein? Die Zeitungen brachten nichts Wesentliches. Über das Einfuhrverbot nicht ein Wort, es sieht ganz so aus, als habe man es zur Gänze aufgehoben. Da lese ich eine höchst merkwürdige Stellungnahme des Verteidigungsministers, in einer Kleindruckspalte abgefaßt: »Das Bestehen des Kriegskameradschaftsbundes stelle eine Belastung für unser Land dar und sei in keiner Weise gerechtfertigt, wenn es auch auf den ersten Blick so scheinen mag.« Gottlob habe ich das schon seit elf Jahren geahnt! Mit besonderem Nachdruck berichten die Zeitungen über einen Landwirt – Periphant mit Namen –, der imstande ist, bis zu vier Liter Magensaft am Tag abzugeben, ohne daß dabei sein Organismus auch nur den geringsten Schaden erleidet. Dazu einen ausführlichen Lebenslauf mit vielen intimen Einzelheiten, ein Interview – ja, und Szenen aus seinem Leben seien angeblich bereits vom Fernsehen ausgestrahlt worden. Eine grobschlächtige, derbe Mannsperson von etwa fünfundvierzig Jahren, ohne jeglichen Intellekt. Betrachtet man sein

Bild, hat man überhaupt nicht den Eindruck, daß es sich um ein dermaßen bewunderungswürdiges Phänomen handelt. Im Interview wies der Mann immer wieder auf seine Gepflogenheiten hin, in der Früh stets ein Stückchen Zucker zu lutschen. Ich muß das auch einmal probieren.

Ja! – Und hier bringt unsere Zeitung sogar einen vom Veterinär Kalaid verfaßten Artikel über die Schäden des Rauschgifts! Er schreibt da unmißverständlich, daß der gewohnheitsmäßige Rauschgiftgenuß dem Hornvieh insbesondere in Anbetracht auf ihre Magensaftabsonderung schädlich sei. Ein sich darauf beziehendes Zahlendiagramm bringt man auch. Da fällt mir etwas Interessantes auf: Obwohl Kalaid seinen Artikel schwarz auf weiß geschrieben und nicht gesprochen hat, erweist sich das Lesen als beinahe unerträglich schwierig: man wird das Gefühl nicht los, daß Kalaid sogar beim Schreiben stottert! Im großen und ganzen kann man dem Artikel entnehmen: Der Herr Laomedont wurde deshalb liquidiert, weil er die Stadtbewohner daran hindern wollte, nach Belieben ihren Magensaft abzugeben. Fast habe ich den Eindruck, als sei der Magensaft das Um und Auf in unserer neuen Staatspolitik geworden! Derartiges hat es bisher noch nie gegeben! Aber, schließlich warum den auch nicht?

Germione kehrte von ihrem Besuch zurück und berichtete, daß in der Villa des Herrn Laomedont ein Magensaft-Spendezentrum eingerichtet wird. Sollte das wirklich wahr sein – ich persönlich erkläre mich dafür! Zumal ich ja ein Freund von Sicherheit und Stabilität bin.

Ach, und ihr, meine lieben, kleinen Briefmarken, ihr seid wahrlich die einzigen, die mir nie Ärger verursachen!

9. Juni

Temperatur plus 16, Bewölkungsgrad 5, leichter Regen. Die Geschwulst ist jetzt ganz weg; leider hat sich

aber um das ganze Auge – Achilles hat es mir übrigens prophezeit – ein unschöner, grünlicher Fleck gebildet. Ich kann in diesem Zustand unmöglich auf die Straße gehen, ich bekäme nichts als dumme Spötteleien zu hören. In der Früh rief ich im Rathaus an. Der Herr Nikostrat beliebte sich heute in guter und humorvoller Laune zu befinden und teilte mir mit, daß es in meiner Pensionsangelegenheit absolut nichts Neues gebe. Ich habe mich natürlich innerlich aufgeregt, und nicht einmal meine Briefmarken konnten mich diesmal trösten! Ich schickte Germione um ein Beruhigungsmittel in die Apotheke, doch sie kehrte mit leeren Händen zurück. Achilles hatte ein Rundschreiben erhalten mit der Verfügung, Beruhigungsmittel ausschließlich gegen Vorweisung eines Rezeptes des Amtsarztes auszufolgen. Daraufhin wurde ich böse, rief ihn an und machte Krach – offen gesagt, was soll ich denn da nehmen? Alle Arzneimittel, die Narkotika enthalten, sind von der Polizei und Spezialbevollmächtigten des Magistrats genauestens registriert. Nun denn – wo Holz gefällt wird, fliegen die Späne! Ich goß mir einen Kognak ein und trank ihn aus, direkt vor Germione.
Ich gehe dann zu Mirtill, der noch immer in seinem Zelt haust. Seine Familie ist zurückgekehrt. Ich muß es offen gestehen, das freut mich. Ein gutes Zeichen dafür, daß sich die Lage in unserem Land allmählich stabilisiert! Nach dem Mittagessen sehe ich aber plötzlich, daß Mirtill wieder die ganze Familie in seinen Bus verfrachtet. Was kann da passiert sein?
– Schon gut, schon gut –, sagte Mirtill in seiner üblichen Art. – Ihr alle seid übergescheit, nur ich bin ein Dummkopf ... –
Auf dem »Plätzchen« hatte er erfahren, daß sich die Marsianer angeblich mit der Absicht tragen, den Zahlmeister und den Stadtarchitekten wegen Veruntreuung und noch anderer Machinationen zur Rechenschaft zu ziehen, ja, man spricht davon, daß man die beiden bereits vorgeladen habe. Ich versuchte, Mirtill klarzumachen, das sei alles in Ord-

nung und auch gerecht. Damit kam ich aber an den Falschen!
– Schon gut, schon gut –, antwortete er. – Gerecht! ...Heute sind der Zahlmeister und der Architekt an der Reihe, morgen vielleicht der Bürgermeister, und übermorgen weiß Gott wer, möglicherweise ich... Nichts kann man dagegen tun! Und dir haben sie ein blaues Auge geschlagen – soll das vielleicht auch gerecht sein? –
Mit ihm kann man nicht reden, er soll mich gern haben!
Soeben hat mich der Herr Koribant angerufen – er vertritt Charon bei der Zeitung. Mit einer jämmerlichen, zittrigen Stimme teilte er mir mit, daß er in der Redaktion Unannehmlichkeiten mit der Behörde habe, ich möge ihm doch sagen, wann Charon endlich zurückkommt. Ich bekundete ihm meine Teilnahme, erwähnte aber kein Wort darüber, daß Charon in der Zwischenzeit hier gewesen war. Mein Instinkt sagte mir, daß es unvernünftig wäre, Charons Besuch publik zu machen. Unannehmlichkeiten wegen der Politik fehlen mir gerade noch! Ich selbst spreche mit niemandem über Charon, und Artemis und Germione habe ich es untersagt. Während Germione meinen diesbezüglichen Standpunkt einsah, machte mir Artemis eine Szene.

10. Juni

Jetzt erst habe ich mich wieder einigermaßen hochgerappelt, obwohl ich eigentlich immer noch krank und von allen möglichen Beschwerden geplagt bin. Mein Ekzem hat sich wie nie zuvor verschlimmert. Mein ganzer Körper ist von kleinen Bläschen bedeckt, und ich kratze mich andauernd, obwohl ich genau weiß, daß ich es nicht soll. Zudem verfolgen mich in der hartnäckigsten Weise allerlei schauerliche Wahnvorstellungen; ich möchte sie loswerden, doch es gelingt mir nicht. Ach ja, ich weiß es jetzt, es gibt da nur eines: ich muß töten, bevor die anderen mich töten. Ich gebe zu, das ist eine üble, ja abscheuliche

Sache, aber wenigstens ist es natürlich. *Sie* hingegen wären nicht dazu gezwungen. Partisanen! Wo konnte ich voraussehen, daß ich an meinem Lebensabend mit meinen eigenen Augen noch derartige Dinge erleben sollte?

Alles hatte damit begonnen, daß gestern morgen, ganz gegen mein Erwarten, ein wohlwollendes Antwortschreiben vom General Alkim eintraf. Darin stand, er könne sich noch sehr gut an mich erinnern, ich sei ihm sehr sympathisch, und er wünsche mir weiterhin Glück und Wohlergehen. Dieser Brief brachte mich ganz aus der Fassung. Ich beriet mich mit Germione, und auch sie war der Meinung, daß ich mir eine solche Gelegenheit auf keinen Fall entgehen lassen dürfe. Nur eines bereitete uns beiden Sorgen: die unruhigen Zeiten. In diesem Augenblick sehen wir, wie Mirtill neuerdings sein provisorisches Lager abbricht und seine Siebensachen ins Haus zurückbefördert. Das bewog uns, die letzten Zweifel fallenzulassen. Germione verband mir das blaugeschlagene Auge mit einer eleganten schwarzen Binde, ich holte die Mappe mit meinen Dokumenten aus dem Schrank, stieg dann in mein Auto und machte mich auf den Weg nach den Maraphinen. Auch das Wetter war mir hold. Während ich ruhig und gemütlich auf der einsamen Chaussee dahinfuhr, überlegte ich, wie ich mich je nach den sich ergebenden Umständen verhalten würde. Wie immer, trat jedoch auch heute etwas Unvorhergesehenes ein. Ich hatte etwa vierzig Kilometer zurückgelegt, als der Motor ins Stocken geriet und schließlich ganz aussetzte. Das passierte auf der Anhöhe eines Hügels. Als ich aus dem Wagen stieg, breitete sich vor meinen Blicken eine friedliche Ackerlandschaft aus – um ehrlich zu sein, ein ziemlich ungewohnter Anblick wegen der tiefblauen Farbe des reifenden Getreides. Soweit ich mich erinnern kann, war ich über die eingetretene Verzögerung keineswegs verärgert, ganz im Gegenteil, ich konnte mich an den im weiten Umkreis verstreuten, vorbildlich gehaltenen weißen Bauernhäusern nicht

sattsehen! Das blaue Getreide war von einer beträchtlichen Höhe, an manchen Stellen erreichte es sogar die Höhe eines Menschen! Noch nie hatte es bisher in unserer Gegend derart üppiges Getreide gegeben! Die Chaussee war pfeilgerade, man konnte sie bis zum Horizont überblicken.
Ich klappte die Motorhaube auf und machte mich am Motor zu schaffen, in der Hoffnung, den Schaden zu entdecken. Da ich aber ein miserabler Mechaniker bin, gab ich es bald auf. Außerdem tat mir vom Gebücktsein der Rücken weh. Ich richtete mich also wieder auf, und mich in der Gegend umschauend, überlegte ich, von wo ich da wohl Hilfe holen könnte: Die nächstgelegene Farm war aber viel zu weit weg. Da tauchte auf der öden Chaussee, von den Maraphinen kommend, ein Fahrzeug auf. Es fuhr mit ziemlicher Geschwindigkeit. Ich hatte mich schon gefreut – als es jedoch näher herankam, mußte ich zu meinem Leidwesen feststellen, daß es eines der schwarzen Marsianer-Fahrzeuge war. Ich gab aber die Hoffnung nicht ganz auf, zumal da ich ja wußte, daß sich in Marsianer-Fahrzeugen ebensogut normale Menschen befinden können. Andererseits war ich nicht unbedingt darauf erpicht, diesen unheimlichen schwarzen Mechanismus anzuhalten, denn ich befürchtete, daß sich darin trotz allem leibhaftige Marsianer befinden könnten, vor denen ich ein instinktives Grauen empfinde. Aber was blieb mir denn anderes übrig? Mit einem quer über die Fahrbahn ausgestreckten Arm ging ich dem Fahrzeug entgegen, das bereits bei der Steigung angelangt war. Und da spielte sich etwas Furchtbares ab: als es auf ungefähr fünfzig Meter von mir entfernt war, schoß von ihm plötzlich eine Stichflamme empor. Das Fahrzeug machte daraufhin einen Sprung und bäumte sich auf. Da gab es ein Krachen wie ein Donnerschlag und die Straße hüllte sich in eine Rauchwolke. Nachher hatte ich den Eindruck, als versuchte das Fahrzeug sich im Fluge zu erheben. Ich sah wie es mit einer bereits schweren Schlagseite über der

Rauchwolke schwebte, dann blitzten neuerdings zwei Stichflammen auf, von zwei knapp hintereinanderfolgenden Donnerschlägen begleitet. Schließlich kippte das Vehikel endgültig um und krachte in seiner ganzen Schwere auf den Asphalt, wobei unter meinen vom Schock knieweichen Beinen der Erdboden erzitterte. Aus dem brennenden Fahrzeug traten von Flammen umlodert schwarze Gestalten hervor. Gleich darauf entstand ein Schießgefecht. Ich konnte nicht feststellen, von wem und woher geschossen wurde, sah aber klar und deutlich, auf wen man schoß. Die schwarzen Gestalten tummelten sich mitten im Rauch und den Flammen und fielen einer nach dem anderen zu Boden. Mit dem Knattern der Schüsse vernahm ich herzzerreißende, übermenschliche Schreie, dann bemerkte ich die neben dem immer noch brennenden Fahrzeug hingestreckten Gestalten, während das Schießgefecht noch weiter andauerte. Dann explodierte das Fahrzeug mit einem furchtbaren Knall und ein grelles, weißes, überirdisches Licht schlug mir in die Augen, ein Qualm von dicker, stickiger Luft peitschte mir ins Gesicht. Unwillkürlich kniff ich dabei die Augen zu. Als ich sie wieder öffnete, sah ich mit Entsetzen ein von Flammen umgebenes schwarzes Wesen die Chaussee heraufeilen: mit gespreizten Beinen kam es schnurgerade auf mich zu. Wie ein riesenhafter Affe sah es aus, und hinter ihm zog sich eine Spur, schwarz wie Ruß. Zur gleichen Zeit sprang links von mir ein Mann in Uniform aus den Kornfeldern heraus.
Mit der Maschinenpistole im Anschlag blieb er mitten auf der Straße stehen, ging dann, mit den Schultern zu mir gedreht, blitzschnell in die Hocke und begann die schwarze, lodernde Gestalt aus unmittelbarer Nähe zu beschießen. Ich war wie versteinert. Als ich meine Kräfte wiedererlangte, eilte ich so schnell mich die Füße tragen konnten zu meinem Auto. Wie wahnsinnig drückte ich auf den Starterknopf, mir war Hören und Sehen vergangen – ich hatte sogar vergessen, daß der Motor meines Autos

nicht funktionierte. Anschließend verließen mich aufs neue die Kräfte. Ich blieb im Auto sitzen, stur vor mich hinstarrend – ein passiver, benommener Zeuge dieser grauenvollen Tragödie. Wie im Traum sah ich, wie bewaffnete Männer, einer nach dem anderen, auf der Straße auftauchten, wie sie die Stelle der Katastrophe umringten, sich über die brennenden Körper beugten und sie auf die andere Seite wälzten; sie riefen sich dabei gegenseitig kurz irgend etwas zu, das ich aber nicht mitbekam, da das Klopfen des Blutes gegen meine Schläfen alles übertönte. Vier Männer standen am Fuß des Hügels und der in der Militäruniform – nach den Schulterklappen zu schließen war er ein Offizier – stand auf seinem vorherigen Platz, wenige Meter vom zuletzt Getöteten entfernt, und war gerade dabei, seine Maschinenpistole durchzuladen. Dann sah ich, wie er sich rasch dem auf dem Boden Liegenden näherte, die Gewehrmündung nach unten richtete und eine kurze Salve abfeuerte. Der Liegende zuckte schauerlich zusammen, mir ging es dabei fast in die Hosen. Und dann geschah das Allerschrecklichste.

Der Offizier wandte einen raschen Blick zum Himmel, drehte sich dann zu mir, musterte mich – nie werde ich diesen eisigen, grausamen Blick vergessen – und, die Maschinenpistole am Kolben haltend, steuerte er meinem Auto zu. Ich hörte, wie ihm die weiter unten Stehenden etwas zuriefen, er wandte sich aber nicht um. Er trat auf mich zu. Wahrscheinlich hatte ich für einige Sekunden das Bewußtsein verloren, denn ich kann mich nicht entsinnen, was sich in der Folge abspielte. Als ich wieder zu mir kam, standen der Offizier und noch zwei Rebellen bei meinem Auto. Gott, wie die aussahen! Alle drei waren verschmutzt und schienen sich seit längerer Zeit nicht rasiert zu haben; ihre Kleidung war schmierig und zerlumpt, und die Uniform des Offiziers war in einem erbärmlichen Zustand. Der Offizier trug einen Helm, der eine von den beiden Zivilisten ein schwarzes Barett und der andere, ein Brillenträger, hatte

überhaupt nichts auf dem Kopf.
– He, Sie! Sind Sie denn an beiden Ohren taub? – sagte der Offizier mit schneidender Stimme und rüttellte mich an den Schultern. Der Mann mit dem Barett runzelte die Stirn und lispelte durch die Zähne:
– Lassen Sie ihn doch in Ruhe, wozu haben Sie das nötig? –
Ich sammelte meine letzten schwachen Kräfte und zwang mich, möglichst ruhig zu sprechen: es war mir klar, daß es hier um mein Leben ging.
– Womit kann ich dienen? – fragte ich ihn.
– Er ist ein normaler Bürger –, sagte der Mann mit dem Barett. – Er weiß von nichts und will auch nichts wissen! –
– Einen Moment, Ingenieur! – sagte der Offizier ärgerlich.
– Wer sind Sie? – wandte er sich dann an mich. – Was machen Sie hier?–
Ich sagte ihm alles, ohne auch nur das geringste zu verheimlichen, und während ich so sprach, fiel mir auf, daß er ständig Ausschau hielt und dabei immer wieder den Himmel beobachtete, als ob er Regen befürchtete. Einmal unterbrach mich der Mann mit dem Barett, indem er ausrief:
– Ich will nichts riskieren, ich gehe fort! Tun Sie, was Sie wollen! – Dann machte er kehrt und rannte den Hügel hinunter. Die beiden anderen blieben bei mir stehen und hörten mich bis zum Schluß an. Ich versuchte, von ihren Gesichtern mein Schicksal abzulesen, und mir wähnte nichts Gutes. Da kam mir ein rettender Gedanke: alles vergessend, was ich bisher gesagt hatte, sprudelte ich hervor:
– Bedenken Sie, meine Herren, daß ich der Schwiegervater des Herrn Charon bin! –
– Was für ein Charon? – fragte der Rebell mit der Brille.
– Der Chefredakteur unseres Lokalblattes. –
– Und damit? – sagte der Rebell, während der Offizier noch immer auf den Himmel starrte. Ich war ganz außer mir: sie kannten also Charon nicht!

Trotzdem fügte ich hinzu:
– Mein Schwiegersohn hat gleich am ersten Tag seine Maschinenpistole ergriffen und ist fortgezogen. –
– Was Sie nicht sagen! – sagte der Rebell mit der Brille. – Das gereicht ihm zur Ehre. –
– Lauter Unsinn –, sagte der Offizier. – Was passiert überhaupt in eurer Stadt? Was ist mit dem Militär los? –
– Mir ist nichts bekannt –, sagte ich. – In der Stadt herrscht vollkommene Ruhe. –
– Ist der Weg in die Stadt frei? – wollte der Offizier wissen.
– Soviel ich weiß, ja –, sagte ich und fühlte mich verpflichtet hinzuzufügen: – Es könnten uns höchstens die Patrouillen der Städtischen Freiwilligen Truppe gegen die Marsianer anhalten. –
– Was? – fragte der Offizier und in seinen harten Gesichtszügen zeigte sich erstmalig so etwas wie Erstaunen. Er hörte sogar auf, den Himmel zu betrachten, um seine Aufmerksamkeit mir zuzuwenden.
– Was für Freiwillige Truppe? –
– Die gegen die Marsianer aufgestellt wurde –, sagte ich. – Der Unteroffizier Polyphem ist der Kommandant. Vielleicht kennen Sie ihn, er ist Invalide. –
– Eine verfluchte Geschichte! – sagte der Offizier.
– Können Sie uns in die Stadt fahren? –
Mir fiel das Herz herunter.
– Selbstverständlich –, sagte ich. – Aber mein Auto ... –
– Ja –, sagte der Offizier. – Was ist denn damit? –
Ich riß mich zusammen und log:
– Anscheinend hat sich der Motor verkeilt. –
Der Offizier stieß einen Pfiff aus, und ohne ein Wort zu sagen, wandte er mir den Rücken und verschwand zwischen den Kornähren. Der Rebell mit der Brille hatte indes nicht aufgehört, mich mit scharfem Blick zu mustern; dann fragte er schlagartig:
– Haben Sie Enkelkinder? –
– Ja! – log ich schon völlig verzweifelt. – Deren zwei! Einen Säugling ... –

Er nickte mit einem Blick voller Mitleid:
– Schrecklich –, sagte er. – Das ist es ja eben, was mich am meisten bedrückt. Die Kinder wissen nichts, und jetzt werden sie auch niemals erfahren ... –
Ich verstand kein Wort von dem, was er da sagte, und ich wollte auch nichts verstehen ... Ich flehte nur zu Gott, der Rebell möge baldigst wieder abziehen und mir nichts zuleide tun. Ich weiß nicht warum, aber gerade dieser stille Mann mit der Brille dünkte mir der Unheimlichste von den dreien. Er wartete einige Sekunden auf eine Antwort, dann schulterte er seine Maschinenpistole und sagte:
– Ich rate Ihnen, gehen Sie so rasch als möglich von hier weg. Auf Wiedersehen! –
Ich konnte es kaum erwarten, bis er sich endlich davonmachte. Dann lief ich den Hügel hinunter, in Richtung Stadt. Es war mir, als ob mich ein Sturm auf seinen Flügeln dahintrüge, als ob ich keine Füße hätte; ich verspürte auch keine Atemnot. Hinter meinem Rücken wähnte ich ein dumpfes Grollen und Getöse zu vernehmen; ich wandte mich aber nicht um, ich wollte nichts als fliehen. Weit kam ich jedoch nicht: von einem Feldweg herausbiegend, kam mir ein mit Landwirten vollgestopfter kleinerer Lastkraftwagen entgegen. Obwohl nur halb bei Bewußtsein, fand ich trotzdem die Kraft, mich ihnen in den Weg zu stellen. Ich schwenkte meine Arme und schrie:
– Halt! Nicht dorthin! Dort sind Partisanen! –
Der Lastwagen blieb stehen, und schon war ich von einer Horde von einfachen, grobschlächtigen Männern umringt. Aus irgendeinem Grund waren alle mit Schrotflinten bewaffnet. Sie faßten mich an der Brust, rüttelten mich und fluchten und schimpften dabei auf die unflätigste Weise. Ich kannte mich überhaupt nicht mehr aus, ich war zu Tode erschrokken, und es brauchte einige Zeit, bis mir bewußt wurde, daß sie mich für einen Komplicen der Rebellen hielten. Mir begannen die Knie zu zittern, aber da stieg der Chauffeur aus der Fahrerkabine, und

glücklicherweise stellte sich heraus, daß es ein ehemaliger Schüler von mir war.
– Was fällt euch ein, Jungs? – brüllte er los und packte die mit dem Gewehr Herumfuchtelnden an den Armen. – Das ist doch der Herr Apollon, der Lehrer der Stadt! Ich kenne ihn. –
Wenn auch nicht auf der Stelle, so beruhigten sich schließlich und endlich doch alle, und ich erzählte, was ich erlebt hatte.
– Aha –, sagte der Chauffeur. – So haben wir es uns gedacht! Gleich werden wir sie fassen! Los Jungs! –
Ich wollte meinen Weg stadtwärts fortsetzen, aber der Chauffeur redete mir ein, es sei sicherer, mit ihnen mitzufahren. Und während seine Kumpels die Banditen festnehmen, würde er in aller Ruhe mein Auto wieder instand setzen. Man ließ mich in der Fahrerkabine Platz nehmen, und der Lastwagen fuhr zum Schauplatz der Tragödie. Da waren wir auch schon auf der Anhöhe des Hügels angelangt, dort stand noch immer mein Auto, aber die Straße war vollkommen frei. Es waren weder Leichen noch Wracks zu sehen: Zurückgeblieben waren ausschließlich einige Brandflecken auf dem Asphalt und ein Einschlagtrichter an der Explosionsstelle.
– Klare Sache –, meinte der Chauffeur und hielt den Lastwagen an. – Sie haben alles weggeräumt. Dort fliegen sie ... –
Es erhob sich ein Stimmengewirr, alle zeigten mit dem Finger auf den Horizont in Richtung Maraphinen; aber, sosehr ich auch mein einziges gesundes Auge anstrengen mochte, erblickte ich auf dem klaren, friedlichen Himmel rein gar nichts.
Dann teilten sich die Bauern in zwei Gruppen von je zehn Mann: sie vollzogen das gekonnt, ohne zu drängen und zu hasten: man sah deutlich, daß sie darin Erfahrung hatten. Die einzelnen Gruppen schwärmten sodann in Schützenkette aus – die einen nach links, die anderen nach rechts – und begannen, die Kornfelder zu durchkämmen.
– Sie sind mit Maschinenpistolen bewaffnet –, warnte

ich sie. – Und vermutlich haben sie auch Handgranaten. –

– Darüber sind wir bestens unterrichtet –, gaben sie mir zur Antwort, und schon kurz darauf drangen Rufe an unser Ohr: Der Streifzug war auf eine Spur gestoßen! Während der Chauffeur mein Auto reparierte, machte ich es mir auf dem hinteren Sitz bequem: wonnig dahindösend, war es mir nun endlich vergönnt, meine Nerven zu entspannen. Der Chauffeur behob nicht nur den Schaden am Motor – in der Benzinpumpe hatte sich ein Luftpfropfen gebildet –, er reinigte sogar den Vordersitz, das von mir versudelte Lenkrad und das Armaturenbrett. Mit Tränen der Dankbarkeit in den Augen drückte ich ihm die Hand und gab ihm ein gutes Trinkgeld. Er war vollauf zufrieden. Dieser einfache, gute Mann – sein Name ist mir entfallen – erwies sich überdies als äußerst gesprächig, zum Unterschied von den meisten Bauern, die zwar auch einfach und gutmütig sind, ansonsten aber mürrisch und zugeknöpft. Er klärte mich weitgehend über die Geschehnisse auf. Die Rebellen – vom Volk einfach Banditen genannt – waren gleich am nächsten Tag nach der Invasion der Marsianer in unserem Umkreis aufgetaucht. Die erste Zeit hatte zwischen ihnen und den Bauern ein gutes Einvernehmen geherrscht: es hatte sich herausgestellt, daß sie größtenteils aus den Maraphinen kamen und in der Regel gebildete und auf den ersten Blick arglose Leute waren – die Militärs natürlich ausgenommen. Ihre Absichten blieben den Landwirten aber völlig unbegreiflich. Gleich zu Anfang riefen die Rebellen die Landbevölkerung zum Aufstand gegen die neue Macht auf, gaben aber zur Notwendigkeit eines solchen Aufstandes äußerst verworrene Erklärungen – unentwegt sprachen sie von Kulturuntergang und Verfall aller übrigen gelehrten Dinge, die nichts mit den Interessen des Landmanns zu tun hätten. Die Bauern gaben ihnen zu essen und auch ein Nachtlager: Die Lage war ja noch immer nicht geklärt und niemand wußte, was von der neuen

Ordnung zu erwarten sei. Als dann bekannt wurde, daß von der Obrigkeit nichts Böses, sondern nur Gutes käme, kannten sich die Landwirte überhaupt nicht mehr aus. Die neue Macht hatte für einen für die Landwirte günstigen Preis die ganze Mahd (was heißt Mahd – die Getreideschößlinge!) aufgekauft hatte einen großzügigen Vorschuß auf die Ernte des blauen Getreides entrichtet. Und dazu kommt noch – wie ein Geschenk vom Himmel – das viele Geld für den bisher wertlosen Magensaft. Warum also errichten die Banditen Hinterhalte gegen die Vertreter der neuen Stadtverwaltung, die Geld ins Dorf bringen, wo der Bevollmächtigte der Maraphinen doch ausdrücklich zu verstehen gegeben hatte, daß es zum Wohle des Volkes angebracht wäre, mit diesem Unfug endlich aufzuhören? Die Bauern sahen das nicht ein und änderten daraufhin ihre Beziehungen zu den Rebellen vollkommen.

Mehrere Male unterbrachen wir unsere Unterhaltung und lauschten. Von den Kornfeldern drangen vereinzelte Schüsse an unser Ohr, und jedesmal nickten wir uns gegenseitig mit einem befriedigten Augenzwinkern zu. Ich hatte mich bereits vollkommen erholt und setzte mich hinter das Lenkrad, um mein Auto in Richtung heimwärts zu wenden, ich dachte natürlich nicht mehr daran, in die Maraphinen zu fahren: Gott stehe ihm, dem guten Alkim, bei, wenn sich allein schon auf dem Weg zu ihm solche Dinge abspielen!

Da erschienen die Männer der Treibjagd wieder auf der Chaussee. Die ersten vier Bauern schleppten zwei reglose Körper zum Lastkraftwagen. Einen der Getöteten erkannte ich – es war der Mann im Barett, den der Offizier mit Ingenieur angesprochen hatte. Der andere – ein junger Kerl, fast ein Kind noch – war mir nicht bekannt. Mit einer gewissen Erleichterung stellte ich fest, daß er zum Glück nicht tot, sondern nur schwer verwundet war. Da kam auch die lärmende Horde der anderen Treibjagdteilnehmer. Sie führten einen Gefangenen mit gefesselten

Händen mit sich; ich erkannte ihn wieder, obwohl er jetzt keine Brille aufhatte. Es war ein voller Sieg gewesen und keiner von den Bauern war dabei zu Schaden gekommen. Eine große seelische Genugtuung bemächtigte sich meiner bei der Feststellung, wie diese einfachen Leute, obwohl sie, wie man meinen möchte, noch immer vom Schießgefecht erregt waren, nichtsdestoweniger einen unleugbaren Edelmut an den Tag legten, indem sie mit den Besiegten beinahe ritterlich umgingen. Sie verbanden den Verwundeten und legten ihn dann – sogar behutsam, möchte ich sagen – in den Lastwagen. Den Gefangenen befreiten sie zwar nicht von den Fesseln, gaben ihm jedoch zu trinken und steckten ihm eine Zigarette in den Mund.

– Das wäre also erledigt –, sagte mein Freund, der Chauffeur. – Jetzt wird es in unserer Gegend wieder etwas ruhiger werden. –

Ich fühlte mich dazu verpflichtet, den Leuten mitzuteilen, daß die Rebellen mindestens zu fünft waren.

– Spielt keine Rolle –, erwiderte der Chauffeur. –

– Zwei von ihnen sind eben davongelaufen. Die kommen schon nicht weit! In unserem sowie im benachbarten Gebiet gelten dieselben Gesetze; entweder man tötet sie, oder man nimmt sie gefangen. –

– Und wohin bringt ihr diese beiden? – fragte ich.

– Wir schaffen sie weg. Ungefähr vierzig Kilometer von hier entfernt, befindet sich ein Posten der Marsianer. Dort nimmt man alle auf: tot oder lebendig, so wie man sie gerade abliefert. –

Ich bedankte mich nochmals bei ihm, drückte ihm die Hand, und er ging dann zu seinem Lastwagen:

– Los, fahren wir! – sagte er zu den anderen:

Als sie an mir vorüberkamen, erhob sich der eine Gefangene für einen Augenblick und blickte mir mit seinen kurzsichtigen Augen direkt ins Gesicht. Vielleicht kam es mir aber auch nur so vor. Ja, jetzt hoffe ich sogar, daß es mir damals wirklich nur so vorgekommen ist. In seinen Augen war da so etwas, bei dem mir das Herz herunterfiel. Ach du sinnlose

Welt! Nein, ich will diesen Menschen jetzt nicht rechtfertigen. Er ist ein Extremist, ein Partisan, er hat getötet und muß dafür bestraft werden. Aber ich bin einmal nicht blind: Ich habe eindeutig gesehen, daß es sich bei ihm um einen edelmütigen Menschen handelt. Kein Schwarzhemd, kein Ignorant, ein Mensch mit Prinzipien. Übrigens – jetzt hoffe ich schon wieder, mich doch getäuscht zu haben! Mein ganzes Leben lang leide ich schon darunter, daß ich von den Menschen immer nur das Beste denke.
Der Lastkraftwagen fuhr in die eine Richtung, ich in die andere. Eine Stunde später traf ich zu Hause ein – total zerschlagen, entkräftet, krank. Ach ja, und da saß der Herr Nikostrat im Wohnzimmer und Artemis bewirtete ihn mit Tee. Mir war jedoch nicht nach den beiden zumute. Germione nahm sich sogleich meiner an, bereitete mir das Bett, legte mir einen Eisbeutel auf mein Herz auf, und ich schlummerte schließlich ein. Als ich während der Nacht einmal aufwachte, mußte ich zu meinem Leidwesen feststellen, daß sich mein Ekzem neuerdings verschlechtert hatte. War das eine qualvolle, scheußliche Nacht!
Temperatur plus siebzehn, Bewölkungsgrad zehn, starker Regen.
Ach ja, das sind eben Rebellen, Aufwiegler, Individuen, die den allgemeinen Frieden gefährden! Und trotz allem komme ich nicht umhin, Mitleid für sie zu empfinden, gehetzt, wie sie sind, verdreckt und bis zur Haut durchnäßt. Und überhaupt, was ist denn Anarchismus? Ein Protest gegen die Ungerechtigkeit? Gegen was für eine Ungerechtigkeit? Ich komme da nicht mit. Sonderbar – da fällt mir eben ein, daß ich während der Treibjagd weder Rattern von Maschinenpistolen noch Explosionen von Handgranaten hörte. Wahrscheinlich war ihnen die Munition ausgegangen.

11. Juni

Germione wollte, daß ich den ganzen Tag im Bett verbringe, ich folgte ihr aber nicht und handelte dabei richtig. Gegen Mittag fühlte ich mich leidlich wohl, und nach dem Mittagessen beschloß ich plötzlich, in die Stadt zu gehen. Der Mensch ist eben einmal schwach. Ich gebe es offen zu, daß ich schon darauf brannte, die grauenvollen und tragischen Geschehnisse zu erzählen, deren Augenzeuge zu sein ich gestern das Unglück hatte. Ich gebe zu, jetzt zur Mittagszeit sah ich das ganze Erlebnis nicht mehr in so tragischem, sondern in eher romantischem Licht. Mit meiner Geschichte erzielte ich auf dem »Plätzchen« einen Bombenerfolg; man überschüttete mich nur so mit Fragen, ja, und meine bescheidene Ruhmsucht war vollauf befriedigt. Belustigend gebärdete sich Polyphem. Er war, nebenbei bemerkt, das einzige Mitglied der Antimarsianer-Truppe, das noch immer die Schrotflinte mit sich herumschleppte. Als ich dann den »Unseren« von meiner Unterhaltung mit dem Rebellenoffizier erzählte, brüstete Polyphem sich sogleich damit, daß er dem tollkühnen und gefahrvollen Kampf der Rebellen vollkommen beipflichte. Er ging sogar so weit, die Rebellen trotz ihrer gesetzwidrigen Taten als tapfere Kerle zu bezeichnen. Was er damit sagen wollte war mir nicht klar, und den anderen ebensowenig. Er erklärte überdies, daß er, befände er sich an Stelle der Rebellen, dem Bauerngesindel schon »mores« beibringen würde. Und da kam es beinahe zu einer Rauferei, da Mirtills Bruder ja Landwirt ist und Mirtill selbst aus einer Bauernfamilie stammt. Ich liebe Streitereien nicht, ich vertrage sie einfach nicht. Während die anderen sich bemühten, die Raufbolde zu trennen, ging ich ins Rathaus.

Der Herr Nikostrat empfing mich betont liebenswürdig, erkundigte sich höchst teilnahmsvoll nach meiner Gesundheit, und mit großem Interesse lauschte er meiner Erzählung über das gestrige Abenteuer. Ja, nicht nur er hörte mir zu – alle anderen Beamten ließen ihre Arbeit liegen und stehen und drängten sich um mich; mein Erfolg war auch hier gewaltig.

Alle waren sie einer Meinung: ich hatte mutig gehandelt und mein Verhalten mache mir Ehre. Ich war gezwungen, eine große Anzahl Hände zu drücken, und die bildhübsche Thione bat mich sogar, ihr zu erlauben, mich zu küssen; eine Erlaubnis die ich ihr natürlich mit dem größten Vergnügen erteilte. (Zum Teufel, wie lange hat mich schon kein junges Mädchen mehr geküßt! Ich muß gestehen, ich hatte sogar vergessen, wie wohltuend das sein kann.)
Bezüglich meiner Pensionsangelegenheit, so versicherte mir zumindest der Herr Nikostrat, bestünden die besten Aussichten für eine günstige Erledigung; dann teilte er mir unter strenger Geheimhaltung mit, daß nun angeblich auch das Steuerproblem endgültig gelöst sei: ab Juli werden die Steuern in Magensaft eingehoben.
Unserer angeregten Unterhaltung setzte aber leider ein regelrechter Skandal ein Ende. Schlagartig öffnete sich die Tür zum Büro des Bürgermeisters. Auf der Schwelle stand der Herr Koribant: Mit dem Rükken zu uns gedreht, begann er auf den Herrn Bürgermeister loszubrüllen. Er sagte, daß er es nicht dabei belassen werde: das sei Einschränkung der Redefreiheit, Korruption, und der Bürgermeister möge sich das traurige Schicksal des Herrn Laomedont vor Augen halten, und noch verschiedenes andere. Der Herr Bürgermeister sprach ebenfalls mit erhobener Stimme; da seine Stimme jedoch gedämpfter war als die des Herrn Koribant, verstand ich nicht, was er namentlich sagte. Als der Herr Koribant sich schließlich und endlich, laut die Tür zuknallend, entfernte, klärte mich Herr Nikostrat über den Sachverhalt auf. Die Geschichte war folgende: Der Herr Bürgermeister hatte unserer Zeitung eine Strafe auferlegt und sie für eine Woche eingestellt, weil der Herr Koribant in der vorgestrigen Ausgabe ein von einem gewissen »XYZ« verfaßtes Gedicht abgedruckt hatte, worin ein Vers mit dem Wortlaut: »Und am weiten Horizont glüht wie eine Feuersbrunst der wutentbrannte Mars« vorkommt. Der Herr Koribant wei-

gerte sich indessen, sich dem Beschluß des Herrn Bürgermeisters zu fügen, und nun schimpfen und zanken sie sich schon zwei Tage lang herum, einmal telefonisch und dann wieder persönlich. In der Beurteilung dieses Falles waren der Herr Nikostrat und ich einer Meinung, und zwar, daß in diesem Streit beide Beteiligten, jeder für sich, im Recht und auch im Unrecht seien. Einerseits ist die vom Herrn Bürgermeister über die Zeitung verhängte Strafe grausam, um so mehr als das fragliche Gedicht an und für sich völlig harmlos ist, zumal darin ja nur von der unerwiderten Liebe des Autors zu einer nächtlichen Fee die Rede ist. Andererseits jedoch ist die Situation die, daß man den Teufel nicht provozieren sollte – der Herr Bürgermeister hat zur Zeit ohnehin Verdrießlichkeiten noch und noch – nicht genug, daß Minotaurus vorgestern, wieder einmal stockbesoffen, mit seinem stinkenden Zisternenwagen ein Fahrzeug der Marsianer gerammt hat.

Ich kehrte sodann wieder zum »Plätzchen« zurück. Den Raufhandel zwischen Polyphem und Mirtill hatte man inzwischen geschlichtet, und man plauderte und debattierte wieder in der üblichen, freundschaftlichen Atmosphäre. Nicht ohne Genugtuung stellte ich fest, daß meine Erzählung ganz offensichtlich die Geister sämtlicher hier Versammelten in eine bestimmte Richtung gelenkt hatte. Man sprach über die Rebellen, über welche Kampfmittel die Marsianer verfügen und noch über eine Menge ähnlicher Dinge.

Morpheus erzählte, angeblich habe, nicht weit von Miles entfernt, ein fliegendes Fahrzeug der Marsianer wegen der Unerfahrenheit des Piloten in Anbetracht der erhöhten Schwerkraft der Erde notlanden müssen und sei daselbst von einer Horde Übeltäter überfallen worden. Die Besatzung der Maschine eröffnete daraufhin das Feuer mit elektrischen Spezialwaffen, wobei alle Banditen, vom ersten bis zum letzten, getötet wurden. Anschließend explodierte das Fahrzeug und hinterließ ein riesiges Loch mit Seiten-

wänden aus Glas. Ganz Miles soll jetzt angeblich dorthinpilgern, um sich das Loch anzusehen.
Mirtill berichtete uns – er weiß es von seinem Bruder, der Landwirt ist –, daß eine unheimliche Bande von Amazonen die Marsianer überfallen und entführen, dies mit der offenkundigen Absicht, von ihnen Nachkommenschaft zu empfangen.
Der einbeinige Polyphem erzählte wiederum folgendes: Gestern nacht, während er seinen Streifzug in der Parkstraße abhielt, hatten sich völlig geräuschlos vier Marsianer an ihn herangepirscht. Eine ihm unbekannte Stimme drang unangenehm zischend an sein Ohr: in einem gesprochenen Tonfall wollte man von ihm wissen, wie man am besten zum Wirtshaus fährt. Obzwar ein Wirtshaus kein Staatsobjekt darstellt, hatte sich Polyphem aus purem Stolz und Verachtung geweigert, den Eroberern eine Auskunft zu erteilen, so daß die Marsianer unverrichteterdinge mit ihrer trockenen Gurgel wieder abzogen. Polyphem versicherte uns, sein Leben sei dabei an einem Härchen gehangen und, wenn ihn nicht alles täuscht, so hatte er sogar riesenlange, schwarze, auf sich gerichtete Gewehrläufe bemerkt. Destotrotz war er bei seiner Widerstandsleistung auch nicht für einen Augenblick schwankend geworden!
– Sag doch, Polyphem, wäre es für dich denn tatsächlich schlimm gewesen, ihnen die gewünschte Auskunft zu geben? – fragte Mirtill, der die Beleidigung seiner Verwandtschaft noch immer nicht vergessen hatte. – Solche Gemeinheiten kenne ich übrigens auch. Da kommst du in eine fremde Ortschaft, möchtest ein Gläschen trinken, und nicht um die Burg will man dir sagen, wo da ein Wirtshaus ist. –
Es hatte wenig gefehlt, und sie wären sich wieder in den Haaren gelegen. Da kam aber Pandareus und teilte uns freudestrahlend mit, Minotaurus hätte man nun endgültig aus der Stadt entfernt. Die Marsianer haben ihn mitgenommen. Sie verdächtigten ihn, mit den Terroristen in Verbindung zu stehen,

überdies noch der Sabotage. Wir alle waren empört: Wie konnte man unsere Stadt in der heißesten Jahreszeit ohne Kanalräumer lassen? Das ist ja – gelinde ausgedrückt – ein regelrechtes Verbrechen!
– Das Maß ist voll! – brüllte der einbeinige Polyphem. – Wir haben es satt, dieses verdammte Joch noch weiterhin zu ertragen! Patrioten, hört meine Befehle! A-a-angetreten! –
Wir waren schon im Begriff, uns in Formation aufzustellen, als Pandareus uns damit zu beschwichtigen versuchte, daß die Marsianer schon nächste Woche mit der Anlegung einer Kanalisation beginnen wollten. Bis dahin würde sich ein junger Polizeigefreiter um die Räumung der Senkgruben kümmern. Das ist natürlich eine andere Sache – alle waren wir uns darüber einig! Und wir setzten unsere Unterhaltung über die Terroristen fort. Wir fanden, daß es eine ausgesprochene Schweinerei ist, Hinterhalte gegen die Marsianer zu errichten.
Dimant gab, die Augen verdrehend, eine weitere Gruselgeschichte zum besten: Drei Tage schon treiben sich in der Stadt gewisse Individuen herum, die jedem, der ihnen in den Weg kommt, Konfekt aufwarten. (Ißt du ein solches Konfekt – hopp – bist du auch schon erledigt!) Auf diese Weise hoffen sie, alle Marsianer um die Ecke zu bringen. Von dieser Geschichte glaubten wir natürlich kein einziges Wort, trotzdem wurde uns dabei etwas unheimlich zumute.
Und Kalaid, der schon die längste Weile zuckte und geiferte, platzte heraus:
– A-a-apollons Schwiegersohn ist auch ein Terrorist! –
Während die anderen wankend vor mir zurückwichen, deklarierte Pandareus zähnefletschend:
– Stimmt genau! Man hat uns davon bereits in Kenntnis gesetzt. –
Ich regte mich maßlos auf und erklärte allen Anwesenden: daß erstens einmal ein Schwiegervater in keiner Weise für den Schwiegersohn verantwortlich

ist; zweitens hatte Pandareus' Neffe voriges Jahr wegen Handlungen gegen die Sittlichkeit fünf Jahre Knast aufgebrummt bekommen; drittens war ich mit Charon stets auf Kriegsfuß gestanden, jeder kann das bestätigen; und viertens ist mir über Charon nichts dergleichen bekannt – ich weiß nur, daß er abkommandiert wurde, und seither habe ich von ihm nichts mehr gesehen noch gehört. Für mich waren das höchst peinliche Momente, die Unsinnigkeit dieser Beschuldigungen war jedoch dermaßen augenscheinlich, daß sich schließilch alles in Wohlgefallen auflöste und wir über den Magensaft zu sprechen begannen.

Die »Unseren« gehen alle, den zweiten Tag schon, Magensaft spenden und kassieren dafür Bargeld. Ich als einziger bin nicht dabei. Immer – aus unbegreiflichen Gründen – bin ich nicht dabei, wenn es um Vorteile geht. Auf der Welt gibt es nun einmal solche Menschen, die es nicht verstehen, sich zu organisieren: sie sind diejenigen, die in den Kasernen die Latrinen saubermachen; befinden sie sich an der Front, werden sie »eingekesselt«, sie werden als erste von den Verdrießlichkeiten betroffen – und als letzte von den Annehmlichkeiten. Zu dieser Kategorie gehöre ich. Na ja, schon gut. Alle berichteten stolz, wie glücklich und zufrieden sie jetzt seien. Kunst, da nicht glücklich und zufrieden zu sein!

In diesem Augenblick glitt ein Marsianer-Fahrzeug über den Hauptplatz und der einbeinige Polyphem sagte gedankenvoll:

– Wie wär's, Freunde, wenn ich ein paar kräftige Schüsse aus meiner Flinte abfeuerte? Würde ich darin eine Bresche schlagen? –

– Wenn die Flinte geladen ist, wäre es schon möglich –, sagte Silen.

– Kommt ganz darauf an, wohin du triffst –, meinte Mirtill. – Triffst du den vorderen oder den hinteren Teil des Gefährts, gibt es keine Bresche. –

– Und wenn ich die Seitenwand treffe? – fragte Polyphem.

– Wenn du die Seitenwand triffst – bitte, da wäre es allerdings möglich. – antwortete Mirtill.
Ich wollte gerade sagen, daß nicht einmal eine Granate das Marsianer-Fahrzeug zu durchschlagen imstande wäre, aber Pandareus kam mir zuvor, indem er tiefsinnig bemerkte:
– Nein, liebe Freunde, all euer Geplänkel hat keinen Sinn. Denen kommt man nicht bei! –
– Auch nicht durch die Seitenwand? – fragte Morpheus boshaft.
– Auch nicht durch die Seitenwand –, deklarierte Pandareus.
– Und mit Schießkugeln? – fragte Mirtill.
– Nicht einmal, wenn du mit einer Kanone auf sie schießt! – sagte Pandareus wichtigtuerisch.
Worauf ihm alle kopfschüttelnd auf die Schulter klopften.
– Tja, Pan! – sagten sie. – Das sieht dir wieder einmal ähnlich, Pandareus! Da hast du, altes Haus, wieder einmal einen Bock geschossen! Hast wieder einmal einen großen Stumpfsinn dahergeredet! –
Und der gallige Parall hatte sogleich eine boshafte Bemerkung zur Hand: sollte Pandareus mit einer Kanone das Heck des Fahrzeugs unter Feuer nehmen, würde dabei höchstens eine Beule entstehen, und sollte er es frontal treffen, würde die Kugel überhaupt abprallen – und basta. Pandareus holte tief Atem, knöpfte sich den Rock bis oben zu und, seine Krebsaugen rollend, kreischte er:
– Genug gesprochen – Schluß! Ab-b-b-treten! Im Namen des Gesetzes! – Ohne Zeit zu verlieren, begab ich mich zur Magensaft-Spendestelle. Natürlich hatte ich wie gewöhnlich auch dort wieder Pech. Man zapfte mir keinen Magensaft ab, und mithin kassierte ich auch kein Geld. Die haben da eine Vorschrift, daß man nur mit nüchternem Magen spenden dürfe, während ich vor höchstens zwei Stunden gegessen hatte. Sie händigten mir eine Spenderkarte aus und ersuchten mich, mich am nächsten Morgen wieder dort einzufinden. Im übrigen möchte ich be-

merken, daß die Spendestelle auf mich im großen und ganzen einen durchaus angenehmen Eindruck machte. Sie ist modernst ausgestattet. Die Sonde wird mit Vaselin von der besten Sorte eingekremt. Die Abnahme des Magensafts geht automatisch vonstatten – selbstverständlich unter der Aufsicht eines erfahrenen Arztes, nicht etwa des erstbesten Halunken. Das Personal ist ausnahmslos höflich und zuvorkommend, man sieht sofort, daß man sie nicht schlecht bezahlt. Alles ringsum blitzt nur so vor Sauberkeit, und auch die Möbel sind nagelneu. Die Wartezeit auf die Reihenfolge vertreibt man sich mit Fernsehen; auch die neuesten Zeitungen stehen zur Verfügung. Eine bedeutend angenehmere Wartezeit übrigens als die im Wirtshaus: weniger Gedränge und eine raschere Abfertigung! Das Geld wird unverzüglich ausgezahlt, direkt aus einem Automaten. Ja, und alles strömt im höchsten Maße Kultur und Menschlichkeit aus, man spürt es sogar bei der Sorgfalt, mit der man uns den Magensaft abzapft. Einfach unvorstellbar, daß noch vor kaum drei Tagen hier ein Unmensch von der Art des Herrn Laomedont gehaust hat!

Den Gedanken an meinen Schwiegersohn konnte ich jedoch nicht loswerden. Ich verspürte das dringende Bedürfnis, mich über diese neuaufgetauchte, höchst ärgerliche Angelegenheit mit Achilles zu beraten, und begab mich zu ihm. Bei meinem Kommen thronte er wie immer hinter der Kasse und beguckte sich wieder einmal seine dreieckige »Kosmos« Marke. Die Erzählung von meinen Abenteuern beeindruckte ihn mächtig: Ich spürte augenblicklich, daß er mich nun mit ganz anderen Augen betrachtete. Als unser Gespräch schließlich auf Charon fiel, zuckte er lediglich mit den Achseln und äußerte, daß die von mir durchgestandenen Gefahren und mein tapferes Verhalten nicht nur mich, sondern aller Wahrscheinlichkeit nach auch Charon vollkommen rehabilitieren. Er bezweifle überdies sehr, ob Charon überhaupt fähig wäre, sich an einem verbrecherischen Unternehmen zu beteiligen. Seiner Meinung nach hält sich Charon zur Zeit in den Maraphinen auf, um tatkräftig bei der Wiederherstellung der Ordnung mitzuwirken, mit dem Bestreben, sich unserer Heimatstadt nützlich zu machen, wie es sich übrigens für einen jeden anständigen Bürger ziemt; und alle unsere Lokalneidhammel, alle diese Pandareusse und Kalaide, sind zu nichts anderem fähig, als verantwortungslos herumzutratschen, ja, Charon zu verleumden.

Meinerseits hatte ich in dieser Sache trotz allem verschiedene Bedenken, sagte aber nichts und wunderte mich nur, wie wenig sich die Einwohner einer fürwahr nicht großen Stadt, wie es die unsere ist, gegenseitig kennen. Ich war mir indes völlig darüber im klaren, daß es überhaupt keinen Sinn gehabt hätte, mit Achilles über die Angelegenheit zu sprechen. Ich tat so, als ob ich jetzt völlig beruhigt wäre, und lenkte das Gespräch auf die Briefmarken. Da passierte etwas Merkwürdiges.

Soweit ich mich erinnere, verlief unsere Unterhaltung anfänglich in einem eher unfreien Ton, war doch mein Hauptzweck, Achilles von Charon abzulenken! Schließlich kamen wir wieder auf das sakramentale Exemplar mit dem kopfgestellten Aufdruck zu sprechen. Schon seinerzeit hatte ich Achilles mit unwiderlegbaren Beweisgründen klargemacht, daß seine Marke eine Fälschung ist, und damit schien die Streitfrage erschöpft zu sein. Gestern aber hatte Achilles in einem Schmöker gelesen und kaprizierte sich nun, mir seine eigenen Ansichten einzureden. So etwas war zwischen uns beiden noch nie dagewesen! Ich geriet außer mich, wurde böse und sagte ihm ohne Umschweife, daß er noch vor einem Jahr nicht einmal eine »Klimmtasch« von einem »Kljasser« unterscheiden konnte, ja, es sei daher wahrscheinlich kein reiner Zufall, daß seine Briefmarkensammlung nur so strotzt vor lauter wertlosen Ausschuß-Exemplaren! Darauf geriet auch Achilles in Wut, und wir brachen in einen unbeschreiblichen Streit aus, in einen Streit, wie ihn nur ich und Achilles zuwege bringen und auch nur dann, wenn es sich um Briefmarken dreht.

Während wir uns so stritten, sah ich wie durch einen Dunstnebel, daß jemand in die Apotheke getreten war und Achilles über meine Schulter hinweg ein Schreiben aushändigte. Achilles verschlug es für einen Moment die Rede, was ich sogleich nützte, gegen seine unkompetenten Redensarten das Wort zu ergreifen. Dann überkam mich ein höchst unbehagliches Gefühl, als ob sich da, schon die ganze Zeit lang, etwas Fremdartiges, Ungewohntes, in mein Bewußtsein gedrängt hätte und mich nun hinderte, logisch und konsequent zu denken. Das ging wieder vorbei. Die nächste Etappe in diesem, vom psychologischen Standpunkt aus höchst bemerkenswerten Vorfall, war der Zeitpunkt, als wir beide, erschöpft und einigermaßen aufeinander eingeschnappt, unseren Streit beendeten.

Es packte mich ein unbändiger Drang, mich in der Apotheke etwas umzusehen, ob da vielleicht doch etwas Außergewöhnliches zu entdecken sei: Es gab nichts, und ich war darüber seltsam beunruhigt, zumal ich vollkommen davon überzeugt war, daß während unseres Streits etwas vorgefallen war. Es fiel mir übrigens auf, daß auch Achilles seelisch bedrückt war und weder aus noch ein wußte. Auch er hielt Nachschau – sogar unter dem Ladentisch. Dann fragte er:

– Sag mir doch, Phöb, bitte, war nicht irgend jemand hier? –

Ihn quälte also genau dasselbe wie mich! Mit seiner Frage hatte er nur meine Zweifel bestätigt, und im Nu war mir klar, womit meine Bestürzung in Zusammenhang zu bringen sei.

– Eine blaue Hand! – schrie ich, und vor mir tauchten wieder die blauen Finger mit dem Blatt Papier auf.

– Nein! Es war keine Hand! – erhitzte sich Achilles –, ein Fangarm war es! Genau wie bei einem Tintenfisch! –

– Aber nein, ich habe ganz deutlich Finger gesehen ... –
– Ein Fangarm war es, wie bei einem Polypen! – behauptete wiederum Achilles, sich dabei fieberhaft umblickend. Dann riß er das auf dem Ladentisch liegende Rezeptbuch an sich und fing an, hastig darin herumzublättern. Ich erstarrte, mir ahnte Schreckliches. Einen Zettel in der Hand haltend, schaute er mich unverwandt, mit weit aufgerissenen Augen an. Es war mir vollkommen klar, was er nun sagen würde.
– Phöb –, brachte er mit gedämpfter Stimme hervor. – Es war ein Marsianer! –
Beide waren wir zutiefst erschüttert. Achilles – als Apotheker steht er bekanntlich mit der Medizin in näherer Beziehung – hielt es für dringend notwendig, mich und auch sich selbst mit einem Kognak zu stärken, und zu diesem Zweck zog er aus einer großen Kiste eine mit »Norsulfassolum« beschriftete Flasche hervor. Alles hatte sich also folgendermaßen abgespielt: Während Achilles und ich uns wegen dieser unheilvollen Dreieckmarke herumzankten, war ein Marsianer in die Apotheke gekommen, hatte Achilles einen schriftlichen Befehl überreicht, worin man Achilles aufforderte, dem Überbringer des Schreibens sämtliche Rauschgift enthaltende Heilpräparate abzuliefern. Völlig fassungslos hatte ihm Achilles ein Paket mit all den verlangten Präparaten ausgehändigt, worauf sich der Marsianer wieder entfernte. Im Gedächtnis zurück blieb uns nichts als ein paar Erinnerungsbruchteile und eine verschwommene, vage Gestalt, die wir mit einem Augenwinkel erspäht hatten.
Deutlich jedoch war mir die blaue Hand in Erinnerung geblieben: eine mit dünnen Härchen bedeckte Hand mit fleischigen, nagellosen Fingern. Unerklärlich dabei ist, wieso mir ein derart grauenvoller Anblick nicht auf der Stelle jegliche Fähigkeit und Lust zu abstrakten Debatten austrieb!
Achilles hingegen konnte sich an keine Hand erin-

nern. Er erinnerte sich nur an einen langen, unaufhörlich pulsierenden Fangarm, der sich wie aus dem Nichts ihm entgegen gestreckt hatte. Und beim Anblick dieses Fangarms – er kann sich noch genau daran erinnern – geriet er in einen maßlosen Zorn, da er den Zwischenfall für einen unangebrachten Scherz meinerseits hielt. Wutschnaubend, wie blind, hatte er das Arzneienpaket auf den Ladentisch geschleudert. Er konnte sich nun aber bei bestem Willen nicht erinnern, ob er das Rezept überhaupt gelesen und es, wie üblich, im Registrierbuch abgelegt hatte. Offensichtlich hat er es gelesen (sonst hätte er ja nicht die Arzneien ausgefolgt) und auch im Registrierbuch abgelegt (der Beleg war ja da).
Während wir noch ein Gläschen Kognak tranken, fiel Achilles ein, daß der Marsianer links von mir gestanden hatte, in einem modischen, seitgeschlitzten Pullover. Mir wiederum fiel ein, an einem der blauen Finger einen prächtigen Ring aus weißem Metall mit einem wertvollen Stein bemerkt zu haben. Auch das Motorengeräusch eines Autos hatte ich vernommen. Sich die Stirn kratzend, erzählte mir Achilles, daß ihn beim Anblick des Rezepts ein Gefühl des Mißmuts überkam, als wollte sich da jemand mit einer nahezu unverschämten Aufdringlichkeit in unsere Debatte mischen, mit völlig absurden Argumenten, die nichts mit der Philatelie im allgemeinen und schon gar nichts mit dem kopfgestellten Aufdruck zu tun hatten.
Ich konnte mich jetzt ganz genau erinnern, daß der Marsianer mit einer durchdringenden und unangenehmen Stimme gesprochen hatte.
– Eher tief und herablassend –, entgegnete Achilles. Ich blieb auf meinem Standpunkt, worauf Achilles aufs neue in Hitze geriet. Er holte seinen jungen Provisor aus dem Laboratorium und fragte ihn, was für Laute er während der letzten Stunde vernommen hatte. Der Provisor, ein einmalig beschränkter junger Kerl, stammelte, blöde mit den Augen blinzelnd, daß er während der ganzen Zeit nur die Stimmen

von uns beiden gehört hatte; nur einmal war ihm gewesen, als hätte man irgendwo ein Radio aufgedreht, er habe aber nicht besonders darauf geachtet. Wir entließen den Provisor und genehmigten uns noch ein Tröpfchen Kognak. Unser Erinnerungsvermögen läuterte sich, und obwohl unsere Meinungen über Aussehen und Stimme des Marsianers auch jetzt noch auseinandergingen, waren wir uns hinsichtlich der Reihenfolge der Fakten vollkommen einig. Fest stand, daß der Marsianer mit einem Auto gekommen war. Ohne den Motor abzuschalten, trat er in die Apotheke, stellte sich links, etwas rückwärts von mir auf, blieb dort einige Zeit unbeweglich stehen, und uns aufmerksam musternd, lauschte er unserem Gespräch. (Mir lief es eisig über den Rücken, als ich mir meiner völligen Wehrlosigkeit in diesen schauerlichen Augenblicken bewußt wurde.) Er tat dann einige Äußerungen in bezug auf Philatelie – ohne die geringsten Fachkenntnisse zu besitzen – und streckte schließlich Achilles das Rezept hin. Achilles nahm es entgegen, überprüfte es flüchtig und steckte es ins Registrierbuch. Daraufhin händigte Achilles, noch immer unter dem Schock des Zwischenfalls, das Paket mit den Präparaten aus, worauf der Marsianer wieder fortging, sah er ja, daß wir ihn an unserer Debatte nicht teilhaben lassen wollten. Zufolge unserer Beschreibung – will man von Einzelheiten absehen – entstand ein Wesen, das zwar sehr wenig von Philatelie verstand, sonst aber wohlerzogen und gewissermaßen anständig war, bedenkt man, daß er mit uns ja hätte machen können, was ihm beliebte. Wir tranken daraufhin noch jeder ein Gläschen Kognak, hielten es aber dann nicht mehr aus, noch länger hierzubleiben und die »Unseren« über den Vorfall im dunkeln zu lassen. Achilles versteckte die Flasche, betraute seinen Provisor mit dem Ladendienst, und wir schlugen raschen Schritts den Weg zum Wirtshaus ein. Unsere Erzählung über den Besuch des Marsianers wurde von jedem der Anwesenden auf seine Art und Weise ausgelegt. Der einbeinige Polyphem sagte ganz offen, alles sei nur dummes Geschwätz.

– Das stinkt doch zum Himmel! – rief er. – Sogar blaue Teufel habt ihr euch da ausgeheckt! –

Der besonnene Silen meinte, es habe sich in diesem Falle kaum um einen Marsianer gehandelt; vielleicht war es ein Neger – bekanntlich gibt es ja Neger, deren Hautschattierung ins Bläuliche geht. Nun – und Parall blieb wieder einmal Parall!

– Einen feinen Apotheker haben wir, das muß man schon sagen! – war seine gallige Äußerung. – Kommt da irgendein Fremder zu ihm, von dem niemand weiß, wer er ist und woher er kommt, und hält ihm einen Wisch unter die Nase, und schon folgt ihm der Herr Magister sang- und klanglos alles Gewünschte aus! Nein, mit solchen Leuten werden wir niemals eine vernünftige Gesellschaft aufbauen! Was ist mir das schon für ein Apotheker, der wegen seiner schäbigen Briefmarken nicht mehr weiß, was er tut? –

Alle anderen hingegen waren auf unserer Seite, ja, das ganze Wirtshaus hatte sich um uns versammelt; sogar die »jeunesse dorée« mit Herrn Nikostrat an der Spitze, hatte ihre Plätze an der Theke verlassen, um unserer Erzählung zu lauschen! Immer wieder mußten wir schildern, wo ich und wo der Marsianer gestanden hatte, wie er seine Extremität ausgestreckt hatte, und das und jenes. Sehr bald fiel mir auf, daß Achilles begonnen hatte, seine Schilderungen mit neuen, zumeist schauerlichen Einzelheiten auszuschmücken. (So zum Beispiel: Während der Marsianer schwieg, blinzelte er uns mit zwei Augen an; tat er jedoch den Mund auf, öffneten sich auch zwei zusätzliche Augen, ein rotes und ein weißes.) Ich machte ihn auf seine Übertreibungen aufmerksam, worauf er mir entgegnete, daß Schnaps und Kognak eine fabelhafte Wirkung auf das menschliche Gedächtnis haben – das sei medizinisch erwiesen. Ich beschloß, mit ihm nicht zu streiten, bestellte mir bei Japet ein Abendessen und, insgemein vor mich hinschmunzelnd, beobachtete ich, wie sich Achilles so gut wie sicher kompromittierte. Es vergingen keine zehn Minuten, und alle waren zur Überzeugung gekommen, daß er faustdick daherlog; sie schenkten ihm daher kein Gehör mehr. Die »jeunesse dorée« nahm wieder ihren Platz an der Theke ein, und kurz darauf drangen von dort die üblichen Redensarten:

– Jetzt reicht es mir aber ... –

– ... wird ja schon langweilig ... –

– ... Marsianer? ... –

– Eine öde Angelegenheit ... ausgesprochener Unsinn ... –

– Wo wollt ihr damit hinaus, ihr Adler? –

An unserem Tisch begann wiederum die alte Debatte über den Magensaft. Was ist der Magensaft eigentlich? Wozu ist er denn überhaupt gut? Warum benötigen ihn die Marsianer, und wozu brauchen wir ihn selbst? Achilles erklärte, daß der Mensch den Magensaft zur Verdauung braucht und daß ohne Magensaft keine Verdauung stattfinden kann. Seine Autorität war jedoch bereits im Eimer, und niemand glaubte ihm.

– Halt die Schnauze, du alte Klistierspritze! – apostrophierte ihn Polyphem. – Red nicht so einen Stumpfsinn zusammen! Drei Tage laß ich mir nun schon Magensaft abzapfen, und nichts ist passiert! Meine Verdauung ist tadellos. Hättest nur du eine so gute Verdauung! –

Mißmutig wandte man sich an Kalaid, um ihn zu konsultieren. Wie es vorauszusehen war, kam dabei aber nichts heraus. Nach längerem Zucken und Zappeln – das ganze Wirtshaus folgte gespannt seinen Bewegungen – platzte er heraus:

– Ein G-g-gendarm i-i-ist mit dreißig längst ein a-a-alter Mann, wenn du es sch-sch-schon u-u-unbedingt wissen willst! –

Das war alles. Seine Worte bezogen sich auf ein beinahe schon vergessenes Gespräch, das noch am Vormittag auf unserem »Plätzchen« zwischen uns statt-

gefunden hatte; und überhaupt, gemeint waren damit nicht wir, sondern Pandareus, der aber schon längst wieder in seinem Dienst war. Während Kalaid über eine Antwort auf unsere Frage dahinbrütete, stellten wir Vermutungen auf. Silens Standpunkt war, die Zivilisation auf dem Mars sei, was die Physiologie betrifft, in einer Sackgasse gelandet: da sie außerstande sind, eigenen Magensaft zu erzeugen, bleibt ihnen nun nichts anderes übrig, als dafür neue Quellen zu erschließen. Japet, der hinter der Theke stand, fiel uns mit erhobener Stimme ins Wort: Seiner Meinung nach dient der Magensaft den Marsianern als Gärungsmittel bei der Erzeugung einer Energie besonderer Art. Er dachte nach, und fügte dann hinzu:
– So eine Art Atomenergie. –
Der verrückte Dimant wiederum – kühne Phantasieflüge waren nie seine Stärke gewesen – war felsenfest davon überzeugt, daß der Magensaft für die Marsianer nichts anderes sei, als für uns Kognak oder Bier – von ihm aus auch Wacholderbrand –, worauf allen, die gerade beim Essen waren, der Appetit verging. Ein anderer vermutete, daß die Marsianer aus dem Magensaft Gold oder sonstige Edelmetalle gewinnen, und diese eher einfältige Mußmaßung brachte Morpheus auf eine einleuchtende Erkenntnis:
– Freunde –, sagte er, – sollten die Marsianer aus unserem Magensaft tatsächlich Gold oder irgendeine Energie gewinnen, so ist das ein Zeichen, daß er für sie ein äußerst wichtiges Ding darstellt. Oder haben sie uns da zum Narren gehalten? Was meint ihr dazu? –
Im ersten Moment begriffen wir alle miteinander nicht, was er damit eigentlich sagen wollte; dann erst fiel uns ein, daß letzten Endes ja niemand wußte, was der Magensaft tatsächlich wert sei, und den von den Marsianern dafür festgesetzten Preis kannten wir auch nicht. Es ist also durchaus möglich, daß die Marsianer mit dem ihnen eigenen praktischen Sinn

und auf Kosten unserer Unwissenheit, aus diesem Unternehmen einen unverhältnismäßig großen Gewinn herausschlagen.
– Bei uns kaufen sie den Saft um einen Pappenstiel –, schnaubte Polyphem wutentbrannt, – und dann setzen sich die Schweinehunde auf irgendeinen Kometen ab, wo sie dafür den reellen Preis kassieren! –
Ich erlaubte mir, ihn zu korrigieren – auf irgendeinen Planeten, nicht Kometen! –, worauf er mir in dem ihm angeborenen derben Ton nahelegte, mir erst einmal mein blaugeschlagenes Auge auszukurieren, dann erst wollte er mit mir debattieren. Aber darum ging es ja nicht.
Morpheus' Mutmaßung regte uns alle auf. Es hätte sich daraus ein äußerst inhaltsreiches und nützliches Gespräch ergeben können, wenn nicht Mirtill und sein Bruder, der Landwirt – beide sternhagelbetrunken – plötzlich im Wirtshaus aufgetaucht wären. Mirtills Bruder hatte schon seit mehreren Tagen Versuche durchgeführt, aus dem blauen Korn einen Treber zu destillieren; heute, endlich, sind diese Versuche mit Erfolg gekrönt worden! Sie stellten zwei stattliche Korbflaschen mit Schnaps der besten Sorte auf den Tisch. Unser Gespräch über Marsianer und Magensaft interessierte uns nun nicht mehr, jeder von uns machte sich daran, das Erzeugnis zu kosten, und – man muß es zugeben – der »Bläuling« beeindruckte uns mächtig. Mirtill beging nun den Fehler, Japet an den Tisch zu holen, damit auch er den »Bläuling« probiere. Japet trank zwei Gläser, stand eine Weile mit geschlossenem linkem Auge da, als ob er etwas überlegte, und brüllte dann aus heiterem Himmel:
– Raus, raus da, ich will euch hier nicht mehr sehen! –
Er sagte es in einem derartigen Ton, daß Mirtill, ohne ein Wort zu erwidern, die geleerten Korbflaschen und seinen inzwischen eingeschlummerten Bruder zusammenpackte und sich eiligst aus dem Staub machte. Japet blickte uns düster an:

– Eine feine Manier ist das, mit ihrem Gesöff in mein Lokal zu kommen! – sagte er und begab sich dann wieder hinter den Schanktisch. Um die peinliche Situation auszuglätten, bestellten wir uns alle noch etwas zu trinken, aber die frühere Zwanglosigkeit war nun einmal dahin. Ich blieb noch ein halbes Stündchen sitzen und ging dann nach Hause.
Im Wohnzimmer hatte es sich der Herr Nikostrat in Charons Fauteuil bequem gemacht und trank gerade mit Marmelade gesüßten Tee; ihm gegenüber saß Artemis. Ich hatte nicht die geringste Absicht, mich in diese Angelegenheit zu mischen! Erstens einmal war Charon ja von der Stadt abgeschnitten – niemand weiß, ob er überhaupt zurückkehrt. Zweitens wollte ich auch Germione nicht in die Arme laufen, stank ich doch so sehr nach Alkohol, daß sogar ich es wahrnahm! Also, huschte ich still und unauffällig in mein Kämmerlein, ohne erst die Aufmerksamkeit der anderen auf mich zu lenken. Ich zog mich um und schaute die Zeitungen durch. Wirklich eigenartig!
Sechzehn Spalten, und nichts Wesentliches! Wie Wattekauen! Da ist eine Pressekonferenz unseres Präsidenten abgedruckt. Zweimal habe ich sie durchstudiert, doch kein Wort davon verstanden – ewig geht es darin um den Magensaft!
Ich gehe nachschauen, was Germione macht.

12. Juni
Temperatur plus 20 Grad, Bewölkung 0, windstill. Von diesem »Bläuling« habe ich ein ekelhaftes Aufstoßen. Dazu bekam ich noch Migräne, und so blieb ich den ganzen Tag zu Hause. Da gibt es eine gastronomische Neuigkeit: blaues Brot! Germione singt davon ein Loblied, Artemis schmeckt es auch, nur ich finde nichts Besonderes daran: es ist ein Brot wie jedes andere, nur eben blau.

13. Juni

Endlich sommerliches Wetter, es scheint anhalten zu wollen. Temperatur plus 22, Bewölk...

Sachen gibt es da! Ich weiß gar nicht, wo ich beginnen soll! In meiner Pensionsangelegenheit weiß ich zwar noch immer nichts, aber schließlich geht es jetzt ja nicht darum. Ich hatte gerade mit meinen heutigen Tagebuchaufzeichnungen begonnen, als ich plötzlich ein Auto vorfahren hörte. Mein erster Gedanke war, es könnte Mirtill mit dem versprochenen »Bläuling« sein: er hatte uns nämlich versprochen, einen viertel Eimer davon vom Land hereinzubringen. Ich schaute also zum Fenster hinaus. Ich tat es übrigens im rechten Augenblick. Mir fiel sogleich ein unter der Straßenlaterne abgestelltes, mir unbekanntes, überaus luxuriöses Auto auf; dann erst sah ich Charon, der bestimmten Schrittes auf die Gartenbank zusteuerte, auf der sich der Herr Nikostrat und Artemis schon seit Eintreten der Dunkelheit niedergelassen hatten. So schnell konnte ich gar nicht schauen, wie Nikostrat Hals über Kopf über den Gartenzaun das Weite suchte! Mit übermenschlicher Kraft schleuderte ihm Charon Hut und Spazierstock nach, doch der Herr Nikostrat nahm sich nicht die Zeit, stehenzubleiben, um beides aufzuheben, sondern beschleunigte nur noch seine Flucht. Daraufhin wandte sich Charon Artemis zu. Ich konnte schlecht sehen, was sich da zwischen den beiden abspielte. Wahrscheinlich versuchte Artemis anfangs, in Ohnmacht zu fallen; als ihr jedoch Charon eine Ohrfeige verabreichte, kam sie davon ab und zog es vor, ihrem berühmten Charakter entsprechend aufzutreten. Sie gab ein langgezogenes, ohrenzerreißendes Gewinsel von sich und fuhr Charon mit den Fingernägeln über das Gesicht. Als ich einige Minuten später einen Blick ins Wohnzimmer warf, bot sich mir folgendes Bild: Charon ging wie ein Tiger im Käfig auf und ab; er hielt die Arme hinter dem Rücken verschränkt und seine Nase leuchtete purpurrot infolge eines frischen Kratzers. Währenddessen deckte Artemis ge-

schäftig den Tisch. Ich stellte eine leichte Asymmetrie in ihrem Gesicht fest. Ich ertrage keine Familienszenen, mir hebt sich dabei der Magen; bei solchen Anlässen möchte ich am liebsten auf und davon gehen, nichts sehen und nichts hören. Aber bevor es mir noch gelang zu verschwinden, erblickte mich Charon und begrüßte mich gegen alle meine Erwartungen mit einer derartigen Freundlichkeit und Wärme, daß ich einfach nicht umhinkonnte, ins Wohnzimmer zu treten und mit ihm ein Gespräch anzuknüpfen.
Was mich höchst angenehm überraschte war, daß Charon keineswegs so aussah, wie ich es erwartet und befürchtet hatte. Es war so ganz und gar nicht mehr der langhaarige, zerlumpte Gammler, der noch vor einer Woche in diesem selben Zimmer schimpfend und fluchend mit dem Gewehr herumgefuchtelt hatte. Und, um ganz ehrlich zu sein, hatte ich sogar erwartet, daß er diesmal noch zerlumpter und drekkiger daherkäme! Aber nein – mir gegenüber saß unser alter Charon, der Charon aus den guten Friedenszeiten, glatt rasiert, tadellos frisiert, elegant und geschmackvoll gekleidet. Nur der purpurrote Kratzer auf seiner Nase beeinträchtigte einigermaßen den Gesamteindruck. Sein ungewohnt gebräuntes Gesicht ließ darauf schließen, daß er sich in letzter Zeit viel im Freien aufgehalten hatte.
Auch Germione kam ins Wohnzimmer, den Kopf voller Lockenwickler. Sie entschuldigte sich wegen ihres Aussehens und setzte sich zu uns an den Tisch. Und da sitzen wir nun wie in alter Zeit, alle vier in einer Familie vereint! Solange auch die Frauen anwesend waren, unterhielten wir uns über allgemeine Dinge: über das Wetter, über unser Befinden und Aussehen. Als Charon und ich dann allein waren – Germione und Artemis hatten den Tisch abgeräumt und waren mit dem Geschirr in die Küche gegangen – zündete er sich eine Zigarette an und sagte, indem er mich eigenartig ansah:
– Na, Vater, ist unsere Sache verloren? –
Als Antwort zuckte ich vorerst nur mit den Achseln,

obwohl ich eine große Lust hatte, ihm zu erwidern, daß, sollte da eine Sache verloren sein, es keinesfalls die unsere ist. Mir schien übrigens, als ob Charon gar keine Antwort erwartete. Im Beisein der Frauen hatte er sich zusammengenommen, jetzt bemerkte ich aber, daß er sich im Zustand einer fast krankhaften Erregung befand, wobei ein Mensch schlagartig von einem nervösen Gelächter zu einem hysterischen Tränenausbruch überzugehen vermag: wenn in seinem Inneren alles kocht und er dabei ein unbändiges Bedürfnis hat, sich mit Worten Luft zu machen, und deshalb redet, redet, redet. Und Charon redete.

Er sagte, die Menschen hätten keine Zukunft mehr. Der Mensch habe aufgehört, die Krone der Schöpfung zu sein. In Hinkunft – jetzt und für alle Ewigkeit – wird der Mensch eine gewöhnliche Naturerscheinung sein wie ein Baum oder ein Pferd, mehr nicht. Und überhaupt, die Kultur und der ganze Fortschritt haben jeglichen Sinn verloren. Die Menschheit ist nicht mehr auf ihre Selbstentwicklung angewiesen – das wird künftig von außen besorgt. Keine Schulen werden mehr benötigt, keine Institute und keine Laboratorien; man kommt fortan ohne Gemeinschaftsdenken, ohne Philosophie, ohne Literatur aus – kurzum – all das, was bisher den Unterschied zwischen einem Menschen und einem Rindvieh ausmachte und was man Zivilisation zu nennen pflegt, ist demnach überflüssig geworden. Und als Magensafterzeuger – so fügte Charon hinzu – sei Albert Einstein in keiner Weise besser als beispielsweise Pandareus, ja, mit Sicherheit sogar schlechter, zeichnet sich doch Pandareus durch eine seltene Gefräßigkeit aus! Die Geschichte der Menschheit endet somit nicht etwa im Getöse einer kosmischen Katastrophe oder in den Flammen eines Atomkriegs, ja, nicht einmal im Schraubstock einer Übervölkerung, sondern in einer geruhsamen, gesättigten Stille.

– Kaum zu glauben –, stieß er hysterisch hervor und ließ dabei seinen Kopf auf die Handflächen sinken.

– Kaum zu glauben, daß nicht Wurfraketen oder dergleichen, sondern einzig und allein eine Handvoll Kupfermünzen für ein Glas Magensaft unsere Kultur und Zivilisation vernichtet haben ... –
Er sagte noch viel anderes und drückte sich auch bedeutend effektvoller aus. Zumal ich aber über eine eher schlechte Auffassungsgabe in puncto abstrakter Erwägungen verfüge, habe ich mir eben nur das gemerkt, was auf mich einen besonderen Eindruck machte. Anfänglich – ich muß es offen gestehen – gelang es ihm, mir etwas Angst einzujagen. Sehr bald wurde mir jedoch klar, daß alles nur der Redeschwall eines Intellektuellen war, der soeben den Zusammenbruch seiner Ideale erlebte. Jetzt fühlte ich mich gezwungen, ihm zu widersprechen. Natürlich nicht mit der Hoffnung, ihn umzustimmen – beileibe nicht –, einzig und allein, weil mich seine Erwägungen zutiefst verletzt hatten, weil ich sie geschwollen, hochtrabend und taktlos empfand. Überdies wollte ich den widerwärtigen Eindruck loswerden, den sein Geklage auf mich gemacht hatte ...
– Sie haben ein viel zu leichtes Leben gehabt, mein Sohn –, sagte ich ihm ohne Umschweife, – Sie sind übersättigt. Sie haben überhaupt keine Ahnung vom Leben. Man sieht sofort – niemand hat Ihnen je eine in die Fresse gehauen, Sie haben noch nie in einem Schützengraben gefroren und auch nie in einem Gefangenenlager gefällte Holzstämme aufgeladen. Sie haben immer genug zu essen gehabt und auch das Geld, dafür zu bezahlen. Daher sind Sie es gewöhnt, die Welt von der Warte eines Olympbewohners, eines Übermenschen zu betrachten. Ja, ja, schrecklich schade, ein ausgesprochener Jammer, Kultur und Zivilisation um eine Handvoll Kupfermünzen zu verkaufen! Anstatt euch zu bedanken, daß man euch diese Münzen dafür gibt! Natürlich, Sie und die Ihresgleichen haben diese Münzen ja nicht nötig! Was macht aber eine alleinstehende Witwe, die beispielsweise drei Kinder aufzuziehen hat, die sie ernähren und denen sie eine Schulbildung geben muß? Oder

Polyphem, der als Krüppel eine nahezu armselige Pension bezieht? Und die Bauern? Was bietet ihr den Bauern? Ein paar fragwürdige soziale Ideechen? Büchlein und Broschüren? Oder gar die Ästhetik eurer Philosophie? Der Bauer spuckt darauf! Was er braucht sind Bekleidung, Maschinen und eine gesicherte Zukunft! Er will in Ruhe sein Getreide anbauen und einen guten Preis für die Ernte erzielen! Wart ihr imstande, ihm das zu geben? Ihr, samt eurer ganzen Zivilisation? Na also, in zehntausend Jahren ist es niemandem gelungen, den Bauern das zu bieten – und die Marsianer haben es geschafft! Ist es da zu wundern, daß die Landwirte euch nachhetzen wie wilden Tieren? Wer will euch denn schon? Wer braucht euch denn schon? Wer braucht euch? Euch und euer Geschwätz, euren Snobismus, eure abstrakten Proklamationen, die allzuleicht auf Schießereien mit Maschinengewehren übergehen? Der Bauer braucht euch nicht! Ja – und dessen bin ich sogar sicher – auch der Großteil der intelligenten, gebildeten Leute braucht euch ebensowenig! Ihr glaubt wohl, den Glanz der Kultur zu verkörpern, in Wirklichkeit seid ihr aber höchstens ein Schimmelpilz, der auf ihrem Mist wächst. Was habt ihr euch da alles eingebildet? Jetzt glaubt ihr auch noch, euer Untergang sei der Untergang der gesamten Menschheit! –

Ich glaube, meine Rede hat ihn damals total fertiggemacht. Er saß da, das Gesicht in den Händen vergraben, am ganzen Körper zitternd. Der Arme sah so elend aus, daß mir bei seinem Anblick das Herz blutete.

– Charon –, sagte ich so sanft ich nur konnte, – Charon, mein Junge! Könnt ihr denn nicht für einen Augenblick nur von euren höheren Sphären auf unsere sündige Welt herabsteigen? Versucht es doch einzusehen, daß der Mensch einzig und allein Ruhe und eine gesicherte Zukunft braucht! Es ist doch nichts Schreckliches passiert! Sie, Charon, haben soeben behauptet –, der Mensch sei eine Magensaftfabrik geworden. Das sind lauter große, schallende

Worte, Charon. Wenn du es wissen willst, handelt es sich in diesem Falle ausschließlich um eine Art Abkommen auf Gegenseitigkeit. Der Mensch lebt nun unter neuen Existenzbedingungen und hat ein hervorragendes System ausfindig gemacht, aus seinen physiologischen Vorräten Nutzen zu ziehen und sich damit ein sicheres Dasein auf dieser Welt zu gewährleisten. Sie, Charon, bezeichnen das als Sklaverei, während jeder vernünftige Mensch darin ein ganz normales Tauschgeschäft sieht, das gegenseitige Vorteile mit sich bringt. Von Sklaverei kann da wohl überhaupt keine Rede sein, wo doch jeder im vorhinein erwägen kann, ob er dabei bemogelt wird; und sollte letzteres wirklich passieren, so kann ich Ihnen versichern, daß man jederzeit die Möglichkeit hat, auf sein Recht zu pochen. Sie sprachen eben von Untergang der Kultur und Zivilisation. Nichts ist unrichtiger als das! Es ist mir einfach unbegreiflich, worauf Sie eigentlich hinauswollen. Die Zeitungen erscheinen täglich wie eh und je, es kommen neue Bücher heraus, es werden neue Fernsehsendungen aufgezeichnet, die Industrie arbeitet wie zuvor... was wollen Sie mehr, Charon? Was haben Sie auszusetzen? Alles haben sie euch gelassen, was ihr bisher hattet: Redefreiheit, Selbstverwaltung, die Verfassung! Ja, sogar vom Herrn Laomedont haben sie euch befreit! Und schließlich und endlich haben sie euch eine laufende und zuverlässige Einnahmequelle zuteil werden lassen, die von keiner Konjunktur abhängig ist! –
Bei dieser Stelle hielt ich in meinem Gespräch inne. Mir fiel auf, daß Charon ja gar nicht zerschlagen und vernichtet war und auch nicht schluchzte, sondern – so schien es mir zumindest – auf eine geradezu unverschämte Weise kicherte. Ich fühlte mich zutiefst beleidigt, doch da sagte Charon:
– Verzeihen Sie mir, um Himmels willen, ich wollte Sie nicht beleidigen. Mir ist da eine komische Geschichte eingefallen. –
Zwei Tage zuvor hatte sich Charon, an der Spitze

einer aus fünf Männern bestehenden Rebellengruppe, eines Marsianerautos bemächtigt. Groß war ihr Erstaunen gewesen, als dem Fahrzeug kein anderer als Minotaurus entstieg: Er war stocknüchtern und trat mit einem tragbaren Magensaft-Abnahmeapparat auf sie zu.
– Was, Burschen, saufen wollt ihr? – hatte er gefragt.
– Laßt das nur meine Sorge sein! Los, wer will als erster dran? –
Die Rebellen waren vorderhand völlig durcheinander. Als sie dann ihre Fassung wiedererlangt hatten, verpaßten sie Minotaurus – ganz ohne Enthusiasmus – eine gehörige Tracht Prügel wegen Verrats und dachten vorerst, ihn samt Fahrzeug wieder ziehen zu lassen. Dann bemächtigten sie sich neuerdings des Autos, einer von ihnen setzte sich ans Lenkrad und alle zusammen fuhren sie bis zum Posten der Marsianer, wo es zu einer erbitterten Schlacht kam. Dieser Zwischenfall hatte bei den Männern zur Folge, daß sie mit der ganzen Sache nichts mehr zu tun haben wollten, ja, darauf spuckten. Noch am selben Abend kehrten zwei von ihnen wieder nach Hause zurück, die übrigen wurden am darauffolgenden Morgen von den Bauern gefangengenommen.
Was diese Geschichte mit dem Thema unserer Unterhaltung zu tun hatte, verstand ich zwar nicht, eines jedoch konnte ich daraus entnehmen: Charon war also bei den Marsianern in Gefangenschaft gewesen!
– Ja –, antwortete er auf meine diesbezügliche Frage, – und deshalb habe ich auch gelacht. Die Marsianer sagten mir haargenau dasselbe wie Sie vorhin! Allerdings mit etwas mehr Zusammenhang. Dabei betonten sie, daß ich der Elite der Gesellschaft angehöre und daß sie, die Marsianer, vor mir tiefen Respekt empfänden; völlig unbegreiflich sei ihnen jedoch, daß ich und meinesgleichen uns mit den Terroristen herumtreiben, anstatt eine verstandesmäßige Opposition zu bilden. Sie schlagen uns ihrerseits vor, mit legalen Mitteln an ihrer Seite zu kämpfen, wobei sie

uns volle Presse- und Versammlungsfreiheit gewährleisten. Prachtkerle, diese Marsianer, was? –
Was konnte ich ihm da noch antworten? Zumal er mir noch berichtete, sie hätten ihn bestens behandelt und umsorgt: gewaschen, neu eingekleidet, kuriert. Dann schenkten sie ihm noch ein Automobil, das sie vom Inhaber einer Opiumrauchstube konfisziert hatten, und ließen ihn schließlich in Frieden ziehen.
– Mir fehlen einfach die Worte –, sagte ich, die Arme ausbreitend.
– Mir auch –, gestand Charon und setzte dabei wieder eine düstere Miene auf. – Im Moment habe leider auch ich keine Worte, muß aber unbedingt welche finden. Für uns alle ist sonst alles sinnlos. –
Dann stand er ganz unvermutet auf, wünschte mir eine gute Nacht und zog sich in sein Zimmer zurück, während ich wie ein Trottel und von unerquicklichen Vorahnungen erfaßt im Wohnzimmer sitzen blieb. Was ist das doch für eine widerliche Art, mitten in der Unterhaltung einfach wegzugehen! Obwohl es schon ein Uhr nachts ist, verspüre ich noch überhaupt keinen Schlaf.
Übrigens, heute habe ich zum erstenmal Magensaft gespendet. An und für sich keine so schreckliche Sache, nur etwas unangenehm ist dabei, das Röhrchen zu schlucken; aber es heißt, daß man sich sehr bald daran gewöhnt. Wenn ich täglich zweihundert Gramm davon abgebe, macht das hundertundfünfzig im Monat aus. Immerhin!

14. Juni

Temperatur plus zwanzig, Bewölkungsgrad 0, windstille. Die neuen Briefmarken sind schließlich doch herausgekommen. Mein Gott, eine wahre Pracht! Zuerst kaufte ich mir von der neuen Serie einen Viererblock, dann hielt ich es einfach nicht aus und kaufte komplette Markenbogen. Schluß mit Sparen! Jetzt kann endlich auch ich mir etwas leisten! Ich war mit Germione Magensaft spenden, in Hinkunft gehe ich allein. Es geht das Gerücht, ein Rundschreiben des Unterrichtsministeriums sei eingelangt, in dem die bisherigen Pensionsbestimmungen bestätigt werden; bisher ist es mir jedoch nicht gelungen, Näheres darüber zu erfahren. Der Herr Nikostrat ist heute nicht ins Amt gekommen – er hat seinen jüngeren Bruder geschickt und sagen lassen, er sei verkühlt und habe Grippe. Man erzählt aber, er habe gar keine Grippe, er sei vielmehr durch Unvorsicht gestürzt und habe sich bei dieser Gelegenheit innere Verletzungen zugezogen. Ein Kerl, dieser Charon! Artemis schleicht sich kleinlaut wie ein Mäuschen im Haus herum!

Ja, bald hätte ich darauf vergessen! Ich mache einen Sprung ins Wohnzimmer, sitzt da Charon in Gesellschaft eines sympathischen Herrn mit mächtigen Brillen. Ich erkannte ihn wieder, und ich war buchstäblich versteinert. Es war jener Insurgent, den damals die Landwirte unter meinen Augen gefaßt hatten. Auch er erkannte mich wieder, und auch er war darüber wie versteinert. Wir blickten uns eine Zeitlang gegenseitig an, dann besann ich mich, verneigte mich und ging wieder hinaus. Ich weiß nicht, was er Charon über mich gesagt hat. Übrigens bald darauf ging er fort. Ich möchte freiweg betonen: Diese Geschichte paßt mir nicht. Wenn es sich um einen legalen Kampf dreht, so wie es ihnen offiziell vorgeschlagen wurde, einen Kampf mit den dazugehörigen Versammlungen, Broschüren, Zeitungen, so habe ich nichts dagegen. Aber sollte ich ein einziges Mal noch in meinem Hause Maschinenpistolen oder anderweitige Schießeisen erblicken, dann – sei mir nicht bös, mein lieber Schwiegersohn – trennen sich unsere Wege. Ich habe die Nase voll.

Um mich zu beruhigen, las ich meine gestrigen Tagebuchaufzeichnungen über die mit Charon geführte Unterhaltung noch einmal durch. Nach meiner Meinung ist an meiner Logik rein gar nichts auszusetzen. Dagegen konnte auch er nichts einwenden. Schade nur, daß das, was ich aufschrieb, bei weitem

verständlicher und überzeugender ausfiel als das, was ich gesagt hatte, Reden liegt mir einmal nicht, das ist mein wunder Punkt.
In den Morgenzeitungen stand eine interessante Mitteilung über eine allgemeine Demobilisierung und die endgültige Entmilitarisierung des Landes. Na endlich, sind sie schließlich daraufgekommen! Dazu wäre noch zu sagen, daß die Marsianer das Verteidigungsressort voll und ganz in die Hand genommen haben und daß uns von nun an die Landesverteidigung keinen Groschen mehr kosten wird, sofern man vom Magensaft absieht. In der Rede des Präsidenten ist allerdings kein direkter Hinweis darauf enthalten, man kann es jedoch durch die Zeilen lesen. Die Geldmittel –, so sagte der Präsident, – die bisher für die Erhaltung eines Heeres aufgewendet wurden, fließen in Hinkunft der Erreichung eines höheren Lebensstandards und der Erweiterung des Schiffbaus zu. – Ja, und da seien noch gewisse Schwierigkeiten hinsichtlich des Abbaus der Rüstungsindustrien zu überbrücken, Schwierigkeiten, die jedoch als eine rein vorübergehende Erscheinung zu werten seien. Und er betonte mehrere Male, daß unter der neuen Staatsordnung niemand zu leiden haben werde. Ich persönlich bin davon überzeugt, daß man den Eigentümern der Rüstungsbetriebe und den Generälen einen schönen Batzen Geld als Abfindung auszahlen wird. Ein reiches Volk diese Marsianer! Die Entmobilisierung ist indes bereits im Gang. Und Parall verbreitet da Gerüchte, daß auch die Polizei abgeschafft werden soll. Pandareus wollte ihn daraufhin hinter Schloß und Riegel setzen, doch wir erlaubten es nicht. Natürlich handelt es sich da um Gerüchte; wäre ich jedoch Pandareus, würde ich trotz allem etwas vorsichtiger handeln.
Nein, heute habe ich so gar keine Lust, weitere Eintragungen vorzunehmen. Anstatt dessen werde ich mir meine gestrige, an Charon gerichtete Rede vornehmen und sie ins reine schreiben. Ich muß es sagen, eine gute Rede!

14. Juni

Ein einmalig klarer und strahlender Morgen! (Temperatur plus einundzwanzig, Bewölkungsgrad 0, windstill.) O welch angenehmes Gefühl, frühmorgens aufzustehen, wenn die Sonne bereits den Morgennebel verdrängt hat, während die Luft noch immer frisch und kühl ist und das köstliche Aroma der Nacht in sich birgt! Myriaden von winzigkleinen Regenbogen gleich, beben und flimmern die Tautropfen, wie Edelsteine funkelnd, auf jedem Grashalm, auf jedem Blättchen, auf jedem Spinngewebe, das ein emsiges Spinnchen während der Nacht in mühevoller Arbeit von seiner Behausung zu einem schaukelnden Zweig gespannt hat. Aber nein, die literarische Prosa ist eben auch nicht meine Stärke! Von der einen Seite betrachtet, wäre an und für sich ja alles in Ordnung: alles stimmt, alles sitzt auf dem richtigen Platz, es ist auch schön; trotzdem ... es ist nicht so, wie es sein sollte. Na ja, auch recht!

Schon zwei Tage hindurch erfreuen wir uns eines vorzüglichen Appetits: es heißt, das komme vom blauen Getreide. Fürwahr ein erstaunliches Produkt! Bisher war es kaum vorgekommen, daß ich trockenes Brot gegessen hätte – belegte Brote, ja –; jetzt hingegen schlage ich mir davon den Bauch voll. Es zerschmilzt auf der Zunge – wie Kuchen –, und außerdem liegt es nicht auf dem Magen. Sogar Artemis, der bisher die Erhaltung ihrer Linie stets wichtiger gewesen war als die ihrer Familie, kann sich nicht mehr zurückhalten: sie haut jetzt rein, wie es eben einer jungen, gesunden Frau ihres Alters zusteht. Auch Charon ißt das Brot und singt davon ein Loblied. Auf meine hämischen Bemerkungen, mit denen ich nicht spare, erwidert er lakonisch:

– Eines schließt das andere nicht aus, Vater, eines schließt das andere nicht aus. –

Nach dem Frühstück begab ich mich ins Rathaus, wo ich pünktlich zu Beginn der Amtsstunden eintraf. Von den »Unseren« war noch niemand auf dem »Plätzchen«. Der Herr Nikostrat hat ein eher mieses

Aussehen: bei jeder Bewegung verzieht er das Gesicht, und von Zeit zu Zeit stöhnt er leise vor sich hin. Sein Sprechen hört sich wie ein schmerzliches Flüstern an, und seinen Fingernägeln schenkt er heute überhaupt keine Aufmerksamkeit. Während unserer ganzen Unterhaltung blickte er mir nicht ein einziges Mal ins Gesicht, und sein Ton mir gegenüber war äußerst bescheiden und zuvorkommend – nicht die geringste Spur von dem ihm sonst eigenen ironischen Unterton! Das Rundschreiben mit der Bestätigung der Pensionszuteilungen ist nun tatsächlich eingetroffen! Meine Dokumente befinden sich derzeit noch beim Ministerium, und meine persönliche Angelegenheit scheint einen günstigen Ausgang gefunden zu haben: mir wird demnach eine Pension der ersten Kategorie zuteil! Trotzdem würde es keineswegs schaden, so sagte der Herr Nikostrat, wenn ich den Herrn Bürgermeister bäte, er möge den Minister durch einen speziellen Brief noch ausdrücklich über meine persönliche Beteiligung am aktiven Kampf mit Waffen gegen die Insurgenten in Kenntnis setzen. Dieser Idee stimmte ich begeistert bei, woraufhin der Herr Nikostrat und ich beschlossen, daß ich das Konzept des Berichts verfassen sollte, er würde es dann redigieren und dem Herrn Bürgermeister unterbreiten.

Inzwischen hatten sich die »Unseren« bereits auf dem »Plätzchen« versammelt. Morpheus traf als letzter ein und deshalb erlegten wir ihm auch eine Strafe auf. Genug jetzt mit dem Liberalismus! In letzter Zeit haben wir unsere Vereinssachen total vernachlässigt, so darf das nicht weitergehen! Eines interessiert alle mächtig: ob die Affäre zwischen Charon und dem Herrn Nikostrat inzwischen beigelegt sei. Sie zwangen mich, ihnen in allen Einzelheiten all das zu schildern, was ich gesehen hatte – der einbeinige Polyphem und Silen stritten sich sogar eine Weile darüber herum, an welchem Körperteil namentlich der Herr Nikostrat verletzt worden sei. Als ein erfahrener Mann und Unteroffizier erklärte Polyphem

nachdrücklich, Charon hätte beim damaligen Zusammenstoß dem Herrn Nikostrat das Steißbein verletzt: einzig und allein durch einen gutgezielten Tritt mit der Stiefelspitze auf die genannte Stelle konnte er den Herrn Sekretär dazu bewegen, das Schlachtfeld zu räumen. Und Silen, als ein nicht minder erfahrener Mann und gewesener Jurist, meinte wiederum, daß Charon genau denselben Effekt auch mit einem gut angesetzten Hieb über den Rumpf erzielen konnte; betrachte man die jetzige Gehweise des Herrn Nikostrat, gäbe es da nur die eine Schlußfolgerung, und zwar, Nikostrat sei an einer Rippe auf der linken Seite verletzt, eine Splitterung vielleicht oder gar ein Bruch. Vollkommen einig waren sich die beiden darüber, daß diese Affäre noch lange nicht erledigt sei und daß der Herr Nikostrat, als der junge, sportliche Hitzkopf, der er bekanntlich ist, es sicherlich nicht verabsäumen wird, Charon früher oder später in einem finsteren Gäßchen mit ein paar Freunden abzupassen.
Sie wollten mich außerdem darüber aushorchen, ob Artemis auch weiterhin dem Herrn Nikostrat zugetan sei. Als ich es entschieden ablehnte, auf diese taktlose Frage zu antworten, beschlossen alle einstimmig: Artemis ist selbstverständlich auch noch dem Herrn Nikostrat zugetan.
– Weiber sind eben Weiber –, sagte der gallige Parall. – Ein Mann allein ist ihnen immer zuwenig, das liegt schon einmal in ihrer biologischen Natur. –
Ich wurde schließlich böse und warf ein, daß diese Eigenschaft der Frauen viel eher an der biologischen Natur gewisser Männer liege – Männer von der Art Paralls beispielsweise –; alle fanden meine scherzhafte Anspielung sehr geistreich, um so mehr, als erstens einmal nicht ein einziger von ihnen Parall, schon wegen seines galligen Charakters, besonders leiden mochte, und zweitens erinnerten sie sich sehr gut daran, wie seinerzeit, noch vor dem Krieg, seine junge Gattin mit einem Handelsreisenden durchgebrannt war. Aus unserem Geplänkel ergab sich eine

äußerst günstige Gelegenheit, endlich einmal Parall mit seinen ewigen, pseudophilosophischen Aussprüchen in die Schranken zu weisen.
Morpheus hatte indessen einen neuen Ulk ausgeheckt: das Lachen verbeißend, nahm er uns bei den Händen und rief:
– Also, hört, was ich euch jetzt sage! –, aber in diesem Augenblick – wie immer zu einem ungelegenen Zeitpunkt – kreuzte der alte Esel Pandareus auf, und ohne die geringste Idee davon zu haben, worüber wir uns gerade unterhielten, verkündete er mit seiner dröhnenden Stimme, daß sich jetzt bei uns so eine ausländische Mode eingeschleust habe: zu dritt oder zu viert mit einer einzigen Frau zusammenzuleben, wie es bei den Katzen gang und gäbe ist. Na, was willst du da schon machen! Parall nahm diese Meldung gleich zum Anlaß, das Gespräch auf Pandareus persönlich umzuschalten:
– Ja, ja, Pan –, sagte er zu ihm. – Bist heute wieder einmal in Schuß, Alter! So etwas habe ich nicht einmal von meinem jüngeren Schwiegersohn gehört! –
Den zweiten Schwiegersohn Paralls kannte jeder weit und breit, wir konnten uns daher einfach nicht zurückhalten und brachen in ein unbändiges Gelächter aus, während Parall mit gramvoller Miene hinzufügte:
– Nein, alte Burschen! Die ganze Entmilitarisierung ist umsonst. Nach meiner Meinung, alte Burschen, wäre eine »Entpolizeiisierung« bei weitem angebrachter, oder allenfalls eine »Entpandareisierung«. –
Im Nu blähte sich Pandareus wie ein Kugelfisch auf, knöpfte sich seinen Rock bis zum Hals zu und brüllte:
– Genug gesprochen! Abtreten! ... –
Um mich zum Spendezentrum zu begeben, war es noch zu früh, und so ging ich zu Achilles. Ich las ihm meine von mir inzwischen ins reine geschriebene Rede an Charon vor. Er hörte mir mit offenem Mund zu. Mein Erfolg war voll und ganz. Als ich zu Ende gelesen hatte, sagte er wortwörtlich:

– Phöb, dies hat ja ein wahrer Volksredner verfaßt! Wo hast du das her? –
Um einen größeren Effekt zu erzielen, zierte ich mich anfangs ein wenig, und dann sagte ich ihm, wie und was. Allein, er glaubte mir nicht. Er war der Meinung, daß einer dermaßen präzisen, auch dem einfachen Volk zugänglichen Ideenformulierung ein pensionierter Professor der Astronomie einfach nicht gewachsen sei.
– Das meistern höchstens ganz große Schriftsteller –, sagte er, – eventuell auch ganz große Politiker. Und in unserem Land –, so sprach er weiter, – kenne ich beim besten Willen keine ganz großen Schriftsteller und auch keinen ganz großen Politiker. –
– Sag, Phöb, hast du diese Rede von den Marsianern geklaut? – fragte er mich. – Gib es doch zu, Alter, ich werde es niemandem sagen. –
Ich war ganz durcheinander. Sein diesbezügliches Mißtrauen war von der einen Seite schmeichelhaft, andererseits giftete ich mich darüber. Und da hält er mir plötzlich ein versiegeltes Kuvert aus kompaktem schwarzem Papier unter die Nase.
– Was ist denn das? – frage ich mit berechnetem Desinteresse, während mein Herz aber bereits Böses witterte und von den unheilvollsten Vorahnungen geplagt war.
– Die Marken –, sagte dieser Prahlhans, – die Marken sind unverfälscht. Sie kommen von dort. –
Ich kann mich jetzt nicht mehr erinnern, wie ich auf diese Mitteilung reagierte. Wie in Trance lauschte ich seinen Begeisterungsausbrüchen, wobei mir nicht ein gewisser mitleidiger Unterton entging. Mit dem Kuvert unter meiner Nase herumfuchtelnd, wies er immer wieder darauf hin, was für eine Rarität die Marken darstellen, daß dergleichen schlechthin nirgends aufzutreiben sei, welche legendäre Summe ihm sogar Xton dafür geboten habe, und schließlich, wie geschickt er selbst, Achilles, gehandelt hatte, indem er für die seinerzeit ausgefolgten Arzneimittel sich nicht in Geld, sondern in Briefmarken bezahlen

ließ. Die Beträge, die er so ganz nebenbei erwähnte, versetzten mich in eine regelrechte Panikstimmung. Der Marktpreis der marsianischen Briefmarken ist demnach derart hoch, daß nicht einmal eine Pension der ersten Gruppe und der Magensaft imstande sind, meine Lage zu verbessern! Als ich mich von dem Schock erholt hatte, ging es mir wie ein Licht auf, und ich bat Achilles, mir die Marken zu zeigen. Und da wurde mir so vieles klar. Dieser Schlaumeier geriet ins Stocken und begann total verwirrt zu stammeln, daß die Marken, zumal sie ja marsianische Marken sind, genauso wie Kontrastpapier das Licht scheuen und daß zu ihrer Betrachtung ein spezieller Beleuchtungsapparat erforderlich sei. In seiner Apotheke habe er aber leider keinen derartigen Apparat. Ich faßte Mut und bat ihn, mir zu gewähren, am Abend auf einen Sprung bei ihm zu Hause vorbeizuschauen. Kleinlaut lud er mich ein zu kommen, machte mich aber darauf aufmerksam, daß er, um ehrlich zu sein, auch zu Hause nicht über ein derartiges Gerät verfüge; er vertröstete mich damit, daß ihm für den morgigen Abend bestimmt etwas einfallen werde. Ja, davon bin ich überzeugt, morgen wird ihm bestimmt etwas einfallen. Höchstwahrscheinlich wird sich dann herausstellen, daß sich die Marsianer-Marken in der Luft auflösen oder daß man sie überhaupt nicht begucken, sondern bloß mit den Fingern befühlen kann.
In der Hitze des Gesprächs hatte ich plötzlich das Gefühl, als hörte ich ein Schnaufen unter meinem linken Ohr, während ich mit dem Augenwinkel eine huschende Bewegung neben mir wahrnahm. Ich dachte auf Anhieb an einen mysteriösen Besuch und wandte mich blitzartig um: es war aber nur das Dienstmädchen der Madame Persephone, die um ein zuverlässigeres Präparat gekommen war. Achilles zog sich ins Laboratorium zurück, um das von Madame Persephone Gewünschte herauszusuchen, und vermutlich auch mit der Absicht, nicht eher in den Laden zurückzukehren, bis ich nicht fortgegangen wäre. Ich

ging also fort, nicht ohne dabei eine gewisse Ironie an den Tag zu legen.
Beim Spendezentrum erwartete mich eine erfreuliche Überraschung: Die an meinem Magensaft durchgeführten Analysen hatten ergeben, daß dank meiner innerlichen chronischen Beschwerden mein Magensaft als ein Produkt erster Sorte zu bezeichnen sei. Für hundert Gramm Saft kassiere ich von jetzt an um vierzig Prozent mehr als alle anderen. Und nicht nur das, der Assistent machte mich sogar darauf aufmerksam, daß ich beim Genuß einer mäßigen, doch genügenden Menge von dem »Bläuling« ohne weiteres in die Kategorie der »Extrasorte« aufsteigen könnte; das würde bedeuten, daß man mir für hundert Gramm siebzig bis achtzig Prozent mehr bezahlen würde. Ich möchte es nicht verschreien, aber diesmal habe ich das Gefühl, daß mir zum erstenmal in meinem Leben etwas geglückt ist.
In dieser seligen Stimmung ging ich ins Wirtshaus und blieb dort bis spät am Abend. Es war überaus lustig. Vor allem schenkt jetzt Japet noch und noch von dem »Bläuling« aus, der ihm »en gros« von den Landwirten der Umgebung ins Haus geliefert wird. Der »Bläuling« verursacht zwar ein lästiges Aufstoßen, ist aber billig, trinkt sich leicht, und man wird davon angenehm berauscht. Sehr amüsiert hat uns einer der beiden jungen Männer im enganliegenden Mantel. Bis heute kann ich die beiden noch immer nicht voneinander unterscheiden, und bis zum heutigen Abend empfand ich für beide eine instinktive Antipathie, die übrigens der Großteil von den »Unseren« mit mir teilt. Die zwei erbarmungslosen Bezwinger des Herrn Laomedont waren von mittags bis zur Sperrstunde ständig im Wirtshaus anzutreffen – zusammen, manchmal auch getrennt –, sie saßen gewöhnlich an der Theke und tranken, stets in ein stures Schweigen gehüllt, ohne von den anderen Anwesenden auch nur die geringste Notiz zu nehmen. Heute jedoch verließ einer von ihnen plötzlich die Theke und kam zu unserem Tisch. Wir unterbrachen

unsere Unterhaltung, und während wir gespannt lauschten, bestellte er zu allem Anfang, mitten in die eingetretene Stille hinein, eine Runde Schnaps für die ganze Gesellschaft. Dann nahm er zwischen Polyphem und Silen Platz und sagte mit gedämpfter Stimme:
– Äak. –
Im ersten Augenblick dachten wir alle, er habe gerülpst.
– Zum Wohl! – sagte Polyphem gewohnheitsmäßig.
Der junge Mann erklärte daraufhin leicht gekränkt, daß »Äak« sein Name sei: man habe ihn so genannt zu Ehren des Sohnes von Zeus und Ägina, des Vaters von Telamon und Peleus, des Großvaters von Äant dem Großen. Polyphem entschuldigte sich und schlug vor, auf Äaks Gesundheit zu trinken, und somit war die peinliche Situation aus dem Weg geschafft. Auch wir stellten uns ihm vor, und es dauerte nicht lange, da fühlte sich Äak in unserer Gesellschaft wie zu Hause. Er entpuppte sich als ein hervorragender Unterhalter, und bei seinen Erzählungen zerrissen wir uns buchstäblich vor Lachen.
Besonders gut gefiel uns, wie die beiden den Fußboden einseiften, die im Lokal anwesenden jungen Fräulein auszogen und sie nackt herumhetzten. Sie nannten das »Fangenspielen« und der junge Mann, der an unserem Tisch Platz genommen hatte, gab uns dazu die drolligsten Erläuterungen. Ich muß gestehen, daß wir, ich und die »Unseren«, uns gewissermaßen dafür schämten, daß wir da in der tiefsten Provinz leben, wo man von derartigen Späßen bisher weder gesehen noch gehört hatte, und daher kam uns die geistreiche Eskapade unserer jungen, der Gesellschaft des Herrn Nikostrat angehörenden Müßiggänger wie auf Wunsch.
Sie kreuzten auf dem Hauptplatz auf, einen riesigen fuchsroten Hahn an der Leine führend. Mein Gott, wie war das doch spaßig! Das Liedchen »Nioba- Niobeia« grölend, marschierten sie über den ganzen Platz direkt ins Wirtshaus, wo sie sogleich die Theke

umringten. Für sich bestellten sie »Brandy« und für den Hahn – »Bläuling«. Dabei verkündete einer von ihnen lautstark, damit es alle im Lokal hören konnten, daß sie die soeben eingetretene Geschlechtsreife des Hahnes feiern und jeden von den Anwesenden, der dazu Lust hat, einladen, an der Feier teilzunehmen. Wir zerfransten uns wieder vor Lachen. Auch Äak lachte mit, und somit ist unser Städtchen in den Augen dieses Menschen aus der Hauptstadt als Stätte geistreicher Belustigungen einigermaßen rehabilitiert.

Interessant war es auch, als dann Achilles hinzukam und berichtete, aus dem Sitzungssaal des Rathauses seien sechs Polsterstühle entwendet worden. Pandareus hat am Ort des Delikts bereits die gebührenden Erhebungen angestellt und behauptet, auf der richtigen Spur zu sein. Seiner Meinung nach handelt es sich um zwei Diebe: der eine mit einem Hut aus Velours, der andere mit sechs Zehen am rechten Fuß. Die Allgemeinheit hingegen ist felsenfest davon überzeugt, daß die Stühle vom Zahlmeister gestohlen wurden.

– Schon wieder einmal hat er sich da sehr geschickt aus der Affäre gezogen! Jeder wird jetzt über diese albernen Stühle sprechen und dabei gänzlich seine letzte Unterschlagung vergessen. –

Als ich nach Hause zurückkehrte, war Charon noch immer in der Zeitungsredaktion; folglich nachtmahlten wir zu dritt.

Ich warf einen Blick zum Fenster hinaus: Welch prachtvolle Sommernacht! Über der Stadt erschließt sich ein von Myriaden glitzernder Sterne gesäter, endloser Himmel. Ein laues Lüftchen verbreitet köstliche Düfte und weht streichelnd um die Zweige der schlummernden Bäume. Da – horch! Ein kaum hörbares Summen: ein Glühwürmchen hat sich, auf dem Weg zu seinem smaragdgrünen Liebchen, im Gras verirrt. Süßer Schlaf und Gottes Segen liegen über dem nach den Mühen des Tages entschlummerten Städtchen. – Ach nein, das gefällt mir auch nicht . . .

macht nichts. – Ich wollte damit nur sagen, daß es ein schöner Anblick war, als hoch oben in den Lüften, als ein Symbol des Friedens und der Sicherheit, zauberhaft schimmernde, gigantische Luftschiffe völlig geräuschlos unsere Stadt überflogen – jedem war sofort klar, daß es keine Flugzeuge von uns waren.
Meiner Rede werde ich den Titel »Ruhe und Sicherheit« geben, dann bekommt sie Charon, damit er sie in unserer Zeitung veröffentlicht! Er soll es nur versuchen, sie nicht abdrucken zu lassen! So ist das eben: Die ganze Stadt ist dafür, nur er, Charon, ist, wie ihr seht, dagegen! Nützt dir nichts, mein kleiner Schwiegersohn, nützt dir nichts!
So, und jetzt gehe ich nachschauen, was mit Germione ist.

Das Märchen von der Trojka

Diese Geschichte begann damit, daß eines Tages – ich hatte gerade alle Hände voll zu tun und schwitzte unter einer zur Tagesordnung gehörenden, an die Kitezhgràder Magotechnische Fabrik gerichteten Reklamation – mein Freund Edik in meinem Arbeitszimmer aufkreuzte. Höflich und wohlerzogen wie er war, ließ er sich nicht sogleich in den für die Besucher bestimmten hinkenden Sessel sinken, er fiel mir nicht einfach sozusagen mit der Tür ins Haus und drang auch nicht wie ein von einem Katapult geschleuderter Ziegelstein durch das offenstehende Lüftungsfenster bei mir ein. O nein – obwohl sonst der Großteil meiner anderen stets im Institut herumflitzenden Freunde, wenn sie etwas versäumt oder nicht mehr geschafft haben, mich in meinem Büro buchstäblich überfallen, dabei die simpelsten Umgangsformen ignorierend. Edik gehört nicht zu diesen: er kam sittsam durch die Tür, ja, er hatte vorher sogar angeklopft, nur nahm ich mir nicht die Zeit, »Herein!« zu sagen.

Er blieb vor meinem Schreibtisch stehen, wünschte mir einen guten Tag und fragte mich dann:

– Brauchst du noch immer die »Schwarze Kiste«? –

– ... Kiste? – murmelte ich zerstreut: meine Reklamation stöberte mir noch immer im Kopf herum. – Was soll ich dir da sagen ... Was denn für eine Kiste? ... –

– Mir scheint, ich störe –, sagte rücksichtsvoll der höfliche Edik. – Sei mir nicht bös, aber der Chef schickt mich zu dir ... In ungefähr einer Stunde findet die Inbetriebnahme eines neuen Aufzugstyps statt, der das dreizehnte Stockwerk übersteigen soll. Wir beide werden ersucht mitzufahren. –

Da mein Kopf noch immer von den giftigen Dämpfen der Reklamationsphraseologie eingenebelt war, fragte ich nur stumpf:

– Was für ein Aufzug soll uns da heuer geliefert worden sein . . . was für ein dreizehnter Stock? . . . –
Aber gleich darauf erreichten die ersten zwanzig – dreißig Silben von Ediks Mitteilung meine Hirnmasse. Ich legte den Kugelschreiber beiseite und bat ihn, mir die ganze Sache nochmals zu wiederholen. Und der höfliche Edik wiederholte sie geduldig.
– Ist das Tatsache? – flüsterte ich wie versteinert.
– Absolut –, versicherte er mir.
– Also gehen wir –, sagte ich, nachdem ich die Mappe mit meinen Aktenkopien aus der Schreibtischschublade geholt hatte.
– Wohin? –
– Was heißt wohin? In das 76. Stockwerk, natürlich! –
– Nicht jetzt gleich –, erwiderte Edik und schüttelte dabei den Kopf. – Vorher müssen wir noch zum Chef gehen. –
– Wozu denn das? –
– Er hat uns darum ersucht. Mit diesem 76. Stockwerk hat es da so eine Bewandtnis. Der Chef möchte uns einige Hinweise für unsere Reise geben. –
Ich wollte nicht streiten und zuckte daher nur mit den Achseln. Ich warf mir meine Jacke um, suchte die Akte »Schwarze Kiste« aus der Mappe, und anschließend machten wir uns zu Ediks Chef, Fjòdor Simeònowitsch und Kìwrin (Tschako), Abteilungsleiter des »Linearen Glücks«, auf den Weg.
Auf dem Treppenaufsatz des ersten Stockwerks herrschte vor dem Gitter des Liftschachts ein ungewohnt reges Treiben. Die Schachttür stand sperrangelweit offen, ebenso die Kabinentür: es brannten eine Menge Lampen, die Spiegel funkelten, und die lackierten Flächen schimmerten matt. Unter dem alten, bereits vergilbten Transparent »Diesen Sonntag wird der Aufzug eingeweiht!« drängten sich neugierig die Fahrlustigen. Alle lauschten andächtig und ehrfurchtsvoll der vom stellvertretenden Direktor des AXC, Modèst Matwjèjewitsch Kamnojèdov (Steinefresser), an den Kader der Monteure gehaltenen Ansprache.

– Das muß sich aufhören –, versuchte Modèst Matwjèjewitsch den Zuhörenden einzuschärfen. – Das hier ist weder ein Spektroskop und auch kein Mikroskop! Ein Aufzug ist erstens einmal ein mächtiges Fortbewegungsmittel und außerdem ein Beförderungsmittel. Ein Aufzug muß die Vorzüge eines Lastwagens mit Kippvorrichtung haben: herfahren, ausladen, wieder zurückfahren. Das wäre also Punkt eins. Die Administration weiß längst, daß ein großer Teil der Mitarbeiter des Instituts Wissenschaftler sind und daß sich unter diesen auch so manches Mitglied der Akademie der Wissenschaften befindet, die alle von dem Aufzug keinen Nutzen ziehen können. Dagegen kämpfen wir an, das schaffen wir ab. Die Liftführerscheinprüfungen dienen – ohne Berücksichtigung früherer Verdienste – lediglich zur Ermittlung des besten Fahrstuhlführers ... usw. usw. Das zu Punkt zwei. Und die Monteure sind ihrerseits verpflichtet, ein einwandfreies Funktionieren des Aufzuges zu gewährleisten. Es hat überhaupt keinen Sinn – ihr müßt das einsehen –, sich dabei auf rein objektive Umstände zu berufen. Bei uns gilt der Leitsatz: »Der Aufzug ist für alle da!« Ganz egal für wen. Auch für einen Akademiker, der davon überhaupt nichts versteht. –
Wir zwängten uns durch die Menge. Die festliche Atmosphäre dieser Versammlung machte auf mich einen gewaltigen Eindruck. Man hatte tatsächlich das Gefühl, daß der Aufzug letztlich doch in Betrieb gesetzt und vielleicht auch den ganzen Tag hindurch funktionieren wird! Ein fürwahr bedeutsames Ereignis! Der Aufzug war immer schon die Achillesferse unseres Instituts und ganz persönlich von Modèst Matwjèjewitsch gewesen, obwohl dieser Fahrstuhl sich eigentlich in nichts von anderen Aufzügen unterschied: es war eben ein Aufzug und hatte, wie alle anderen Aufzüge, seine Vorzüge und seine Mängel. Genau wie alle anderen Aufzüge kaprizierte auch er sich, ständig zwischen den einzelnen Stockwerken steckenzubleiben; genau wie die anderen war auch

er ständig besetzt und erforderte zudem eine untadelige Handhabung der Türen; und bei Betreten der Kabine konnte auch hier niemand mit Sicherheit voraussagen, wo und wann er vom Aufzug wieder herauskommt. Eine Besonderheit hatte unser Aufzug jedoch: es ging einfach über seine Kräfte, über das 12. Stockwerk hinaufzufahren! Die Chronik unseres Instituts berichtet über einen Fall, als da gewisse Leute vom Fach auf die Idee kamen, dem störrischen Mechanismus einen Zaum anzulegen: Schenkel gebend, war es ihnen dabei gelungen, in wahrhaft phantastische Höhen emporzusteigen. Für den Massenmenschen blieb indes alles, was von dem Riesenkomplex unseres Instituts höher als zwölf Stockwerke lag, nichts weiter als ein weißer Fleck. Über diese fast zur Gänze von der Welt und von jeglichem administrativen Einfluß abgeschnittenen Gebiete gingen die unglaublichsten und zum Teil widersprüchlichsten Gerüchte. So behauptet man zum Beispiel, daß vom 124. Stockwerk eine Öffnung in eine physisch völlig anders beschaffene Zone führe; daß den 230. Stock angeblich ein völlig unbekanntes Geschlecht von Alchimisten bewohnt, die geistigen Nachfahren des ruhmreichen, vom aufgeklärten indischen König Aschoka gegründeten »Bundes der Neun«; und im 1017. Stockwerk soll glücklich und zufrieden, direkt am Ufer der »Blauen See«, eine alte Frau mit den Fischkindlein des »Goldenen Fisches« leben.

Mich persönlich sowie auch Edik interessierte vor allem der 76. Stock. Auf Grund der in unserem Archiv zur Verfügung stehenden Daten war dort die für unser Rechenzentrum unentbehrliche »Schwarze Kiste« verwahrt. Zudem lebte dort auch eine gewisse »Sprechende Wanze«, die die Abteilung des »Linearen Glücks« schon seit langer Zeit dringendst benötigt. Soweit wir informiert sind, befindet sich im 76. Stockwerk außerdem eine Art Depot von »Mangelerscheinungen der Natur und der Gesellschaft«. Viele von unseren Mitarbeitern brennen geradezu darauf, dorthin zu gelangen, ihre raubgierigen Hände in diese Schatzkammer zu versenken. Fjòdor Simeònowitsch träumte beispielsweise schon immer davon, dort sozusagen hektarweise Samenkörner der »Frucht des Optimismus« auszustreuen. Die Kollegen von der Abteilung »Soziale Meteorologie« hatten wiederum einen dringenden Bedarf für wenigstens einen der sich angeblich dort befindenden drei qualifizierten »Kalten Flickschuster«, deren Eigenart es ist – alle drei von ihnen und auch nur einer allein –, eine dem absoluten Nullpunkt nahe effektive Körpertemperatur aufzuweisen. Cristóbal Joséwitsch Junta, Chef der Abteilung »Sinn des Lebens« und Doktor der unvorstellbarsten Wissenschaften, juckte es seinerseits, das im 76. Stockwerk befindliche, einzigartige Exemplar des sogenannten »Traums der flügellosen Erdlandung« zu erhaschen, um sich daraus eine Vogelscheuche anfertigen zu lassen. Sechsmal schon hatte er es im Laufe des letzten Vierteljahrhunderts versucht, mit Hilfe seines außerordentlichen Fachwissens auf dem Gebiet der vertikalen Transgression auf Biegen und Brechen in das 76. Stockwerk vorzudringen, und zwar durch eine Aufpölzung nach oben. Allein auch er hatte bei diesem Unterfangen kein Glück: alles, was sich über dem 12. Stockwerk befindet, ist nach dem hochgescheiten Konzept der Architekten der Vergangenheit für jegliche Art von Transgression hermetisch verschlossen. Demzufolge wäre also eine erfolgreiche Inbetriebsetzung des Fahrstuhls als eine neue Etappe im Dasein unseres Kollektivs zu werten.

Vor Fjòdor Simeònowitschs Büro angelangt, öffnete uns sein alter Hausgeist, der piksaubere, adrette Tichòn, zuvorkommend die Tür und ließ uns ein.

Fjòdor Simeònowitsch war nicht allein: hinter seinem mächtigen Schreibtisch saß, sich lässig im bequemen Fauteuil räkelnd und eine duftende Havanna-Zigarre paffend, der olivhäutige Cristóbal Joséwitsch. Fjòdor Simeònowitsch ging indes im Zimmer auf und ab: mit gesenktem Haupt und seinen fetten Fingern

an den grellen Hosenträgern, war er sichtlich bemüht, dabei nicht über den Rand des Schemachàn-Teppichs hinauszugeraten.
Auf dem Schreibtisch prangten, in Kristallschüsseln aufgetürmt, die Früchte des Paradieses: die großen, rotwangigen Äpfel der »Erkenntnis des Bösen« und die ihrem Aussehen nach ungenießbaren, obendrein stets wurmstichigen Äpfel der »Erkenntnis des Guten«. Das neben Cristóbal Joséwitsch stehende Porzellangefäß war bis zum Rand voll von abgenagten Knochen und Zigarettenstummeln.
Als Fjòdor Simeònowitsch unser gewahr wurde, hielt er in seinem Hin- und Hergehen inne.
– Da sind Sie ja –, sagte er, ohne dabei sein sonst übliches Lächeln aufzusetzen. – B-bitte, nehmen Sie Platz. D-die Zeit ist kostbar. Euer Kamnojèdov (Steinefresser), ansonsten als redselig bekannt, wird sich heute sehr kurz fassen. C-cristo, erklär ihnen das ganze Drum und Dran; ich möchte nicht, daß mir auch dieses Mal wieder alles schiefgeht. –
Wir setzten uns. Cristóbal musterte uns mit einem Auge – das andere hielt er wegen des Rauchs zugekniffen.
– Na bitte, ich werde es ihnen erklären –, sagte er zu Fjòdor Simeònowitsch. – Also, meine jungen Leute: Von Rechts wegen stünde es eigentlich uns zu – uns, die wir erfahren und fähig sind –, als erste in das 76. Stockwerk vorzustoßen. Nach dem Ermessen der Administration sind wir aber für dieses Unterfangen leider zu alt und zu respektabel. Daher entsendet man euch. Ich möchte gleich vorwegnehmen, daß es sich hier nicht um eine gewöhnliche Spazierfahrt, sondern um eine Erkundungsfahrt handelt, unter Umständen um eine Aktion auf Leben und Tod. Was von euch gefordert wird, sind Ausdauer, Mut und äußerste Umsichtigkeit. Ich muß gestehen, mir persönlich macht ihr allerdings nicht den Eindruck, die genannten Qualitäten zu besitzen; dennoch beuge ich mich den Vorschlägen Fjòdor Simeònowitschs. Und noch etwas, worauf ihr gefaßter denn je sein

müßt: der Feind ist unerbittlich, grausam und schreckt vor nichts zurück. Wesentlich ist also, daß ihr, einmal auf feindlichem Gebiet, weit rascher handelt als er. –

Bei dieser Einführungsrede ging es mir kalt über den Rücken, aber da begann Cristóbal Joséwitsch schon, uns in alle Einzelheiten einzuweihen.

Die ganze Sache verhielt sich folgendermaßen: Im 76. Stockwerk liegt die alte Stadt »Timùskorpiòn«, die seinerzeit vom Rächer Oljèg dem Weisen als Kriegstrophäe erobert wurde. Schon von alters her war »Timùskorpiòn« ein Zentrum der seltsamsten Phänomene und Schauplatz der ungewöhnlichsten Geschehnisse gewesen. Über die Hintergründe ist man im dunkeln, man weiß jedoch, daß alles, wofür auf den verschiedenen Etappen des wissenschaftlichen, technischen und sozialen Fortschritts keine verstandesmäßig fundierten Erklärungen gefunden wurden, unweigerlich in »Timùskorpiòn« landete, um dort für sogenannte bessere Zeiten gehortet zu werden. Und so geschah es, daß schon zur Zeit Peters des Großen, gleichzeitig mit der Gründung der berühmten »Kunstkammer« in Sankt Petersburg, die damalige Solowjètzer Verwaltung, um es Peter dem Großen gleichzutun, den Bombardierleutnant Ptàchi zusammen mit einem Grenadier seiner Kompanieabteilung beauftragte, in »Timùskorpiòn« die »mit einem Verlies und zwei Badestuben ausgestattete Kammer der Allerherrlichsten Künste Seiner Kaiserlichen Hoheit« zu errichten. Damals war das 76. Stockwerk allerdings noch das 2., und von einem Fahrstuhl hatte man überhaupt noch keine Ahnung; damals war es viel leichter, in die »Kunstkammer Seiner Kaiserlichen Hoheit« zu gelangen als in die Badestuben. Späterhin, im Einklang mit dem ständigen Anwachsen des Komplexes des Instituts der Wissenschaften, gestaltete sich auch der Zutritt in das 76. Stockwerk immer schwieriger. Mit der Inbetriebnahme des Lifts kam man schließlich überhaupt nicht mehr dorthin. Gleichzeitig entfaltete sich auch die »Kunstkammer«

und bereicherte sich andauernd an neuen Exponaten. Unter Katharina der Zweiten machte man daraus das »Kaiserliche Museum der Zoologie und der anderen Wunder der Natur«, unter Alexander dem Zweiten das »Kaiserliche Russische Schutzgebiet aller Magischen, Spiritistischen und Okkulten Phänomene«, und unter der Akademie der Wissenschaften wurde sie schließlich zur »Staatlichen Kolonie der Ungeklärten Erscheinungen«. Die Erfindung des Fahrstuhls zeitigte indes verheerende Folgen: jede Möglichkeit, die in Timùskorpiòn befindlichen Schätze wissenschaftlich zu verwerten, war vereitelt. Und nicht nur das: auch die Geschäftskorrespondenz mit der dortigen Verwaltung war beträchtlich erschwert und unterlief unvermeidbaren Verzögerungen. Die zur Beförderung nach oben benützten Zugseile rissen unter der eigenen Schwerlast, die Brieftauben flogen wiederum zu hoch, die Funkverbindung war wegen der technischen Rückständigkeit Timùskorpiòns zu unsicher und die Verwendung von Luftschiffen hatte sich nur als unnützer Heliumverbrauch erwiesen ... Aber das alles ist ja nur die Vorgeschichte.
Vor ungefähr zwanzig Jahren schnellte ein außer Rand und Band geratener Fahrstuhl die Mitglieder einer Untersuchungskommission des Solowjètzer »Gorkomchòs«* schnurstracks in das 76. Stockwerk, obwohl die Kommission eigentlich nur in den 4. Stock zu fahren beabsichtigte, um dort in der in den Laboratorien des Professors Wybegallo (Hinausläufer) neuangelegten Kanalisation eine vertrauliche Inspektion vorzunehmen. Den genauen Hergang dieses Geschehnisses hat man nie erfahren. Ein Mitarbeiter Wybegallos, der auf dem Treppenabsatz auf die Kommission gewartet hatte, berichtete, daß die Fahrstuhlkabine mit einem tollen Getöse den Schacht hinaufgeschossen sei, wobei er, durch die Glastür, die verzerrten Gesichter der Insassen vorbeiflitzen sah. Schließlich entschwand die gräßliche Erscheinung seinen Blicken. Punkt ein Uhr wurde die Kabine

* Städtische Wirtschaftskammer

dann im zwölften Stock aufgefunden: brausend und schnaubend, noch immer vor Aufregung bebend und zuckend. Die Kabine war leer, von der Kommission war nichts zu sehen. An einer Seitenwand klebte eine mit Bürokleister befestigte Nachricht: als Schreibpapier hatte man die Rückseite der »Akte der Unbefriedigenden Zustände« verwendet. Darauf stand: »Ich begebe mich auf Inspektion. Ich sehe einen merkwürdigen Stein. Dem Kollegen Farfùrkis eine Rüge erteilt, er hatte sich in die Büsche geschlagen. Der Kommissionsleiter L. Wunjùkov.«
Lange Zeit hindurch wußte niemand, wo Wunjùkov die Fahrstuhlkabine verlassen haben könnte. Die Miliz mischte sich in die Sache, und es gab eine Menge Unannehmlichkeiten. Einen Monat später fand man dann auf dem Dach der Kabine zwei an den Vorstand des »Gorkomchòs« adressierte, versiegelte Pakete. Das eine enthielt ein Bündel von auf Zigarettenpapier aufgezeichneten Verfügungen: einmal wurde da der Kollege Farfùrkis, dann wiederum der Kollege Chljèbovwòdov (Brotundwasser) gerügt. Vorgeworfen wird den beiden in erster Linie das Überhandnehmen ihres Individualismus' und so ein gewisses unbegreifliches »Zähneknirschen«. Im zweiten Paket befanden sich Protokolle mit den Ergebnissen der in Wybegallos Laboratorien vorgenommenen Inspektion (der Zustand der Kanalisation erwies sich übrigens als nicht zufriedenstellend) und außerdem Belege für die Buchhaltungsabteilung, lautend auf Unsummen von zusätzlichen Diäten. Von diesem Tag an traf die Korrespondenz von oben in verhältnismäßig regelmäßigen Abständen ein. Anfänglich waren es Sitzungsprotokolle der Untersuchungskommission des Gorkomchòs, dann ganz einfach Protokolle der Untersuchungskommission; in der Folge nannte sich die Kommission »Sonderkommission zur Untersuchung der Umstände«, dann, mit einem Mal, »Provisorische ›Trojka‹« zur Kontrolle der Tätigkeit des Chefs der »Kolonie der Ungeklärten Erscheinungen«, des Herrn Zùbo (Zahn); und letzten Endes, nach drei aufein-

anderfolgenden Denkschriften »Über verbrecherische Nachlässigkeit«, unterschrieb sich L. Wunjùkov als Vorsitzender der »Trojka für Rationalisierung und Verwertung der Ungeklärten Erscheinungen – TRVUE«. Von oben trafen keine Protokolle mehr ein: man schickte uns nunmehr Rundschreiben mit Vorschriften und Verhaltungsmaßregeln herunter. Diese Schriftstücke waren geradezu grauenhaft, und das nicht nur wegen ihrer Form, sondern auch ihrem Inhalt nach. Sie lieferten einen klaren Beweis dafür, daß die ehemalige Untersuchungskommission des Gorkomchòs in Timùskorpiòn widerrechtlich die Macht an sich gerissen hatte, jedoch völlig außerstande war, mit Vernunft und Umsicht davon Gebrauch zu machen.

– Nach meiner Meinung besteht die Hauptgefahr darin –, setzte Cristóbal Joséwitsch mit erhabenem Tonfall seinen Vortrag fort und zog dabei an seiner inzwischen erloschenen Zigarre, – daß diese Gauner über den berühmten »Großen Runden Siegel« verfügen können. Ich hoffe, ihr wißt, was das zu bedeuten hat ... –

– Ich weiß es –, murmelte Edik. – Den kann man nicht einmal mit einer Axt spalten ... – Sein bis zu diesem Augenblick frohes, unbeschwertes Gesicht verdüsterte sich. – Und wie wär's mit der Einsetzung eines Remoralisators? –

Cristóbal Joséwitsch wechselte einen raschen Blick mit Fjòdor Simeònowitsch.

– Man kann es natürlich versuchen –, sagte er dann achselzuckend. – Ich persönlich befürchte jedoch, daß der ganze Prozeß schon zu weit fortgeschritten ist ... –

– Aber n-nein, w-warum denn auch? – entgegnete ihm Fjòdor Simeònowitsch. – Nur zu, ei-einsetzen, nur ei-einsetzen, würde ich sagen, Edik. Maschinengewehre kann man dort nicht einsetzen ... Übrigens, oben bei ihnen befindet sich auch W-wybegallo ... –

– Wie ist das möglich? – wunderten wir uns.

Wir erfuhren, daß vor drei Monaten von oben ein Schreiben bei uns einlangte, worin für ein wahrlich phantastisches Gehalt ein wissenschaftlicher Konsulent angefordert wurde. Niemand glaubte an dieses Gehalt, und am allerwenigsten von allen glaubte der Professor Wybegallo daran. Er hatte damals gerade ein bedeutendes Werk zu Ende geschrieben und zwar eine Dissertation über die Möglichkeit, den Regenwurm durch Umerziehung zur Selbstaufsetzung auf die Fischerangel zu bewegen. Seine Skepsis hinsichtlich der unwahrscheinlichen Höhe des gebotenen Gehalts tat er laut und vernehmlich, allen zur Kenntnisnahme, vor dem Wissenschaftler-Ausschuß kund; und noch am selben Abend ließ er alles liegen und stehen und verschwand spurlos. Mehrere von uns hatten gesehen, wie er mit einer Aktentasche zwischen den Zähnen die Innenwand des Fahrstuhlschachts emporkletterte; und wie er dabei ganze fünfmal in verschiedenen Stockwerken haltmachte, um sich im Büfett zu stärken. Eine Woche darauf traf von oben die Weisung ein, der Professor Wybegallo A. A. sei von nun an in der Liste der wissenschaftlichen Konsulenten der TRVUE zu führen, mit dem Bezug des zugesicherten Gehalts und der entsprechenden Fremdsprachenzulagen.

– Schönen Dank –, sagte der höfliche Edik. – Das sind wertvolle Informationen. Können wir uns nun auf den Weg machen? –

– Geht nur, geht, meine Teuersten –, stieß Fjòdor Simeònowitsch gerührt hervor. Dann blickte er auf das magische Auge und sagte: – Ja, es ist Zeit. Kamnojèdov (Steinefresser) h-hat n-nun alles gesagt. Und V-Vorsicht, ä-äußerste Vorsicht... Das ist eine unheimliche Gegend... ein D-sch-dschungel ist das... –

– Und vor allen Dingen keine Gemütsbewegungen! – schärfte uns Cristóbal Joséwitsch ein. – Eure Wanzen und Kisten wird man euch nicht so ohne weiteres ausfolgen – ist auch nicht nötig. Ihr seid dort zum Auskundschaften. Wir werden mit euch beiden eine einseitige telepathische Verbindung herstellen; somit sind wir in der Lage, euch von hier aus auf

Schritt und Tritt zu beobachten. Sammelt also Informationen – darin besteht eure Hauptaufgabe. –

– Es ist uns alles klar –, sagte Edik.

Cristóbal Joséwitsch warf uns wiederum einen abschätzenden Blick zu und brummte:

– Sie sollten sich Modèst mitnehmen ... einen Keil treibt man mit einem anderen Keil hinaus ... – Und mit einer hoffnungslosen Handbewegung setzte er hinzu: – Also gut, geht schon! »Buena aventura!« –

Als wir das Chefbüro verlassen hatten, sagte mir Edik, es wäre notwendig, noch einen Sprung in sein Laboratorium zu machen, um den Remoralisator zu holen. In letzter Zeit hatte er sich eifrigst mit der praktischen Anwendung dieses Remoralisators befaßt. In neun Schränken seines Laboratoriums war das Versuchsaggregat untergebracht: das Funktionsprinzip beruhte darin, beim bestrahlten Patienten jegliche primitiven Reflexe zurückzudrängen und dabei alle sinnvollen, unvergänglich wertvollen Eigenschaften in den Vordergrund treten zu lassen. Mittels dieses Versuchsremoralisators hatte es Edik zustande gebracht, einen Mann von seinem Briefmarkenwahn zu kurieren, zwei übergeschnappte Hockeyfans in den Schoß ihrer Familie zurückzuführen und einem eingefleischten Verleumder seine Untugend auszutreiben. Im Moment hatte er unseren großen Freund Witka Konjèjev in Behandlung, um ihn von seiner Rüpelhaftigkeit zu heilen, bis jetzt jedoch leider ohne Erfolg.

– Wie sollen wir denn das alles schleppen? – fragte ich ihn beim Anblick der Schränke erschrocken.

Edik beruhigte mich, indem er mir erklärte, von dem Apparat ein »facsimile« zu besitzen, das zwar nicht die Wirkungskraft des Originalapparats hat, für unsere Zwecke jedoch vollauf genügen wird.

– Hier werde ich es hineinlöten –, sagte er und steckte ein flaches Metallgehäuse in die Tasche.

Als wir wieder zum Treppenansatz kamen, sprach Modèst Matwjèjewitsch gerade die Schlußworte seiner Rede.

– ... und auch das werden wir einstellen –, sagte er mit Nachdruck und einer bereits heiser gewordenen Stimme. – Weil erstens einmal der Fahrstuhl unsere Gesundheit schont. Das wäre also Punkt eins. Und außerdem sparen wir durch ihn an Arbeitszeit. Der Fahrstuhl kostet Geld, und darin zu rauchen verbieten wir kategorisch ... Wo sind also die Freiwilligen? – fragte er plötzlich die dort Versammelten.
Auf der Stelle meldeten sich einige Stimmen, doch Modèst Matwjèjewitsch lehnte diese Kandidaten ab.
– Ihr seid zu jung, mit dem Aufzug zu fahren –, deklarierte er. – Ein Fahrstuhl ist kein Spektroskop. – Edik und ich zwängten uns durch die Menge bis in die erste Reihe vor.
– Wir wollen in das 76. Stockwerk –, sagte Edik mit gedämpfter Stimme.
Es trat ein ehrfurchtsvolles Schweigen ein. Modèst Matwjèjewitsch musterte uns von Kopf bis Fuß mit äußerstem Bedenken.
– Etwas schwächliche, gebrechliche Bürschchen –, brummte er gedankenvoll. – Noch reichlich grün hinter den Ohren ... Raucht ihr? – fragte er dann.
– Nein –, antwortete Edik.
– Hin und wieder –, sagte ich.
Aus der Menschenmenge trat Fjòdor Simeònowitschs Hausgeist Tichòn heraus, eilte auf Modèst Matwjèjewitsch zu und flüsterte ihm etwas ins Ohr. Modèst Matwjèjewitsch preßte eingeschnappt die Lippen zusammen.
– Das muß noch überprüft werden –, sagte er und zog sein Notizbuch aus der Tasche. – In welcher Angelegenheit fahren Sie nach oben, Amperjàn? Weswegen? –
– Wegen der »Sprechenden Wanze« –, antwortete Edik.
– Und Sie, Priwàlov? –
– Ich wegen der »Schwarzen Kiste«. –
– Hm ... – Modèst Matwjèjewitsch blätterte in seinem Notizbuch herum. – Richtig ... da haben wir sie ja ... ja-a ... die »Kolonie der Ungeklärten Erscheinun-

gen« ... Zeigen Sie mir Ihre Anträge. –
Wir zeigten sie ihm.
– So fahrt also ... Ihr seid nicht die ersten und werdet auch nicht die letzten sein ... –
Modèst Matwjèjewitsch griff sich an den Mützenschirm, es erklang eine trauervolle Musik, die Menge war aufgewühlt. Wir betraten die Fahrstuhlkabine. Mir war nicht nur schaurig zumute, es war mir auch weh ums Herz bei dem Gedanken, mich nicht einmal von meiner kleinen Stella verabschiedet zu haben.
– Niedertrampeln wird man sie dort –, hörten wir Modèst Matwjèjewitsch zu irgend jemandem sagen.
– Schade um sie ... Es sind nette Burschen ... Zudem ist Amperjàn sogar Nichtraucher, steckt sich eine Zigarette nicht einmal in den Mund ... –
Die Tür des Aufzugschachts fiel geräuschvoll ins Schloß. Ohne mich anzuschauen, drückte Edik auf den Knopf des 76. Stockwerks. Die Schiebetür der Kabine schloß sich automatisch, es leuchtete eine Schrift auf: »Rauchen verboten! Riemen anschnallen!« und die Fahrt ging los.
Am Anfang schleppte sich der Fahrstuhl in einem trägen, schlappen Trab empor. Wir hatten das Gefühl, als ob er überhaupt keine Lust hätte zu fahren.
Langsam glitten vor unseren Blicken die vertrauten Flure in die Tiefe, es entschwanden die traurigen Gesichter der Freunde und die selbstgebastelten Transparente mit den Aufschriften »Mutige Recken!« und »Nie werden wir euch vergessen!« Vom 12. Stockwerk aus sahen wir zum letztenmal die zum Abschied winkenden Taschentücher und dann drang der Fahrstuhl in uns unbekannte Gebiete ein. Vor uns huschten öde, unwirtliche, offensichtlich völlig unbewohnte Landstriche vorbei und entschwanden dann wieder unseren Blicken. Die Stöße und Zuckungen wurden immer seltener und schwächer, und es hatte allen Anschein, als schlummerte der Fahrstuhl allmählich ein.
Im 16. Stockwerk angelangt, kam er dann endgültig

zum Stillstand. Wir hatten kaum Zeit ein paar Worte mit den dort stehenden, bewaffneten Männern zu wechseln – es waren Leute von der Abteilung der »Verzauberten Schätze –, als sich die Fahrstuhlkabine jählings aufbäumte und mit einem metallischen Gewieher einen wahnsinnigen Galopp in Richtung Zenit ansetzte. Es blinkten die Glühbirnen, es knarrten Schließhaken und Scharniere, und Edik und ich landeten mit einem furchtbaren Ruck auf dem Boden. Wir halfen uns gegenseitig wieder auf die Beine. In den Spiegeln sahen wir unsere vor Schrecken in Schweiß gebadeten Gesichter und wir waren schon auf das Schlimmste gefaßt, als aus dem Galopp ein gemächlicher Trab wurde und die Schwerkraft auf 1,5 »beta« sank. Wir faßten wieder Mut. Mit einem Rumpler, der uns völlig durchrüttelte, legte der Fahrstuhl dann im 57. Stockwerk an, wo er wieder eine Weile stehenblieb. Es öffnete sich die Schiebetür und herein trat ein ältlicher, korpulenter Mann mit einem spielbereiten Akkordeon in den Händen.

– Allen miteinander zum Gruß! – sagte er und drückte auf den Knopf des 63. Stockwerks. Als sich der Fahrstuhl wieder in Bewegung setzte, lehnte er sich an die Wand, und dabei träumerisch die Augen verdrehend, stimmte er auf seinem Akkordeon zart und leise das »Lied von den Ziegelchen« an.

– Von »drunten«, was? – erkundigte er sich so nebenbei, ohne den Kopf zu wenden.

– Ja, von »drunten« –, antworteten wir.

– Ist Kamnojèdov (Steinefresser) noch immer in Amt und Würden? –

– Ja, noch immer. –

– Bestellt ihm einen Gruß –, sagte darauf der Unbekannte und scherte sich nicht weiter um uns. Der Fahrstuhl glitt gemächlich nach oben, das »Lied der Ziegelchen« im Takt mitbrummend, während Edik und ich kleinlaut und verlegen die in einer Messingtafel eingravierte »Gebrauchsordnung« studierten. Wir nahmen zur Kenntnis, daß Fledermäusen, Vampiren und Fliegenden Hunden strengstens untersagt ist, sich in der Aufzugskabine anzusiedeln; bei einer Stockung des Fahrstuhls zwischen zwei Stockwerken ist es verboten, die Kabine zu verlassen; verboten ist auch, feuergefährliches sowie explosives Material mitzuführen; ebenso Dschinnen* enthaltende Gefäße und Yphriten** ohne feuerfesten Maulkorb; den Lift zu benützen ist Spukgeistern und blutsaugenden Gespenstern ohne Begleitpersonen untersagt... Und für jedermann, ohne Ausnahme, ist es verboten, Klagen vorzubringen, im Aufzug zu schlafen oder Luftsprünge zu unternehmen. Wir kamen nicht dazu, die Gebrauchsordnung zu Ende zu lesen: der Fahrstuhl hielt abermals an, und der unbekannte Akkordeonspieler stieg aus... Edik drückte sodann den Knopf des 76. Stockwerks. Im selben Augenblick schnellte der Aufzug mit einer derartigen Wucht in die Höhe, daß uns Hören und Sehen verging. Als wir vom ausgestandenen Schrecken wieder zu uns kamen, stand der Fahrstuhl bereits still: ohne einen Zucker, regungslos, mit geöffneten Türen. Wir wußten nicht, was uns bevorstand: auf jeden Fall Schlimmes.

Allein, es passierte nichts Schreckliches. Wir befanden uns in einem runden, leeren, recht verstaubten Saal mit einem niedrigen Plafond. In der Mitte des Saals ragte, wie ein Prellpfosten, ein weißer Felsblock aus dem Parkett, und rundherum lagen wirr durcheinander alte, vergilbte Gebeine. Es war düster, es roch nach Mäusen. Plötzlich hörten wir, wie die Tür des Aufzugschachts ganz von allein klirrend zuschlug. Wir zuckten zusammen und wandten uns um: wir konnten aber nur mehr das Dach des abflitzenden Fahrstuhls beobachten. Das sich entfernende, unheilverkündende Getöse dröhnte noch für einige Zeit durch den Saal und verstummte dann allmählich ganz.

Wir waren in der Falle. Eine unbändige Sehnsucht,

* Arabische Dämonen

** Saurier (Drachen)

wieder nach unten zurückzufahren, bemächtigte sich meiner, doch der völlig verstörte Ausdruck, den ich über Ediks Gesicht huschen sah, verlieh mir Kraft. Mit zusammengebissenen Zähnen und hinter dem Rücken verschränkten Armen ging ich zwanglos und gleichzeitig skeptisch direkt auf den Stein zu. Darauf war folgende Inschrift zu lesen:

§ gehst du nach links
verlierst du den Kopf

§ gehst du nach rechts
kommst du nirgends hin

§ geh geradeaus CWUCXC

– In der letzten Zeile sind ein paar Buchstaben herausgebrochen –, kommentierte Edik. – Sieh doch, da ist noch eine mit Bleistift geschriebene Notiz ... »Wir ... hier ... haben uns mit dem Volk beraten, und man ... ist der Ansicht, daß man den Weg geradeaus einschlagen soll. Unterzeichnet von: L. Wunjùkov.« – Wir richteten unsere Blicke geradeaus. Nachdem sich unsere Augen an das blendende, weiß Gott woher strömende Licht gewöhnt hatten, sahen wir drei Türen. Die beiden nach rechts beziehungsweise nach links führenden Türen waren mit Brettern verschlagen. Vom Aufzug führte ein im Staub ausgetretenes Wegelchen um den Stein herum zur Tür »geradeaus«.

– Die ganze Sache gefällt mir nicht –, gestand ich mutig und unverhohlen. – Diese Gebeine hier ... –

– Meiner Meinung nach sind das Elefantenknochen –, sagte Edik.

– Egal, gehen wir hinein. Ein Zurück gibt es ohnehin nicht. –

– Immerhin könnten wir einen Zettel schreiben und ihn in den Fahrstuhlschacht werfen, was meinst du? – warf ich ein. – Wir verkommen hier ja spurlos! –

– Sàscha –, sagte darauf Edik, – vergiß nicht, daß wir mit »drunten« in telepathischer Verbindung stehen. Das ist ja peinlich, reiß dich doch zusammen! –

Ich riß mich zusammen. Abermals die Zähne zusammenbeißend, schritt ich entschlossen zur Tür »geradeaus«. Edik ging mit mir.

– Der Rubikon ist überschritten! – verkündigte ich und gab der Tür einen Tritt.

Diese Gebärde erzeugte aber nicht den gewollten Effekt: auf der Tür war ein unauffälliges Schildchen mit der Aufschrift »Ziehen« angebracht. Wir mußten also den Rubikon ein zweites Mal überschreiten, dieses Mal ohne effektvolle Gebärde, sondern durch die erniedrigende Bezwingung einer mächtigen Sprungfeder.

Wir kamen daraufhin in einen von der Sonne hell bestrahlten Park. Unseren Blicken boten sich kleine Kiesalleen, zugestutzte Sträucher und Warnungen mit dem Wortlaut: »Es ist verboten, den Rasen zu betreten und Gras zu fressen.« Vor uns stand eine Gartenbank aus Gußeisen mit einer schadhaften Lehne, auf der ein sonderbar anmutender Mann saß. Er war barfuß, hatte einen Kneifer auf der Nase, las in einer Zeitung und bewegte dabei seine langen Zehen. Als er uns bemerkte, schien er etwas betroffen: ohne die Zeitung aus der Hand zu geben, nahm er sich mit einem Fuß geschickt den Kneifer herunter, wischte die Linsen an einem Hosenbein ab und setzte sich den Kneifer wieder dorthin, wo er hingehörte. Dann legte er die Zeitung auf die Bank und stand auf. Er war hoch von Gestalt, überaus behaart, trug ein weißes Ruderleibchen und dazu blaue Hosen aus grobem Leinen mit Hosenträgern. Der auf seiner breiten Nase sitzende Kneifer mit der Goldfassung verlieh ihm ein fremdländisches Aussehen. Er hatte etwas von den Politiker-Karikaturen in unseren führenden Zeitungen. Seine großen, spitzigen Ohren bewegend, schritt er auf uns zu und sagte mit einer heiseren, aber angenehmen Stimme:

– Herzlich willkommen in Timùskorpiòn! Gestatten Sie, daß ich mich Ihnen vorstelle: Ich bin Fjèdja, der Schneemensch. –

Wir verbeugten uns schweigend.

– Ihr kommt von »drunten« –, sprach er weiter. – Gott sei Dank! – Ich warte schon über ein Jahr auf euch – seit ich »rationalisiert« wurde. Kommen Sie, wir setzen uns! Bis zum Beginn der Abendsitzung der »Trojka« haben wir noch eine Stunde Zeit. Es wäre mir lieb, wenn Sie – sofern es Ihnen recht ist – der Sitzung einigermaßen vorbereitet beiwohnten. Viel weiß ich zwar nicht, aber was ich weiß, möchte ich Ihnen jetzt, wenn Sie es mir erlauben, erzählen ... –

Fall Nr. 1. Der Mummelgreis Edelweiß

Genau um fünf Uhr überschritten wir die Schwelle des Sitzungssaals. Wir waren unterrichtet, auf alles gefaßt, wir wußten, was uns bevorstand. Zumindest hatte ich diesen Eindruck. Offen gestanden, mich hatten Fjèdjas Mitteilungen wohl etwas beunruhigt, Edik aber war total erledigt. Und gerade bei ihm wunderte mich das, zumal er doch durch und durch Wissenschaftler war und meilenweit distanziert war von ein- und auslaufenden Protokollen; bei ihm, dem Papierlochmaschinen und Karteikarten Fremdwörter waren! Seine plötzliche Verzagtheit ließ in mir als verhältnismäßig erfahrenem Menschen ein Gefühl der Überlegenheit aufkommen, ich fühlte mich als der Ältere von uns beiden und war gewillt, auch dementsprechend aufzutreten.
Im Raum war vorläufig nur eine Person anwesend. Fjèdjas Beschreibungen gemäß handelte es sich um den Kommandanten der Kolonie, den Genossen Zùbo (Zahn). Er saß, ungeduldig und aufgeregt auf seinem Sessel hin- und herrutschend, hinter einem kleinen Tisch und schaute in eine aufgeschlagene Aktenmappe. Er war hager und sah aus wie Duremar, seine Lippen bewegten sich andauernd, seine Augen waren weiß wie die der antiken Statuen. Er hatte uns gar nicht bemerkt. Wir nahmen unauffällig unter dem Schild »Delegierte« Platz. Der Raum hatte drei Fenster, neben der Tür befand sich ein nackter Vorführtisch, an der Wand gegenüber stand ein weiterer Tisch, riesengroß, mit einem grünen Stofftischtuch

bedeckt. In einer Ecke prunkte ein ungeheuerlicher, brauner Safe, und darunter war der mit Kanzleimappen überhäufte Tisch des Kommandanten plaziert. Dann gab es noch ein kleineres Tischchen mit dem Schild »Konsulent«, und über eineinhalb Wandfläche war ein riesiges Leinentransparent mit der Aufschrift »Das Volk braucht keine ungesunden Sensationen! Das Volk braucht gesunde Sensationen!« gespannt. Ich warf einen heimlichen Blick auf Edik. Er schaute wie gebannt auf die Schlagzeilen. Er war wie vernichtet.

Der Kommandant fuhr plötzlich auf, zuckte mit seiner großen Nase und wurde unser gewahr.

– Unbefugte! – stieß er bestürzt hervor. Wir standen auf und verbeugten uns. Ohne uns aus den Augen zu lassen, stieg er hinter seinem Tisch hervor, trat sacht und leise an uns heran, stellte sich vor Edik hin und reichte ihm die Hand. Der höfliche Edik drückte sie ihm, matt lächelnd, und stellte sich vor, trat dann einen Schritt zurück und verbeugte sich aufs neue. Der Kommandant war sichtlich erschüttert. Für einige Augenblicke blieb er regungslos stehen, hielt sich dann die Hand vors Gesicht und betrachtete sie mißtrauisch. Irgend etwas schien da nicht zu stimmen. Plötzlich flackerte es in seinen Augen auf, und er begann, maßlos erregt, den Boden unter seinen Füßen abzusuchen, als ob ihm etwas hinuntergefallen wäre. Mir ging ein Licht auf.

– Die Dokumente! – zischte ich Edik an. – Gib ihm die Dokumente! –

Mit einem wehmütigen Lächeln musterte der Kommandant noch immer den Fußboden. Edik überreichte ihm eilfertig seinen Lichtbildausweis und den Antrag. Der Kommandant besänftigte sich daraufhin und gebärdete sich wieder vernünftig. Er verschlang buchstäblich mit den Augen zuerst den Antrag, dann das Foto auf dem Ausweis und als Nachspeise Edik in Person. Die Ähnlichkeit der Fotografie mit dem Original setzte ihn in helle Begeisterung.

– Sehr erfreut! – rief er aus. – Mein Name ist Zùbo

(Zahn). Ich bin der Kommandant. Sehr erfreut, Sie hier zu begrüßen. Nehmen Sie Platz, Kollege Amperjàn, machen Sie es sich bequem, wir werden noch und noch gemeinsam zu arbeiten haben ... –

Plötzlich hielt er inne und schaute mich an. Ich hielt meinen Ausweis und den Antrag bereit. Die Prozedur des Verschlingens wiederholte sich.

– Sehr erfreut! – rief er im selben Tonfall von vorher. – Mein Name ist Zùbo (Zahn). Ich bin der Kommandant. Sehr erfreut, Sie hier zu begrüßen! Nehmen Sie Platz, Kollege Priwàlov, machen Sie es sich bequem ... –

– Wie steht's mit einem Hotel? – fragte ich sachlich, in der Meinung, das sei der richtige Ton. Ich hatte mich aber getäuscht. Meine Frage prallte an seinen Ohren ab. Er war gerade dabei, unsere Anträge einer eingehenden Prüfung zu unterziehen.

– Die »Ideale Schwarze Kiste« ... – murmelte er. – Wir haben noch nicht nachgesehen, ob wir überhaupt so etwas haben ... – Und hier die »Sprechende Wanze« ... die haben wir bereits »rationalisiert«, Kollege Amperjàn ... Ich weiß nicht, ich weiß nicht ... Lawr Fedòtowitsch wird das noch prüfen ... an Ihrer Stelle würde ich mich jedenfalls etwas in acht nehmen ... –

Mit einemmal verstummte er, horchte auf und zuckelte dann im Eilschritt hinter seinen Tisch zurück. Vom Vorraum drangen Schritte, Stimmengewirr und Husten zu uns, dann öffnete sich, von einer dazu befugten Hand betätigt, die Tür, und im Zimmer erschien die »Trojka« in ihrer vollen Besetzung – alle vier!

Lawr Fedòtowitsch Wunjùkov war haargenau so, wie man ihn uns beschrieben hatte: weißhaarig, geschniegelt, imposant schritt er, ohne dabei jemanden eines Blickes zu würdigen, zum Platz des Vorsitzenden, ließ sich nieder, stellte eine riesige Aktentasche vor sich auf den Tisch, öffnete sie mit einem Schnalzer und begann daraus die zu einem erfolgreichen Vorsitz unerläßlichen Requisiten zu entnehmen und auf dem grünen Tischtuch auszubreiten: eine mit

Namenverzeichnis ausgestattete Schreibmappe aus Krokodilleder, ein Saffianetui mit einer Garnitur Kugelschreiber, eine Schachtel »Herzegowina-Flor«, ein Feuerzeug mit der Form des Triumphbogens und ein Prismentheaterglas.

Rudolf Archìpowitsch Chljèbovwòdov (Brotundwasser), gelb und hager wie eine Binse, setzte sich zur Linken von Lawr Fedòtowitsch, und mit seinen rotentzündeten Augen ziellos in allen Ecken des Raums umherschweifend, begann er dem Vorsitzenden etwas ins Ohr zu flüstern.

Der fuchsrote, schlaksige Farfùrkis nahm nicht an dem Tisch Platz. Er setzte sich brav demokratisch auf einen ungepolsterten Stuhl, dem Kommandanten gegenüber, zog ein dickes Notizbuch heraus, dessen Einband schon morsch war, und machte darin geschwind eine Eintragung.

Der vierte war der wissenschaftliche Konsulent Professor Wybegallo, den wir auch ohne vorherige Beschreibung erkannten: Er musterte uns mit einem gleichgültigen Blick, schob die Brauen zusammen, wandte die Augen kurz zum Plafond, als strengte er sich an, sich zu erinnern, wo er uns gesehen haben könnte – vielleicht fiel es ihm ein, vielleicht auch nicht –; schließlich setzte er sich hinter sein Tischchen und begann eifrigst, sich auf die Aufgaben vorzubereiten, mit denen man ihn betraut hatte. Vor ihm tauchte der erste Band der »Kleinen Sowjetischen Enzyklopädie« auf, dann der zweite Band, dann der dritte, der vierte ...

– Grrm –, machte Law Fedòtowitsch und warf einen so durchbohrenden Blick durch den Sitzungssaal, als könnte er damit durch die Wände sehen. Alle waren bereit: Chljèbovwòdov (Brotundwasser) flüsterte immer noch; Farfùrkis machte sich eine zweite Notiz; der Kommandant blätterte krampfhaft wie ein Schüler vor dem Geprüftwerden in einem Buch und Wybegallo legte den sechsten Band der Enzyklopädie vor sich auf den Tisch. Was die Delegierten betraf – in diesem Fall Edik und mich –, so spielten diese anscheinend überhaupt keine Rolle. Ich schaute Edik an, wandte mich jedoch schnellstens wieder ab. Er war völlig demoralisiert – das Erscheinen des Professors Wybegallo schien ihm den Rest gegeben zu haben.

– Ich erkläre die Abendsitzung der »Trojka« als eröffnet –, sagte Lawr Fedòtowitsch. – Der Nächste, bitte! Kollege Zùbo, berichten Sie! –

Der Kommandant sprang auf, und eine aufgeschlagene Mappe vor sich haltend, begann er mit erhobener Stimme zu referieren:

– Fall Nr. 42. Familienname: Màschkin. Vorname: Edelweiß. Vatername: Zacharòwitsch ... –

– Seit wann nennt er sich Màschkin? – fragte ärgerlich Chljèbovwòdov (Brotundwasser) ... – Aber wo! ... Bàbkin heißt er! Bàbkin Edelweiß Petròwitsch. Ich habe im Jahre eintausendneunhundertundsiebenundvierzig mit ihm gemeinsam im Milchwirtschaftskomitee gearbeitet. Edik Bàbkin, ein stämmiger Kerl, ganz verrückt auf Schlagsahne ... Überdies ... Edelweiß heißt er ja gar nicht ... Eduàrd ist sein Name. Eduard Petròwitsch Bàbkin ... –

Lawr Fedòtowitsch sagte gedehnt und mit einem Gesicht wie aus Stein:

– Bàbkin? Ich kann mich nicht entsinnen ... Fahren Sie fort, Genosse Zùbo (Zahn)! –

– Vatername: Zacharòwitsch –, wiederholte der Kommandant mit einem krampfhaften Wangenzucken.

– Ort und Geburtsjahr: 1901 in Smolènsk. Volkszugehörigkeit ... –

– Edulweiß oder Edolweiß? – wollte Farfùrkis wissen.

– Edelweiß –, sagte der Kommandant. – Volkszugehörigkeit: Weißrusse. Schulbildung: Allgemeine Mittelschule (kein Abschluß); Fachschule (kein Abschluß). Sprachenkenntnisse: Russisch – fließend, Ukrainisch und Bjèlorussisch – mit Zuhilfenahme eines Wörterbuchs ... Arbeitsplatz ... –

Chljèbovwòdov versetzte sich plötzlich einen schallenden Klaps über den Mund.

– Ach nein! – rief er aus. – Der ist doch gestorben! –

– Wer ist gestorben? – fragte mit hölzerner Stimme Lawr Fedòtowitsch.

– Dieser Bàbkin doch! Da fällt mir gerade ein – er starb im Jahre eintausendneunhundertundsechsundfünfzig an einem Herzinfarkt. Er starb an demselben Tag, als man ihn zum Finanzdirektor der Großrussischen Gesellschaft der Naturforscher ernannte. Daher der ganze Wirrwarr. –

Lawr Fedòtowitsch nahm sein Theaterglas zur Hand und studierte eine Weile lang das Gesicht des Kommandanten, dem es daraufhin total die Rede verschlug.

– Scheint sein Tod in Ihrem Protokoll auf? – fragte er ihn dann.

– Bei Jesus Christus ... – stammelte der Kommandant. – Welcher Tod? Wieso denn tot? ... Er lebt doch ... er wartet draußen im Vorzimmer ...–

– Einen kleinen Moment, bitte –, mischte sich Farfùrkis in die Angelegenheit. – Gestatten Sie, Genosse Lawr Fedòtowitsch? Sagen Sie bitte, Kollege Zùbo, wer wartet da im Vorzimmer? Geben Sie uns seinen genauen Familiennamen, Vornamen und Vaternamen an. –

– Bàbkin! – sagte der Kommandant verzweifelt. – Was habe ich gesagt? Nicht Bàbkin, sondern Màschkin wartet draußen. Edelweiß Zacharòwitsch Màschkin. –

– Schon gut –, entgegnete Farfùrkis. – Wo ist aber Bàbkin? –

– Bàbkin ist gestorben –, sagte Chljèbovwòdov (Brotundwasser) überheblich. – Wollen Sie es genau wissen? Ich kann es Ihnen sagen: Er starb im Jahre eintausendneunhundertundsechsundfünfzig. Wollt ihr noch mehr wissen? Er hatte einen Sohn: Pàschka, soviel ich weiß, Pàschka – Pàwel Eduàrdowitsch. Pàschka ist momentan Geschäftsführer in einem Lumpengeschäft in Golyzin bei Moskau, ein unermüdlicher, äußerst tüchtiger Arbeiter ... aber es scheint sich da doch nicht um Pàwel zu handeln ... –

Farfùrkis goß ein Glas Wasser ein und reichte es dem Kommandanten. Es trat eine plötzliche Stille ein, und man konnte deutlich hören, wie der Kommandant das Wasser hinunterschluckte. Lawr Fedòtowitsch walkte sich eine Zigarette weich und blies sie durch.

– Hier wird niemand vergessen, hier wird nichts vergessen –, erklärte er, – und das ist gut so. Kollege Farfùrkis, bringen Sie bitte zu Protokoll – im Ermittlungsteil –, daß es die »Trojka« als zweckdienlich erachtet, zur Ausfindigmachung des Sohnes von Bàbkin Eduàrd Petròwitsch die entsprechenden Maßnahmen zu treffen, um seine Namensangelegenheit zu klären. Das Volk braucht keine namenlosen Helden. Bei uns gibt es keine solchen. –

Farfùrkis nickte und machte rasch eine Eintragung in seinem Notizbuch.

– Genug getrunken? – fragte Lawr Fedòtowitsch den Kommandanten und studierte ihn schon wieder mit dem Theaterglas. – Wenn ja, so fahren Sie mit Ihrem Bericht fort. –

– Arbeitsplatz und derzeitiger Beruf: Pensionierter Erfinder –, referierte der Kommandant mit sanfter Stimme weiter. – Auslandsreisen: keine. Das Wesen der Unklarheit (kurz gefaßt): Eine »efristische« Maschine, d. h. eine mit einem elektronischen Mechanismus ausgestattete Anlage zur Lösung technischer, wissenschaftlicher, soziologischer und verschiedener anderer Probleme. Nächste Verwandte: Vollwaise, geschwisterlos. Ständiger Wohnsitz: Nowosibìrsk, Sch'tschùkastraße (Hechtstraße) 23, Wohnungstür 88. Das wäre alles. –

– Ihre Vorschläge, bitte –, sagte Lawr Fedòtowitsch, dabei seine fleischigen Lider auf- und niederschlagend.

– Ich würde vorschlagen, ihn hereinzubitten –, sagte Chljèbovwòdov (Brotundwasser). – Warum ich das vorschlage? Wer weiß – am Ende ist es doch Pàschka?! –

– Hat jemand andere Vorschläge? – fragte Lawr

Fedòtowitsch. Auf der Suche nach einem Druckknopf tastete er auf seinem Tisch herum, und als er den Knopf nicht fand, sagte er zum Kommandanten:
– Also gut, rufen Sie ihn herein, Genosse Zùbo (Zahn). –
Der Kommandant stürzte Hals über Kopf zur Tür, steckte für einen Augenblick den Kopf hinaus und begab sich sodann wieder eiligst auf seinen Platz zurück. Hinter ihm schleppte sich ein Greis in einem weiten Hemdkittel und Militärreithosen mit orangefarbenen Seitenstreifen ins Zimmer: unter der Bürde eines riesengroßen schwarzen Futterals war er ganz auf eine Seite gekrümmt. Auf dem Weg zum Tisch des Vorsitzenden unternahm er einige vergebliche Versuche stehenzubleiben, um sich mit Anstand zu verbeugen, doch das Futteral schien ein ungeheuerliches Beharrungsvermögen zu besitzen: es zerrte ihn unerbittlich vorwärts. Es wäre vermutlich schlimm ausgegangen, hätten wir, Edik und ich, dem Alten nicht einen halben Meter vor dem vor Furcht bereits schlotternden Farfùrkis unter die Arme gegriffen. Den Alten hatte ich indes sofort wiedererkannt: er hatte schon mehrmals in unserem Institut vorgesprochen – auch in anderen Instituten –; einmal hatte ich ihn sogar im Vorzimmer des Vizeministers für Schwerindustrie angetroffen, wo er, adrett gekleidet, brav und geduldig und von Enthusiasmus entflammt, als erster in der Reihe der Wartenden saß.
Er war an und für sich ein netter, harmloser Alter, seine Gedanken und Interessen reichten aber leider nicht über den wissenschaftlich-technischen Fortschritt hinaus.
Ich nahm ihm das gewichtige Futteral mit seiner Erfindung ab und legte es auf den Vorführtisch. Der von seiner Bürde befreite Alte konnte sich nun endlich verbeugen, wobei er mit zittriger Stimme stammelte:
– Ich habe die Ehre! Mein Name ist Màschkin Zacharòwitsch Edelweiß, Erfinder von Beruf. –
– Nein –, sagte Chljèbovwòdov mit halber Stimme.

– Er ist es nicht und hat mit ihm auch keinerlei Ähnlichkeit. Es läßt darauf schließen, daß Bàbkin ein ganz anderer ist. Eben einer, der denselben Familiennamen trägt. –
– Ja, ja –, nickte der Alte mit einem Lächeln. – Ich habe meine Erfindung hierhergebracht, um sie von der Öffentlichkeit begutachten zu lassen. Ihr Kollege Professor Wybegallo hatte die Güte, mich zu empfehlen. Sollte es Ihr Wunsch sein, so erkläre ich mich bereit, Ihnen meine Erfindung vorzuführen; sonst wäre mein Aufenthalt hier in der Kolonie ja ungehörig ... –
Nachdem Lawr Fedòtowitsch den Alten eingehend betrachtet hatte, legte er das Theaterglas beiseite und senkte langsam den Kopf. Der Alte begann hastig hin- und herzuhaspeln. Er nahm vom Futteral den Deckel ab, und zum Vorschein kam eine umfangreiche, veraltete Schreibmaschine. Anschließend zog er eine Strähne Leitungskabel aus der Tasche, steckte ein Ende davon in irgendeinen Teil der Maschine, dann suchte er nach einem Stecker, und nachdem er ihn gefunden hatte, wickelte er das Kabel auseinander und stellte einen Steckkontakt zusammen.
– So, meine Herren –, das wäre also die sogenannte »efristische« Anlage –, sagte der Alte. – Ein präzise funktionierendes elektronisch-mechanisches Gerät für die Beantwortung von beliebigen Fragen, namentlich von solchen wissenschaftlicher und ökonomischer Natur. Wie mein Gerät funktioniert? Da ich nicht über die nötigen Mittel verfüge und mich zudem die verschiedenen Bürokraten ständig nur hin- und hergestupst haben, war es mir bisher nicht möglich, es voll zu automatisieren. Die Fragen werden mündlich gestellt, ich tippe sie in das Innere der Maschine; ich setzte *sie* sozusagen in Kenntnis. *Ihre* Antwort muß ich dann – wegen der Nichtautomatisierung – wieder selbst tippen. Ich fungiere irgendwie als Mittelsmann, he-he! Also bitte, wenn es den Herrschaften genehm ist! –
Er stellte sich hinter seine Schreibmaschine und öff-

nete mit einer eleganten Gebärde den Sperrhaken. Im Inneren der Maschine brannte eine Neon-Glühbirne.
– Also bitte –, wiederholte der Alte.
– Was ist das für eine Glühbirne? – fragte Farfùrkis neugierig.
Der Alte begann auf die Tasten zu klopfen, dann riß er mit geschwindem Griff einen Papierbogen aus der Maschine und eilte damit zu Farfùrkis. Farfùrkis las vor:
– »Frage: Was ist das... hm.. für eine GLB...« Glebè vielleicht... oder Kenè...? Was soll das bedeuten Glebè? –
– Das bedeutet Glühbirne –, sagte der Alte und rieb sich dabei kichernd die Hände. – Das ist eine Art Kodifizierung. – Dann riß er Farfùrkis das Blatt aus der Hand und lief zur Maschine zurück. – Das war also die Frage –, und er spannte den Bogen wieder in die Walze ein. – Schauen wir, was *sie* darauf antwortet... –
Die Mitglieder der »Trojka« folgten interessiert den Handlungen des Alten. Professor Wybegallo strahlte väterlich-wohlwollend und zupfte sich mit einer beschwingten Bewegung seiner Finger irgendeinen Unrat aus dem Bart. Edik befand sich noch immer in einer stillen, sich bereits völlig bewußten Schwermut. Indes klapperte der Alte wieder flott und munter auf den Tasten und zog sodann das Blatt wieder aus der Maschine.
– Hier, bitte, ist die Antwort! –
Farfùrkis las vor:
– In meinem Inneres... hm... Ne... Neonka«. Was soll das bedeuten: Neonka? –
– »Just a moment«! – rief der Erfinder, entriß Farfùrkis das Blatt und kehrte im Laufschritt zur Maschine zurück.
Die Maschine gab eine von Orthographiefehlern buchstäblich strotzende Erklärung des Wortes »Neonka« wieder und fügte für Farfùrkis hinzu, daß *sie* das Wort »Inneres« genau nach den Regeln der

Grammatik verfaßt habe, außerdem ...
Farfùrkis: Welcher Grammatik?
Maschine: Unserer russischen GRMTK.
Chljèbovwòdov (Brotundwasser): Ist Ihnen ein gewisser Bàbkin Eduàrd Petròwitsch bekannt?
Maschine: Nein.
Lawr *Fedòtowitsch:* Grrrm ... Was sind Ihre Vorschläge?
Maschine: Den Tausches als eine wissenschaftliche Tatsache anzuerkennen.
Der Alte flitzte hin und her und tippte mit einer unwahrscheinlichen Flinkheit. Der Kommandant hopste salbungsvoll auf seinem Sessel hin und her und machte uns Zeichen mit dem Daumen. Edik kam allmählich wieder in den Besitz seines seelischen Gleichgewichts.
Chljèbovwòdov (Brotundwasser) (mißmutig): So kann ich unmöglich arbeiten. Was springt er da wie ein Uhrpendel hin und her?
Maschine: Aus Trieb.
Chljèbovwòdov (Brotundwasser): Räumen Sie gefälligst diesen Bogen weg, ich habe keine Fragen an Sie zu richten! Können Sie das begreifen, ja oder nein?
Maschine: Zu Befehl, ich kann!
Der »Trojka« leuchtete schließlich ein, daß es – wollte man mit der heutigen Sitzung irgendwann einmal zu einem Ende kommen – vonnöten war, zumindest von rhetorischen Fragen Abstand zu nehmen. Es trat Schweigen ein. Der Alte hatte sich, völlig erschöpft und völlig außer Atem, auf einem Sesselrand niedergelassen und wischte sich mit einem Taschentuch das Gesicht ab. Wybegallo strahlte nur so vor Stolz.
– Ich habe einen Vorschlag –, sagte Farfùrkis, mit Sorgfalt die Worte wählend. – Der wissenschaftliche Konsulent soll ein Gutachten ausstellen und über seinen diesbezüglichen Standpunkt referieren. –
Lawr Fedòtowitsch wandte seinen Blick auf Wybegallo und neigte dann majestätisch das Haupt. Wybegallo erhob sich. Wybegallo verzog seinen Mund zu einem liebenswürdigen Lächeln. Wybegallo preß-

te sich die rechte Hand aufs Herz. Wybegallo schickte sich zu seinem Vortrag an.

– Diese ... – sagte er. – Ich befürchte, Lawr Fedòtowitsch, daß mir aus dieser Sache möglicherweise Unannehmlichkeiten erstehen werden. Immerhin bin es ja ich, der »ce noble vieillard« (diesen noblen alten Herrn) empfohlen hat. Man wird behaupten, das sei Freundchenwirtschaft, Nepotismus ... folglich Protektion ... Dabei handelt es sich um eine offenkundige, klare Sache ... ihre Vorzüge liegen auf der Hand ... es handelt sich um Rationalisierung ... um eine der Allgemeinheit nutzbringende, sich derzeit noch im Versuchsstadium befindliche Rationalisierung. Ich persönlich würde über diese guten Ansätze nicht so mir nichts, dir nichts den Stab brechen und jede Initiative im Keim ersticken. Was in diesem Fall wohl das Beste wäre? Mein Vorschlag ist, diese Expertise möge eine desinteressierte Person ausstellen ... diese ... sagen wir ein Außenstehender. Dort unten, auf dem Sitz der Delegierten, sehe ich gerade den Kollegen Priwàlov Aleksàndr Iwànowitsch ... (Mir gab es einen Riß.) Der Kollege ist Spezialist für elektronische Maschinen. Außerdem desinteressiert. Lassen wir ihn die Expertise ausstellen. Meiner Meinung nach wäre das von Vorteil. –

Lawr Fedòtowitsch griff zu seinem Theaterglas und begann uns beide der Reihe nach eingehend zu studieren. Der inzwischen wiederaufgetaute Edik flehte mich an:

– Sàscha, es muß sein! Los, melde dich! Das ist eine einmalige Gelegenheit! –

– Mein Vorschlag wäre –, sagte Farfùrkis, – den von »drunten« delegierten Kollegen zu ersuchen, die »Trojka« durch ihre Mitarbeit zu unterstützen. –

Lawr Fedòtowitsch nahm das Theaterglas herunter und pflichtete dem Vorschlag bei. Alle Anwesenden wandten ihre Blicke auf mich. Wäre da nicht »ce noble vieillard« (dieser noble alte Herr) gewesen, hätte ich nie und nimmer meine Nase in diese Affäre gesteckt. Doch »ce noble vieillard« zwang mich regel-

recht dazu, so jammervoll blinzelte er mich durch seine geröteten Lider an, ja, sein ganzes Aussehen drückte spürbar das Versprechen aus, daß er hundert Jahre lang für mich zu Gott beten würde! Mit Unlust erhob ich mich und ging zur Maschine. Der Alte lächelte mir erfreut zu. Ich schaute mir das Aggregat an und sagte:
– Es handelt sich hier um eine Schreibmaschine – Marke »Remington«, Jahrgang 1906, verhältnismäßig guter Zustand – auch die vorsintflutlichen Typen sind noch gut erhalten. –
Der Alte warf mir einen flehentlichen Blick zu, ich stieß einen Seufzer aus und öffnete den Sperrhaken.
– Um es kurz zu sagen, kann ich an dieser »neuen« Schreibkonstruktion beim besten Willen nichts Neues entdecken. Alles schon dagewesen ... –
– Im Inneren! – muschelte der Alte. – Schauen Sie doch im Inneren nach! Dort befindet sich der Analysator und der Denker ... –
– Analysator? ... – sagte ich. – Ich sehe hier keinen Analysator. Ein Gleichrichter ist da – Serienfabrikat – stammt übrigens auch von anno Schnee. Und hier sehe ich eine ganz gewöhnliche Neonlampe. Einen Sperrhaken. Ein prima Sperrhaken, übrigens neu. So! ... Und da ist noch eine Leitungsschnur ... eine erstklassige Schnur, funkelnagelneu ... So, das wäre alles. –
– Und Ihr Gutachten? – erkundigte sich zappelig Farfùrkis.
Edik nickte mir daraufhin billigend zu und gab Farfùrkis zu verstehen, daß ich mein Bestes tun würde.
– Hier ist mein Gutachten, – sagte ich. – Die von mir soeben beschriebene Schreibmaschine »Remington« ist mit einem Gleichrichter, einer Neonglühbirne, einem Sperrhaken und einer Leitungsschnur ausgestattet. Ich finde daran nichts Absonderliches, keine Neuerung. –
– Und ich? – schrie da der Alte.
Edik versuchte, mir anzudeuten, wie man einen

Linkshaken ansetzt, ich war dazu aber außerstande.
– Aber nein ... – stammelte ich –, ... zweifellos ist da eine ganz große Leistung vollbracht worden ... (Edik griff sich an den Kopf) ... ich muß es anerkennen ... die besten Absichten ... (Edik strafte mich mit einem verächtlichen Blick) ... und in der Tat –, sprach ich weiter, – hat sich der Mann bemüht ... man kann jetzt doch nicht ... –
– Hol's der Teufel! – äußerte Edik klar und vernehmlich.
– Nein ... Das wäre noch schöner ... Mag der Mann doch weiterarbeiten, wo er für die Sache schon einmal so großes Interesse zeigt ... Ich habe nur gemeint, daß ich an der Maschine mit dem besten Willen nichts Außergewöhnliches, Unbegreifliches entdecken kann ... obwohl ich die Konstruktion im großen und ganzen sogar genial finde ... –
– Welche Fragen haben Sie an unseren Wissenschaftsattaché? – fragte Lawr Fedòtowitsch.
Diese Frage als Verhör auffassend, bäumte sich der Alte regelrecht auf und schickte sich an, sich wie eine Gluckhenne auf seine Maschine zu stürzen; mir gelang es jedoch, ihn davon abzuhalten, indem ich ihn an der Taille faßte.
– Vollkommen richtig –, sagte Chljèbovwòdov. – Helft ihm, unterstützt ihn, sonst tut er sich bei seiner Arbeit wirklich schwer. Dessenungeachtet möchte ich Sie darauf aufmerksam machen, daß unsere Sitzung kein Frage-und-Antwort-Spiel ist. Und überhaupt – haben Sie die Güte und schalten Sie *sie* vorläufig ab – wozu sollen wir *sie* noch länger aushorchen? –
Ich klappte den Sperrhaken zu, die Neonlampe erlosch, und der Alte beruhigte sich.
– Trotzdem – eine Frage hätte ich da noch zu stellen –, fuhr Chljèbovwòdov (Brotundwasser) fort. – Ich wäre neugierig, was *sie* darauf antwortet. –
Ich starrte ihn mit einem stumpfsinnigen Blick an. Edik, der sich inzwischen wieder hochgerappelt hatte, musterte die »Trojka« mit einem anmaßenden Augenblinzeln. Glücklich und zufrieden zog sich Pro-

fessor Wybegallo einen Holzsplitter aus dem Bart und bohrte damit in seinen Zähnen herum.

– Es gibt da verschiedenerlei Gleichrichter, verschiedene Sperrhaken –, sagte Chljèbovwòdov (Brotundwasser), – das hat uns der derzeit amtierende Wissenschaftsattaché, Genosse Priwàlov, soeben ziemlich eingehend erläutert. Eines hat er dabei jedoch unterlassen: Tatbestände hat er uns keine angeführt! Unwiderlegbar ist indes die Tatsache, daß man auf jede Frage eine Antwort erhält. Und dies schriftlich. Ja – sogar wenn man die Frage nicht *ihr*, sondern einer anderen Person stellt, trifft darauf prompt die Antwort ein. Und Sie, Genosse Attaché, wollen da behaupten, daran sei nichts Außergewöhnliches? Sie sind wohl nicht ganz bei Trost! Der diesbezügliche Stand der Wissenschaft ist einfach unfaßbar! –

Meiner wissenschaftlichen Persönlichkeit verschlug es die Rede. Chljèbovwòdovs (Brotundwasser) Worte hatten mich regelrecht zerschmettert, abgemurkst und in der Erde verscharrt. Aber Wybegallo war nicht verlegen:

– Diese ... – äußerte er. – Auch ich finde diese Ansätze nützlich, wertvoll ... Das Element des Außergewöhnlichen, Ungeklärten ist vorhanden ... ein Auftrieb von »drunten« ... Das bewog mich auch, ihn hier zu empfehlen. »Mon cher«, erklär doch den Genossen, welche Ziele du mit dieser Maschine anstrebst! –

Der Alte explodierte im wahrsten Sinne des Wortes.

– Die großartigsten Errungenschaften auf dem Gebiet Neutronen-Megaloplasma! – verkündete er salbungsvoll. – Der Rotor der Wirkungssphäre ist die ganze Rückwand entlang mit einer divergierenden Gradeinteilung versehen, und im Inneren der Maschine leitet er das Fragematerial in ein System von spirituellen, elektrischen Windungen, in denen sich dann die Synekdoche der Beantwortung vollzieht ... –

Mir flimmerte es vor den Augen, im Mund verspürte ich einen chininähnlichen Geschmack, es schmerzten mich die Zähne – und dieser verdammte »noble vieillard« redete und redete. Er redete glatt und flüssig wie geschmiert. Es war eine bestens verfaßte, mit Sorgfalt einstudierte Rede: man merkte offensichtlich, daß er sie mehr als einmal hergesagt haben mußte. Jedes Epitheton darin, jede einzelne Nuance strotzte vor Überschwang – seine Rede war schlechthin ein Meisterwerk der Rhetorik! Der Alte war gar kein Erfinder – das war ja ein Vortragskünstler, ein genialer Redner, der würdigste unter den Nachfolgern von Demosthenes, Cicero, Johannes dem Goldmund* ... Wankend zog ich mich zurück und lehnte meine Stirn an die kühle Wand.
Da klatschte Edik leise in die Hände, worauf der Alte verstummte.
Für einen Augenblick schien es mir, als hätte Edik die Zeit zum Stillstand gebracht: mit einemmal war alles im Saal mäuschenstill, keiner regte sich, es war, als ob alle in die abgründige, mittelalterliche Stille hineinlauschten, die weich wie Samt im Raum schwebte. Dann rückte Lawr Fedòtowitsch seinen Sessel zurück und erhob sich.
– Nach unseren Statuten müßte ich eigentlich als letzter sprechen –, begann er. – Es gibt jedoch Fälle, in denen sich Gesetze und Vorschriften gegen die eigenen Adepten wenden, und in einem solchen Fall muß man die Gesetze eben umgehen. Und da just ein solcher Fall eingetreten ist, ergreife ich als erster das Wort. Ich tue dies deshalb, weil ich nicht länger warten und schweigen kann. Ich ergreife als erster das Wort, weil ich mit keinen Widerreden rechne und auch keine dulden würde. –
Von Widersprüchen war indes überhaupt nicht die Rede: die subalternen »Trojka«-Mitglieder waren infolge dieses Redesturms dermaßen verdattert, daß sie sich nur gegenseitig anzuschauen wagten.
– Wir sind die Hüter der Wissenschaft –, fuhr Lawr

* Byzantinischer Prediger.

Fedòtowitsch fort. – Wir sind die Tore zu ihrem Tempel, wir stellen die unparteiischen, vor Verlogenheit, Leichtsinn und Verirrung schützenden Filter dar. Wir bewahren die Saatgüter des Wissens vor dem Unkraut der Ignoranz und der lügenhaften Weisheit. Und solange wir das tun, zählen wir nicht zu den gewöhnlichen Menschen: bei uns kennt man keine Nachsicht, kein Mitleid, kein Heuchlertum. Bei uns gilt nur ein Maßstab: die Wahrheit. Eine über dem Guten und dem Bösen, über Mensch und Menschheit stehende Wahrheit. Das gilt natürlich nur, insoweit es das Gute und das Böse, den Menschen und die Menschheit gibt. Sollte es niemanden geben, der nach Wissen strebt, wäre das ein Zeichen, daß es auch keine Menschheit gibt – wozu dann die Wahrheit? Und gibt es auf alle Fragen eine Antwort, so erübrigt es sich, Kenntnisse zu sammeln – ergo dessen gäbe es keine Menschheit mehr – wozu also die Wahrheit? Mit den Worten »Und auf die Antworten gibt es keine Fragen ...« schilderte ein Dichter das allerschrecklichste Stadium in der Geschichte der Menschheit: ein Stadium, das das Ende der Menschheit bedeutet ... Ja – ich muß es zugeben –, der Mann, den wir vor uns haben, ist ein Genie. Er verkörpert aber mit seiner Erfindung das Ende der Menschheit, und gleichzeitig ist er ein Mörder, zumal er ja den Geist tötet. Ja – mehr als das – er tötet den Geist der gesamten Menschheit. Und aus diesem Grunde ist es für uns untragbar, weiterhin als unparteiischer Filter zu fungieren: wir müssen uns eingedenk sein, daß wir Menschen sind, und als Menschen müssen wir uns vor einem Mörder schützen. Keine gewöhnliche Untersuchung, sondern einen Prozeß müssen wir ihm machen! Da aber für einen derartigen Fall keine entsprechenden Gesetze vorliegen, werden wir nicht erst über ihn zu Gericht sitzen, sondern ihn gleich bestrafen – unerbittlich und gnadenlos, wie man es nur tut, wenn man von Schrecken und Greuel übermannt wird. Und ich, euer Chef, sage daher – entgegen allen Gesetzen, Statuten und

Vorschriften –: Zum Tode! –
Die subalternen »Trojka«-Mitglieder fuhren zusammen und begannen alle gleichzeitig, ihre Meinungen kundzutun:
– Welchen? – fragte beflissen Chljèbovwòdov (Brotundwasser), der offensichtlich nur das letzte Wort mitgekriegt hatte.
– »Impossible«! – murmelte Wybegallo zutiefst erschrocken, dabei die Hände zusammenschlagend.
– Erlauben Sie, Lawr Fedòtowitsch! – stammelte Farfùrkis. – Es ist alles gut und recht, aber können wir denn ... –
Da klatschte Edik abermals in die Hände.
– Grrm! – machte Lawr Fedòtowitsch, verrenkte den Hals und setzte sich. – Ich schlage vor, in Anbetracht der einsetzenden Dunkelheit das Licht anzuschalten. –
Der Kommandant sprang von seinem Stuhl auf und machte Licht. Ohne mit den Augen zu blinzeln – wie ein Esel in der Sonne –, fixierte Lawr Fedòtowitsch zuerst die Lampe und wandte anschließend seinen Blick auf die »Remington«.
– Im Sinne der Allgemeinheit –, sagte er, bestimme ich, daß der Fall Nr. 42 als »rationalisiert« zu betrachten ist. Bevor ich auf die Frage seiner Verwertung übergehe, ersuche ich den Genossen Zùbo (Zahn), den Antrag laut zu verlesen. –
Der Kommandant nahm auf der Stelle die einschlägige Akte zur Hand, und während er in ihr herumblätterte, trat Professor Wybegallo hinter seinem Tisch hervor, drückte zuerst dem »noblen alten Herrn« überschwenglich die Hand und gleich darauf, noch bevor ich sie ihm entziehen konnte, auch die meine. Er strahlte über das ganze Gesicht. Ich wußte weder ein noch aus. Ich wagte es nicht, Edik anzublicken. Während ich da so überlegte, ob ich vielleicht mit der »Remington« nach Lawr Fedòtowitsch werfen sollte, wurde der Alte meiner habhaft. Wie eine Zange umklammerte er meinen Hals und küßte mich dreimal hintereinander, wobei er mir mit sei-

nen Bartstoppeln das Gesicht zerkratzte. Wie ich damals zu meinem Stuhl zurückgelangte, daran kann ich mich jetzt nicht mehr erinnern – ich weiß nur noch, daß mir Edik ins Ohr flüsterte:

– Mach dir nichts draus, Sàscha! Das kann passieren ... –

Währenddessen hatte der Kommandant die ganze Akte durchgeschaut. Mit kläglicher Stimme teilte er uns mit, daß für den Fall Nr. 42 keine Anträge vorliegen. Farfùrkis erhob sofort Protest und wies auf einen Artikel der Instruktionen hin, der besagt, daß eine Rationalisierung ohne entsprechende Verwertung reiner Unsinn ist und nur unter gewissen Bedingungen als gültig angesehen werden kann. Chljèbovwòdov (Brotundwasser) begann lautstark zu brüllen, daß er – sollten die Beschlüsse nicht durchgehen – nicht gewillt sei, für nichts und wieder nichts Geld einzustreichen, und daß er es unter keinen Umständen durchgehen lassen kann, daß der Kommandant ganz unnötig vier Arbeitsstunden vergeudet. Während Lawr Fedòtowitsch mit billigender Miene sich in aller Gemütsruhe eine Zigarette zum Anrauchen durchblies, geriet Chljèbovwòdov (Brotundwasser) mehr und mehr in Erregung.

– Zum Schluß ist es ein Verwandter von meinem Bàbkin! – greinte er. – Wieso sind dafür keine Anträge da? Die müssen doch da sein! Schauen Sie sich den Alten doch an, wie flott er ist! Eine interessante, originelle Erscheinung, ein Unikum! Warum sollten wir solche alte Herren geringschätzen? –

– Unsere Gesellschaftsordnung untersagt es, alte Leute geringzuschätzen –, erklärte dazu Lawr Fedòtowitsch, – und unsere Gesellschaftsordnung wird recht behalten. –

– Das ist es ja gerade! – fauchte Wybegallo. – Gerade die Gesellschaft! Die Gesellschaft wird so etwas nicht zulassen! Und was höre ich da, Genosse Zùbo (Zahn)? Wieso gibt es da keine Anträge? Wieso denn? –

Er sprang von seinem Platz auf und stürzte sich wie

ein Habicht auf den vor dem Kommandanten aufgehäuften Papierstoß. – Wieso sind keine Anträge da? Das gibt es nicht! – knurrte er. – Was ist denn das? Ein ganz gewöhnlicher Pterosaurier ... Also gut ... Und das hier? Der Schrein der Pandora! Wofür habt ihr denn eigentlich keinen Schrein? ... Ist es nicht der Schrein der Pandora, so ist es eben der Schrein Màschkins ... ist schließlich und endlich bloß eine Formalität ... Oder hier zum Beispiel, die »Sprechende Wanze« ... die spricht, schreibt, auf der Schreibmaschine tippt ... Ah! ... Wieso gibt es denn dafür keine Anträge, Genosse Zùbo (Zahn)? Und das hier? Die »Schwarze Kiste«! Für die »Schwarze Kiste« ist ein Antrag vorhanden, und Sie behaupten, es sei keiner eingelangt! –

Mir wurde ganz anders.

– Einen Augenblick, bitte! – sagte ich, doch niemand schenkte mir Gehör.

– Das ist ja gar nicht die »Schwarze Kiste«! – schrie der Kommandant und legte sich beide Hände auf die Brust. – Die »Schwarze Kiste« läuft unter einer ganz anderen Nummer! –

– Wieso das? – brüllte zur Antwort Professor Wybegallo und packte das vom vielen Gebrauch bereits stark mitgenommene Futteral der »Remington«. – Was hat das nach Ihrer Meinung für eine Farbe? Grün etwa? Oder Weiß? Sie erteilen da falsche Informationen, Sie schätzen die alten Leute gering! –

Der Kommandant rechtfertigte sich lauthals damit, daß die Kiste selbstverständlich nicht grün und auch nicht weiß, sondern schwarz sei, unverkennbar schwarz; aber in diesem Fall handele es sich nicht um jene bestimmte Kiste: jene Kiste scheine unter der Nummer 97 auf, und der Antrag dafür laute auf den Namen des Genossen Priwàlov Aleksàndr Iwànowitsch, der Antrag sei erst heute eingetroffen; und diese schwarze Kiste hier sei überhaupt keine Kiste, sondern eine efristische Maschine und laufe unter der Nummer 41, und einen Antrag dafür gebe es nicht. Wybegallo brüllte, es sei hier vollkommen unangebracht ... diese ... mit Ziffern herumzujonglieren und das Alter geringzuschätzen: Schwarz ist Schwarz, Schwarz ist weder Grün noch Weiß, und es habe daher keinen Zweck, mit Machismus oder empirischem Kritizismus daherzukommen; die Genossen der autoritätsvollen »Trojka« mögen selbst sehen und bestimmen, ob die Kiste schwarz oder, nehmen wir an, grün ist. Chljèbovwòdov (Brotundwasser) zeterte da etwas über Bàbkin; Farfùrkis forderte, man möge sich an die Instruktionen halten; Edik kreischte sichtlich vergnügt: – Nieder! –; und ich wiederholte in einem fort, wie ein kaputtes Grammophon: – Meine »Schwarze Kiste« – das hier ist nicht meine Kiste ... Meine »Schwarze Kiste« – das hier ist nicht meine Kiste ... –

Lawr Fedòtowitsch begriff schließlich, daß bei dieser ganzen Geschichte etwas nicht stimmte.

– Grrrm! – machte er, und alle verstummten. – Gibt es ein Hindernis? Genosse Chljèbovwòdov, beheben Sie es! –

Chljèbovwòdov (Brotundwasser) marschierte daraufhin festen Schrittes auf Wybegallo zu, nahm ihm das Futteral aus der Hand und begann es aufmerksam zu betrachten.

– Genosse Zùbo (Zahn) –, sagte er. – Worauf lautet denn der Antrag? –

– Auf die »Schwarze Kiste« –, sagte ganz verzagt der Kommandant. – Er läuft unter der Nummer siebenundneunzig. –

– Ich habe nicht gefragt, unter welcher Nummer der Fall läuft –, entgegnete ihm Chljèbovwòdov. – Meine Frage lautete: Hast du einen Antrag auf die »Schwarze Kiste«? –

– Ja, ich habe einen –, gab der Kommandant zu.

– Auf wen ist der Antrag ausgestellt? –

– Auf den Genossen Priwàlov vom Wissenschaftlichen Versuchsinstitut. Er ist hier im Saal anwesend. –

– Ja –, ereiferte ich mich, – und meine »Schwarze Kiste« ist gar keine Kiste, das heißt keine richtige Kiste ... –

Chljèbovwòdov schenkte mir aber keine Achtung. Er sah sich das Futteral unter dem Licht an, trat dann zum Kommandanten und sagte zornig:
– Wie kannst du einen derartigen Amtsschimmel züchten? Siehst du denn nicht, was das für eine Farbe ist? Unter deinen eigenen Augen wurde doch die Rationalisierung durchgeführt, und vor dir sitzt der wissenschaftliche Delegierte, der Genosse Priwàlov, und wartet noch immer auf die Erledigung seines Antrags; und dabei wäre es längst an der Zeit, abendessen zu gehen, draußen ist es bereits dunkel, und du – was machst du? – Sie jonglieren da mit Zahlen herum! –
Ich spürte in der Luft, daß mir Ärger und Verdrießlichkeiten bevorstanden: auf meine Zukunft hatte sich wie ein bleierner, unabwendbarer und völlig vernunftswidriger Alpdruck gelegt. Ganz im unklaren darüber, was da vor sich ging, brummte ich unaufhörlich, daß meine Kiste überhaupt nicht schwarz sei, ja, um präzise zu sein, war sie nicht einmal eine Kiste. Ich wollte alles erklären, jedes Mißverständnis aus dem Weg räumen. Auch der Kommandant brummte da irgend etwas vor sich hin – auch er wollte irgend etwas richtigstellen –, doch Chljèbovwòdov hatte, nachdem er ihm mit der Faust gedroht hatte, bereits wieder seinen Platz eingenommen.
– Die Kiste ist schwarz, Lawr Fedòtowitsch –, meldete er salbungsvoll. Eine Täuschung ist einhellig ausgeschlossen, ich habe mir die Kiste selbst genauest angesehen. Auch einen Antrag gibt es dafür, und der Delegierte ist auch da. –
– Diese hier ist aber nicht die vermeintliche Kiste! – klagten der Kommandant und ich wie aus einem Munde, Lawr Fedòtowitsch studierte uns gründlich durch sein Theaterglas: es schien mir, als hätte er an uns beiden etwas auszusetzen. Sich auf die Meinung des Volkes berufend, schlug er vor, auf die sofortige Verwertung überzugehen. Niemand hatte darauf etwas einzuwenden, alle Verantwortlichen nickten zustimmend.

– Den Antrag! – rief Lawr Fedòtowitsch.
Mein Antrag lag vor ihm auf dem grünen Tisch.
– Das Urteil! –
– Auf den Antrag fiel das Urteil. –
– Den Siegel! –
Mit einem Rasseln öffnete sich die Safetür, aus dem Safe drang ein muffiger Kanzleigeruch, und vor Lawr Fedòtowitsch prunkte in kupfernem Glanz der »Große Runde Siegel«. Ich war wie versteinert.
– Nicht doch! – stieß ich mit heiserer Stimme hervor. – Hilfe! –
Lawr Fedòtowitsch ergriff den Siegel mit beiden Händen und hielt ihn über den Antrag.
Ich sammelte alle meine Kräfte und sprang auf.
– Das ist aber nicht die vermeintliche Kiste!– heulte ich lautstark. – Was geht da vor? ... Edik! –
– Einen Augenblick –, sagte Edik. – Halten Sie bitte ein, und hören Sie mich an! –
Lawr Fedòtowitsch hielt in seiner unerbittlichen Handlung inne.
– Ist das ein Unbefugter? – wollte er wissen.
– Ganz und gar nicht –, sagte schwer atmend der Kommandant. – Er ist ein Delegierter. Von »drunten«. –
– Da kann man ihn also hierlassen –, bestimmte Lawr Fedòtowitsch und wollte den Ritus der Aufdrükkung des »Großen Runden Siegels« von neuem beginnen, aber da ergaben sich Schwierigkeiten: aus irgendeinem mysteriösen Grund wollte sich der Siegel einfach nicht aufdrücken lassen. Lawr Fedòtowitsch versuchte vorerst, einen kräftigeren Druck aufzuwenden, dann stemmte er sich mit dem ganzen Körpergewicht darauf; allein, die Auflegung des Siegels auf den Antrag kam nicht zustande: zwischen Antrag und Siegel blieb ein Abstand, dessen Ausmaß offensichtlich in keinem Zusammenhang mit den Kraftanwendungen des Genossen Wunjùkov stand. Man hatte den Eindruck, als wäre dieser Abstand von einer unsichtbaren, dafür außergewöhnlich spannkräftigen Substanz ausgefüllt. Lawr Fedòto-

witsch sah schließlich die Sinnlosigkeit seiner Bemühungen ein, er setzte sich, und die Ellbogen auf die Armlehnen stützend, begann er mit strenger Miene, aber ohne dabei das mindeste Erstaunen zu zeigen, den Siegel zu betrachten, der reglos etwa zwanzig Zentimeter oberhalb meines Antrags schwebte.

Meine Aburteilung wurde hiermit aufgeschoben, und ich beruhigte mich wieder einigermaßen. Edik hielt eine feurige und gleichzeitig formvollendete Rede über Verstand und Vernunft, über die Wirtschaftsreform, über das Eigentum und die Rolle der »Intelligenz« und über den staatswissenschaftlichen Scharfsinn der hier Anwesenden ... Er hatte dem Siegel Einhalt geboten, mein lieber guter Freund Edik, er hatte mich vom Schlimmsten gerettet, das ich mir selbst – ich armer Spucker und Tölpel – eingebrockt hatte. Alle im Saal Anwesenden hörten ihm aufmerksam, aber eher mißmutig zu, während Chljèbovwòdov (Brotundwasser) ungeduldig auf seinem Sessel hin- und herrutschte und unentwegt auf die Uhr schaute. Da mußte etwas geschehen – dringend –, man mußte etwas unternehmen!

– ... und siebentens –, fuhr Edik gelassen fort, – müßte letztlich jedem beliebigen Spezialisten und erst recht einer so autoritätvollen Organisation klar sein, Genossen, daß die vermeintliche »Schwarze Kiste« nichts anderes als einen Fachausdruck der Informationstheorie darstellt und daher rein gar nichts mit bestimmten Farben und Formen zu tun hat, zumal es sich dabei ja um keinen realen Gegenstand handelt. Und am allerwenigsten eignet sich die Bezeichnung »Schwarze Kiste« für die fragliche Schreibmaschine »Remington« mit ihrem Dschungel von gänzlich primitiven Mechanismen, die in jedem Elektrogeschäft aufzutreiben sind; außerdem finde ich es mehr als bemerkenswert, daß Professor Wybegallo dieser autoritätvollen Organisation etwas aufdrängen will – das übrigens gar keine Erfindung ist – und dafür ein Gutachten verlangt, das die Autorität der Organisation nur beeinträchtigen kann. –

– Ich protestiere –, redete da Farfùrkis dazwischen. – In erster Linie, Genosse, hat der Delegierte von »drunten« einmal sämtliche Paragraphen unserer Sitzungsstatuten verletzt: er hat das Wort ergriffen, obwohl ihm niemand das Wort erteilt hatte, und hat zudem noch die Rededauer überschritten. Das wäre also Punkt eins. – (Mit Schrecken sah ich, wie daraufhin der Siegel leicht zu schwanken begann und um einige Zentimeter tiefer fiel.) – Und überdies können wir es nicht zulassen, daß der Genosse Delegierte unsere besten Leute schmäht und herabsetzt, unseren verdienten Professor und offiziellen wissenschaftlichen Konsulenten, den Genossen Wybegallo, anschwärzt und die hier befindliche, von der »Trojka« bereits anerkannte und gebilligte »Schwarze Kiste« verherrlicht, ihr Loblieder singt ... Das wäre Punkt zwei. – (Der Siegel senkte sich daraufhin um einige Zentimeter.) – Und letzten Endes – ich spreche jetzt zu Ihnen, Genosse Delegierter – sollten Sie wissen, daß die »Trojka« an Erfindungen nicht interessiert ist! Das Arbeitsfeld der »Trojka« sind die »Ungeklärten Erscheinungen«, wobei – bei speziellen Gelegenheiten – auch die bereits begutachtete und rationalisierte »Schwarze Kiste« in Erscheinung tritt – ist sie doch eine authentische, efristische Maschine! –

– Wenn wir so weitermachen, sitzen wir noch in der Nacht hier –, meinte ärgerlich Chljèbovwòdov (Brotundwasser), – wollte man da jedem Delegierten das Wort erteilen! –

Der Siegel senkte sich neuerdings. Der Abstand mochte jetzt nicht mehr als zehn Zentimeter betragen.

– Das ist aber nicht die vermeintliche »Schwarze Kiste«! – deklarierte ich und büßte weitere zwei Zentimeter ein. – Diese Kiste brauch' ich nicht! – (Der Siegel glitt um einen weiteren Zentimeter tiefer.)

– Ich protestiere! Was soll ich, beim Teufel, mit dieser miesen Truhe und der »Remington« anfangen? Ich werde mich beschweren! –

– Dieses Recht steht Ihnen zu –, sagte großmütig Farfùrkis und gewann dabei einen Zentimeter.
– Edik! – stieß ich mit flehentlicher Stimme hervor.
Er ergriff wieder das Wort, er appellierte an die Geister Lomonòssovs und Einsteins, zitierte die Leitartikel der offiziellen Zeitungen, sang der Wissenschaft und unseren klugen Organisationen wahre Loblieder; allein, alle seine Bemühungen erwiesen sich als vergeblich, Lawr Fedòtowitsch war zu guter Letzt erschöpft. Er unterbrach den Redner, indem er lediglich sagte:
– Das überzeugt mich nicht! –
Da ertönte ein wuchtiger Schlag und der »Große Runde Siegel« verbiß sich in meinem Antrag.

Allerlei andere Fälle

Wir verließen als letzte den Sitzungssaal. Ich war total erledigt. Edik schob mich an den Ellbogen hinaus. Obwohl auch ziemlich durcheinander, hatte er immerhin seine Ruhe bewahrt. Um uns schlängelte sich, vom Beharrungsvermögen seines Aggregats angezogen, der Mummelgreis Edelweiß. Er flüsterte mir Worte von ewiger Liebe ins Ohr, und daß er mir die Füße waschen wollte und das Wasser davon trinken; dabei forderte er von uns Diäten und Taglöhne. Edik gab ihm drei Rubel und hieß ihn übermorgen wiederkommen. Edelweiß bat sich noch einen halben Rubel Schadenersatz aus und machte sich aus dem Staub. Ich fühlte mich erleichtert.
– Du darfst nicht verzweifeln –, sagte mir Edik.
– Noch ist nicht alles verloren. Ich habe eine Idee. –
– Was für eine? – fragte ich mit matter Stimme.
– Bist du der Rede Lawr Fedòtowitschs aufmerksam gefolgt? –
– Ja –, sagte ich. – Und damit? –
– Ich habe dabei geprüft, ob er im Besitz eines Hirns ist oder nicht –, erklärte mir Edik.
– Na und? –
– Du mußt es ja selbst gesehen haben – er hat ein

Hirn! Und ich habe es ihm angekurbelt. Es war total außer Funktion infolge eines undurchdringlichen Dickichts von bürokratischen Reflexen. Ich habe ihm suggeriert, er habe eine authentische efristische Maschine vor sich und er selbst sei nicht Wunjùkov, sondern ein richtiger Administrator mit großem Weitblick. Du hast es gesehen, es hat irgendwie genützt. Es ist wahr, er hat eine gewaltige physische Spannkraft. Nachdem ich mich ausgeschaltet hatte, konnte ich an ihm nicht die geringsten Anzeichen einer infolge des Experiments zurückgebliebenen Deformation feststellen. Wie er vorher gewesen war, so war er auch nachher. Natürlich war das vorderhand nur eine Okularinspektion. Erst jetzt werde ich die erforderlichen Berechnungen anstellen, einen Apparat konstruieren, und das Weitere werden wir ja dann sehen: Es wäre doch gelacht, wenn man ihn nicht ummodeln könnte! Wir werden einen anständigen Menschen aus ihm machen: zu unserem Wohl, zum Wohl der anderen, und auch er selbst wird sich dabei wohler fühlen ... –

– Kaum –, war meine Meinung.

– Sieh mal –, sagte Edik, – da gibt es die Theorie der positiven Remoralisierung. Diese Theorie besagt, daß man einem beliebigen Wesen – soweit es ein Minimum an Intelligenz aufweist – Anständigkeit beibringen kann. Daß dabei jeder einzelne Fall eine besondere Methode erfordert, ist natürlich ein anderes Kapitel. Diese Methode zu erforschen ist indes unsere Aufgabe. Und du hör auf, traurig zu sein, alles wird sich noch einrenken. –

Wir traten auf die Straße. Dort wartete schon Fjèdja, der Schneemensch, auf uns. Er erhob sich von seiner Bank, und zu dritt gingen wir dann Hand in Hand die »Erste-Mai-Straße« hinunter.

– War es schwer? – erkundigte er sich.

– Grauenhaft –, sagte Edik. – Ich bin vom vielen Reden erschöpft, und auch vom Zuhören, und außerdem komme ich mir total verblödet vor. Fällt es Ihnen ebenfalls auf, Fjèdja, daß ich wie verblödet bin? –

– Vorläufig noch nicht –, erwiderte Fjèdja verlegen. – Das kommt erst nach ein bis zwei Stunden zum Vorschein. –
Ich sagte dann:
– Ich habe Hunger, ich möchte mich entspannen. Gehen wir irgendwohin auf ein Glas Wein ... oder ein Eis ... ruhen wir uns ein wenig aus ... –
Edik war dafür, und Fjèdja hatte ebenfalls nichts dagegen einzuwenden, obzwar er bedauerte, daß er kein Weintrinker sei und sich auch aus Eis nichts mache ...
Leute gab es auf der Straße in rauhen Mengen, doch niemand schlenderte auf dem Gehsteig umher, wie es sonst in den Städten an Sommerabenden gang und gäbe ist. Die Nachfahren von Oljègs Kriegern und Peters Grenadieren saßen brav und artig auf den Aufgangsstufen ihrer Behausungen und knackten Samenkörner auf; Samen von Wasser- und Zukkermelonen, Kürbiskerne und Sonnenblumensamen. Die Geländer der Aufgangstreppen waren zum Teil geschnitzt und mit Mustern, Figuren und kleinen Pfeilern verziert, andere wieder bestanden aus glatten Brettern. Es waren bemerkenswerte Treppenaufgänge: unter ihnen befanden sich auch wahre Museumsstücke, die auf eine Vergangenheit von mehreren Jahrhunderten zurückblicken konnten; sie standen nun unter staatlichem Schutz, und zum Beweis dafür hatte man sie durch plumpe gußeiserne Platten verschandelt. Von einem Hinterhof drang das Grunzen einer Ziehharmonika – irgendwer übte da, wie man zu sagen pflegt, Akkorde und Harmonien.
Interessiert umherblickend, erkundigte sich Edik bei Fjèdja über das Leben in den Bergen. Gleich von Anfang an war Fjèdja von einer großen Sympathie für den höflichen Edik erfüllt gewesen, daher antwortete er ihm bereitwillig.
– Das Allerschlimmste –, berichtete er, – sind die Alpinisten mit ihren Gitarren. Edik, Sie können sich einfach nicht vorstellen, wie schrecklich es ist, wenn

in unseren vertrauten, geliebten Bergen – wo man sonst höchstens ab und zu, und das nur zu gewissen Zeiten, über die wir Bescheid wissen, eine Lawine hinunterpoltern hört – Ihnen plötzlich jemand in die Ohren spielt, dazu den Takt klopft und Lieder grölt mit albernen unverständlichen Texten wie beispielsweise: »Ein Nabelschnürchen erklomm einen Schandarm ...« und »es sägte den Bergkamm ab ...« oder »... es schlug in die Erde ein Loch ...«. Bei uns oben werden so einige von diesem Lärm krank und siech, und viele – die Schwächsten – sterben sogar ... –

– Ich habe bei mir zu Hause ein Klavizimbel –, sagte er mit träumerischer Miene. – Ich habe es ganz oben stehen, auf der Spitze des Gletschers. Ich liebe es, in lauschigen, windstillen Nächten darauf zu spielen. Es hören mich die Hunde im Tal und antworten mir mit Gebell. Ja, Edik, ich schäme mich nicht, es zu sagen, es füllen sich mir die Augen mit Tränen, so wohl und gleichzeitig traurig es mir an solchen Abenden ums Herz ist! Der Mond, die durch den Raum hallenden Klänge, die Hunde! ... –

– Und ihre Kumpane, was sagen die dazu? – wollte Edik wissen.

– Im Augenblick habe ich keine. Ein kleiner Junge ist mir geblieben, der mich aber nicht stört. Er humpelt ... Übrigens, all das ist für Sie ja uninteressant. –

– Ganz im Gegenteil, es interessiert mich sogar sehr! –

– Ach nein ... Aber vielleicht interessiert Sie, wie ich zu meinem Klavizimbel gekommen bin. Stellen Sie sich einmal vor – die Alpinisten haben es mir heraufgebracht! Um einen Rekord aufzustellen, setzten sie es sich in den Kopf, auf unseren Berg ein Klavizimbel heraufzuschleppen! Wir haben bei uns oben bereits eine Menge Gegenstände, die man in diesen Gegenden nie vermuten würde. Unlängst ist es da einem Alpinisten eingefallen, ein Motorrad heraufzubringen – so haben wir denn auch ein Motorrad, auch wenn es etwas ramponiert ist und nicht fährt ... Gitarren gibt es bei uns, Fahrräder, mehrere Büsten, Flakgeschütze ... Ein »recordman« wollte unseren Berg sogar mit einem Traktor erklimmen, und da es ihm nicht gelang, einen Traktor aufzutreiben, startete er mit einer Straßenwalze. Sie hätten es sehen sollen, wie er sich mit dieser Walze abgeplagt hat! Wie er bei seinem Unternehmen alles mögliche aufgeboten hat! Allein, alle seine Bemühungen waren vergebens: den Gletscher hat er nicht erreicht, fünfzig Meter vor dem Ziel blieb er stecken! Also haben wir auch eine Straßenwalze ... Doch da ist ja die »Sprecherin«! Ich will Sie gleich mit ihr bekannt machen. –

Wir gingen zum Eingang des Cafés. Auf den hellerleuchteten Stufen des luxuriösen, steinernen Aufgangs saß die »Sprechende Wanze« und putzte und schrubbte sich. Sie brannte schon darauf, das Lokal zu betreten: der Portier hatte sie nämlich nicht eingelassen. Sie war außer sich vor Wut und strömte deshalb einen intensiven Duft vom kostspieligen Kognak »Courboisier« aus. Fjèdja machte uns sogleich mit ihr bekannt, setzte die Wanze in eine Zündholzschachtel und legte ihr nahe, sich sittsam und ruhig zu verhalten – und die Wanze verhielt sich vorerst ruhig. Doch kaum hatten wir im Café an einem freien Tisch Platz genommen, machte sie sich ohne viel Umstände auf einem Sessel breit und begann auf den Tisch zu klopfen, um den Kellner herbeizurufen. Zwar heischte sie weder nach Speise noch nach Trank, ihr dürstete lediglich nach Gerechtigkeit und einem richtigen Verhältnis zwischen der Arbeitsleistung der Kellnerbrigade und dem hochgeschraubten Berufsrang, um den die Brigade kämpft. Die »Wanze« verausgabte sich geradezu vor Edik, zumal sie schon darüber informiert war, daß er eigens ihretwillen nach Timùskorpiòn gekommen war, und zwar als ihr künftiger Arbeitgeber.

Edik und ich bestellten uns eine nach Hausart zubereitete Eierspeise, einen Krebssalat und dazu eine Flasche trockenen Wein; Fjèdja, der im Kaffeehaus kein Unbekannter war, brachte man geriebene, rohe

Kartoffel, eine Rübensuppe und eine Portion Kohlstengelchen, während man der »Sprechenden Wanze« gefüllte Tomaten servierte, die sie aus grundsätzlicher Überzeugung bestellt hatte.
Ich verzehrte meinen Salat, und dabei fühlte ich mich erniedrigt und beleidigt, fühlte mich müde und abgehetzt wie das letzte Hundsvieh; meine Zunge war wie gelähmt, ich war völlig lustlos. Dazu fuhr ich andauernd zusammen, da ich im Stimmengewirr immer wieder winselnd ausgestoßene Phrasen wie: »... Füße waschen und das Wasser trinken!...« und »... in ihrem Innern...« zu vernehmen glaubte. Die »Wanze« befand sich hingegen in einer sichtlich glänzenden Stimmung, und mit wahrer Wonne gab sie Edik Kostproben ihrer philosophischen Denkungsweise, ihres unvoreingenommenen Urteils und ihrer Neigung zum Verallgemeinern.
– Was gibt es doch für sinnlose, widerwärtige Geschöpfe auf der Welt! – sagte sie und warf dabei einen arroganten Blick auf die Anwesenden im Saal. – Wahrhaftig, nur diese behäbigen Wiederkäuer bringen es fertig, unter der Einwirkung ihrer Minderwertigkeitskomplexe die Mär in Umlauf zu bringen, sie allein seien die Herrscher der Natur! Ich frage mich: Wie konnte diese Mär nur entstanden sein? Die Herrscher der Natur sind doch wir, die Insekten! Wir sind groß an Zahl wie der Sand im Meer, wir sind allgegenwärtig, wir vermehren uns wie keine andere Gattung, und viele von uns vergeuden nicht ihre kostbare Zeit in der unsinnigen Sorge um die Nachkommenschaft. Wir verfügen außerdem über Gefühlsorgane, von denen ihr Wirbeltiere nicht die mindeste Ahnung habt. Wir unterliegen ganze Jahrhunderte hindurch der Anabiose, ohne dabei Schaden zu erleiden. Der Intelligenz-Elite angehörende Vertreter unserer Gattung leisten beispielsweise Beträchtliches auf den Gebieten der Mathematik, des Bauwesens sowie der Soziologie. Wir haben eine ideale Gesellschaftsordnung erdacht, wir nennen Riesenterritorien unser eigen, wir

gelangen überall dorthin, wohin wir nur wollen. Wir stellen euch zunächst folgende Frage: Könnt ihr Menschen – ihr, die ihr euch als die Meistentwickelten unter den Säugetieren zu bezeichnen pflegt – irgend etwas vollbringen, wozu nicht auch wir Insekten imstande sind? Ihr prahlt damit, daß ihr Werkzeuge herstellt und mit ihnen umzugehen versteht. Verzeiht, aber ich finde das geradezu lächerlich. Ihr kommt mir vor wie Krüppel, die mit ihren Krücken angeben wollen! Ihr baut Wohnhäuser, bemüht und plagt euch und wendet dabei naturfeindliche Energien an, wie Dampf und Feuer; ihr baut schon seit Jahrtausenden, immer wieder anders, und doch ist es euch bisher nicht gelungen, eine behagliche und zweckmäßige Wohn- und Lebensweise zu finden. Die armen kleinen Ameisen hingegen – die ich im übrigen wegen ihrer Grobheit und ihres übertriebenen Kults für die physische Kraft aus tiefster Seele verachte – haben das simple Wohnproblem bereits vor hundert Millionen Jahren gelöst, und zwar ein für allemal. Ihr brüstet euch damit, daß ihr euch unaufhaltsam weiterentwickelt, sozusagen ohne Grenzen. Auch darüber können wir bestenfalls lachen. Ihr seid auf der ständigen Suche nach etwas, was bereits längst erfunden und patentiert ist, was seit undenkbaren Zeiten Anwendung findet: es ist dies eine vernünftige Gesellschaftsordnung und ein Lebenssinn ... –

Während Edik der Wanze mit professioneller Aufmerksamkeit zuhörte, knabberte Fjèdja mit seinen prächtigen Zähnen an den Kohlstengelchen und meinte:

– Ich bin klarerweise ein schwacher Dialektiker, doch wurde mir bei meiner Erziehung stets vergegenwärtigt, daß der menschliche Verstand den Gipfel der Schöpfung darstelle. Wir Bergmenschen sind es gewöhnt, die menschliche Klugheit zu fürchten und uns ihr zu beugen; und auf Grund der leidlichen Bildung, die mir zuteil wurde, werde ich nicht müde, die Kühnheit und den Scharfsinn zu bewundern, womit der Mensch eine sogenannte zweite Natur zum Teil bereits geschaffen hat und unentwegt an deren Verwirklichung weiterschafft. Der menschliche Verstand – das... das... – Er wackelte mit seinem Kopf hin und her und schwieg.

– Eine zweite Natur! – sagte mit giftigem Ton die »Wanze«. – Warum nicht gar ein drittes Element, ein viertes Reich, ein fünftes Vermögen, ein sechstes Weltwunder?... Zwei Naturen braucht ihr also? Natürlich, klar! Eine habt ihr beschmutzt, beschissen, nun versucht ihr sie jetzt durch eine neue zu ersetzen... Was habe ich Ihnen vorher gesagt, Fjèdja? Die zweite Natur entspricht den Krücken eines Krüppels! Und was den Verstand betrifft... was soll ich Ihnen sagen?... Schon seit hundert Jahrhunderten sprechen diese mit Nahrungsmitteln angefüllten Schläuche große Töne über den sogenannten Verstand, aber bis auf den heutigen Tag konnten sie sich nicht einigen, worum es dabei überhaupt geht. Nur in einer Sache stimmen sie überein: einen Verstand besitzen nur sie, sonst niemand! Fürwahr bemerkenswert! Wenn es sich um ein kleines Lebewesen handelt, wenn es spielend leicht ist, das arme Geschöpf mit irgendeinem chemischen Dreck zu vergiften oder es ganz einfach zwischen den Fingern zu zermalmen, so machen die Menschen mit ihm keine langen Geschichten. Klar – auch das winzige Wesen besitzt einen Instinkt, eine Art rudimentale Reaktionsfähigkeit, die primitivste Form eines Nervensystems... Die typische Weltanschauung dieser egoistischen, selbstgefälligen Kretins!... Aber da sie ja so gescheit sind, erbringen sie ja auch einen für sie triftigen Grund, um ohne jegliche Gewissensbisse ein Insekt so mir nichts, dir nichts totzuquetschen. Und jetzt passen Sie gut auf, Fjèdja, womit sie das begründen! Nehmen wir da zum Beispiel eine Erdwespe, die ihre kleinen Eier in ihrem Bau abgelegt hat und nun Futter für die zu erwartende Nachkommenschaft herbeischleppt. Und was machen diese Banditen? Auf die barbarischste Weise rauben sie die mühsam gelegten Eichen, um zu beobachten, wie die unselige Mutter das leere Nest zustopft. Die Wespe – dumm wie sie ist – weiß ja nicht, was sie tut: sie handelt rein instinktmäßig – verstehen Sie das? –, denn einen Verstand besitzt sie ja nicht, und im Notfall wehrt sie sich, wie sie eben kann. Sind Sie sich all der heimtückischen, scheußlichen Wortverdrehungen der Menschen bewußt. Es wird a priori angenommen. daß das Hauptziel im Leben der Wespe die Fortpflanzung und der Schutz des Nachwuchses ist und daß die Wespe auf Grund ihrer Lebensaufgabe außerstande ist, mit Besonnenheit zu reagieren – wie könnte man das übrigens von ihr auch erwarten? Während die Menschen über Kosmos und Mosmos, über Fotosynthese und Motosynthese verfügen, gibt es für die arme Wespe nur das Eine, ewig Zeitlose: die Vermehrung, eine dem primitivsten Instinkt unterworfene Handlung. Den Säugetieren will es in keiner Weise einleuchten, daß die Wespe in einer eigenen, geistig hochstehenden Welt lebt und daß sie im Laufe ihres kurzen Lebens sich entwickeln und Fortschritte vollbringen muß – ja, sie will es sogar! –: Fortschritte auf dem Gebiet der Wissenschaft sowie auf dem der Kunst. Diese Warmblüter wissen auch nicht, daß die Wespe ganz einfach keine Zeit und Lust hat, auf ihre Jungen aufzupassen, um so weniger, als es sich in ihrem besonderen Fall ja gar nicht um Jungtiere, sondern um verständnislose kleine Eichen handelt ... Auch die Wespen haben klarerweise ihre Gesetze und Vorschriften, ja selbst Anstandsregeln und eine Moral. Obzwar sich die Wespe bei der Fortpflanzung ihrer Art von Natur aus ausgesprochen leichtsinnig verhält, sieht ihr Gesetz dennoch eine Strafe für mangelhafte Erfüllung der elterlichen Pflichten vor. Jede anständige Wespe hat eine bestimmte Reihenfolge von Handlungen zu verrichten: Sie muß das Nest graben, die Eier ablegen, die bewegungsunfähigen Larven rechtzeitig aus dem Bau ziehen und das Loch anschließend wieder zustopfen. Und gerade darauf wird besonders streng geachtet;

dafür gibt es eine Art Geheimkontrolle, und die Wespe muß ständig damit rechnen, daß hinter dem nächsten Steinchen ein Inspektor als Spitzel lauert. Natürlich bemerkt es die Wespe, wenn man ihr die Eichen geraubt hat oder wenn die Nahrungsvorräte verschwunden sind. Ein zweites Mal Eier legen kann sie jedoch nicht, und sie denkt auch gar nicht daran, Zeit zu verschwenden, um neue Vorräte herbeizuschaffen. Vollkommen der Unsinnigkeit ihrer Handlungsweise bewußt, tut sie indes, als ob sie nichts bemerkt hätte, und erfüllt ihr Programm bis zu Ende, sie müßte sich ja sonst durch alle zehn Instanzen des Komitees zum Schutz der Gattung durchschleppen! ... Denken Sie jetzt an eine Chaussee, Fjèdja, an eine herrliche, glatte Hauptverkehrsstraße, die von einem Horizont zum anderen führt. Da stellt ein unbekannter Experimentator einen Sperrbalken mit der Tafel »Umfahren!« quer über den Weg. Die Sicht auf der Chaussee ist hervorragend, der Chauffeur sieht weit und breit keine drohende Gefahr; er vermutet daher, irgend jemand habe sich da einen dummen Scherz erlaubt. Trotzdem lenkt er, die Verhaltungsregeln des »ordentlichen Automobilisten« respektierend, seinen Wagen auf den Straßenrand, holpert und rumpelt dort über Löcher und Erdhaufen, erstickt beinahe in Dreck und Staub, vergeudet Zeit und Nerven, um dann, zweihundert Meter weiter, wieder auf der glatten Chaussee weiterzufahren. Und warum das alles? Genau aus demselben Grund, aus dem die Wespe ihre unnötigen Handlungen vollbringt, hält sich auch der Fahrer an die Gesetze, da er ebensowenig Lust hat, alle Instanzen des Komitees für Straßenverkehrsordnung durchzuklappern. Wie die Wespe hatte auch er damit zu rechnen, daß hinter jedem – in seinem Fall – Gebüsch ein Inspektor mit Motorrad lauern könnte. Demzufolge ist der Experimentator, der diesen Test zur Ermittlung des menschlichen Intelligenzgrades vollzieht, ein genau so rücksichtsloser Trottel wie der Verwüster des Wespennests ... Ha-ha-ha! Egal mit welchen Schlußfolgerungen er uns auch kommen mag! ... – Die »Sprechende Wanze« trommelte im Feuereifer mit allen Pfoten auf den Tisch.

– Nein –, sagte Fjèdja. – Ich glaube, Sie verallgemeinern da ein bißchen, Sie vereinfachen alles zu sehr, »Sprecherin«. Klar – ein Auto fahrender Mensch zeichnet sich nicht gerade durch Intellekt aus ... –

– Stimmt –, fiel ihm die kluge Wanze ins Wort, – ebensowenig zeichnet sich dadurch die Wespe beim Eierlegen aus. Das hat nichts mit Intellekt zu tun. –

– Gestatten Sie einen Moment, »Sprecherin« –, erwiderte Fjèdja. Sie lassen mich ja nicht ausreden. Ich meine ... Sehen Sie, ich habe schon wieder vergessen, was ich eigentlich sagen wollte! – Ja, richtig! Um sich der Großartigkeit des menschlichen Intellekts bewußt zu werden, braucht man nur die von ihm hervorgebrachten Bauwerke, die Errungenschaften auf dem Gebiet der Wissenschaft, Literatur und Kunst zu betrachten. Sie, »Wanze«, drücken sich da geringschätzig über den Kosmos aus, dabei haben wir den Sputnik, die Raketen – das ist doch ein gewaltiger Schritt vorwärts, der alle in Begeisterung versetzen muß! – und Sie müssen, ob Sie wollen oder nicht, zugeben, daß unter den Gliederfüßlern kein einziger zu einer derartigen Leistung fähig ist. –

Die Wanze wackelte voller Verachtung mit den Ohren.

– Darauf möchte ich entgegnen, daß die Gliederfüßler den Kosmos nicht brauchen –, sagte sie. – Die Menschen brauchen ihn übrigens auch nicht, sprechen wir also erst gar nicht darüber. Sie wollen die einfachsten Dinge nicht begreifen, Fjèdja! Jede Gattung in der Natur hat einen historisch begründeten, von Generation zu Generation überlieferten Traum. Die Verwirklichung eines solchen Traumes gilt als außerordentliche Tat, als Errungenschaft. Die Menschen hatten seit eh und je zwei Erbträume: den Traum, überhaupt zu fliegen – aus Neid zu den Insekten – und den Traum, zur Sonne zu fliegen – das wiederum aus purer Ignoranz, als ob man da mir nichts dir nichts mit den Händen nach der Sonne greifen könnte! – Alle Gattungen, alle verschiedenen Typen und Klassen der Lebewesen haben ihren eigenen »Großen« Traum. Es wäre natürlich lächerlich anzunehmen, daß, bei den Mücken etwa, von Generation zu Generation der Traum des freien Fliegens überliefert würde, oder bei den Polypen der Traum der Meerestiefen, oder bei uns, der »cimex lectularia«, der Traum der Sonne, die wir nicht ausstehen können! Jeder träumt von etwas Unerreichbarem, das Freude und Vergnügen verheißt. Der Erbtraum der Polypen ist beispielsweise das freie Bereisen des Festlandes und auf ihren nassen Meeresgründen pflegen sie diesbezüglich eingehende und nutzbringende Studien. Der uralte und heimtückische Traum der Viren ist die absolute Beherrschung der Welt, und so verabscheuungswürdig die von ihnen angewandten Methoden auch sein möge, kann man ihnen eine gewisse Findigkeit, Beharrlichkeit und Bereitschaft zur Selbstaufopferung im Sinne eines erhabenen Ziels nicht abstreiten. Und der wahrlich grandiose Traum der Spinnentiere? Vor vielen Millionen Jahren verließen sie unüberlegterweise das Meer und übersiedelten auf das Festland. Seither träumen sie schmerz- und sehnsuchtsvoll von einer Rückkehr in ihr vertrautes Element. Hätten Sie nur ihre das Meer besingenden Balladen gehört! Das Herz bricht einem dabei vor Rührung und Mitleid! Im Vergleich zu den Balladen der Spinnen ist die heroische Legende von Ikarus und Dädalus nichts weiter als ein unterhaltsames Histörchen! Irgendwie sind sie nun – auf eine raffinierte Weise übrigens – zu einer den Gliederfüßlern eigenen, spitzfindigen Lösung gekommen. Sie arbeiten daran, neue Untergattungen zu entwickeln. Zu Anfang schufen sie Spinnen, die sich auf dem Wasser fortbewegen, dann tauchende Spinnen, und jetzt bemühen sie sich eifrig und tatkräftig um die Schaffung einer im Wasser atmenden Spinne ... Über uns Wanzen will ich gar nicht sprechen. Unsere Ziele haben wir schon vor geraumer Zeit erreicht, und zwar seitdem es auf der Welt diese mit Nahrungsmitteln angefüllten Schläuche gibt... Verstehen Sie mich, Fjèdja? Jede Sippschaft hat da eben ihren eigenen Urtraum, daher ist es vollkommen unangebracht, wenn Sie bei Ihren Erdmitbewohnern mit Errungenschaften angeben. Diejenigen, denen Ihre Träume fremd sind, werden Sie einen Dummkopf nennen, und für die anderen, die ihren Traum längst verwirklicht haben, sind Sie ein jämmerlicher Zungendrescher. –

– Ich weiß nicht, was ich Ihnen darauf erwidern soll, Wanze –, sagte Fjèdja. – Ich muß Ihnen gestehen, daß es mir zuwider ist, Ihnen zuzuhören. Erstens einmal mag ich es nicht, wenn man vollkommen klare, offenkundige Dinge mit einer komplizierten Kasuistik widerlegen will, und außerdem bin ich ja auch ein Mensch! –

– Sie – Sie sind der »Schneemensch«. Sie sind ein unentbehrlicher Bestandteil, ein glatter Stich. Sie sind sogar, wenn Sie es genau wissen wollen, uneßbar. Und warum entgegnen die sogenannten »homines sapientes« denn nichts auf meine Argumentationen? Warum verteidigen sie nicht die Ehre ihrer Art, ihrer Sippe, ihrer Klasse? Ich will es Ihnen gleich sagen: weil sie ganz einfach nichts zu entgegnen haben! –

Der höfliche Edik ließ diese Herausforderung an seinen Ohren abprallen. Ich hätte wohl etwas zu entgegnen gehabt – diese Schwätzerin ärgerte mich maßlos –, doch ich hielt mich zurück, wußte ich doch, daß Fjòdor Simeònowitsch durch das magische Auge alles hier oben verfolgte.

– Aber nein, erlauben Sie mir –, sagte Fjèdja. – Natürlich bin ich der »Schneemensch«. Ja, und es ist gang und gäbe, uns zu schmähen und zu beleidigen – es beleidigen uns sogar die Menschen selbst, unsere Artgenossen; es beleidigen uns unsere nächsten Verwandten, unsere Hoffnung, das Symbol unseres Glaubens an die Zukunft... Nein, nein, Edik, erlauben Sie, daß ich sage, was ich denke. Am meisten von allen kränken uns aber die ignoranten und rückständigen Schichten der Menschenart, indem sie uns den scheußlichen Spitznamen »Yeti« zulegen oder auch »javanische Tauben« nennen, womit Swift in seinen Büchern die Riesenaffen und auch die »häßlichen und abstoßenden« Schneemenschen bezeichnet. Aber auch die höheren Schichten sparen nicht mit Beleidigungen: für sie sind wir eine schwachsinnige Untergruppe der Menschenart oder gar bloß Menschenaffen. Sie haben für uns eine ganze Reihe von zwar wissenschaftlich klingenden, sonst aber eher schmählichen Namen parat. Mag schon sein, daß wir in gewisser Hinsicht tatsächlich verachtungswürdig sind. Wir sehen es allmählich ein, daß wir launenhaft sind, daß wir nicht nach Höchstleistung streben und daß sich unser Verstand noch in einem Schlummerzustand befindet. Aber ich glaube – ja, ich bin davon sogar überzeugt –, daß der Mensch mit seinem Verstand die höchsten Wonnen erreicht, indem er die Natur umarbeitet: zuerst einmal die ihn umgebende Natur und späterhin die eigene. Und Sie, »Sprecherin«, sind ein Parasit. Seien Sie mir nicht böse, es ist keineswegs meine Absicht, Sie zu beleidigen, denn ich gebrauche diesen Ausdruck in wissenschaftlichem Sinne. Als Parasit können Sie davon ja keine Ahnung haben, welches Glücksgefühl die Umgestaltung der Natur bereitet! Nicht nur jetzt, sondern auch in Zukunft, zumal die Natur ja unendlich ist: man kann sie daher noch und noch, bis ins Unendliche, ummodeln. Und das ist auch der Grund, warum man den Menschen als König der Natur bezeichnet! Nicht nur weil er die Natur studiert – das allein schon beglückt ihn –, sondern hauptsächlich weil er imstande ist, sie umzugestalten, weil er sie seinem Bedarf und seinen Wünschen entsprechend modelliert und auch in Zukunft nach Lust und Laune weitermodellieren wird ... –

– Alles gut und schön –, sagte die »Wanze«. – Bis er dann, früher oder später, irgendeinem Fjèdja den Arm um die mächtigen behaarten Schultern legt, ihn aufs Podium führt und den samenaufknackenden

Einwohnern den Prozeß der Vermenschlichung eines Menschenaffen demonstriert... Achtung! – verkündete er plötzlich. – Achtung! Heute findet in unserem Klub eine Vorlesung des Kandidaten der Wissenschaften Wjalobùjev (Schlappe Boje) – Frankenstein – über das Thema »Darwinismus gegen Religion« statt. Anschließend wird der Prozeß der Vermenschlichung eines Menschenaffen vorgeführt. Erster Akt: »Der Affe«. Fjèdja hockt neben dem Lektor unter dem Tisch und sucht sich geschickt und gelenkig die Achselhöhlen ab und läuft dann, von Heimweh gepackt, von einer Ecke in die andere. Zweiter Akt: »Der Menschenaffe«. Fjèdja hält einen Besenstiel in den Händen und lungert auf dem Podium herum auf der Suche nach etwas, worauf einzuschlagen. Dritter Akt: »Der Affenmensch«. Unter der Aufsicht und Anleitung eines Feuerwehrmanns facht Fjèdja auf einer eisernen Bratpfanne ein kleines Lagerfeuer an und offenbart bei dieser Handlung gleichzeitig Schrecken und Begeisterung. Vierter Akt: »Die Arbeit hat den Menschen geschaffen«. Fjèdja hält einen schadhaften Preßlufthammer in den Händen und mimt einen Schmied aus der Urzeit. Fünfter Akt: »Apotheose«. Fjèdja sitzt am Klavier und spielt den »Türkischen Marsch«... Beginn der Vorlesung: Sechs Uhr. Anschließend der neue ausländische Film »Auf dem letzten Ufer«. Dann Publikumstanz! –

Fjèdja, der sich über alle Maßen geschmeichelt fühlte, lächelte verlegen.

– Natürlich –, sagte er, völlig aufgewühlt, zur »Wanze«, – ich wußte doch, daß es zwischen uns keine wesentlichen Meinungsverschiedenheiten gibt! Ja, genau so beginnt der Verstand, langsam und allmählich, seine heilsamen Wunden zu offenbaren. Denken Sie doch an Archimedes, Newton, Einstein! Sie, »Sprecherin«, übertreiben in Ihren Vorstellungen – obwohl Sie es mit mir ja im Grunde gut meinen –, Sie machen sich da ein falsches Bild von meiner Rolle bei diesem kulturellen Experiment. –

Die »Wanze« warf ihm einen wütenden Blick zu, wor-

auf ich schadenfroh kicherte.
– Habe ich da irgend etwas Unrechtes gesagt? Mich falsch ausgedrückt? – fragte Fjèdja beunruhigt.
– Ganz im Gegenteil! Sie sind ein ganzer Kerl! Bravo! – sagte ich. – Du hast ihr eine derartige Abfuhr erteilt, daß sie regelrecht zusammengeschrumpft ist. Schauen Sie nur, wie sie vor Entkräftung ihre gefüllten Tomaten verschlingt! –
– Ich lausche mit großem Interesse Ihren Worten, »Sprechende Wanze«, und habe selbstverständlich nicht die geringste Absicht, Ihnen zu widersprechen, zumal uns beiden bekanntlich noch viele Dispute über weit ernstere Probleme bevorstehen. Ich möchte lediglich feststellen, daß Ihre Überlegungen allzuviel Menschenartiges und allzuwenig von der der »cimex lectualia« (Bettwanze) eigenen Psychologie beinhalten. –
– Schon gut, schon gut –, schrie die »Wanze« verärgert. – Warum nimmt also kein Vertreter der sogenannten »homo sapiens«-Rasse zu meinen Argumentationen offen Stellung? Wahrscheinlich hat er darauf ganz einfach nichts zu entgegnen. Oder hat der »homo sapiens« zu seinem Verstand nicht viel mehr Beziehung als die Brillenschlange zu ihrem berühmten Sehvermögen? Wahrscheinlich fehlen ihm eben die der Auffassungsgabe eines nur mit Instinkten ausgestatteten primitiven Wesens zugänglichen Argumente! –
Da konnte ich mich nicht mehr zurückhalten. Ich hatte da ein Argument parat, und mit wahrem Genuß machte ich davon Gebrauch. Ich hielt der »Sprecherin« meinen Zeigefinger hin und vollführte damit eine Bewegung, als wollte ich einen Wassertropfen vom Tisch wegwischen.
– Überaus witzig –, sagte dazu die »Wanze«, – das ist wohl der höchste Grad des menschlichen Verstands! ... –
Fjèdja bat schüchtern, man möge ihm den Sinn dieser Pantomime erklären, doch die »Sprecherin« deklarierte kategorisch, alles sei lauter Unsinn.

– Ich bin es überdrüssig, hier zu sitzen –, sagte sie dann übertrieben laut und warf dabei einen herrischen Blick durch das Lokal. – Gehen wir! –
Ich beglich die Rechnung, und wir verließen das Café. Draußen auf der Straße blieben wir eine Weile stehen und überlegten, was wir weiter unternehmen könnten. Edik meinte, das gescheiteste wäre, vorerst ins Hotel zu gehen, um uns dort ein Zimmer zu sichern; doch Fjèdja sagte, es sei kein Problem, im Hotel von Timùskorpiòn Unterkunft zu finden, da dort lediglich die Mitglieder der »Trojka« wohnten und alle anderen Zimmer leer stünden. Als ich bemerkte, wie kummervoll und bedrückt die »Wanze« dreinschaute, bekam ich Gewissensbisse und machte den Vorschlag, noch einen Spaziergang im Mondschein dem Ufer der Skorpiònka entlang zu unternehmen. Fjèdja war auch dafür, doch der »Wanze« paßte es nicht. Sie sei müde, sagte sie, und habe die nimmer enden wollenden Debatten satt, und außerdem sei sie hungrig und ziehe es daher vor, ins Kino zu gehen. Uns allen dreien tat sie plötzlich leid, so schockiert und verdattert schien sie: vielleicht war meine Zeigefingergeste doch etwas taktlos gewesen? Als wir uns gerade anschickten, ins Kino zu gehen, trat der Mummelgreis Edelweiß hinter einer Bierkiste hervor und stürzte auf uns zu. Mit lallender Stimme drückte er seine Ergebenheit der Wissenschaft und meiner Person aus und forderte Vorauszahlungen, Bergzulagen und noch andere Gelder für den Ankauf gewisser Bestandteile. Ich gab ihm einen Rubel, worauf er wieder hinter seiner Bierkiste verschwand.
Auch auf dem Weg ins Kino war die Wanze noch immer nervös und völlig durcheinander, obzwar sie prahlerische Redensarten führte, die Passanten anstänkerte und am laufenden Bande Aphorismen und Paradoxe von sich gab. Um der »Wanze« ihr seelisches Gleichgewicht wiederzugeben, schilderte ihr Edik, welch gigantischen Beitrag sie, die »Sprechende Wanze«, für die Wissenschaft bei der Lehre des »Linearen Glücks« zu leisten imstande sei, und

dabei wies er klar und deutlich auf den Weltruhm und die dringliche Notwendigkeit hin, ständig Forschungsgruppen ins Ausland abzukommandieren, darunter auch in exotische Länder. Das seelische Gleichgewicht der »Sprecherin« war daraufhin wieder zur Gänze hergestellt: sie hatte sichtlich die der »cimex lectualia« eigene Munterkeit und Forschheit wiedererlangt, denn kaum erlosch im Kinosaal das Licht, begann sie sogleich, sich in den Sitzreihen herumzutummeln, um die Zuschauer zu beißen, so daß Edik und ich an dem Film überhaupt kein Vergnügen hatten: Während Edik ständig befürchtete, jemand könne die Wanze sacht und leise erdrücken, fürchtete ich mich meinerseits vor einem Skandal. Noch dazu war die Luft im Kinosaal schwül und stickig, und auch der Film war gräßlich, so daß wir erleichtert aufatmeten, als er schließlich zu Ende war.
Draußen schien der Mond und vom Skorpiònkafluß wehte ein kühles Lüftchen. Fjèdja entschuldigte sich, daß er auf ärztliche Verordnung früh ins Bett müsse und es für ihn daher Zeit zum Aufbruch sei. Wir beschlossen, ihn zur Kolonie zu begleiten, und schlugen den Weg dem Ufer entlang ein. Tief unten am Ende der Schlucht führte die uralte Skorpiònka die imposanten Kristallfluten ihrer Abflußwässer. Auf dem anderen Ufer breitete sich im Mondeslicht, frei und grenzenlos, das Überschwemmungsgebiet aus. Am Horizont zeichnete sich der schwarze Umriß eines weit entlegenen Waldes ab. Über einem düsteren Ungetüm mit halbzerfallenen Türmen vollführte eine kleine Fliegende Untertasse mit flimmernden Erkennungslichtern ihre Drehungen.
– Was ist das für eine Ruine? – fragte Edik.
– Das ist die Nachtigallen-Festung –, belehrte ihn Fjèdja.
– Was Sie da nicht sagen! – staunte Edik. – Soll das wirklich die Nachtigallen-Festung aus dem Zeitalter des Mùroma-Geschlechts sein? –
– Ebendie – aus dem zwölften Jahrhundert. –

– Warum hat sie aber nur zwei Türme? – fragte wiederum Edik.

Fjèdja erklärte ihm, daß die Türme vor der Belagerung vier waren und die Namen »Kikìmora« (Hexe), »Aùkalka« (Juchzerin), »Pljùn Jadowìtaja« (Giftige Spucke) und »Ugolòwnitsa (Schwerverbrecherin) trugen. Godsilla steckte zu jener Zeit die Verbindungsmauer zwischen der »Juchzerin« und der »Schwerverbrecherin« in Brand, stürmte den Festungshof und durchbrach die Verteidigungslinie des Hinterhalts. Er war ein Klotz von einem Mannsbild und – will man den Gerüchten Glauben schenken – der kräftigste und gleichzeitig dümmste unter den vierköpfigen Drachen. Er zeichnete sich unter den anderen Drachen keineswegs durch eine außergewöhnliche Taktik aus, was übrigens auch nicht sein Ehrgeiz war; er brachte es jedoch fertig, durch gezielte Schläge, einen Turm nach dem anderen zu zertrümmern: er stürzte sich gleichzeitig auf alle vier Türme und mit Hilfe seiner Köpfe gelang ihm sein Unterfangen, eine gewitzte und verbissen kämpfende Bande einzukesseln. Unter den Belagerern befanden sich die Brüder »Rasbòjniki« – »Solowjèj« (Nachtigall) und »Ljàgwa (Frosch) Odichmàntewitsch –, »Licho Odnoglàznoe« (Einäugiger) – und der mit ihnen verbündete, mit dem Spitznamen »Prysch« (Gesichtspickel) bedachte böse Geist »Kontschàr«. Godsilla war sich natürlich seiner Dummheit und seiner Raffgier bewußt und litt dementsprechend auch darunter. Trotzdem gelang es ihm, »Kontschàr« zu überwältigen, zumal dieser an jenem Tag fatalerweise von einer Virusgrippe geschwächt war, während den Turm »Jadowìtaja Pljùn« (Giftige Spucke) sein habgieriger Handlanger »Wampir Wojewùlf« (Vampir Werwolf) wie besessen erstürmte. Gleich darauf stellte der Werwolf jedoch seine Kampfhandlungen ein, um sich fortan nur mehr Raubzügen und Saufgelagen zu widmen. Das war Godsillas erster und auch einziger Triumph im Laufe des ganzen Feldzugs. Solowjèj (Nachtigall) Odichmàntewitsch kämpfte verbissen und frohgemut an der Schwelle des »Aùkalka«-Turms. Sein Bruder »Ljàgwa« (Frosch) war im 1. Stock des Kikìmora«-Turms infolge seiner Jugend schon nahe darangewesen, die Flinte ins Korn zu werfen, doch im zweiten Stock ermannte er sich wieder, begann den Turm zu rütteln und zu schütteln und stürzte sich, zusammen mit dem demolierten Turm, auf die Attackierenden. Gleichzeitig sprengte der kaltschnäuzige »Lècho Odnoglàznoe (Einäugiger), nachdem er die gesamte rechte Flanke durch die List in die unterirdischen Salpeterkammern gelockt hatte, den ganzen Turm samt Inhalt in die Luft. Nachdem er die Hälfte seiner Leute eingebüßt hatte, drehte der ohnehin beschränkte Godsilla schließlich ganz durch. Er raste durch die Festung, tötete, was ihm unter die Hände kam, egal ob feindliche oder eigene Leute, und warf sich dann rempelnd und ausschlagend in die Flucht. Somit war die Schlacht beendet. Den total angesoffenen »Wojewùlf« (Werwolf) machte »Solowjèj« (Nachtigall) Odichmàntewitsch mit einem akustischen Schlag fertig, und er selbst ging dann infolge zahlreicher Verbrennungen zugrunde. Die heil und unversehrt gebliebenen Hausgeister, Dämonen, Wassermänner, »Aùkalki« (Juchzerinnen), »Kikìmori« (Hexen) und noch verschiedene andere Gespenster erschlugen der Reihe nach die demoralisierten Vampire, Gnomen, Kobolde, Satyrn, Najaden und Dryaden, und nun ohne Führung zurückgeblieben, verstreuten sie sich wild durcheinander in den angrenzenden Wäldern. Und was den beschränkten Godsilla betrifft, so geriet er in einen großen Sumpf – heute »Wjàzlo« (Kuhriemen) benannt –, wo er bald darauf an einer durch Gase verursachten Gangrän verendete.

– Hochinteressant –, sagte Edik, während er die mit Moos bedeckten »Aùkalka« (Juchzerin) – und »Pljùn Jadowìtaja« (Giftige Spucke) – Türme betrachtete.

– Ist der Zutritt frei? –

– Vollkommen frei –, sagte Fjèdja. – Fünf Rubel kostet es. –

Es wurde ein herrlicher Spaziergang. Fjèdja erklärte uns das Gefüge des Universums, und gelegentlich bemerkten wir, daß er den Saturnring und den roten Flecken auf Jupiter mit freiem Auge erkennen konnte. Die neiderfüllte »Wanze« setzte sich leidenschaftlich ins Zeug, um uns zu beweisen, daß alles, was er sagte, nichts anderes als ein gutbezahlter Mumpitz sei und daß das Universum in Wirklichkeit die Form einer Sprungfedermatratze habe. Die ganze Zeit schon umkreiste uns Kusmà (Getreidelaubkäfer), der Pterosaurier. Er war in der Dunkelheit kaum zu erkennen. Er trippelte da irgendwo vor uns her und gab unentwegt ein schwaches Quaken von sich – wahrscheinlich schwatzte er mit den Sträuchern und Gebüschen! Von Zeit zu Zeit schwang er sich jählings in die Lüfte und verdeckte dabei mit seinen ausgespreizten Flügeln den Mond. Wir riefen ihn und versprachen ihm Naschwerk, konnten ihn jedoch nicht bewegen, sich uns zu nähern. In der Kolonie lernten wir auch den Fremdling Konstantìn kennen. Konstantìn befand sich in einer schlimmen Situation. Seine Fliegende Untertasse mußte vor etwa einem Jahr hier notlanden. Bei der Landung erlitt das Raumschiff einen Totalschaden. Konstantìn war es nicht gelungen, dem bei der Landung eines Raumschiffes automatisch entstehenden magnetischen Schutzfeld zu entgehen, dessen Mechanismus keinen Fremdkörper durchließ. Konstantìn selbst konnte wohl, dank seiner Bekleidung und gewissen Spezialmechanismen, ungehindert durch die lila Schutzglocke ein- und ausgehen. Doch eine Familie von Feldmäusen, die sich im Moment der Notlandung zufällig dort aufgehalten hatte, konnte nun das Schutzfeld nicht mehr verlassen, und Konstantìn war daher gezwungen, seine spärlichen Vorräte an die Tiere zu verfüttern, da er ja keine irdische Nahrung in das Schutzfeld bringen konnte – nicht einmal im eigenen Magen! Unter der Schutzglocke befanden sich außerdem ein Paar im Park vergessene Turnschuhe – das einzige irdische Gut, das für ihn brauchbar war –, zwei Sträucher mit giftigen Beeren, ein Teil von einer ungeheuer großen Gartenbank, in der alle möglichen Inschriften eingeschnitzt waren, und vier »acre« feuchter, nie austrocknender Erdscholle.

Konstantìns Lage war äußerst prekär. Das Sternfahrzeug war nicht so ohne weiteres reparierbar, da in den hiesigen Werkstätten weder die dazu erforderlichen Bestandteile noch Einrichtungen vorhanden waren. In den wissenschaftlichen Zentren der Erde wäre möglicherweise das Nötige aufzutreiben gewesen, doch dazu war eine Befürwortung der »Trojka« erforderlich. Seit vielen Monaten wartete Konstantìn nun schon ungeduldig darauf, von der »Trojka« vorgeladen zu werden. Obwohl er sich von den Erdbewohnern Hilfe versprach und hoffte, schließlich doch das Schutzfeld zu überwinden und einen bedeutenden Wissenschaftler auf sein Raumschiff zu bringen, war seine Stimmung doch eher pessimistisch, da er befürchtete, es würde noch mindestens zweihundert Jahre dauern, bis ihm die irdische Technik von Nutzen sein könnte.

Und dort stand sie nun, Konstantìns Fliegende Untertasse, nicht weit von unserem Weg entfernt, und schimmerte wie eine gigantische Gaslaterne. Unter der Untertasse ragten Konstantìns Füße hervor, sie steckten in Sprinterschuhen, Größe vier.

Wir bemerkten auch die herumtrappelnden Pfoten der Feldmäuse, die gierig nach ihrem Abendbrot heischten. Fjèdja pochte an die Schutzglocke, und Konstantìn, der uns schon kommen gesehen hatte, kroch unter der Untertasse hervor, rief rasch den Mäusen etwas zu und trat uns entgegen. Die berühmten Sprinterschuhe mußte er selbstverständlich drinnen lassen, und die Mäuse beeilten sich, es sich darin vorübergehend bequem zu machen. Wir stellten uns vor, drückten ihm unser Mitgefühl aus und erkundigten uns, wie es mit seiner Sache stehe. Forsch und munter berichtete er uns, daß der Anfang gemacht sei, und zählte uns anschließend eine ganze Reihe – bei zwanzig herum – uns bekannter Geräte

und Bestandteile auf, die er angeblich dringend benötigte. Er erwies sich als ein redseliges, freundliches, intelligentes Wesen. Mag sein, daß er sich auch nur danach sehnte, mit jemandem zu sprechen. Wir fragten ihn alles mögliche und er antwortete uns bereitwillig. Er hatte jedoch ein schlechtes Aussehen und wir sagten ihm, es sei ungesund, soviel zu arbeiten, und rieten ihm, sich doch endlich schlafen zu legen. Fast zehn Minuten bemühten wir uns ihm klarzumachen, was schlafen bedeute, worauf er uns gestand, daß ihn das überhaupt nicht interessiere und daß er sich damit erst gar nicht zu beschäftigen gedenke, und außerdem müsse er jetzt die Mäuse füttern. Er drückte uns die Hand und kroch wieder unter seine Untertasse. Edik und ich verabschiedeten uns von Fjèdja und der »Wanze« und gingen ins Hotel. Es war schon spät, und die Stadt lag bereits in tiefem Schlummer, nur von weit weit her drangen die Klänge einer Ziehharmonika und glockenhelle Mädchenstimmen sangen dazu:
»Meinem dreiäugigen Galan
will ich sagen:
Wir brauchen keine Küsse,
uns verbindet die Vernunft! ...«

Fall Nr. 72. Der Fremdling Konstantìn
Die hinter einer Straßenecke hervorlugende Sonne warf gerade ihre ersten warmen Strahlen durch die offenstehenden Fenster des Sitzungssaals, als auf der Türschwelle, mit einem Gesicht wie aus Stein, Lawr Fedòtowitsch erschien und unverzüglich anordnete, die Vorhänge zuzuziehen.
– Das Volk braucht das nicht –, meinte er.
Gleich hinterher kam Chljèbovwòdov (Brotundwasser), Wybegallo vor sich herschiebend. Wybegallo fuchtelte mit einer Aktenmappe herum und redete hitzig auf ihn ein: er sagte ihm da etwas auf französisch, doch Chljèbovwòdov winkte ab:
– Schon recht, aber jetzt genug mit der Krakeelerei! ... –

Nachdem der Kommandant die Vorhänge zugezogen hatte, tauchte auf der Schwelle Farfùrkis auf. Er kaute an irgend etwas und wischte sich anschließend den Mund ab. Mit ein paar hastigen, unverständlichen Worten entschuldigte er sich für seine Verspätung, würgte, was er im Mund hatte, unzerkaut hinunter und plärrte los:
– Ich protestiere! Sie haben wohl den Verstand verloren, Genosse Zùbo? Ziehen Sie augenblicklich den Vorhang wieder auf! Was ist denn das für eine Art, uns da zu isolieren und in Dunkelheit zu hüllen ? –
Daraufhin entstand ein äußerst unangenehmer, ja peinlicher Zwischenfall, und solange sich die Sache nicht geklärt hatte, wurde Farfùrkis in einem fort erniedrigt und beschimpft, jeder einzelne befleißigte sich, ihn zu demütigen und ihn herabzusetzen, ihn zu sekkieren und drangsalieren, jeder spielte seine Trümpfe gegen ihn aus. Wybegallo schüttelte vorwurfsvoll den Kopf, als ob er sagen wollte: »Seht ihr? Das sind die Früchte der Charakterlosigkeit!«, und warf mir gleichzeitig einen vielsagenden Blick zu. Dann gestatteten sie dem gepeinigten, übel zugerichteten Farfùrkis, sich wieder auf seinen Platz zu schleppen, während sie selbst sich keuchend die aufgekrempelten Ärmel herunterstreiften, sich die Fingernägel von den Hautfetzen reinigten und ihre Reißzähne abschleckten. Schließlich nahmen auch sie johlend und grölend wieder an ihren Tischen Platz und erklärten sich für die Morgensitzung bereit.
– Grrrm –, machte Lawr Fedòtowitsch mit einem Blick auf das gekreuzigte Häufchen Elend. – Der Nächste! Berichten Sie, Genosse Zùbo! –
Der Kommandant verkrallte seine krummen Finger in die aufgeschlagene Mappe, über die Akten hinweg blickte er noch ein letztes Mal mit seinen blutunterlaufenen Augen auf den zerstörten Feind, glucksend und gurgelnd, stieß er sich noch ein letztes Mal mit den Hinterpfoten vom Boden ab, und erst nachdem er blutrünstig und mit aufgeblähten Nüstern den wonnigen Verwesungsduft eingesogen hatte, besänf-

tigte er sich wieder einigermaßen.
– Fall Nummer zweiundsiebzig –, leierte er dann herunter, – Konstantìn Konstantìnowitsch Konstantìnov zweihundertdreizehn vor der Neuen Ära Stadt Konstantìnova Planet Konstantìna Gestirn Antares ... –
– Apropos –, fuhr Chljèbovwòdov fort, – als ich in Syzràn die Ausbildungskurse des mittleren Personals leitete, ist mir auch so ein Kerl untergekommen, der nicht einmal als Straßenkehrer zu gebrauchen war ... Nur war das nicht in Syzràn, glaube ich, sondern in Saràtov ... Ja richtig, in Saràtov war's! Zuerst wirkte ich an der Meisterschule für Weizenspezialisten, und anschließend setzte man mich als Leiter der vorhin erwähnten Ausbildungskurse ein ... Ja, in Saràtov war das, im Jahre zweiundfünfzig, im Winter war's. Ich kann mich noch erinnern, es war kalt und frostig wie in Sibirien ... Ach nein –, fügte er dann in bedauerndem Ton hinzu, – das war gar nicht in Saràtov! Das war ja in Sibirien! Und der Name der Stadt ... ist mir aus dem Schädel entwichen ... Gestern wußte ich ihn noch, ech! Und wenn ich so zurückdenke – schön war es dort in der sibirischen Stadt! ... –
Dann schwieg er mit halbgeöffnetem Mund und gequälter Miene. Lawr Fedòtowitsch wartete eine Weile, dann erkundigte er sich, ob jemand Fragen an den Referenten habe. Da niemand Fragen zu stellen hatte, hieß er Chljèbovwòdov fortzufahren.
– Lawr Fedòtowitsch –, sagte Chljèbovwòdov, vom Gefühl übermannt. – Den Namen der Stadt habe ich vergessen, verzeihen Sie mir! Ja, vergessen habe ich ihn, da kann man einmal nichts machen! Der Genosse Zùbo möge weiterlesen – mir wird er indessen schon einfallen ... Nur möge der Genosse Zùbo diesmal Form und Zeichensetzung beachten und nicht alles so herunterschnattern – es kommt ja sonst lauter Unsinn heraus! ... –
– Berichten Sie weiter, Genosse Zùbo –, sagte Lawr Fedòtowitsch.
– Punkt fünf –, las der Kommandant mit schüchter-

ner Stimme. – Nationalität ... –
Farfùrkis wagte es, eine matte Bewegung zu machen, erstarrte aber sofort wieder, tief erschrocken. Chljèbovwòdov hatte diese leichte Regung auf der Stelle wahrgenommen und befahl dem Kommandanten:
– Vom Anfang, noch einmal alles vom Anfang! –
– Punkt eins –, las der Kommandant. – Familienname ... –
Während er seinen Bericht wieder von vorne las, sah ich mir Ediks Remoralisator an. Er bestand aus einem blank schimmernden, flachen Kästchen mit Seitenwänden aus Glas; er sah aus wie ein Spielzeugauto. Edik handhabte dieses Gerätchen mit erstaunlicher Geschicklichkeit. Ich brächte das nicht zustande. Seine Finger bewegten sich wie Schlangen, ich konnte ihn dabei nicht genug bewundern.
– Chèrson! – schrie plötzlich Chljèbovwòdov lauthals. – In Chèrson war das! Dort war es, wo ich ... Und du, fahr fort –, sagte er an den zitternden Kommandanten gewandt. – Mir ist jetzt eingefallen ... – Er beugte sich zu Lawr Fedòtowitsch und flüsterte ihm, sich dabei vor Lachen schüttelnd, etwas ins Ohr, worauf die Gesichtszüge des Genossen Wunjùkov einen hölzernen Ausdruck bekamen, ja, er mußte sich vor der im Saal anwesenden Demokratie mit seiner Riesenhand das Gesicht verdecken.
– Punkt sechs –, las mit wackeliger Stimme der Kommandant. – Schulbildung: Höhere syn .. kri ... kre ... kretische Ausbildung. –
Farfùrkis zuckte zusammen und winselte irgend etwas, wagte aber dann doch nicht zu sprechen. Chljèbovwòdov ging hoch:
– Wie? Was für eine Ausbildung? –
– Höhere synkretische Ausbildung –, wiederholte der Kommandant in einem Atemzug.
– Ich habe verstanden –, sagte Chljèbovwòdov und warf einen Blick auf Lawr Fedòtowitsch.
– Ausgezeichnet! – sagte Lawr Fedòtowitsch mit schneidender Stimme. – Die Selbstkritik ist unser Fall! Fahren Sie fort, Genosse Zùbo! –

– Punkt sieben. Fremdsprachen: Alle ohne Wörterbuch. –
– Was soll das heißen? – fragte Chljèbovwòdov.
– Alle –, wiederholte der Kommandant. – Ohne Zuhilfenahme eines Wörterbuchs. –
– Das nenne ich autokritisch! – sagte Chljèbovwòdov.
– Also gut, wird noch überprüft! –
– Punkt acht. Beruf und derzeitiger Arbeitsplatz: Leser von Gedichten, »Amphibrachist«, befindet sich derzeit auf einem kurzfristigen Urlaub. Punkt neun . . . –
– Einen Augenblick –, unterbrach ihn Chljèbovwòdov. – Wo ist er beschäftigt? –
– Derzeit befindet er sich auf einem kurzfristigen Urlaub –, erklärte ihm der Kommandant. – Er hat sich einen kurzfristigen Urlaub genommen. –
– Das habe ich auch ohne dich begriffen! – entgegnete bissig Chljèbovwòdov. – Was hat er für eine Spezialausbildung? –
Der Kommandant zog sich die Mappe näher an die Augen heran.
– Leser . . . – sagte er. – Er liest somit Gedichte. –
Chljèbovwòdov schlug mit der Hand auf den Tisch.
– Ich habe dir nicht gesagt, daß ich taub bin –, sagte er. – Was er liest habe ich bereits vernommen . . . – Bitte, soll er in seiner Freizeit ruhig lesen! Was mich interessiert, ist sein Beruf! Wo er beschäftigt ist und als was! –
Wybegallo blieb weiterhin stumm, doch ich hielt es nicht mehr aus, meine Meinung kundzutun.
– Sein Beruf ist, Gedichte zu lesen –, sagte ich. – Sein Spezialfach ist die Amphibrachys! –
Chljèbovwòdov blickte mich voller Mißtrauen an.
– Nein –, sagte er. – Die Amphibrachys, die kenne ich. Amphibrachys ist . . . ja ist . . Was ich wissen möchte? Ich möchte wissen, wofür ihm überhaupt ein Gehalt ausgezahlt wird. –
– Dafür gibt es kein regelrechtes Gehalt –, erklärte ich ihm.
– Ah! – freute sich Chljèbovwòdov. – Er ist also ar-

beitslos! – Aber sogleich wurde er wieder vorsichtig.
– Nein, auf diese Weise kommen wir nicht weiter! ... Wie läßt sich das vereinbaren: auf der einen Seite kein Gehalt und andererseits einen Urlaub? Was dreht ihr da für einen Wirrwarr zusammen? –
– Grrrm –, machte Lawr Fedòtowitsch. – Ich habe eine Frage an den Referenten sowie an den wissenschaftlichen Konsulenten, und zwar interessiert mich der Beruf des Falles Nummer zweiundsiebzig. –
– Leser von Gedichten –, antwortete geschwind Wybegallo. Und dazu ... diese ... dazu ist er noch »Amphibrachist«. –
– Derzeitiger Arbeitsplatz –, wollte Lawr Fedòtowitsch wissen.
– Er verbringt im Moment einen kurzfristigen Urlaub, er erholt sich sozusagen kurzfristig. –
Ohne dabei den Kopf umzuwenden, ließ Lawr Fedòtowitsch einen Blick zu Chljèbovwòdov gleiten.
– Hat irgendwer noch Fragen an den Referenten? – erkundigte er sich.
Chljèbovwòdov begann unruhig und ängstlich auf seinem Sitz hin- und herzurutschen. Es war deutlich zu sehen, wie in seinem Inneren die hohe Opferbereitschaft und Solidarität mit der Meinung der Obrigkeit einerseits gegen das nicht minder erhabene Gefühl der Bürgerpflicht kämpfte. Schließlich behielt dann doch die Bürgerpflicht die Oberhand, wenn auch etwas im Hintertreffen.
– Was ich dazu äußern muß, Lawr Fedòtowitsch ... – liebedienerte Chljèbovwòdov. – Ja richtig, folgendes ... »Amphibrachist« ist mir völlig verständlich. »Amphibrachist« heißt ... ja ist ... Was Dichtkunst ist, ist ja allen verständlich. Wie haben Pùschkin, Michàlkov, Kornjejtschùk ... Und er ist Leser von Gedichten. Im Berufsverzeichnis scheint diese Tätigkeit nicht auf. Übrigens verständlich, daß sie nicht aufscheint! Worin dieser Beruf besteht? Ich lese da zum Beispiel irgendein Gedichtchen, und dafür werden mir ein gutes Leben und gewisse Annehmlichkeiten zuteil, ich bekomme einen Urlaub ...

Das ist, was ich Ihnen erklären mußte. –
Lawr Fedòtowitsch griff zum Theaterglas und faßte Wybegallo ins Auge.
– Hören wir uns nun die Meinung des Konsulenten an –, verkündete er.
Wybegallo erhob sich.
– Diese ... – sagte er und strich sich über den Bart.
– Chljèbovwòdov wirft hier ganz richtig diese Frage auf und setzt auch die Akzente, wohin sie gehören. Das Volk liebt Gedichte – »C'est avec la main sur le cœur que je vous le dis!«* Aber braucht denn das Volk *alle* Gedichte, »je vous demande un peu«,** braucht es wirklich *alle* Gedichte? Wir sind beide Genossen und wissen, daß es bei weitem nicht *alle* Gedichte braucht. Daher müssen wir ... diese ... einen ganz bestimmten, strengen Kurs einschlagen, unsere Führer nicht aus den Augen verlieren und ... diese ... »le vin étiré il faut le boire!«*** Meine persönliche Meinung ist folgende: »Aide-toi et Dieu t'aidera!«**** Aber sollten wir uns nicht noch die Meinung des hier anwesenden Delegierten von »drunten«, Genosse Priwàlov anhören, ihn sozusagen als Zeugen vorladen? ... –
Lawr Fedòtowitsch stellte daraufhin sein Theaterglas auf mich ein, und Chljèbovwòdov sagte:
– Also los! Er mischt sich so und so in alles ein – er kann es nicht lassen! Wenn er schon so aufgeweckt und forsch ist, soll auch er seine Meinung kundtun! –
– »Voilà« –, sagte mißmutig Wybegallo, – »l'éducation qu'on donne aux jeunes au présent!«***** –
– Sie haben dort oben eine Menge Dichter –, erklärte ich, – und jeder Dichter möchte klarerweise gelesen werden. Doch die Leser – disziplinlos, wie sie nun einmal schon sind – haben dafür kein Verständnis. Mit

* Hand aufs Herz!
** frage ich Sie,
*** Eine entkorkte Flasche muß man austrinken.
**** Hilf dir selbst, dann hilft dir auch Gott!
***** Welche Erziehung man heutzutage der Jugend zuteil werden läßt!

Vergnügen lesen sie gute Gedichte – ja, sie lernen sie mitunter sogar auswendig –, während sie an schlechten Gedichten überhaupt nicht interessiert sind. Daraus ergab sich eine ungleiche, ungerechte Situation. Mit großem Feingefühl legte sich die Bevölkerung ins Zeug, auf daß jeder von den Dichtern auf seine Rechnung komme: man schuf den Spezialberuf des Dichterlesers. Die einen spezialisierten sich im Jambus, andere wiederum im Choreus, und Konstantìn, der ein wahrhaft grandioser Amphibrachys-Spezialist ist, arbeitet derzeit auf eine weitere Spezialisation hin, diesmal im alexandrinischen Vers. Da das Lesen von Gedichten bekanntlich eine ungesunde Tätigkeit ist, ist für die Leser klarerweise eine stärkende Nahrung vorgesehen, dazu öftere kurzfristige Urlaube. –

– Vollkommen klare Sache –, brüllte Chljèbovwòdov mit durchdringender Stimme, – ... Jamben, alexandrinische Verse ... Eines ist mir aber nicht klar: Wofür bezahlt man ihn eigentlich? Er sitzt, liest ... Natürlich weiß auch ich, daß es eine ungesunde Beschäftigung ist! Da das Lesen aber eine ruhige, verinnerlichte Handlung ist – wie will man dabei kontrollieren, ob einer tatsächlich liest oder mit seinem Kopf ganz irgendwo anders ist?

Apropos – als ich unlängst als Inspektionsleiter im Ressort für Quarantäne und Pflanzenschutz arbeitete, ist mir einer von dieser Gattung untergekommen ... Er wohnte als Zuhörer den Sitzungen bei, machte sich sogar Notizen, in Wirklichkeit aber schlief er, der Gauner! Ja – in so manchen Büros hat man es im Schlafen mit offenen Augen zu einer wahren Kunstfertigkeit gebracht. Daher bin ich da etwas skeptisch: unser Konstantìn, wie ist denn der? Möglicherweise lügt er. Einen Beruf wie den des Lesers dürfte es einfach nicht geben! Einen Beruf, bei dem es nicht möglich ist zu kontrollieren, ob der Betreffende wirklich arbeitet oder nur schläft! –

– So einfach ist dieser Beruf auch wieder nicht –, mischte sich da Edik ins Gespräch und schaltete den

Remoralisator aus. – Gedichtelesen ist nicht seine alleinige Beschäftigung: er bekommt außertourlich alle in Amphibrachys verfaßten Dichtungen zugesandt. Er muß alle lesen, verstehen, in ihnen eine Quelle des höchstens Genusses finden und selbstverständlich auch die Mängel daran feststellen. Über alle seine Eindrücke, Kritiken, Erwägungen und Vorschläge hat er dann regelmäßig den Autoren schriftlich Mitteilung zu machen. Außerdem ist er verpflichtet, bei Dichterabenden und bei Leser-Konferenzen Vorträge über die von ihm gelesenen Werke zu halten. Die Vorträge sollen im Interesse der Autoren gehalten sein – es soll den Dichtern dabei die Unerläßlichkeit des »Lesers« bewußt werden! Der Leserberuf ist übrigens alles andere als leicht –, schloß er, – und Konstantìn ist daher unser »Held der Arbeit«. –

– Ja –, gab Chljèbovwòdov zu. – Jetzt ist mir alles klar. Es ist ein nützlicher Beruf, zudem gefällt mir das System. Ein wahrlich gutes, gerechtes System! –

– Fahren Sie mit Ihrem Bericht fort, Genosse Zùbo –, sagte Lawr Fedòtowitsch.

Der Kommandant zog sich neuerdings die Mappe dicht unter die Augen.

– Punkt neun. War er im Ausland: Ja, infolge eines Motorschadens vier Stunden auf der Insel Rana-Nuj. –

– Farfùrkis brummte etwas Unverständliches und Chljèbovwòdov schnappte sofort auf, was er damit sagen wollte.

– Zu welchem Land gehört die Insel? – wandte er sich an Wybegallo.

Professor Wybegallo verwies ihn mit einer breiten Geste und einem wohlwollenden Lächeln an mich:

– Lassen wir die Jugend zu Wort kommen! – sagte er.

– Die Insel gehört zu Chile –, erklärte ich.

– Chile, Chile ... murmelte Chlèbovwòdov mit einem verdatterten Blick auf Lawr Fedòtowitsch. Lawr Fedòtowitsch paffte indessen lässig und kaltblütig an einer Zigarette. – Chile – also gut –, ent-

schied Chljèbovwòdov, – und bloß vier Stunden ... Gut, was weiter? –
– Ich protestiere! – flüsterte Farfùrkis mit unwahrscheinlicher Verwegenheit, doch der Kommandant las bereits weiter:
– Punkt zehn. Das Ungeklärte an dem Fall: ein intelligentes Wesen vom Stern Antares, fliegt ein Raumschiff mit der Bezeichnung »Fliegende Untertasse«. – Lawr Fedòtowitsch hatte darauf nichts einzuwenden, Chljèbovwòdov nickte ihm billigend zu, und der Kommandant setzte seinen Bericht fort:
– Punkt elf. Die Angaben über seine nächsten Verwandten ... Da gibt es eine gewaltige Liste. –
– Lesen Sie, lesen Sie –, sagte Chljèbovwòdov.
– Siebenhundertunddreiundneunzig Personen –, meldete dienstbeflissen der Kommandant.
– Kein Geplänkel bitte! Du hast zu lesen, weiter nichts – also lies! Und deutlich bitte. –
Der Kommandant seufzte und begann:
– Eltern – A, B, C, D, E, F, G ... –
– Was machst du denn da? Hör auf ... halt ... – sagte Chljèbovwòdov, dabei vor Verwunderung die Höflichkeitsform außer acht lassend. – Glaubst wohl ein Schulmeister zu sein mit uns als deinen Schülerchen! ... –
– Ich lese, wie sie hier steht –, fiel ihm der Kommandant in bissigem Ton ins Wort und las dann mit verstärkter Stimme weiter:
– ... H, I, J, K ... –
– Grrrm –, machte Lawr Fedòtowitsch. – Ich habe eine Frage an den Referenten. Der Vater des Falles Nummer zweiundsiebzig. Familienname, Vorname, Vatername. –
– Einen Augenblick –, mischte ich mich da ins Gespräch. – Konstantìn Konstantìnowitsch hat vierundneunzig Eltern fünf verschiedener Geschlechter aufzuweisen, dazu sechsundneunzig Ehepartner vier verschiedener Geschlechter, zweihundertsieben Kinder fünf verschiedener Geschlechter und dreihundertundsechsundneunzig sich noch im Mutterleib be-

findliche Embryos fünf verschiedener Geschlechter. –

Die Schlagkraft meines Berichts übertraf alle Erwartungen: Lawr Fedòtowitsch griff bestürzt zum Theaterglas und hob es sich vor den Mund, Chljèbovwòdov schleckte sich unentwegt die Lippen ab, Farfùrkis blätterte zornig in seinem Notizbuch.

Da von Wybegallo nichts zu erhoffen war, bereitete ich mich auf die Generalschlacht vor: Ich grub einen Schützengraben, daß es tiefer nicht mehr ging, unterminierte die von Panzerangriffen bedrohten Linien und befestigte die abgeschnittenen Positionen. Die Keller waren zum Bersten voll von Munitionsvorräten, die Artilleristen standen regungslos bei ihren Geschützen, den Infantristen hatte man eine Ration Wodka pro Kopf ausgegeben. Es herrschte eine gespannte, mit Elektrizität geladene Stille wie vor einem Gewitter. Meine Hand lag schon auf dem Telefonhörer – ich war bereit, dem Feind mit einem Atomangriff zuvorzukommen. Es geschah jedoch nichts: alle meine Erwartungen auf Gebrüll und Getöse, auf Krach und Kettenrasseln gingen ins Leere. Chljèbovwòdov verzog plötzlich seinen Mund zu einem Grinsen, neigte sich zu Lawr Fedòtowitsch und begann ihm ins Ohr zu flüstern, wobei er seine verfetteten Äuglein im ganzen Saal herumschweifen ließ. Lawr Fedòtowitsch legte das angelaufene Theaterglas weg, und sich mit der Handfläche die Augen bedeckend, sagte er mit zittriger Stimme:

– Setzen Sie Ihren Bericht fort, Genosse Zùbo. –

Der Kommandant legte diensteifrig die Elternliste beiseite und las:

– Punkt zwölf. Ständiger Wohnsitz: Galaktika, Gestirn Antares, Planet Konstantìna, Stadt Konstantìnova, Ruf 457/Klappe 14-9. Das wäre alles. –

– Ich protestiere –, sagte Farfùrkis mit erhobener Stimme.

Lawr Fedòtowitsch wandte ihm einen Blick voller Wohlwollen zu. Farfùrkis befand sich demnach nicht mehr in Ungnade, und mit Tränen des Glücks be-

gehrte er auf:
– Ich protestiere! In der Altersangabe ist Ihnen ein dämlicher Fehler unterlaufen: Im Fragebogen ist das Geburtsjahr mit dem zweihundertunddreizehnten Jahr vor der Neuen Ära angegeben. Sollte das stimmen, so müßte der Fall Nr. 72 heute über zweitausend Jahre alt sein und somit das wissenschaftlich erwiesene Maximalalter um zweitausend Jahre übersteigen. Ich fordere die Richtigstellung des Geburtsjahres und die Bestrafung des Schuldigen! –
Chljèbovwòdov fragte mißgünstig:
– Vielleicht stammt er von den Bergen, wie wollen Sie das wissen? –
– Erlauben Sie! – schrie Farfùrkis. – Ja, auch die Bergbewohner ... –
– Ich kann es nicht zulassen, daß Sie die Leistungen und Errungenschaften unserer ruhmreichen Bergbewohner verniedlichen! Wenn Sie es schon wissen wollen, so hat das von unseren Bergbewohnern erreichbare Alter überhaupt keine Grenze nach oben! – deklarierte er mit einem siegesbewußten Blick auf Lawr Fedòtowitsch.
– Das Volk –, sagte dieser salbungsvoll, – das Volk ist ewig. Die Fremdlinge von den anderen Planeten kommen und gehen, während unser Volk, unser großes Volk, unvergänglich ist. –
Farfùrkis und Chljèbovwòdov überlegten eine Weile, wen von beiden der Vorsitzende in seiner Rede wohl begünstigt haben mochte. Keiner von beiden wollte sich indes bei dieser Sache gefährden: Chljèbovwòdov, hoch oben auf dem Wellenkamm, dachte nicht im geringsten daran, wegen eines schäbigen, von einem anderen Planeten kommenden Fremdlings von seiner hohen Position herunterzustürzen; Farfùrkis, tief unten am Rande des Abgrunds, wollte seinerseits auch kein Risiko eingehen, zumal man ihm kurz zuvor ein Rettungsseil zugeworfen hatte. Lawr Fedòtowitsch fragte den Kommandanten:
– Sind Sie fertig, Genosse Zùbo? Hat jemand Fragen? Ich schlage vor, den Fall Konstantìn Konstantì-

nov aufzurufen. Gibt es andere Vorschläge? Rufen Sie den »Fall« also herein! –

Der Kommandant nagte an seinen Lippen, holte ein Perlmutterkügelchen aus der Tasche und mit düsterer Miene hielt er es zwischen seinen Fingern fest, als wollte er es zermalmen. Mit einem Knall, als hätte jemand eine Flasche entkorkt, tauchte neben dem Vorführtisch Konstantìn auf. Offensichtlich hatte man ihn direkt von der Arbeit weggeholt: er trug eine mit fluoreszierender Schmiere befleckte Fliegerkombination, seine Vorderhände steckten in Arbeitshandschuhen aus Metall und seine Hinterhände wischte er sich rasch an seinem Rücken ab, in seinen vier Augen war noch immer Kummer und Besorgnis zu lesen. Im Sitzungssaal verbreitete sich unverzüglich der intensive Duft der »Großen Chemie«.

– Guten Tag –, sagte Konstantìn erfreut, als ihm gewahr wurde, wo er sich befand. – Endlich haben Sie mich vorgeladen! Ich weiß, meine Angelegenheit ist für Sie unwichtig, ja, es ist mir richtig peinlich, Sie damit belästigen zu müssen. Da meine Lage aber schlechthin ausweglos ist, bleibt mir nichts anderes übrig, als Sie um Ihre Hilfe zu bitten. Um Ihre Aufmerksamkeit nicht allzu lange in Anspruch zu nehmen, teile ich Ihnen gleich mit, was ich am dringendsten benötige. – Er krümmte die Finger der rechten Vorderhand und zählte auf: – Ich brauche also ein Laser-Bohrgerät höchster Potenz, außerdem einen Plasma-Brennkolben – ich weiß, Sie haben einen solchen! –, dann noch zwei Brutkästen für je tausend Eier. Für den Anfang genügt mir das, obwohl es nicht schlecht wäre, wenn Sie mir auch einen hochqualifizierten Ingenieur beistellen könnten und mir genehmigten in den Laboratorien der FIANA (des hiesigen Staatlichen Physikalischen Instituts) mitzuarbeiten ... –

– Was? Der da will von einem anderen Planeten kommen? – bemerkte verwundert und mißmutig Chljèbovwòdov. – Gibt sich da als Fremdling aus, wo ich ihn doch täglich im Restaurant antreffe?! Sagen

Sie mir doch bitte, mein Herr, wer Sie überhaupt sind und wieso Sie hierhergekommen sind! –

– Ich bin Konstantìn und komme von dem Sternensystem Antares ... – und fügte dann verlegen hinzu: – Ich war übrigens der festen Meinung, Sie seien über mich bestens informiert, indessen ... Ich wurde bereits verhört, mußte einen Fragebogen ausfüllen ... – Dann erblickte er Wybegallo und sagte mit einem freundlichen Lächeln zu ihm:

– Sie waren es doch, der mich verhört hat, nicht wahr? –

Auch Chljèbovwòdov wandte sich an Wybegallo:

– Sie glauben also, daß er ein Fremdling ist? – fragte er bissig.

– Diese ... – sagte Wybegallo mit würdevoller Miene. – Die moderne Wissenschaft, Genosse Chljèbovwòdov, schließt die Möglichkeit nicht aus, daß Fremdlinge von anderen Planeten bei uns landen, und wir müssen uns selbstverständlich in dieser Hinsicht ständig auf dem laufenden halten. Das ist die offizielle, nicht meine eigene Meinung – sagen wir die Ansicht der richtunggebenden Wissenschaftler ... Giordano Bruno beispielsweise äußerte sich diesbezüglich völlig formal ... Und das Mitglied der Akademie der Wissenschaften Lewòn Alfrèdowitsch Wolossjànin (Langhaariger genauso ... und ... diese ... übrigens auch Schriftsteller wie Wells zum Beispiel, oder Tschugùnjets ... –

– Wahrlich sonderbare Dinge tun sich da –, meinte Chljèbovwòdov skeptisch. – Ich muß schon sagen, wohl etwas sonderbare Fremdlinge kommen da zu uns! –

– Ich betrachte gerade das seiner Akte beigelegte Lichtbild –, warf Farfùrkis ein. – Eine Ähnlichkeit ist zu vermerken, obwohl der Genosse auf dem Bild zwei Hände hat, während dieser unbekannte Herr vier Hände hat. Gibt es dafür eine wissenschaftlich begründete Erklärung? –

Wybegallo erging sich daraufhin in langatmigen französischen Redeschwallen, worin von einem gewissen Artur die Rede war, der sich frühmorgens auf den Meeresstrand zu begeben pflegte, um dort zu prophylaktischen Zwecken eine Tasse Schokolade zu sich zu nehmen. Ich unterbrach sein Geschwätz und sagte zu Konstantìn:

– Kòstja, wenden Sie sich bitte mit dem Gesicht zum Genossen Farfùrkis! –

Konstantìn tat wie ihm geheißen.

– Ja so – gut so –, sagte Farfùrkis. – Natürlich, er ist es, Lawr Fedòtowitsch, die Ähnlichkeit mit der Fotografie ist frappierend! Ich sehe hier vier Augen ... ja vier ... dann einen hakenförmigen Mund ... Nase ist keine da ... alles stimmt genau! ... –

– Also, ich weiß nicht –, meinte Chljèbovwòdov. – Über planetenfremde Wesen haben unsere Zeitungen noch und noch geschrieben und uns dabei versichert, daß – sollten solche Fremdlinge tatsächlich existieren – sie sich melden würden. Da sich aber bisher nie derartiges ereignet hat, müssen wir annehmen, daß es solche Fremdlinge nicht gibt und daß alles nur erfundenes, leichtfertiges Geschwätz ist ... Kommen Sie von einem anderen Planeten? – brüllte er dann Konstantìn an.

– Ja –, sagte Konstantìn und wich zurück.

– Haben Sie sich gemeldet? –

– Nein –, gab Konstantìn zu. – Übrigens hatte ich gar nicht die Absicht, bei euch zu landen. Und meiner Meinung nach geht es auch nicht darum ... –

– Und gerade darum geht es, mein guter Herr! Hast du dich gemeldet, so »sei willkommen hier im Haus – hier hast du Salz und Brot – iß und trink und ruh dich aus«; hast du dich aber nicht gemeldet, mußt du dich eben gedulden. Amphibrachys hin, Amphibrachys her – auch wir hier bekommen kein Geld für nichts und wieder nichts! Wir müssen dafür arbeiten und können es uns nicht leisten, uns von Fremdlingen dabei aufhalten zu lassen. Das ist meine grundsätzliche Meinung. –

– Grrrm –, machte Lawr Fedòtowitsch. – Wünscht jemand noch etwas zu sagen? –

– Ich, wenn Sie es mir gestatten –, meldete sich Farfùrkis. – Den Erwägungen des Genossen Chljèbovwòdov pflichte ich im großen und ganzen bei, doch halte ich es nicht für richtig, daß wir, auch wenn wir mit Arbeit überhäuft sind, den Fall des Genossen Konstantìn ganz einfach als erledigt abtun. Ich finde, wir sollten uns mit diesem konkreten Fall eingehender und individueller befassen. Ich persönlich wäre für eine sorgfältigere Untersuchung des Falles. Niemand soll uns auf der einen Seite Übereiligkeit, Bürokratismus und Hartherzigkeit, auf der anderen Seite Schlamperei, Selbstherrlichkeit und mangelnde Wachsamkeit vorwerfen können. Immer mit Lawr Fedòtowitschs Einverständnis, würde ich ein zusätzliches Verhör des Herrn Konstantìnov vorschlagen, um Näheres über seine Person zu erfahren. –

– Warum sollen wir uns da als Miliz aufspielen? – entgegnete Chljèbovwòdov, der deutlich merkte, wie sein gestürzter Rivale unaufhaltsam die Böschung wieder emporkletterte.

– Verzeihung, das meine ich nicht –, sagte Farfùrkis. – Wir sollen keineswegs der Miliz ins Handwerk pfuschen, sondern lediglich im Sinne der Instruktionen vorgehen, die in Paragraph neun, erstes Kapitel, sechster Teil, diesbezüglich ... – Seine Stimme nahm einen volleren, feierlichen Klang an: – »Sollte die vom wissenschaftlichen Konsulenten gemeinsam mit dem mit den Ortsverhältnissen wohlvertrauten Administrationsdelegierten durchgeführte Identifizierung eines Falles bei der Trojka Bedenken erwecken, hat eine zusätzliche Untersuchung des betreffenden Falles stattzufinden, diesmal entweder unter Beiziehung des Bevollmächtigten der Trojka oder im Laufe einer Trojka-Sitzung.« Ebendas schlage auch ich vor. –

– Hören Sie mir mit den Instruktionen auf! – maulte Chljèbovwòdov durch die Nase. – Wenn wir uns da lange an die Instruktionen halten, führt uns dieser Schurke hinters Licht ... er stiehlt uns nur Zeit. Die kostbare Zeit des Volks! – stieß er schmerzvoll hervor und schielte dabei auf Lawr Fedòtowitsch.

– Warum sollte ich ein Schurke sein? – fragte Konstantìn betroffen. – Sie beleidigen mich, Herr Chljèbovwòdov. Außerdem sieht jeder, daß es Ihnen völlig einerlei ist, ob ich ein Fremdling bin oder nicht: Ihnen geht es einzig und allein darum, dem Herrn Farfùrkis eines auszureiben, um in den Augen des Herrn Wunjùkov groß dazustehen ... –

– Das ist eine Verleumdung! – brüllte Chljèbovwòdov, dabei rot anlaufend. – Eine regelrechte Verleumdung! Was sagen Sie dazu, Genossen? In fünfundzwanzig Jahren überall, wo ich eingesetzt war ... nicht ein einziger Verweis ... keine einzige Disziplinarstrafe ... überall nur Belobigungen und Beförderungen! ... –

– Da lügen Sie ja schon wieder! – sagte Konstantìn frech. – Zweimal hat man Sie davongejagt – ohne Beförderung! –

– Das ist Rufmord, Lawr Fedòtowitsch! ... Genossen! ... Einfach unvertretbar, was Sie sich da herausnehmen, Herr Konstantìn! Wir werden jetzt noch überprüfen, womit sich ihre hundert Eltern beschäftigt haben, was das überhaupt für Eltern waren ... Der hat ja eine ganze Sammlung von Verwandten! ... –

– Grrrm–, machte Lawr Fedòtowitsch. – Ich schlage vor, diese Debatte zu beenden, einen Strich darunter zu ziehen. Wer hat noch Vorschläge? –

Alles schwieg. Farfùrkis konnte sein Triumphgefühl kaum verbergen. Chljèbovwòdov wischte sich mit seinem Taschentuch über das Gesicht, Konstantìn starrte mit bohrendem Blick auf Lawr Fedòtowitsch, mit dem offensichtlichen Bestreben, dessen Gedanken zu lesen oder zumindest in seine Seele einzudringen. All sein Bemühen war jedoch vergeblich: Auf seinem vieräugigen, nasenlosen Gesicht zeigte sich immer deutlicher ein Ausdruck von Enttäuschung wie etwa bei einem gewitzten Schatzsucher, der, nachdem er den lang gesuchten und ersehnten Stein beiseite gewälzt und seinen Arm bis zur Achselhöhle in das uralte Versteck versenkt hat, nichts weiter als eine Handvoll feinen Staub und modrigen, verklebten

Unrat zu fassen bekommt.
– Da niemand etwas hinzuzufügen hat –, erklärte Lawr Fedòtowitsch –, gehen wir zu einer eingehenden Untersuchung des Falles über. Das Wort erteile ich . . . – und nach einer zehrenden Pause, wobei Chljèbovwòdov vor Spannung fast seinen Geist aushauchte, fuhr er fort: – . . . an den Genossen Farfùrkis. –
Chljèbovwòdov wähnte sich mit einem Mal ganz unten auf dem Grund einer übelriechenden Schlucht, von wo er mit entsetzten Augen den Aasgeier beobachten konnte, der in für ihn, Chljèbovwòdov, im Augenblick unerreichbaren Höhen seine Kreise zog. Farfùrkis hatte es indes keineswegs eilig, mit seiner Rede zu beginnen. Er flog noch einige Runden, wobei er Chljèbovwòdov von oben bis unten mit seinem Kot bekleckerte, dann setzte er sich auf den Kamm und begann sich dort, mit koketten Blicken zu Lawr Fedòtowitsch, seine Federchen zu putzen und sich schön zu machen. Schließlich ergriff er das Wort:
– Sie behaupten also, Genosse Konstantìnov, von einem anderen Planeten zu kommen. Können Sie uns Dokumente zeigen, die Ihre Behauptung beweisen? –
– Ich könnte Ihnen mein Bordbuch vorlegen –, sagte Konstantìn. – Aber erstens einmal ist es nicht transportabel, und außerdem möchte ich weder mich selbst noch Sie mit Beweisen aufhalten. Ich bin hierhergekommen, um von Ihnen Hilfe zu erbitten. Jeder von der Kosmischen Konvention erfaßte Planet ist verpflichtet, einem anderen Planeten im Falle einer Havarie Hilfe zu leisten. Ich habe Ihnen schon vorhin gesagt, was ich benötige, und warte jetzt lediglich auf Ihre Antwort. Und sollten Sie nicht in der Lage sein, mir mit dem von mir Gewünschten auszuhelfen, so sagen Sie es mir ohne Umschweife . . . es besteht kein Grund, sich zu schämen . . . –
– Moment mal –, unterbrach ihn Farfùrkis. – Verschieben wir vorläufig die Frage über die Kompetenz der Kommission bezüglich der gegenseitigen Bei-

standspflicht der Vertreter der verschiedenen Planeten auf später. Unsere jetzige Aufgabe ist, Sie, Genosse Konstantìn, als einen solchen Vertreter zu identifizieren ... Einen Augenblick, ich bin noch nicht fertig. Sie haben da Ihr Bordbuch erwähnt und behaupten, es sei bedauerlicherweise nicht transportabel. Könnten Sie es aber der Trojka nicht ermöglichen, im vermeintlichen Buch an Ort und Stelle Einblick zu nehmen? –

– Leider ist auch das unmöglich –, seufzte Konstantìn und studierte aufmerksam Farfùrkis.

– Wieso denn? Das ist doch Ihr Recht! – warf Farfùrkis ein. – Also gut – aber könnten Sie uns dann nicht irgendeinen anderen Beweis für Ihre Herkunft liefern? –

– Ich sehe –, bemerkte Konstantìn erstaunt –, sie wollen sich tatsächlich davon überzeugen, daß ich von einem anderen Planeten komme! Zwar sehe ich Ihre Beweggründe nicht vollends ein ... aber lassen wir das. Um sich über meine Herkunft zu überzeugen, genügt Ihnen da nicht mein Aussehen? –

Farfùrkis schüttelte mit Bedauern den Kopf.

– O weh –, sagte er, – die Sache ist nicht so einfach, wie sie scheinen mag. Die Wissenschaft liefert uns leider keine vollends präzise Beschreibung des Menschen. Und das ist auch ganz natürlich. Nehmen wir an, die Wissenschaft hätte beispielsweise die Menschen als zweiäugige und zweiarmige Geschöpfe definiert, so befände sich eine beträchtliche Bevölkerungsschicht, die nur einen oder überhaupt keine Arme hat, in einer irreführenden Lage. Auf der anderen Seite vollbringt die Medizin heutzutage wahre Wunder. Ich selbst habe im Fernsehen Hunde mit zwei Köpfen und sechs Pfoten gesehen, obwohl auch dafür keine wissenschaftlichen Beweisgründe vorliegen ... –

– Vielleicht kann Sie das Aussehen meines Raumschiffs überzeugen ... ein ziemlich ungewöhnliches Vehikel für die irdischen technischen Begriffe ... –

Farfùrkis schüttelte neuerdings den Kopf.

– Sie müssen einsehen –, sagte er mit sanfter Stimme, – daß es in unserem Atomzeitalter wohl kaum möglich ist, ein kompetentes Organ mit jedwedem Mechanismus, egal wie beschaffen, in Erstaunen zu setzen. –

– Ich kann Gedanken lesen –, sagte Konstantìn sichtlich interessiert.

– Antiwissenschaftliche Telepathie! – erklärte mit sanfter Stimme Farfùrkis. – Wir halten nichts davon.

– Wieso denn? – wunderte sich Konstantìn. – Merkwürdig ... Hören Sie gut zu, was ich Ihnen jetzt sage! Nehmen wir an, Sie wollen mir über den Kasus »Nautilus« berichten, aber Chljèbovwòdov ... –

– Verleumdung! – schrie mit röchelnder Stimme Chljèbovwòdov, worauf Konstantìn schwieg.

– Verstehen Sie uns richtig –, sagte Farfùrkis eindringlich und preßte sich dabei beide Hände auf die feiste Brust. – Wir wollen damit nicht behaupten, daß es die Telepathie nicht gibt, sondern lediglich, daß die Telepathie antiwissenschaftlich ist und wir von ihr nichts halten. Wir haben den Kasus vom Unterseeboot Nautilus erwähnt, obzwar wir ganz genau wissen, daß es sich dabei nur um eine von den Bourgeois fabrizierte Zeitungsente handelt, um die Aufmerksamkeit der Völker von den alltäglichen Problemen unserer Zeit abzulenken. Folglich werten wir Ihre telepathischen Fähigkeiten – seien Sie nun echt oder erfunden – lediglich als eine Tatsache in Ihrer Biographie, die im Moment den Gegenstand unserer Untersuchung bildet. Spüren Sie den geschlossenen Kreis? –

– Ich spüre ihn –, gab Konstantìn zu. – Was würden Sie davon halten, wenn ich jetzt für Sie ein bißchen herumfliegen würde? –

– Das wäre zweifelsohne sehr interessant. Leider befinden wir uns mitten in der Arbeit und können es uns augenblicklich nicht leisten, uns Schaudarbietungen hinzugeben, mögen diese auch noch so pakkend sein. –

Konstantìn blickte uns fragend an. Seine Lage schien mir hoffnungslos, und mir war nicht zum Scherzen zumute, während Konstantìn sich dessen überhaupt nicht bewußt war. Der »Große Runde Siegel« hing wie das Schwert von Damokles über seinem Kopf, Edik hantierte weiterhin mit seinem Spielzeug, und ich wußte nicht, was ich tun sollte. Das einzige war, Zeit zu gewinnen.

– Los, Kòstja, gehen wir's an! – sagte ich.

Und Kòstja ging es an. Zuerst flog er wackelig und behutsam, da er befürchtete, etwas im Raum zu demolieren, doch allmählich munterte er sich auf und gab eine Folge außergewöhnlich effektvoller Exerzisen in einem zeiträumlichen »Continuo« von allen möglichen Transformationen des lebenden Kolloids und des kritischen Vermögens der Reflexorgane zum besten. Als er in seiner Vorführung innehielt, war mir schwindlig, mein Puls raste, ich hatte Ohrensausen und nahm kaum wahr, wie der Fremdling mit matter Stimme sagte:

– Die Zeit vergeht und ich kann nicht mehr länger warten. Sagen Sie mir also, was Sie beschlossen haben! –

Wieder antwortete ihm niemand. Mit einem ruhigen, leicht traurigen Ausdruck in seinen scharfsinnigen Zügen, schaltete Lawr Fedòtowitsch mit seinen langen Fingern am Diktaphon herum. Chljèbovwòdov war anscheinend an allem desinteressiert – möglicherweise tat er auch nur so. Er kritzelte irgend etwas auf einen Zettel und warf das Schreiben Zùbo zu, der es aufmerksam las und dann seine Finger geräuschlos über die Tasten der Informationsmaschine gleiten ließ. Farfùrkis blätterte in einem Nachschlagewerk und starrte dabei mit abwesenden Augen auf die aufgeschlagenen Seiten. Wybegallo saß mit gequälter Miene hinter seinem Tisch: Mit gerunzelter Stirn nagte er an seinen Lippen und stöhnte hin und wieder leise auf. Aus der Maschine flog mit einem trokkenen Schnalzer ein weißer Bogen. Zùbo hob ihn auf und übergab ihn Chljèbovwòdov.

Ich blickte zu Edik. Auf seiner geöffneten Handfläche hielt er den Remoralisator und, mit einem Auge das Spiegelfensterchen beobachtend, drehte er an einer winzigen »Vernier«-Skala. Ich hielt den Atem an, war Aug und Ohr.
– Ein Sprung von tausend Jahren –, bemerkte leise Wybegallo.
– Ein Sprung zurück –, sagte dazu Farfùrkis durch die Zähne und blätterte weiterhin in seinem Nachschlagewerk.
– Ich weiß nicht, wie künftig unsere Arbeit vonstatten gehen wird –, sagte Wybegallo, – zumal wir nun wissen, wo – wie bei einem Aufgabenbuch – der Schlüssel zu den richtigen Antworten zu finden ist! –
– Sie haben noch nicht die Antworten gesehen –, entgegnete ihm Farfùrkis. – Wollen Sie sie sehen? –
– Das stellt einen Wendepunkt in unserer Arbeit dar –, meinte Farfùrkis. – Es ist langweilig, ja uninteressant, nach etwas zu forschen, von dem man genau weiß, daß es bereits erforscht ist. –
Der Fremdling wartete indessen händeringend. Er fühlte sich unbequem im Fauteuil mit der niedrigen Lehne. Er saß dort, krampfhaft hingestreckt, und seine runden, bohrenden Augen hatten ein unangenehmes rotes Flackern. Chljèbovwòdov schleuderte den Bogen weg, schrieb einen neuen Zettel, worauf sich Zùbo neuerdings über die Tastatur der Schreibmaschine neigte.
– Ich weiß, daß wir es aufgeben müssen –, sagte Wybegallo. – Ich weiß auch, daß wir uns zwanzigmal verfluchen werden für diese Entscheidung! –
– Das ist lange nicht das Ärgste, was uns passieren kann –, tröstete ihn Farfùrkis. – Bedeutend ärger wäre es, wenn uns die anderen zwanzigmal verfluchten! –
– Unsere Enkel, ja vielleicht sogar unsere Kinder würden das alles bereits als vollendete Tatsache hinnehmen! –
– Nein, so etwas darf uns keineswegs gleichgültig sein! –

– Das sind die moralischen Kriterien des Humanismus –, sagte Wybegallo mit einem matten Lächeln.
– Wir haben keine anderen Kriterien –, erwiderte Farfùrkis.
– Leider –, sagte Wybegallo.
– Zum Glück, Kollege, zum Glück. Sooft sich die Menschen andere Kriterien zu Nutzen machen, ist stets grausames Leid über sie gekommen. –
– Ich weiß es, obwohl mir lieber wäre, ich wüßte es nicht. – Mit einem Blick zu Lawr Fedòtowitsch fuhr Wybegallo fort: – Das Problem, dessen Lösung uns bevorsteht, ist indes falsch impostiert. Es stützt sich auf vage, unklare Begriffe und Formulierungen, auf reine Intuition. Als Wissenschaftler steht es nicht mir zu, diese Aufgabe zu lösen. Das wäre unseriös. Daher bleibt nur das eine: ein Mensch sein. Mit allen daraus entstehenden Folgen. Ich persönlich spreche mich gegen den territorialen Kontakt aus ... Selbstverständlich nur auf kurze Zeit! – rief er erregt. Dann beugte er sich mit dem ganzen Körper zum regungslosen Fremdling und sagte: – Sie müssen mich da richtig verstehen ... Ich versichere Ihnen, nur auf kurze Dauer ... Geben Sie uns etwas Zeit, wir sind kaum erst aus dem Chaos herausgekommen ... wir stecken übrigens noch bis zum Gürtel mitten im Chaos ... –
Dann schwieg er und stützte den Kopf auf die Hände.
Lawr Fedòtowitsch schaute Farfùrkis an.
– Ich kann nur das wiederholen, was ich schon vorhin gesagt habe –, sagte Farfùrkis leise, – und niemand kann mich von meiner Überzeugung abbringen. Ich bin gegen jeden historisch bedingten Dauerkontakt ... Ich bin völlig davon überzeugt –, fügte er verbindlich hinzu und verbeugte sich kurz vor Konstantìn, – daß Ihre kompetenten hohen Stellen jede anderslautende Entscheidung unsererseits als Überheblichkeit und soziale Unreife deuten würden. –
– Und Sie – forschte Lawr Fedòtowitsch, an Chljè-

bovwòdov gewandt.
– Auch ich erkläre mich kategorisch gegen jeden Kontakt –, sagte Chljèbovwòdov und setzte seine Notizen fort. – Kategorisch und bedingungslos. – Er warf Zùbo einen weiteren Zettel hin. – Ich gebe keine Begründung dafür an, ersuche Sie jedoch, mir das Recht einzuräumen, in zehn Minuten noch einige Worte diesbezüglich zu äußern. –
Lawr Fedòtowitsch legte behutsam das Diktaphon beiseite und stand schwerfällig auf. Mit ihm erhob sich auch der Fremdling. Von einem riesigen, mit Nachschlagewerken, Hülsen für Mikro-Fotokopien und Videocassetten überhäuften Tisch getrennt, standen sich die beiden nun gegenüber.
– Es fällt mir keineswegs leicht, mich in diesem Augenblick zu äußern –, begann Lawr Fedòtowitsch seine Rede. – Nicht leicht deshalb, weil die Umstände verständlicherweise eine gewisse Pathetik und nicht nur präzise, sondern auch feierlich formulierte Worte erfordern. Da aber auf unserer Erde infolge der herrschenden Verhältnisse im letzten Jahrhundert alles Pathetische eine ausschlaggebende Inflation durchgemacht hat, werde ich mich lediglich an die Präzision halten. Sie haben uns soeben Freundschaft und Mitarbeit unter allen Gesichtspunkten der Zivilisation angeboten. Ein derartiges Angebot weist in der Geschichte der Menschheit keine Präzedenzfälle auf, ebensowenig wie das Erscheinen eines fremdplanetarischen Wesens auf unserem Planeten. Auch unsere Antwort auf Ihr Angebot steht übrigens ohne Präzendenzfall da. Nehmen Sie also unsere Antwort zur Kenntnis: Wir lehnen Ihr Angebot in allen seinen Punkten ab, wir machen Ihnen auch kein diesbezügliches Gegenangebot. Wir bestehen kategorisch auf einen totalen Abbruch jedweder Kontakte – von welcher Art sie auch sein mögen – zwischen unseren beiden Zivilisationen beziehungsweise zwischen ihren Vertretern! Auf der anderen Seite möchten wir aber nicht, daß durch diese kategorisch ausgedrückte, der Form nach fast feindlich anmutende Ableh-

nung die Kluft zwischen unseren Kulturen, die ohnehin kaum zu überbrücken ist, noch vertieft wird. Wir legen darauf Wert zu betonen, daß wir im Prinzip die Idee eines Kontakts zwischen den verschiedenen Zivilisationen des Weltraums als nützlich und vielversprechend erachten. Wir möchten dabei unterstreichen, daß die Idee eines solchen Kontaktes bereits von alters her zu den erhabensten Wunschträumen der Menschheit gehört. Wir legen Wert darauf, daß unsere jetzige Ablehnung von Ihnen als eine feindliche Geste interpretiert wird, auch nicht als ein gehässiger, auf psychologischen oder nur rein instinktiven Vorurteilen gegründeter Zug. Es ist unser Wunsch, daß Sie über diese Gründe Bescheid wissen, sie verstehen, und wenn sie Sie auch nicht gutheißen, sie zumindest zur Kenntnis nehmen. –

Mit keiner Wimper zuckend, schauten Wybegallo und Farfùrkis regungslos und gespannt auf Lawr Fedòtowitsch. Chljèbovwòdov nahm die Antwort auf seinen letzten Zettel in Empfang, legte alle Antwortbögen sorgfältig zu einem Bündel zusammen, und auch er war dann nur mehr Aug und Ohr für Lawr Fedòtowitsch.

– Die Verschiedenheit zwischen unseren Zivilisationen ist gewaltig –, fuhr Lawr Fedòtowitsch fort. – Ich spreche jetzt nicht von der biologischen Verschiedenheit – diesbezüglich wurdet ihr von der Natur weit reichlicher bedacht als wir! – und auch nicht von der Verschiedenheit in sozialer Hinsicht – ihr seid längst über das soziale Entwicklungsstadium hinweg, das wir erst mit Müh und Not erreicht haben! – und ich meine auch nicht die zwischen uns bestehende Verschiedenheit in bezug auf Wissenschaft und Technik – ganz bescheiden berechnet, habt ihr uns da um mehrere Jahrhunderte überflügelt! – Nein – ich möchte jetzt die Folgen der soeben erwähnten drei Aspekte zur Sprache bringen, ich will jetzt über die gigantische psychologische Verschiedenheit zwischen unseren Zivilisationen sprechen, der in erster Linie das Scheitern unserer Verhandlungen zuzuschreiben ist. Uns trennt eine gigantische Revolution in der Massenpsychologie, mit der wir uns erst zu befassen beginnen und die bei euch mit größter Wahrscheinlichkeit längst nicht mehr aktuell ist, wenn nicht bereits in Vergessenheit geraten! Und gerade diese psychologische Diskrepanz macht es uns unmöglich, uns ein richtiges Bild über den Zweck Ihres Besuchs auf unserem Planeten zu machen: Wir können nicht begreifen, weshalb ausgerechnet *ihr* unsere Freundschaft und Mitarbeit sucht. Wir haben uns eben erst von einer ununterbrochenen Reihe von Kriegen, Blutvergießen und Gewalttaten erholt, wir haben uns kaum erst von einer Welt der Lüge, Gemeinheit und Habgier frei gemacht und uns von diesem Schmutz noch nicht vollends gesäubert. Und wenn wir mit Geschehnissen konfrontiert werden, die unser Verstand noch nicht verkraftet hat, wenn uns nichts als unsere wohl gewaltigen, aber noch nicht assimilierten Erfahrungen zur Verfügung stehen, so zwingt uns unsere Psychologie, uns ein unserem Muster und Ebenbild entsprechendes Modell zu schaffen. Grob gesprochen, trauen wir Ihnen nicht, ja, wir trauen nicht einmal uns selbst. Unsere Massenpsychologie beruht auf Egoismus, Utilitarismus und Mystizismus. Eine Erweiterung unserer Kontakte mit euch kommt also der drohenden Gefahr von Komplikationen und einer Erschwerung der ohnedies schon prekären Lage auf unserem Planeten gleich. Unser Egoismus, unser Anthropozentrismus, die uns jahrtausendelang von den verschiedenen Religionen und einfältigen Philosophien eingeimpfte Überzeugung von unserer angeborenen, atavistischen Überlegenheit, von unserer Auserkorenheit und Einmaligkeit – all das würde einen ungeheueren psychologischen Schock auslösen, das Auflodern eines irrationalen Hasses gegen euch sowie eine hysterische Panik angesichts eurer grandiosen Möglichkeiten heraufbeschwören: Wir empfänden es als eine unerhörte Erniedrigung, als den plötzlichen Sturz des Königs der Natur von seinem Thron in den Staub! Bei uns würde der Utilitarismus dazu führen, daß ein beträchtlicher Teil der Bevölkerung mit allzugroßer Leichtsinnigkeit von den materiellen Gütern des mühelos erreichten Fortschritts Gebrauch machen würde; er würde die Menschen unabwendbar zum Parasitismus verleiten und aus ihnen eine Wohlstandsgesellschaft machen, ausgerechnet jetzt, wo wir – Gott weiß es – einen verbissenen Kampf gegen diese Gefahren sowie gegen die Folgen unseres eigenen wissenschaftlich-technischen Fortschritts führen! Und in Anbetracht des in uns verwurzelten Mystizismus, unserer eingefleischten Hoffnung auf gute Götter, gütige Zaren und hervorragende Helden, in Anbetracht unserer Hoffnung auf das Einschreiten einer autoritären Persönlichkeit, die uns Sorgen und Verantwortung abnimmt, in Anbetracht dieser Kehrseite unseres Egoismus konntet ihr euch wahrscheinlich kaum eine Vorstellung davon machen, was für Folgen eure ständige Anwesenheit auf unserem Planeten zeitigen würde. Ich hoffe, daß auch Sie es nun einsehen, daß eine Kontakterweiterung mit euch das wenige, das wir bisher mit soviel Mühe bei den Vorbereitungsarbeiten für die von uns geplante psychologische Revolution erreicht haben, unweigerlich zunichte machen würde. Dazu möchte ich betonen, daß unsere Kontaktverweigerung weder mit euch selbst nebst euren Qualitäten noch mit unseren Mängeln etwas zu tun hat – die Ursache hierfür liegt einzig und allein bei uns und unserem Nichtvorbereitetsein. Wir sind uns dessen übrigens vollkommen bewußt. Mit der jetzigen Ablehnung beabsichtigen wir jedoch keineswegs, unsere Verbindungen mit euch auf immer abzubrechen. Hören Sie daher unseren Vorschlag ... –

Lawr Fedòtowitsch erhob seine Stimme, worauf alle aufstanden.

– Wir schlagen vor, genau fünfzig Jahre nach Ihrem Abflug von hier ein zweites Treffen zwischen den bevollmächtigten Vertretern unserer beiden Zivilisationen abzuhalten, diesmal auf dem Nordpol des Planeten Pluto. Wir hoffen, daß wir bis dahin mit einer besseren Vorbereitung eine für beide Teile nutzbringenden Zusammenarbeit in Erwägung ziehen können. –

Lawr Fedòtowitsch war mit seiner Rede zu Ende und setzte sich, worauf auch wir uns alle setzten. Stehen blieben nur Chljèbovwòdov und der Fremdling Konstantìn.

– Indem ich voll und ganz, sowohl dem Inhalt als auch der Form nach, den Ausführungen unseres Vorsitzenden zustimme –, sagte trocken und sachlich Chljèbovwòdov, – sehe ich es dennoch als meine Pflicht an, a priori Ihren verantwortlichen Stellen klarzumachen, daß wir es mit allen uns zur Verfügung stehenden Mitteln verhindern werden, daß das von uns vorgeschlagene Treffen zu einem früheren Zeitpunkt als vereinbart stattfindet. Indem ich voll und ganz Ihre technische und demzufolge auch kriegerische Überlegenheit anerkenne, sehe ich es nicht minder als meine Pflicht an, unmißverständlich darauf hinzuweisen, daß wir jeden Versuch Ihrerseits, uns einen Kontakt mit Gewalt aufzuzwingen, in welcher Form man ihn auch unternehmen mag, vom Moment Ihres Abflugs an als Aggressionsakt auffassen und darauf mit der ganzen Macht unserer irdischen Waffen antworten werden. Jedes in Reichweite unserer Kampfmittel auftauchende Raumschiff werden wir ohne vorherige Warnung vernichten ... –

– Genug? – fragte mich Edik im Flüsterton?

Alle erstarrten wie auf einer Fotografie.

– Ich weiß nicht –, sagte ich. – Es ist schade! Ich würde ihm ein Jahrhundert lang zuhören. –

– Wäre nicht schlecht –, gab Edik zu. – Aber ich muß nun aufhören. Ein derartiger Verbrauch an Gehirnenergie ... –

Er schaltete den Remoralisator aus, und Farfùrkis sagte in flehentlichem Ton:

– Also, Genossen! ... So kann man unmöglich arbeiten, wohin kommen wir da!? ... –

Wybegallo nagte an seinen Lippen, wandte einen trüben Blick um sich und begann sich den Bart zu kraulen.

–Richtig –, sagte Chljèbovwòdov und setzte sich wieder. – Machen wir also Schluß. Ich bin in der Minderheit – bitte! Der Miliz wollen Sie ihn nicht übergeben – macht nichts ... Aber diesen Taschenspieler lediglich als »Ungeklärte Erscheinung« zu rationalisieren, das hat bei Gott keinen Sinn. Schaut, sogar zwei zusätzliche Arme hat er sich wachsen lassen! ... –

– Es geht nicht! – flüsterte mir Edik bitter zu. – Eine schlimme Sache, Sàscha ... Diese Kanalisatoren haben kein Moralgefühl ... –

– Grrrm –, machte dà Lawr Fedòtowitsch und hielt eine kurze Ansprache, aus der hervorging, daß die Allgemeinheit an keinen Ungeklärten Erscheinungen interessiert sei, die, obwohl in der Lage ein Berechtigungsdokument ihrer Ungeklärtheit vorzuweisen, es aus dem einen oder dem anderen Grund nicht tun. Auf der anderen Seite fordere das Volk schon längst eine erbarmungslose Ausrottung des Bürokratismus und eine Ausmerzung des Amtsschimmels in allen Instanzen. Um diese These zu rechtfertigen tat Lawr Fedòtowitsch die allgemeine Ansicht kund, daß man die zusätzliche Untersuchung des Falles Nummer zweiundsiebzig auf den Dezember laufenden Jahres verschieben müsse, um dem Kameraden Konstantìn Konstantìnowitsch Konstantìnov Zeit zu lassen, einen Abstecher nach seinem ständigen Wohnsitz zu machen, um die erforderlichen Dokumente zu holen. Und was die vom Kameraden Konstantìn Konstantìnowitsch Konstantìnov erbetene Hilfeleistung betrifft, so steht es der Trojka nur zu, Hilfe zu leisten oder zu befürworten, wenn sich der Antragsteller als »Ungeklärte Erscheinung« ausweisen kann. Da der Kamerad Konstantìn Konstantìnowitsch Konstantìnov aber noch nicht als »Ungeklärte Erscheinung« identifiziert wurde, so muß die Frage der Hilfeleistung auf Dezember

verlegt werden – um präzise zu sein, auf den Zeitpunkt seiner Identifizierung. –
Der »Große Runde Siegel« trat nicht in Szene, und ich atmete erleichtert auf. Konstantìn war sich über seine Situation nicht vollkommen im klaren, die ganze Sache war ihm indes längst zu dumm: er stand auf, spuckte – ganz nach unserer Art – demonstrativ aus und machte sich davon.
– Das nennt man Auswurf! – rief Chljèbovwòdov erheitert aus. – Habt ihr gehört, wie er sich geräuspert hat? Den ganzen Boden hat er uns vollgespieen! –
– Empörend! – stimmte ihm Farfùrkis bei. – Ich fasse das als Beleidigung auf! –
– Ich sagte es ja – ein Halunke! – sagte Chljèbovwòdov. – Wir müssen uns demnach doch an die Miliz wenden. Sollen sie ihn ruhig vierzehn Tage hinter Schloß und Riegel setzen, soll er auf allen vieren die Straße kehren! ... –
– N-nein, Genosse Chljèbovwòdov –, widersprach ihm Farfùrkis. – Da ist schon keine Miliz mehr zuständig! Sie scheinen den Vorfall zu unterschätzen: der Fremdling hat damit der Allgemeinheit und unserer Administration ins Gesicht gespuckt! So etwas gehört vor Gericht! –
Lawr Fedòtowitsch hüllte sich in Schweigen, während seine sommersprossigen Finger nervös über den Tisch zappelten, einmal nach irgendeinem Schaltknopf, dann wieder nach dem Telefon suchend. Es roch nach politischem Verbrechen. Wybegallo, dem Konstantìn so egal wie nur was war, brüllte nicht und bekam deswegen auch keine Jungen – es ließ ihn kalt. Ich räusperte mich und bat um Aufmerksamkeit. Die Genossen gewährten sie mir, wenn auch eher widerwillig: ihre Augen flackerten fiebrig, ihre Mähnen sträubten sich, ihre Fangzähne waren zum Reißen und ihre Krallen zum Zupacken bereit.
Bemüht, meiner Rede möglichst viel Nachdruck zu geben, machte ich die Trojka darauf aufmerksam, daß es in ihrem eigenen Interesse läge, galaktozen-

trische, auf keinen Fall anthropozentrische Erwägungen walten zu lassen. Ich wies darauf hin, daß sich Sitten und Ausdrucksmittel bei den aus fremden Planeten stammenden Wesen von den Sitten und Ausdrucksmitteln der Menschen weitgehendst unterscheiden können, ja sogar müssen. Ich zitierte die abgedroschene Analogie mit den Bräuchen bei einigen Sippen und Volksstämmen unseres Planeten. Ich gab meine Überzeugung zum Ausdruck, daß der Genosse Farfùrkis beispielsweise an dem bei einigen nordischen Völkern als Begrüßung üblichen Nasenreiben wohl kaum Gefallen fände: er würde dieses Nasenreiben eher als Schmähung seines hohen Rangs in der Trojka auffassen. Im Fall Konstantìnovs ist das Ausspucken der sich in der Mundhöhle bildenden, aus einer bestimmten chemischen Zusammensetzung bestehenden Flüssigkeit das Ausdrucksmittel, wodurch einige Erdenvölker Unzufriedenheit, Ärger oder die Lust, den Gesprächspartner zu beleidigen, kundtun. Bei den Wesen der anderen Planeten kann, ja muß es etwas ganz anderes bedeuten, etwa eine Dankesbezeigung für die entgegengebrachte Aufmerksamkeit. Der sogenannte Auswurf des Kameraden Konstantìnov kann außerdem als eine völlig neutrale, mit den spezifischen Eigenheiten der physiologischen Funktion seines Organismus zusammenhängende Handlung gewertet werden ... (– Funktion?, Hör mir doch auf! – zischte Chljèbovwòdov dazwischen. – Den ganzen Boden hat er uns versaut, der Bandit, und hat sich aus dem Staub gemacht! –) Schließlich dürfen wir auch nicht die Möglichkeit ausschließen, daß der physiologische Akt des Kameraden Konstantìnov mit seiner Fähigkeit, sich blitzartig im Weltraum fortzubewegen, im Zusammenhang steht ... –

Während ich da so sprach und sprach, konnte ich mit einem Gefühl der Erleichterung feststellen, wie Lawr Fedòtowitschs Finger langsamer und langsamer über den Tisch fuhren, um schließlich auf der Schreibmappe ganz zur Ruhe zu kommen. Während Chljèbovwòdov weiterhin zeterte und drohte, erfaßte der wachsame Farfùrkis im Nu die geänderte Lage und wandte die Messerspitze nun in eine völlig unvermutete Richtung. Er fiel über den Kommandanten her, der sich sicher und geborgen fühlte und mit naiver Neugierde den Verlauf der Dinge abwartete.

– Schon seit einiger Zeit ist mir aufgefallen –, donnerte er, – daß es um das Erziehungswesen in der »Kolonie der Ungeklärten Erscheinungen« schlecht bestellt ist. Politische Aufklärungslektionen werden kaum noch abgehalten. Die Tafel der anschaulichen Agitation weist das Datum von gestern auf. Die Abenduniversität für Kultur funktioniert praktisch überhaupt nicht. Sämtliche kulturellen Einrichtungen in unserer Kolonie beschränken sich auf Tanzunterhaltungen, Vorführungen von ausländischen Filmen und auf abgeschmackte Bühnenaufführungen. Die Parolen-Produktion wird total vernachlässigt.

Die Einwohner der Kolonie sind sich selbst überlassen, ein großer Teil von ihnen ist moralisch unter dem Hund, kaum einer weiß über die politische Lage Bescheid, und die Allerrückständigsten unter den »Kolonisten« – der Geist eines gewissen »Wiener« zum Beispiel – wissen nicht einmal, wo sie sich befinden! Die Folgen von alldem sind natürlich unmoralische Handlungen, Rowdytum und eine Flut von Klagen seitens der Bevölkerung. Nur um einige Beispiele anzuführen, überflog gestern der Pterosaurier Kuzmà in offensichtlich betrunkenem Zustand das Territorium der Kolonie, und beim Klub der Werktätigen Jugend angelangt, biß er von dem am Eingang des Klubs angebrachten Transparent mit der Aufschrift »Willkommen« alle Glühbirnen ab; ein gewisser, sich als Telepath und Spiritist ausgebender Nikolàj Dolgonòssikov (Langschnabel) schlich sich unter Vorspiegelung falscher Tatsachen in das Studentinnenheim des Pädagogischen Instituts ein und leistete sich dort Redensarten und Handlungsweisen, die unsere Administration schlechthin als religiöse

Propaganda qualifizieren muß. Zu alldem werden wir jetzt noch mit einer äußerst peniblen Folgeerscheinung der Nachlässigkeit und Schlamperei des Kommandanten der Kolonie, Genosse Zùbo, in Fragen Volkserziehung und Propaganda konfrontiert. Was immer der Kamerad Konstantìn Konstantìnowitsch Konstantìnov mit seinem Auswurf von Mundhöhlenflüssigkeit gemeint hat, eines steht dabei fest: der Kamerad scheint sich weder bewußt zu sein, wo er sich befindet, noch zu wissen, wie er sich zu benehmen hat. Und das ist wiederum dem Genossen Zùbo anzukreiden, der es unterlassen hatte, die »Kolonisten« über den Sinn des volkstümlichen Sprichworts »Andere Länder – andere Sitten« aufzuklären. Ich betrachte es daher als unsere Pflicht, den Genossen Zùbo zu ermahnen, zu warnen, ihn zu veranlassen und wenn es sein muß zu zwingen, das Erziehungsniveau der ihm unterstellten Kolonie zu heben! –

Damit beschloß Farfùrkis seine Rede, und nun nahm sich Chljèbovwòdov den Kommandanten vor. Was er sagte, war völlig unzusammenhängend und strotzte nur so von dunklen, verworrenen Andeutungen und unheimlichen Drohungen. Dem Kommandanten verging dabei Sehen und Hören, und er begann, Pillen zu schlucken. Chljèbovwòdov donnerte indessen weiter:

– Du kannst mich gern haben, auf dich spucke ich! ... Begreifen Sie, worum es geht, oder haben Sie total den Kopf verloren? ... –

– Grrrm –, machte schließlich Lawr Fedòtowitsch und schickte sich an, steinharte Punkte über alle einzelnen Buchstaben zu setzen. Zunächst warf er dem Kommandanten das unwürdige Benehmen des Kameraden Konstantìn Konstantìnowitsch Konstantìnov vor, der im Beisein der Mitglieder der Trojka mit seinem Auswurf den Boden des Sitzungssaals verunreinigt hatte; er warf ihm zudem vor, jeglichen administrativen Spürsinn verloren zu haben. Den Kameraden Konstantìn Konstantìnowitsch Konstantìnov warnte Lawr Fedòtowitsch vor dem Betreten der Zim-

merdecke ohne Schuhe. Dem Genossen Farfùrkis erteilte er einen mündlichen Verweis wegen systematischer Überschreitung der Rededauer bei seinen Ansprachen. Chljèbovwòdov mußte eine Rüge wegen Verletzung der administrativen Moral einstecken; er hatte angeblich versucht, dem Kameraden Konstantìn Konstantìnowitsch Konstantìnov in verleumderischer Weise die Ehre abzuschneiden. Wybegallo bekam einen mündlichen Tadel wegen Erscheinens im Amt in unrasiertem Zustand.
– Hat jemand noch andere Vorschläge? – fragte Lawr Fedòtowitsch anschließend. Chljèbovwòdov beugte sich zu ihm und begann ihm ins Ohr zu flüstern. Lawr Fedòtowitsch hörte ihm aufmerksam zu und sagte:
– Man müßte da gewissen Delegierten von »drunten« die Notwendigkeit einer aktiveren Mitarbeit mit der Trojka in Erinnerung bringen. –
Nun hatten alle, auch die Delegierten, ihren Rüffel abgekriegt: niemanden hatte Lawr Fedòtowitsch vergessen, nichts war ihm entgangen. Die Atmosphäre im Sitzungssaal klärte sich daraufhin mit einemmal wieder auf, und alle – sogar der Kommandant – waren wieder guter Dinge. Nur Edik grübelte finsteren Blicks vor sich hin.
– Weiter –, befahl Lawr Fedòtowitsch. – Berichten Sie weiter, Genosse Zùbo! –
– Fall Nummer zwei –, las der Kommandant. Familienname: durchgestrichen. Vorname: durchgestrichen. Vatername: durchgestrichen. Spitzname: Kuzmà. Geburtsjahr und Geburtsort: steht nicht fest. Kongo, nehme ich an. –
– Was ist mit ihm los, ist er vielleicht stumm? – erkundigte sich Chljèbovwòdov entgegenkommend.
– Er kann nicht sprechen –, sagte der Kommandant.
– Er kann nur quaken. –
– Schon seit seiner Geburt? –
– Es ist anzunehmen. –
– Vermutlich eine böse Vererbung –, brummte Chljèbovwòdov. – Daher ist er auch unter die Banditen ge-

gangen. Hat er viele Vorstrafen? –
– Wer? – fragte der Kommandant verblüfft. – Ich? –
– Aber nein – wieso du? Dieser hier ... der Bandit. Wie lautet schon sein Spitzname? ... Wàska? –
–Ich protestiere –, sagte ungeduldig Farfùrkis. – Der Genosse Chljèbovwòdov geht hier von dem irrigen Standpunkt aus, daß nur Banditen Spitznamen tragen. Dabei steht in den Instruktionen unter dem Paragraphen acht viertes Kapitel zweiter Teil klar und deutlich, daß das Tragen eines Spitznamens auch einer »Ungeklärten Erscheinung« zusteht, die wohl als Lebewesen identifiziert, jedoch nicht im Besitz eines Verstandes ist. –
– Aha –, sagte Chljèbovwòdov enttäuscht. – Eine Art Hund also. Und ich dachte schon, ein Bandit! Dazumal, als ich Vorstand bei den Allgemeinen Theater-Krankenkassen war, da hatte ich so einen Kassierer ... –
– Ich protestiere! – schrie Farfùrkis mit weinerlicher Stimme. – Das ist Übertretung des Reglements! Auf diese Weise sitzen wir in der Nacht auch noch hier! –
Chljèbovwòdov warf einen Blick auf die Uhr.
– Sie haben recht –, sagte er. – Ich bitte um Entschuldigung. Fahren wir also fort, Brüderchen, wo warst du stehengeblieben? –
– Punkt fünf –, las der Kommandant. – Nationalität: Pterosaurier. –
Alle schauderten, aber da die Zeit drängte, sagte niemand ein Wort.
– Schulbildung: durchgestrichen –, las der Kommandant weiter. – Fremdsprachen: durchgestrichen. Beruf und derzeitiger Arbeitsplatz: durchgestrichen. War er im Ausland: wahrscheinlich ja ... –
– O weh, das ist schlimm –, brummte Chljèbovwòdov. – Eine böse Sache! Da heißt es, Vorsicht walten lassen ... Ein Pterosaurier, sagen Sie? Wie ist er? Weiß? Oder schwarz? –
– Er ist ... wie soll ich Ihnen erklären ... gräulich könnte man sagen ... – erklärte ihm der Kommandant.

– So –, sagte Chljèbovwòdov. – Und er kann nicht sprechen, sagen Sie, sondern nur quaken? ... Also gut, weiter! ... –
– Das Wesentliche an seiner Ungeklärtheit: er ist angeblich seit fünfzig Millionen Jahren ausgestorben ... –
– Wieviel Jahre? – wollte sich Farfùrkis vergewissern.
– Fünfzig Millionen steht hier –, sagte zaghaft der Kommandant.
– Das kann doch nicht im Ernst sein –, brummte Farfùrkis und schaute auf die Uhr. – Lesen Sie schon –, greinte er, – lesen Sie weiter! –
– Nächste Verwandte: vermutlich alle ausgestorben. Ständiger Wohnsitz: Kitezhgràd, Kolonie der Ungeklärten Erscheinungen. –
– Ist er in der Kolonie gemeldet? –
– Irgendwie ist er schon gemeldet –, antwortete der Kommandant. – Als er hier bei uns auftauchte, trug man ihn ins Buch der Ehrengäste ein, und seitdem ist er hiergeblieben. Er hat sich bei uns sozusagen häuslich gemacht. – Aus den zärtlichen Tönchen, die in seiner Stimme mitklangen, war es offenkundig, daß der Kommandant Kuzmà protegierte.
– Sind Sie mit Ihrem Bericht fertig? – fragte Lawr Fedòtowitsch. – Ich schlage vor, den Fall hereinzubitten. –
Da niemand etwas einzuwenden hatte, zog der Kommandant den Vorhang des Fensters beiseite und begann mit schmeichelnder Stimme zu rufen:
– Kuz-Kuz-Kuz-Kuz ... Dort sitzt er ja, der Schlingel ... dort oben auf dem Schornstein –, sagte er zärtlich. – Er geniert sich, er ist ja so schüchtern! ... Ku-u-uz! Kuz-Kuz-Kuz ... Da kommt er geflogen, der Gauner! – berichtete er und ging vom Fenster weg.
Daraufhin ertönte ein wie von Leder erzeugtes Geräusch, dazu ein Pfiff, ein riesiger Schatten verdeckte sekundenlang den Himmel, und Kuzmà flatterte mit seinen weit ausgespannten Hautflügeln zum Fenster herein und ließ sich leicht und sanft auf dem Vor-

führtisch nieder. Dort senkte er die Flügel, richtete den Kopf nach oben, sperrte seinen langen, mit scharfen Zähnen versehenen Rachen auf und gab ein zartes Quaken von sich.
– Er begrüßt uns –, erklärte der Kommandant voller Entzücken. – Hööööflich ist er, der Lausejunge! Er weiß eben, was sich gehört! –
Kuzmà wandte sich zur Trojka und, dem unnachgiebigen Blick Lawr Fedòtowitschs begegnend, hüllte er sich zu Tode erschrocken in seine Flügel, bettete das Maul auf seinen Wanst und lugte von dort mit einem Auge zaghaft unter den Hautfalten hervor: es war ein anachronistisches, ungeheuerlich großes Auge, es schillerte grün und mutete wie ein halbgeöffnetes, irisierendes Diaphragma an. Kuzmà war ein wahrhaft bezauberndes Geschöpf, nur machte er auf den heutigen Menschen einen eher furchterregenden Eindruck! Sogleich ließ Chljèbovwòdov – sicher ist sicher – etwas auf den Boden fallen und kroch unter den Tisch. Von dort brummte er:
– Und ich hatte gedacht, es handle sich um einen quakenden Hund! ... –
– Beißt er? – erkundigte sich Farfùrkis ängstlich.
– Wie können Sie nur so etwas fragen? – sagte der Kommandant. – Kuzmà ist ein sanftes, äußerst gutmütiges Tier. Dennoch hetzt und jagt es jeder, den gerade die Lust dazu überkommt ... Natürlich, wenn es in Wut gerät ... es gerät aber nie in Wut. –
Lawr Fedòtowitsch begann den Pterosaurier durch sein Theaterglas zu betrachten, was das arme Tier schließlich total außer Fassung brachte. Es stieß ein schwaches Quaken aus und verbarg den Kopf zur Gänze zwischen den Flügeln.
– Grrrm –, machte Lawr Fedòtowitsch befriedigt und legte das Theaterglas weg.
Die Dinge scheinen einen günstigen Verlauf zu nehmen.
– Ich dachte, Kuzmà sei eine Art Pferd –, brummte Chljèbovwòdov, der sich noch immer unter dem Tisch aufhielt.

– Gestatten Sie mir eine Bemerkung, Lawr Fedòtowitsch –, sagte Farfùrkis. – Ich erblicke in dieser Sache gewisse Schwierigkeiten. Handelte es sich bei dem Pterosaurier um eine *Ungewöhnliche* Erscheinung, so würde ich als erster, ohne jegliche Bedenken, für eine sofortige Rationalisierung plädieren, denn ein Krokodil mit Flügeln ist hierzulande fürwahr eine ungewöhnliche Erscheinung! Unsere Aufgabe ist es aber, die *Ungeklärten* Erscheinungen zu überprüfen, und daher bin ich etwas unschlüssig. Ist im Fall Nummer zwei das Element der Ungeklärtheit präsent? Wenn das nicht der Fall ist, wozu dann den Fall überhaupt überprüfen? Ist das Element der Ungeklärtheit hingegen präsent, müssen wir feststellen, worin es besteht. Vielleicht kann unser wissenschaftlicher Konsulent Genosse Wybegallo etwas sagen!? –

Der wissenschaftliche Konsulent konnte uns dazu etwas sagen. In seinem halb französischen, halb russischen Jargon setzte er die Trojka davon in Kenntnis, daß die Frisuren der Marie Brion bei den Abendgesellschaften im Hause des Barons de Vaudreuille stets alle Anwesenden in Entzücken zu versetzen pflegten und daß er, als wissenschaftlicher Konsulent, diese Tatsache nicht mir nichts, dir nichts ignorieren könne; dann meinte er, daß das Ungeklärte ... diese ... daß das sogenannte tonangebende »A« beim Pterosaurier Kuzmà an seiner Ungewöhnlichkeit liege, worüber er als wissenschaftlicher Konsulent die bittere, wenn auch ehrenvolle Pflicht habe, den Genossen Farfùrkis in Kenntnis zu setzen; er versicherte uns, daß Plato stets sein Freund gewesen sei und auch bleiben werde, doch er, als wissenschaftlicher Konsulent, ziehe dennoch die Wahrheit der Wissenschaft vor; er teilte uns weiterhin mit, daß es der Wissenschaft bis auf den heutigen Tag nicht gelungen ist, eine Erklärung dafür abzulegen, warum Krokodile mitunter auch Flügel haben – einen, zwei und sogar mehrere Flügel! – und aus diesem Grunde beabsichtige er, als wissenschaftlicher Konsulent, den Gärtner zu ersuchen, ihm jene Tuberosenarten zu zeigen, über die Farfùrkis letzten Freitag gesprochen hatte; abschließend wies er darauf hin, daß er, als wissenschaftlicher Konsulent, keinen speziellen Grund für eine weitere Hinausschiebung der Rationalisierung des vorliegenden Falles sehe, obwohl er sich andererseits für jede Eventualität ein Vetorecht einräumen möchte.

Während sich Wybegallo im Schweiße des Angesichts mit seinem unsinnigen Geschwätz sein mehrstelliges Gehalt abarbeitete, legte ich mir rasch einen Plan für die bevorstehende Kampagne zurecht. Vom ersten Augenblick an hatte ich für Kuzmà eine große Sympathie empfunden. Ich wußte: wenn wir da nicht unverzüglich einschreiten, nimmt es mit Kuzmà ein böses Ende.

– Grrrm –, machte Lawr Fedòtowitsch. – Hat jemand Fragen an den Referenten? –

– Keine Fragen! – erklärte Chljèbovwòdov. Er hatte sich inzwischen davon überzeugt, daß Kuzmà nicht beißt, und war daher wieder frech und überheblich. – Für mich ist Kuzmà nichts weiter als ein ganz gewöhnliches, geflügeltes Krokodil, wenn uns der wissenschaftliche Konsulent diesbezüglich auch weiß Gott was einreden möchte. Außerdem möchte ich die Trojka davon in Kenntnis setzen, daß der Kommandant Zùbo in unserer Kolonie eine Art Freundchenwirtschaft eingeführt hat und seine Günstlinge auf Staatskosten aushält. Ich will ihn damit keineswegs des Nepotismus bezichtigen und auch nicht behaupten, er nähme vom Krokodil Bestechungsgelder entgegen. Ach nein, nichts von alldem! Was ich aber nicht verstehe, ist folgendes: Was ist denn an einem geflügelten Krokodil schon so Besonderes, Großartiges daran? Wozu all das übertriebene Getue um diesen Kuzmà? Weist ihn doch aus der Kolonie aus, er soll arbeiten gehen! . . . –

– Arbeiten? – fragte der Kommandant, dem Kuzmà anscheinend sehr am Herzen lag.

– Ja, genau! Bei uns arbeiten ja auch alle! Seht euch doch einmal den stämmigen Lackel an! Er soll als

Holzfäller arbeiten, meinetwegen Steine aufladen ... Oder hat er vielleicht zu schwache Sehnen? ... Ich kenne mich aus bei den Krokodilen! ... Mir sind schon alle Sorten davon untergekommen ... mit und auch ohne Flügel! ... –

– Aber nein! – stieß der Kommandant voller Mitleid aus. – Er ist ja kein Mensch, er ist ein Tier! Außerdem muß er sich an eine Diät halten ... –

– Interessiert mich nicht im geringsten! Bei uns haben auch die Tiere zu arbeiten. Die Pferde zum Beispiel. Soll er zu den Pferden gehen! Diät, Schonkost, sagten Sie da? ... Ich bin auch auf Diät gesetzt: wegen ihm sitze ich ohne Abendessen hier! ... –

Da merkte Chljèbovwòdov plötzlich, daß er mit seinen Auslegungen doch etwas zu weit gegangen war, denn Farfùrkis blickte ihn spöttisch an, und die Pose, die Lawr Fedòtowitsch eingenommen hatte, war ihm auch nicht geheuer. Somit gab er seiner Rede eine jähe Wendung:

– Moment mal! – schrie er lauthals. – Wer ist denn eigentlich euer Kuzmà? Nicht etwa jener Kuzmà, der unlängst die Glühbirnen des Transparents des Klubs der Werktätigen Jugend aufgefressen hat? ... Na also, er ist es also doch! Wie kommt es aber dann, daß man gegen ihn nichts unternommen, keine Maßnahmen ergriffen hat? Genosse Zùbo, sag mir klipp und klar, ohne um den Brei herumzureden: wurden Maßnahmen ergriffen, ja oder nein? –

– Ja! – ereiferte sich der Kommandant.

– Was für welche? –

– Es wurde ihm ein Abführmittel verabreicht –, sagte der Kommandant, und jedem war somit klar, daß der Genosse Zùbo auf Leben und Tod zu Kuzmà hielt.

Chljèbovwòdov schlug mit der Faust auf den Tisch, worauf dem Pterosaurier vor Schrecken etwas Unschickliches passierte: er machte eine Lache. Ich wurde daraufhin böse und brüllte, mich dabei speziell an Lawr Fedòtowitsch wendend, daß man auf diese Weise ein kostbares wissenschaftliches Exponat lächerlich gemacht habe. Auch Farfùrkis erhob dagegen Protest, daß der Genosse Chljèbovwòdov schon wieder versuchte, der Trojka Funktionen aufzudrängen, die nicht in ihrer Kompetenz lagen. Lawr Fedòtowitsch schleckte sich seinen bleichen Zeigefinger ab, und mit einer schroffen Handbewegung warf er die vor ihm auf der Schreibmappe liegenden Papiere durcheinander: ein Zeichen, daß er wütend war! Ein Orkan war im Anzug!

– Edik –, flehte ich im Flüsterton.

Edik, der aufmerksam den Verlauf der Dinge verfolgt hatte, packte blitzartig den Remoralisator und schaltete sich damit an Lawr Fedòtowitsch an. Lawr Fedòtowitsch erhob sich und ergriff das Wort.

Er wies auf die hohen Aufgaben hin, die der ihm anvertrauten Trojka aus ihrer stärker gewordenen Autorität und Verantwortung erwachsen sind. Er forderte die Anwesenden auf, erbitterter als je zuvor ihren Kampf weiterzuführen: für eine bessere Arbeitsdisziplin, gegen den Bürokratismus, für die individuelle Hebung des moralischen Niveaus, für eine gesunde Selbstkritik, gegen jede Art von Verallgemeinerung, für eine Verstärkung der Feuerwehren, gegen Überheblichkeit und Arroganz, für das persönliche Verantwortungsgefühl, für eine mustergültige Rechenschaftsablegung und gegen die Unterschätzung der eigenen Kräfte.

– Das Volk wird es uns zu danken wissen, wenn wir möglichst bald und tatkräftig ans Werk gehen, um diese Aufgaben zu erfüllen. Das Volk wird es uns nicht verzeihen, sollten wir diese Aufgaben nicht erfüllen. Ich bitte Sie um konkrete Vorschläge bezüglich der Organisation der von der Trojka infolge der veränderten Lage zu leistenden Arbeit. –

Nicht ohne Schadenfreude stellte ich fest, wie knapp es mit konkreten Vorschlägen aussah! Wie gewöhnlich erbot sich Chljèbovwòdov mit einer breiten Geste, die höheren Pflichten auf sich zu nehmen: er wollte beispielsweise den Kommandanten Genossen

Zùbo veranlassen, auf Grund der stärker gewordenen Autorität der Trojka seine Arbeitszeit auf vierzehn Stunden zu erhöhen und den wissenschaftlichen Konsulenten Genossen Wybegallo dazuzubringen, auf die Mittagspause zu verzichten. Die schrulligen Vorschläge Chljèbovwòdovs wurden von den Anwesenden keineswegs mit Begeisterung aufgenommen. Ganz im Gegenteil, sie stießen auf einen erbitterten Widerstand, speziell bei den betroffenen Personen. Es kam zu einer kurzen, aber heftigen Auseinandersetzung, in deren Verlauf auch die Erwähnung fiel, daß es längst Mittag sei.

– Ich bin der Meinung –, beschloß Lawr Fedòtowitsch, – daß es Zeit für die Mittagspause ist. Die Sitzung wird bis 18.00 Uhr unterbrochen . . . – Dann wandte er sich an den Kommandanten und sagte in äußerst wohlwollendem Ton:

– Und Ihr Krokodil, Genosse Zùbo, darf bei uns bleiben. Wir geben es in den Tiergarten. Was sagen Sie dazu? –

– Mein Gott! – seufzte der heroische Kommandant. – Lawr Fedòtowitsch! Genosse Wunjùkov! Bei Gott dem allmächtigen und Christus dem Retter! . . . In unserer Stadt gibt es doch keinen Tiergarten! –

– Es wird einen geben! – versprach Lawr Fedòtowitsch und fügte demokratisch scherzend hinzu: – Ihr habt normale Gärten, Kindergärten, und jetzt werdet ihr eben auch einen Tiergarten haben! Die Trojka liebt nun schon einmal die Zahl »drei«! –

Die darauffolgende vormittägliche Lachexplosion bewirkte bei Kuzmà eine Wiederholung seiner vorherigen Unschicklichkeit.

Lawr Fedòtowitsch verstaute seine Vorsitzenden-Requisiten in der Aktentasche, erhob sich und schritt gravitätisch zum Ausgang. Nachdem sie den geistesabwesenden Farfùrkis zu Fall gebracht hatten, stürzten Chljèbovwòdov und Wybegallo, sich dabei gegenseitig stoßend, dem Chef nach, um ihm die Tür zu öffnen.

– Ein Beefsteak ist Fleisch –, verkündete ihnen Lawr

Fedòtowitsch gewogen.
– Fleisch mit Blut! – rief Chljèbovwòdov ergeben.
– Warum mit Blut? – fragte Lawr Fedòtowitsch bereits aus dem Vorzimmer.
Edik und ich rissen beide Fenster auf. Vom Treppenhaus drangen Gesprächsfetzen zu uns, wie: »Aber nein, erlauben Sie, Lawr Fedòtowitsch ...« »Ein Beefsteak ohne Blut, Lawr Fedòtowitsch, ist schlimmer als trinken, ohne etwas dazu zu essen ...« »Die Wissenschaft steht auf dem Standpunkt, daß ... diese ... mit Zwiebel ...« »Das Volk liebt gutes Fleisch ... Beefsteaks beispielsweise...«
Die bringen mich noch ins Grab –, sagte besorgt der Kommandant. – Sie sind mein Untergang, mein Ruin ... die Hungersnot samt den sieben Plagen von Ägypten ... –

Fall Nummer 15 und auswärtige Tagung
Die Abendsitzung fand nicht statt. Offiziell wurde uns mitgeteilt, daß Lawr Fedòtowitsch sowie Chljèbovwòdov und Wybegallo beim Mittagsmahl giftige Pilze genossen hätten und der Arzt ihnen empfohlen habe, bis zum nächsten Morgen das Bett zu hüten. Der wißbegierige Kommandant gab sich jedoch mit der offiziellen Version nicht zufrieden und schnüffelte der Sache nach. In unserem Beisein rief er das Hotelrestaurant an und sprach mit dem mit ihm befreundeten »maître d'hôtel«. Die Wahrheit war folgende: Während des Mittagessens entspann sich zwischen Lawr Fedòtowitsch und dem Professor Wybegallo auf der einen Seite und dem Genossen Chljèbovwòdov auf der anderen ein Fachstreit über die richtige Zubereitung eines Beefsteaks. Während Chljèbovwòdov fest behauptete, daß ein Beefsteak blutig sein müsse, vertraten Lawr Fedòtowitsch und Professor Wybegallo den Standpunkt, daß nichts über ein durchgebratenes Beefsteak gehe. Man debattierte auch darüber, welche von den beiden Zubereitungsarten beim Volk für die Zukunft mehr An-

klang finden würde. Und während sie so plauderten und debattierten, verzehrte jeder von ihnen probeweise gut vier Portionen aus den Fleischvorräten des Chefkochs, und sie begossen das Mahl reichlich mit Pilsner Bier und Kognak. In diesem Moment, erzählte der »maître d'hôtel« weiter, lägen alle drei mit einem furchtbaren Kater wie Steine in ihren Betten. Er meinte, daß die drei Genossen wohl kaum in der Lage seien, sich vor morgen früh blicken zu lassen.

Der Kommandant frohlockte wie ein Schulkind, dem plötzlich der heißgeliebte Lehrer erkrankt ist.

Edik und ich verabschiedeten uns von ihm, kauften uns jeder einen Becher Gefrorenes und begaben uns ins Hotel. Den ganzen Abend verbrachten wir in unserem Zimmer und besprachen die Lage. Edik gab nun zu, daß Cristòbal Junta recht gehabt hatte: Die Trojka war eine härtere Nuß, als er es sich vorgestellt hatte! Die auf den Verstand ausgerichtete Seite ihrer Psyche hat sich als äußerst konservativ erwiesen und dabei eine unwahrscheinliche Elastizität an den Tag gelegt.

– Solange ich sie im Feld des Remoralisators hatte, ließ sie sich von mir wohl beeinflussen, doch kaum schaltete ich das Gerät ab, befand ich mich mit ihr auch schon wieder am Ausgangspunkt –, klagte Edik.

Ich meinte, er solle das Remoralisatorfeld eben ständig eingeschaltet lassen, doch Edik hielt dies nicht für gut. – Da bei der Trojka –, erklärte er mir, – die Bestände des Klugen, des Guten, des Ewigen nur in äußerst begrenzten Mengen vorhanden sind, besteht die Gefahr, daß eine länger anhaltende Einwirkung des Remoralisators diese Bestände vollkommen erschöpfen könnte. Unsere Aufgabe ist es, ihnen das Denken beizubringen, nicht ihnen beim Denken behilflich zu sein; leider lernen sie es aber nicht! Diese Ex-»Kanalisatoren« haben es verlernt zu lernen, denen kann man nichts beibringen. Aber es ist noch nicht alles verloren. Es bleibt uns noch die emotionelle Seite ihrer Psyche. Ist es uns nicht gelungen, ihren Verstand zu wecken, so probieren wir es eben mit ihrem Gewissen! Ich werde es gleich bei der morgigen Sitzung versuchen. –

Während wir diesen Plan besprachen, platzte plötzlich, ohne vorher anzuklopfen, die »Sprechende Wanze« bei uns herein. Sie war außer sich vor Aufregung. Folgendes hatte sich zugetragen: Die Wanze hatte einen Antrag gestellt, in dem sie die Trojka ersuchte, sie unverzüglich, ohne Berücksichtigung der Reihenfolge, zu empfangen, um einen Vorschlag zu prüfen, den sie der Trojka zu unterbreiten beabsichtigte. Sie war nur auf einen Sprung bei uns vorbeigekommen, um zu erfahren, ob wir der morgigen Trojka-Sitzung beiwohnen würden.

– Das wird eine historische Sitzung werden! – verkündete sie. – Morgen wird euch alles klarwerden! Morgen werdet ihr begreifen, wer ich bin! –

Sie wird uns beide nicht vergessen, beteuerte sie, auch wenn das edle Menschengeschlecht sie auf Händen tragen wird. Sie schrie, fuchtelte mit ihren Pfoten herum, lief auf den Zimmerwänden auf und ab und störte damit Edik in seiner Konzentration. Mir blieb nichts anderes übrig, als sie am Kragen zu pakken und vor die Tür zu setzen. Darüber war sie aber keineswegs beleidigt – sie stand über der Sache. Morgen würde sich alles aufklären, meinte sie. Dann erkundigte sie sich nach der Appartementnummer Chljèbovwòdovs und entfernte sich. Ich legte mich schlafen, während Edik, ein Blatt Papier vor sich, noch lange über seinem zerlegten Remoralisator hockte.

Als man am darauffolgenden Morgen die »Sprecherin« aufrief, kam sie nicht sogleich in den Sitzungssaal. Wir hörten, wie sie sich im Vorraum mit dem Kommandanten zankte: Sie forderte für ihren Auftritt ein gewisses Zeremoniell, Ehrengeleit, zudem eine Ehrenwache! Edik begann unruhig zu werden, und ich mußte mich ins Vorzimmer begeben, um der Wanze ihren Eigensinn auszureden, der ihre Lage unter Umständen nur verschlimmern konnte.

– Ich verlange, daß er mir drei Schritte entgegenkommt! – ereiferte sich die »Sprecherin«. – Und wenn man mir schon keine Ehrenwache zubilligen will, so möge man zumindest den elementarsten gesellschaftlichen Formen Rechnung tragen! Er braucht mich nicht am Eingang zu erwarten ... mir genügt es vollkommen, wenn er mir drei Schritte entgegenschreitet und den Hut lüftet! –
– Von wem sprichst du denn überhaupt? – fragte ich sie verdutzt.
– Von wem ich spreche? Doch von diesem ... von eurem ... na, wer ist denn schon euer Chef? Von Wunjùkov. –
– Du Trottel! – zischte ich sie an. – Wenn dir daran gelegen ist, daß sie dich anhören, so beeil dich! Es stehen dir dreißig Sekunden zur Verfügung. –
Die Wanze gab nach. Irgend etwas von Verstoß gegen alle Regeln und Gesetze murmelnd, trat sie frech und ohne Gruß in den Sitzungssaal und streckte sich lümmelhaft auf den Vorführtisch. Lawr Fedòtowitsch nahm sein Theaterglas zur Hand, setzte es an seine infolge des gestrigen Mittagmahls getrübten und gelbgefärbten Augen und begann die Wanze eingehend zu betrachten. Chljèbovwòdov, den ein ekliges, fauliges Aufstoßen plagte, stöhnte:
– Was sollen wir ihr jetzt eigentlich sagen? Es wurde doch schon alles gesagt! ... Sie führt uns bloß an der Nase herum ... –
– Einen kleinen Augenblick –, sagte da Farfùrkis, rosig, flott und munter wie immer. – Frau Wanze –, wandte er sich daraufhin an die »Sprecherin«, – Die Trojka hat sich bereit erklärt, Sie in einem außerordentlichen Verfahren – ohne Abwartung Ihrer Reihenfolge – zu empfangen, um sich Ihren angeblich außerordentlich wichtigen Vorschlag anzuhören. Die Trojka ersucht Sie, sich möglichst kurz zu fassen, um nicht kostbare Arbeitszeit zu vergeuden. Was haben Sie uns mitzuteilen? Bitte, sprechen Sie! –
Nach einer flüchtigen Rednerpause stand die Wanze geräuschvoll auf, setzte sich in Positur und begann

stolz und mit aufgeblasenen Wangen ihre Rede:
– In der Geschichte des Menschengeschlechts gibt es nicht wenige schändliche Kapitel, die von Barbarei und Dummheit Zeugnis geben. Ein ungebildeter, brutaler Soldat erstach Archimedes. Verlauste Popen ließen Giordano Bruno verbrennen. Zügellose Fanatiker verfolgten Charles Darwin und Galileo Galilei. Auch in der Geschichte der Wanzen kommen Fälle von Opfern der Unwissenheit und des Obskurantismus vor. Jeder weiß von den unerhörten Qualen, die der ruhmreiche Wanzenenzyklopädist Sapùkol erdulden mußte, nur weil er unseren Vorfahren, den Gras- und Baumwanzen, den wahren Weg des Fortschritts und Gedeihens gewiesen hatte. In Armut und Vergessenheit beendete Imperùtor, der Gründer der Blutgruppentheorie, seine Tage; ebenso Rexophòb, der das Problem der Fruchtbarkeit gelöst hat, und Pulp, der Entdecker der Anabiose. Die unseren beiden Sippen gemeinsame Barbarei und Dummheit führte zwangsläufig zu einem verhängnisvollen gegenseitigen Abhängigkeitsverhältnis. Fruchtlos versandeten die Ideen des berühmten Wanzenutopisten Platùn, Verkünders der Symbiose zwischen Wanze und Mensch, der die Zukunft des Wanzengeschlechtes nicht auf dem althergebrachten Weg des Parasitismus erblickte, sondern auf den lichten Pfaden der Freundschaft und gegenseitigen Hilfe. Wir kennen da Fälle, wo Menschen, die mit der Schlagzeile »Wir beide sind vom selben Blut« den Wanzen Frieden, Schutz und Gunst angeboten haben, doch die gierigen Wanzenmassen ignorierten diesen Aufruf ganz einfach, indem sie hirnverbrannt betonten: »Wir haben getrunken, wir trinken und werden trinken«. –
Die Wanze leerte auf einen Zug ein Glas Wasser, schleckte sich die Lippen ab und sprach dann mit einem Engagement weiter, als ob sie sich bei einer Massenversammlung befände:
– Zum ersten Mal in der Geschichte unserer Sippe geschieht es heute, daß eine Wanze der Menschheit

Schutz, Frieden und Gunst anbietet. Dafür verlangt sie nur eines: Anerkennung. Zum ersten Mal in der Geschichte hat die Wanze eine gemeinsame Sprache mit der Menschheit gefunden. Zum ersten Mal findet der nähere Kontakt zwischen Wanze und Mensch nicht im Bett, sondern am Verhandlungstisch statt. Zum ersten Mal heischt die Wanze keine materiellen Güter, sondern eine geistige Verbindung. Wäre es nicht unsinnig, wenn wir, auf diesem Scheideweg der Geschichte, auf diesem Wendepunkt angelangt, der unsere beiden Sippen auf bisher unerreichte Höhen emporschwingen könnte, unschlüssig haltmachten und, neuerlich der Dummheit und unserem gegenseitigen Zwiespalt nachgebend, auf das sich unbestreitbar vollziehende Wunder verzichteten? Als einzige sprechende Wanze im Universum und daher einziges Verständigungsglied zwischen den Wanzen und den Menschen sage ich euch im Namen von Millionen und Millionen: Besinnt euch! Befreit euch von euren Vorurteilen, erwacht aus eurer Stagnation! Rafft alles Gute und Kluge an euch zusammen und blickt mit offenen, klaren Augen in die Augen der großen Wahrheit: Die »Sprechende Wanze« ist eine einmalige Persönlichkeit, eine »Ungeklärte«, ja vielleicht sogar »Unerklärliche Erscheinung«! –

Die prahlerische Angeberei dieses Insekts übertraf da wohl die üppigste Phantasie! Ich hatte das Gefühl, daß die ganze Geschichte kein gutes Ende nehmen würde, und gab Edik einen Stoß mit dem Ellbogen, er möge sich bereithalten. Unsere einzige Hoffnung war, daß die erschöpften Mägen bei dem größeren und besseren Teil der Trojka einen Ausbruch der Leidenschaften verhindern mögen. Einen günstigen Faktor bildete auch die Abwesenheit des Konsulenten Wybegallo, der wegen Überfressens das Bett hütete. Lawr Fedòtowitsch fühlte sich nicht wohl, er war leichenblaß und in Schweiß gebadet; Farfùrkis, der nicht wußte, was er machen sollte, blickte ihn voller Besorgnis an. Ich dachte schon, alles sei in bester Ordnung, als Chljèbovwòdov das Wort ergriff:

– »Wir haben getrunken, wir trinken und werden trinken« ... Auf wen hat sie das gemünzt? Auf uns natürlich, das Miststück! Unser Blut ist gemeint! Unser kostbares Blut! Hab' ich recht? – Er blickte sich zornig um. Ich werde sie gleich unter dem Nagel zerdrücken! ... Nachts kann man sich ihrer nicht erwehren, und jetzt peinigen sie uns sogar tagsüber! Plaggeister, elende! – und er begann sich verbissen zu kratzen.

Die »Sprecherin« schrak leicht zusammen, nahm aber sogleich wieder ihre würdevolle Haltung ein, denn sie hatte für alle Fälle bereits eine günstige Spalte in der Mauer erspäht.

– Blutsauger! – keuchte Chljèbovwòdov und sprang vom Sessel auf. Mir fiel das Herz herunter. Edik ergriff meine Hand – auch er war zu Tode erschrocken. Die Wanze sank vor Bestürzung in die Knie. Die Sorgen Chljèbovwòdovs waren jedoch anderer Natur: sich mit beiden Händen den Bauch haltend, raste er am Vorführtisch vorbei zum Ausgang, riß die Tür auf und war weg. Wir hörten, wie er die Treppen hinuntertrabte. Die »Sprechende Wanze« wischte sich den kalten Schweiß von der Stirn und senkte entkräftet ihre Fühler.

– Grrrm –, machte Lawr Fedòtowitsch mit kläglicher Stimme. – Wer hat noch etwas zu sagen? –

– Ich, mit Verlaub –, sagte Farfùrkis. (Der Remoralisator war bereits in Funktion getreten.) – Die Ausführungen der Frau Wanze haben einen außerordentlichen Eindruck auf mich gemacht. Ich bin im wahren Sinne des Wortes empört! Und das nicht nur deshalb, weil die Frau Wanze die Geschichte der Menschheit fälschlich als den Leidensweg einzelner berühmter Persönlichkeiten darstellt! Ich möchte der Rednerin außerdem ans Herz legen, die hohe Meinung über die eigene Person zu revidieren ... Ihr Vorschlag jedoch, die Idee einer Vereinigung ... Schon der Gedanke allein an eine solche Vereinigung ist in meinen Augen beleidigend, ja frevelhaft. Für wen halten Sie uns denn eigentlich, wenn man fra-

gen darf? Oder war ihre Beleidigung am Ende gar vorbedacht? Ich persönlich fasse sie als vorbedacht auf. Übrigens, beim Durchlesen des Dokumentenmaterials der letzten Sitzung mußte ich mit dem größten Bedauern feststellen, daß beim Fall »Sprechende Wanze« die zu einer Rationalisierung notwendigen speziellen Voraussetzungen überhaupt nicht vorhanden sind. Das ist unsere Schuld, Genossen, wir haben uns da verschaut, wir müssen den Fehler so rasch wie möglich berichtigen. Mein Argument? Allein schon die einfache offenkundige Tatsache, daß wir es im Fall der Frau Wanze mit einem typischen sprechenden Schmarotzer zu tun haben, das heißt mit einem müßigen Parasiten ohne geregelte Beschäftigung, der seinen Lebensunterhalt auf eine höchst verwerfliche Weise bestreitet, die man schlechthin als Verbrechen bezeichnen könnte ... –
In diesem Augenblick tauchte auf der Schwelle der sich elend fühlende Chljèbovwòdov auf. Als er am Vorführtisch vorbeiging, drohte er der »Sprecherin« mit der Faust und knurrte:
– Warte, du schwanzloser, sechsfüßiger Hund! ... –
Die Wanze erwiderte ihm nichts, sie zog nur den Kopf ein. Ihr war klar, daß es schlecht um sie stand.
– Sàscha –, flüsterte Edik, von Panik ergriffen. – Sàscha, denk dir etwas aus ... Ich hab' den Kontakt verloren ... –
Während ich fieberhaft überlegte, was zu machen sei, setzte Farfùrkis seine Rede fort:
– Eine Beleidigung der Menschheit, eine Beleidigung der Obrigkeit, ein typischer Fall von Schmarotzertum, so etwas gehört von Rechts wegen hinter Schloß und Riegel! Geht das nicht zu weit? Was meint ihr, Genossen? Bekunden wir da nicht Schlappheit, Rückgratlosigkeit, bürgerlichen Liberalismus und abstrakten Humanismus? Obwohl ich noch nicht weiß, wie meine geschätzten Kollegen in dieser Hinsicht denken, und auch noch darüber im dunkeln bin, wie dieser Fall entschieden wird, erlaube ich mir als von Natur aus keineswegs bösartiger, wenn auch prinzipien-

treuer Mensch an Sie, Frau Wanze, einige warnende Worte zu richten. Die Tatsache, daß Sie sprechen oder besser gesagt auf russisch quatschen können, könnte natürlich eine Zeitlang als mäßigender Faktor in unseren gegenseitigen Beziehungen dienen. Aber ich warne Sie, überspannen Sie den Bogen nicht! –

– Vertilgt gehört sie, die Schmarotzerin! – keuchte Chljèbovwòdov. – Ein Zündholz! ... – und er begann in seinen Taschen zu kramen.

Weder bei der Wanze noch bei Edik war das Gesicht zu sehen: Die Wanze hatte es zwischen ihren Schultern versteckt, Edik hatte sich im Remoralisator vergraben. Während er krampfhaft an dem Gerät hantierte, überlegte ich noch immer, wie wir aus der Sackgasse herauskommen könnten.

– Nicht doch, Genosse Chljèbovwòdov –, sagte Farfùrkis, ärgerlich die Stirn runzelnd. Ich bin gegen ungesetzliche Maßnahmen. Warum denn gleich eine Lynchaktion? Wir befinden uns doch nicht in Texas! Erstens einmal sollten wir – natürlich nur sofern Lawr Fedòtowitsch nichts dagegen einzuwenden hat – die Frau Wanze als »Ungeklärte Erscheinung« rationalisieren und anschließend unseren Kompetenzen entsprechend ... –

Bei diesen Worten strahlte die Wanze über das ganze Gesicht. Ach, wohin doch die Eitelkeit führen kann! ...

– ... und anschließend müssen wir die »Ungeklärte Erscheinung« als schädlich qualifizieren und auf den Prozeß ihrer »Verwertung« übergehen. Der Vorgang ist äußerst einfach. Wir verfassen die Akte folgendermaßen: Abschreibung der »Sprecherin« genannten sprechenden Wanze ... –

– Vollkommen richtig! – krächzte Chljèbovwòdov. – Unter den »Siegel« mit ihr! –

– Das ist Eigenmächtigkeit! – piepste kaum hörbar die Wanze.

– Erlauben Sie –, legte sich da Farfùrkis ins Zeug. – Was heißt da Eigenmächtigkeit? Wir streichen sie gemäß Paragraph vierundsiebzig im Zusatz über die

Abschreibung der Abfälle. Dort steht klipp und klar ... –

– Es ist trotzdem Eigenmächtigkeit! – schrie die Wanze, – Henker! Schergen! –

Da kam mir plötzlich eine Idee.

– Gestatten Sie mir! – sagte ich. – Lawr Fedòtowitsch! Schreiten Sie doch ein, ich flehe Sie an! Das ist ja eine ausgesprochene Mißwirtschaft der Kader, Korruption! ... –

– Grrrm –, machte Lawr Fedòtowitsch mit schwacher Stimme. Ihm war zum Brechen, und daher war ihm alles einerlei.

– Haben Sie gehört? – sagte ich zu Farfùrkis. – Lawr Fedòtowitsch hat vollkommen recht. Man soll mehr auf den Inhalt als auf die Form schauen! Unsere verletzten Gefühle haben nichts mit den volkswirtschaftlichen Interessen zu tun. Was hat die Administration da plötzlich für sentimentale Anwandlungen? Ist das hier ein Pensionat für höhere Töchter? Fortbildungskurse etwa? Zugegeben, die Frau Wanze hat die Unverschämtheit, fragwürdige Parallelen zu ziehen; zugegeben, die Frau Wanze ist alles eher als vollkommen. Aber warum sollten wir sie da gleich wegen Unbrauchbarkeit abschreiben? Was meinen Sie dazu, Genosse Farfùrkis? Können Sie vielleicht auf der Stelle eine zweite sprechende Wanze aus der Tasche zaubern? Oder haben Sie unter Ihren Bekannten noch andere sprechende Wanzen? Auf was hinauf diese Herrenmanieren, diese übertriebene Zimperlichkeit? »Mir ist die ›Sprechende Wanze‹ nicht sympathisch, weg damit, schreiben wir sie ab! ...« Und Sie, Genosse Chljèbovwòdov? Ach, richtig, ich sehe es – Sie haben sehr unter den Wanzen zu leiden gehabt. Ich weiß, was Sie durchgemacht haben, und bedauere Sie zutiefst, doch frage ich Sie: Haben Sie vielleicht schon ein wirksames Mittel gegen diese blutsaugenden Parasiten gefunden? Gegen diese Bettpiraten, gegen diese Gangster auf Kosten des Volksschlafs, gegen diese Vampire von verwahrlosten, verlotterten Hotels? –

– Ich habe es ja gesagt –, pflichtete ihm Chljèbovwòdov bei. – Vertilgen soll man sie, ohne lang herumzureden! ... Da wären also die Akten ... –

– N-n-nein, Genosse Chljèbovwòdov! – unterbrach ich ihn. – Das geht nicht! Wir können es unter keinen Umständen zulassen, daß man bei unserem Verfahren, die Krankheit des wissenschaftlichen Konsulenten ausnützend, grobe bürokratische Methoden anstatt der wissenschaftlichen walten läßt. Wir werden es verhindern, daß Voluntarismus und Subjektivismus neuerlich triumphieren. Wollen Sie denn nicht begreifen, daß uns die hier anwesende Frau Wanze eine erste und einmalige Chance bietet, unter diesen wütenden Schmarotzern eine erzieherische Arbeit zu leisten? Einst gelang es einem primitiven Wanzentalent, seine Artgenossen dazu zu bringen, vom Vegetariertum auf ihren heutigen »modus vivendi« überzugehen. Könnte unsere zeitgenössische, gebildete und mit einem beträchtlichen Quantum Theorie und Praxis bereicherte »Sprechende Wanze« da nicht eine umgekehrte Wendung bewerkstelligen? Versehen mit sorgfältig verfaßten Instruktionen, gewappnet mit den letzten Errungenschaften auf dem Gebiet der Pädagogik und nicht zuletzt mit dem beruhigenden Gefühl, die ganze progressive Menschheit hinter sich zu haben, könnte unsere Wanze als eine Art archimedische Schraube fungieren und es uns dabei ermöglichen, die Geschichte des Wanzengeschlechts zurückzudrehen, die Wanzen zu veranlassen, zu Bäumen und Gräsern zurückzukehren, um im Schoß der Natur neuerlich ein sauberes, schlichtes, unschuldiges Dasein zu führen. Ich ersuche die Kommission, alle diese Erwägungen zur Kenntnis zu nehmen und gründlich zu überdenken. –

Dann setzte ich mich. Bleich vor Begeisterung, hob Edik den Daumen. Die »Sprecherin« war auf die Knie gefallen und schien inbrünstig zu beten. Und was die Trojka betrifft, so war diese über meine zündende Rede einfach sprachlos. Farfùrkis sah mich erstaunt und gleichzeitig erfreut an. Ich sah, er hatte meine

Rede genial gefunden und überlegte jetzt schon gierig, wie er bei diesem erstmaligen, ungewöhnlichen Unternehmen eine der höheren Stellen ergattern könnte. Er sah sich indes schon bei der Ausarbeitung einer umfangreichen, äußerst detaillierten Instruktion mit unzähligen Kapiteln, Paragraphen und Zusätzen; im Geiste führte er bereits Verhandlungen und hielt Beratungen mit der »Sprechenden Wanze«; organisierte Russisch-Kurse für überdurchschnittlich begabte Wanzen, ernannte sich zum Vorstand des Staatlichen Komitees zur Propagierung des Vegetariertums unter den Blutsaugern und erweiterte seinen Wirkungskreis auch auf Mücken und Moskitos, Fliegen, Bremsen ...

– Auch die Graswanzen sind kein Honiglecken, glaubt mir ... – brummte der konservative Chljèbovwòdov. Er hatte aber bereits seinen Widerstand aufgegeben, nur wollte er es nicht zugeben und klammerte sich dabei an Einzelheiten.

Ich zuckte vielsagend mit den Achseln.

– Der Genosse Chljèbovwòdov meint dabei beschränkte Untergruppen –, sagte Farfùrkis, sich mit dem halben Rumpf nach vorne beugend.

– O nein –, widersprach ihm Chljèbovwòdov. – Ganz im Gegenteil ... und wie diese Graswanzen stinken! Aber ich habe ein Einsehen dafür, daß man auf dieses Argument erst späterhin, im Laufe des Verfahrens, näher eingehen kann. Doch etwas anderes ... kann man sich auf unsere »Sprecherin« überhaupt verlassen? Mir scheint sie irgendwie unseriös ... außerdem erblicke ich an ihr keine besonderen Verdienste ... –

– Mein Vorschlag ist –, sagte Edik, – zur Untersuchung dieser Frage eine Unterkommission zu bilden, mit dem Genossen Farfùrkis als Vorstand. Als stellvertretenden Vorstand möchte ich den unvoreingenommenen und objektiven Genossen Priwàlov einsetzen ... –

Lawr Fedòtowitsch stand jählings auf. Man sah ihm deutlich an, daß er nach dem gestrigen Festmahl ganz gewaltig erbrochen haben mußte! Seine steinernen Züge ließen menschliche Schwäche durchblicken. Ach ja, der Granit hat einen Sprung bekommen, und die Festung weist eine leichte Schlagseite auf! Trotz allem stand sie aber mächtig und unbeugsam vor uns.

– Das Volk ... – deklarierte die Festung und rollte dabei schmerzlich die Augen. – Das Volk liebt es nicht, zwischen vier Wänden eingeschlossen zu leben. Das Volk braucht Raum. Das Volk braucht die Felder und die Flüsse. Das Volk braucht den Wind und die Sonne ... –

– Und den Mond! – fügte Chljèbovwòdov hinzu, untertänig auf die Festung emporblickend.

– Und den Mond –, wiederholte Lawr Fedòtowitsch.

– Wir müssen dem Volk die Gesundheit erhalten, die Gesundheit gehört dem Volk. Das Volk braucht Arbeit in freier Luft. Das Volk verträgt keine stickige Luft ... –

Während wir noch immer nicht begriffen, worauf Lawr Fedòtowitsch eigentlich hinauswollte – sogar Chljèbovwòdov rätselte herum –, hatte der scharfsinnige Farfùrkis bereits die Akten zusammengerafft, sein Notizbuch in die Tasche gesteckt und flüsterte im Augenblick dem Kommandaten etwas ins Ohr. Der Kommandant nickte hierauf und erkundigte sich mit respektvoller Sachlichkeit:

– Liebt es das Volk, zu Fuß zu gehen oder mit dem Auto zu fahren? –

– Das Volk –, erklärte Lawr Fedòtowitsch, – zieht es vor, in einem offenen Auto zu fahren. Die allgemeine Meinung zum Ausdruck bringend, schlage ich vor, die jetzige Sitzung ein anderes Mal fortzusetzen und jetzt die für den Abend angesetzte Auswärtige Tagung über die entsprechenden Fälle abzuhalten. Genosse Zùbo, treffen Sie die nötigen Vorkehrungen!

Mit diesen Worten ließ er sich schwerfällig auf seinem Sessel nieder. Alle begannen geschäftig hin- und herzuhasten.

Der Kommandant eilte um ein Auto. Während Chljèbovwòdov Lawr Fedòtowitsch mit Mineralwasser labte, stürzte Farfùrkis zum Safe, um die für die Auswärtige Tagung notwendigen Akten herauszusuchen. Ich packte unbemerkt die Wanze an einem Bein und warf sie hinaus. Sie leistete keinen Widerstand: das soeben Erlebte hatte sie total aus dem Geleise gebracht.

Inzwischen war das Auto vorgefahren. Lawr Fedòtowitsch führte man, unter den Armen gestützt, hinaus und setzte ihn behutsam auf den vorderen Sitz des Wagens. Chljèbovwòdov, Farfùrkis und der Kommandant nahmen zähnefletschend und sich gegenseitig anrempelnd im Wagenfond Platz.

– Das Auto hat nur fünf Plätze –, sagte Edik kummervoll. – Uns nehmen sie also nicht mit. –

Ich antwortete ihm, daß ich das nicht schlimm fände, da ich heute bereits für einen Monat im voraus gesprochen hatte.

– Ein hoffnungsloser Fall, das – , sagte ich. – Mit denen werden wir auch nicht in hundert Jahren fertig! Die meschuggene Wanze haben wir gerettet, gehen wir also baden! –

Edik sagte, er wolle nicht baden gehen, sondern unbemerkt dem Wagen folgen und noch eine Sitzung leiten – diesmal unter freiem Himmel. Schließlich und endlich wäre das vielleicht sogar noch besser . . . –

Aus dem Auto ertönte ein Schrei: Farfùrkis und Chljèbovwòdov waren aneinandergeraten. Chljèbovwòdov, dem durch den Benzingeruch noch übler geworden war, verlangte, sofort loszufahren. Dabei brüllte er, daß das Volk es liebe, schnell zu fahren. Farfùrkis, der sich im Wagen als einzige sachliche und für alles verantwortliche Person fühlte, argumentierte, daß durch die Anwesenheit des fremden Chauffeurs, von dem man nicht wußte, wer er sei, die geheime Sitzung einen öffentlichen Charakter bekäme, und bemerkte, daß es laut Instruktion nicht statthaft sei, eine Sitzung ohne Beisein des wissenschaftlichen Konsulenten abzuhalten; sollte sie aber trotzdem abgehalten werden,

würde sie früher oder später als ungültig erklärt werden.
– Schwierigkeiten? – erkundigte sich Lawr Fedòtowitsch mit leicht erhobener Stimme. – Genosse Farfùrkis, beheben Sie sie! – Der ermutigte Farfùrkis legte sich ins Zeug. Ohne daß ich mir dessen bewußt wurde, war ich schon als wissenschaftlicher Interimskonsulent kooptiert. Der Chauffeur wurde entlassen, und mich setzte man auf seinen Platz.
– Fahr nur zu! – flüsterte mir Edik unbemerkt ins Ohr. – Vielleicht kannst du noch etwas ausrichten ... –
Ich schaute mich nervös um. Um den Wagen hatte sich eine Schar Kinder angesammelt. Ein Ding ist es, sich mit den Genossen in einem geschlossenen Raum aufzuhalten, ein vollkommen anderes Ding ist es, sich der allgemeinen Besichtigung auszusetzen.
– Fahren wir doch endlich ! – flehte Chljèbovwòdov ungehalten. – Tempo! –
– Grrrm –, machte Lawr Fedòtowitsch. – Ich schlage vor zu fahren. Hat jemand andere Vorschläge? ... Chauffeur, fahren Sie los. –
Ich startete den Motor und manövrierte den Wagen vorsichtig durch die Kinderschar.
Die erste Zeit ödete mich Farfùrkis ständig mit seinen Ratschlägen an. Das eine Mal riet er mir, auf einem Platz anzuhalten, wo Halteverbot war; das andere Mal empfahl er mir, nicht so zu rasen, mir das kostbare Leben Lawr Fedòtowitsch ans Herz legend; dann wünschte er wiederum ein zügigeres Tempo, da der Gegenwind Lawr Fedòtowitsch zuwenig energisch die Stirn umwehte; zudem verlangte er, daß ich die Verkehrsampeln ignoriere, als ob das Beachten der Signale der Autorität der Trojka Abbruch täte... Doch nachdem wir die weißen Straßen von Timùskorpiòn hinter uns gelassen hatten, als sich vor uns grüne Wiesen ausbreiteten, in der Ferne ein See blau spiegelte und wir über schotterige Feldwege holperten, trat im Auto eine wohltuende Stille ein. Die Genossen ließen sich vom Gegenwind umfächeln, blinzel-

ten der Sonne entgegen und schienen sich dabei ausgesprochen wohl zu fühlen. Lawr Fedòtowitsch rauchte sich seine für den heutigen Tag erste »Herzegowina-Flor« an. Chljèbovwòdov sang zart und leise Fuhrwerkerliedchen, der Kommandant döste mit der Aktenmappe an die Brust gepreßt vor sich hin, nur Farfùrkis hatte nach einem kurzen inneren Kampf die Kraft gefunden, derartige Verweichlichungen zu überwinden. Er entfaltete die Straßenkarte von Timùskorpiòn und befleißigte sich, darauf die von uns zurückzulegende Strecke anzuzeichnen, was sich jedoch als völlig unnütz erwies, zumal er total vergessen hatte, daß wir nicht mit einem Hubschrauber, sondern mit einem Automobil unterwegs waren. Ich schlug ihm meine Variante vor: Den See – die Sümpfe – den Hügel. Am See war der Fall eines Plesiosauriers zu untersuchen; an den Sümpfen sollten wir ein dort stattfindendes Jaulen rationalisieren und utilisieren; auf dem Hügel stand uns die Untersuchung eines verzauberten Ortes bevor. Zu meinem Erstaunen hatte Farfùrkis nichts einzuwenden, ganz im Gegenteil: Er beteuerte mir, daß er sich nicht nur voll und ganz meiner Führerintuition anvertraue, sondern immer schon eine hohe Meinung von meinen Fähigkeiten gehabt habe. Es wäre ihm sehr angenehm, daß man ihm gerade mich als Mitarbeiter in der »Wanzen«-Unterkommission zugeteilt habe; er halte mich übrigens schon seit längerer Zeit im Auge, mich wie auch die ganze, prächtige, begabte Jugend. Immer schon sei er mit Herz und Seele für die Jugend gewesen, könne aber deshalb nicht ihre Fehler einfach ignorieren. Seiner Meinung nach kämpft die heutige Jugend viel zuwenig, ja sie zeigt kaum Interesse für den Kampf, will sich im Kampf auch nicht anstrengen, will nicht in den Kampf treten, auf daß der Kampf zu dem werde, was er zu sein hat: die wesentlichste, allerwichtigste unter allen Pflichten. Wenn unsere prächtige, begabte Jugend aber weiterhin so wenig kämpfen wird wie bisher, so wird sie in diesem Kampf wenig Chancen haben, eine echte kämpferische Jugend zu werden, eine Jugend im steten Kampf um einen höheren Kampfgeist und mit dem Ziel, daß der Kampf...

Den Plesiosaurier sahen wir schon von weitem – etwa zwei Kilometer vom Seeufer entfernt, ragte ein einem Schirmgriff ähnliches Gebilde aus dem Wasser. Ich fuhr den Wagen zum Strand und hielt an. Während Farfùrkis noch immer mit der Grammatik im Namen des Kampfes um eine kämpferische Jugend kämpfte, war Chljèbovwòdov schon aus dem Auto gesprungen, um Lawr Fedòtowitsch den Wagenschlag zu öffnen. Lawr Fedòtowitsch geruhte aber nicht auszusteigen. Mit einem wohlwollenden Blick auf Chljèbovwòdov teilte er uns mit, daß sich im See Wasser befinde, daß er die Auswärtige Tagung somit als eröffnet erkläre und dem Genossen Zùbo das Wort erteile.

Die Kommission nahm auf dem Gras neben dem Automobil Platz, die Stimmung der Genossen war eher unamtlich: Farfùrkis knöpfte sich den Rock auf, und ich zog mir sogar das Hemd aus, um nicht eine Gelegenheit zu versäumen, mich von der Sonne bräunen zu lassen. Den Instruktionen zuwiderhandelnd, ratterte der Kommandant wie ein Maschinengewehr seinen Bericht herunter, und zwar den Fragebogen des Plesiosauriers mit dem Spitznamen Lizaweta, doch niemand hörte ihm zu. Lawr Fedòtowitsch betrachtete nachdenklich den vor ihm liegenden See: vielleicht überlegte er gerade, ob das Volk einen See braucht?! Chljèbovwòdov erzählte Farfùrkis mit gedämpfter Stimme, wie im nach dem Theater der Musikalischen Komödie benannten Kolchos, den er dazumal leitete, die Säue bis zu fünfzehn Ferkel zu werfen pflegten. Zwanzig Schritte von uns äste eine Herde Schafe, weiter weg weideten Kühe, daher war Chljèbovwòdovs Abweichen auf die landwirtschaftliche Thematik völlig entschuldbar.

Als der Kommandant in seinem Bericht an dem Punkt »Wesen des Plesiosauriers« anlangte, machte Chljèbovwòdov die wertvolle Bemerkung, daß die

Maul- und Klauenseuche eine gefährliche, das Rindvieh befallende Krankheit sei und daß man darüber nur staunen kann, daß sie da so frei herumschwimmt. Farfùrkis und ich gaben uns die größte Mühe, Chljèbovwòdov klarzumachen, daß die Maul- und Klauenseuche und ein Schuppentier grundverschiedene Dinge seien und daß er wahrscheinlich Saurier und Seuche durcheinander bringe. Aber er blieb stur.

– Ihr könnt mir da nichts einreden –, sagte er. – Ich bin ein belesener Mann, auch wenn ich keine höhere Schulbildung genossen habe! –

Farfùrkis, der sich nicht kompetent genug fühlte, gab schließlich nach. Ich debattierte weiter, bis Chljèbovwòdov mir den Vorschlag machte, den Plesiosaurier doch herzurufen und ihn selbst zu fragen.

– Er kann nicht sprechen –, sagte darauf der Kommandant und hockte sich zu uns aufs Gras. – Spielt keine Rolle, wir werden uns schon verständigen –, entgegnete ihm Chljèbovwòdov. – Rufen wir ihn, irgend etwas wird dabei schon herauskommen. –

– Grrrm –, machte Lawr Fedòtowitsch. – Hat jemand Fragen an den Referenten? Keine Fragen? Rufen Sie also den Fall auf, Genosse Zùbo! –

Der Kommandant sprang auf und begann auf dem Seeufer hin- und herzulaufen. Anfangs rief er mit keuchender Stimme:

– Lìska! Lìska! –

Da ihn der Plesiosaurier allem Anschein nach nicht hörte, riß sich der Kommandant die Jacke vom Leib und begann dem Plesiosaurier damit zu winken: wie ein Schiffbrüchiger, der ein Segel am Horizont bemerkt hat! Lìska rührte sich nicht.

– Sie schläft –, sagte verzweifelt der Kommandant. – Sie hat sich den Bauch mit Barschfischen vollgeschlagen und schläft jetzt ... –

Er ging noch eine Zeitlang winkend auf und ab, dann ersuchte er mich, die Sirene einzusetzen. Lawr Fedòtowitsch beugte sich aus dem Auto und beobachtete den Plesiosaurier durch sein Theaterglas. Volle zwei Minuten ließ ich die Sirene heulen, dann sagte ich, daß es nun genug sei, daß es keinen Sinn habe, die Akkumulatoren zu verbrauchen, der Fall sei meiner Meinung nach hoffnungslos.

– Genosse Zùbo –, sagte Lawr Fedòtowitsch, ohne dabei das Theaterglas herunterzunehmen. – Warum meldet sich der Aufgerufene nicht? –

Der Kommandant wurde blaß. Er wußte nicht, was er darauf antworten sollte.

– Bei Ihnen wird Disziplin nicht groß geschrieben! – ertönte die Stimme Chljèbovwòdov. – Sie haben bei Ihren Untergebenen Ungehorsam und Widerspenstigkeit aufkommen lassen. –

Der Kommandant schob sich das Hemd zurecht und riß den Mund auf.

– Eine solche Situation zersetzt die Autorität –, sagte Farfùrkis betrübt. – Nachts soll man schlafen und unter Tags arbeiten! –

Der Kommandant begann sich zu entkleiden, es blieb ihm demnach nichts anderes übrig. Ich fragte ihn, ob er denn schwimmen könne. Er gestand, daß er es nicht könne, daß ihm das aber nichts ausmache.

– Keine Sorge –, sagte Chljèbovwòdov gelassen, – die aufgeblasene Autorität wird ihn schon über Wasser halten! –

Vorsichtig wagte ich es, meine Bedenken im Hinblick auf die Zweckmäßigkeit des Unterfangens zu äußern. Der Kommandant würde zweifelsohne untergehen, meinte ich.

– Hat es denn die Trojka überhaupt nötig –, fragte ich, – Funktionen zu übernehmen, die außer ihrem Bereich liegen wie in diesem Fall die Rettung von Ertrinkenden? –

Ich wies darauf hin, daß auch der Ertrinkungstod des Kommandanten uns in unserer Sache um keinen Schritt weiterbringen würde. Aus der Logik der Dinge ergäbe sich, daß in diesem Fall entweder Farfùrkis oder Chljèbovwòdov in den See hinaus schwimmen sollten. Farfùrkis hatte darauf einzuwenden, daß der Aufruf des Plesiosauriers einzig und allein

Sache der hiesigen Behörde sei und in deren Abwesenheit des wissenschaftlichen Konsulenten. Daher finde er meine Worte ausfällig und interpretiere sie als einen Versuch, meine Obliegenheiten auf andere abzuwälzen.
Ich erwiderte ihm, daß ich bei dieser Auswärtigen Tagung nicht nur als wissenschaftlicher Konsulent eingesetzt sei, sondern als Chauffeur eines dem Staat gehörenden Automobils und daß ich mich unter keinen Umständen mehr als zwanzig Schritte vom Staatsvehikel zu entfernen habe.
– Gerade Sie müßten eigentlich die »Verkehrsregeln auf Straßen und Wegen« kennen –, bemerkte ich in vorwurfsvollem Ton, denn ich riskierte dabei ja nichts. – Paragraph einundzwanzig! –
Daraufhin trat ein beklemmendes Schweigen ein. Der schwarze Schirmgriff zeichnete sich noch immer regungslos auf dem Horizont ab.
Mit Bangen folgten wir den Bewegungen Lawr Fedòtowitschs, dessen Kopf wie der dreiläufige Geschützturm eines Schlachtschiffes herumschwenkte. Da wir uns alle in ein und demselben Boot befanden, hatte klarerweise niemand von uns das Verlangen, eine Salve abzukriegen.
– Bei Gott dem Allmächtigen! ... – klagte der Kommandant. Er kniete auf dem Boden und war nur mit der Unterwäsche bekleidet. – Bei Jesus Christus dem Retter! ... Ich fürchte mich bei Gott nicht vor dem Schwimmen, auch nicht vor dem Ertrinken! ... Wovor ich mich fürchte, ist Lìska ... ich fürchte mich vor ihrem Rachen ... Sie hat einen Schlund wie Ihre Metro! Sie ist imstande, nicht nur mich, sondern eine ganze Kuh wie ein Samenkörnchen zu verschlingen! Momentan ist sie schlapp, schläfrig ... –
– Schließlich und endlich –, deklarierte Farfùrkis beunruhigt. – Müssen wir sie denn wirklich herrufen? Schließlich und endlich können wir uns auch von hier aus vergewissern, daß sie für uns von keinem Interesse ist. Ich schlage daher vor, sie zu rationalisieren und als unbrauchbar abzuschreiben ... –

– Schreiben wir sie also unverzüglich ab! – pflichtete ihm Chljèbovwòdov begeistert bei. – Eine Kuh ist sie imstande zu verschlingen! – Stell dir das einmal vor! Das ist sogar für mich eine Sensation! Auch ich kann eine Kuh verschlingen ... von dieser Kuh sollte man versuchen ... fünfzehn Ferkel zu bekommen, verstehst du; das wäre eine Leistung! –
Lawr Fedòtowitsch schwenkte schließlich das schwerste Kaliber gegen uns. Jedoch, anstatt einer Horde feindseliger Individuen, anstatt einer Brutstätte gegeneinander aufwallender Leidenschaften, anstatt eines disziplinlosen, die Autorität der Trojka zersetzenden Haufens Spinnen hatte er ein einträchtiges Arbeitskollektiv von begeisterten und tüchtigen Mitarbeitern im Visier, das nur das eine Bestreben hatte, Lìska unverzüglich abzuschreiben und auf die nächste Frage überzugehen. Die befürchtete Salve blieb aus. Der Geschützturm schwenkte ab und richtete die ungeheuerlichen Mündungen auf den nichts ahnenden Schirmgriff.
– Das Volk ... – tönte es vom Kommandoturm. – Das Volk blickt in die Ferne. Diese Plesiosaurier braucht das Volk ... – ... nicht! – feuerte Chljèbovwòdov aus dem kleinsten Kaliber, schoß aber daneben.
Wir erfuhren, daß das Volk die Plesiosaurier dringendst brauche, daß gewisse Kommandanten anscheinend vergessen haben, wessen Brot sie essen, daß gewisse Vertreter unserer ruhmreichen wissenschaftlichen Intelligenz dazu neigen, alles durch die schwarze Brille zu sehen, daß daher der Fall Nummer acht bis zu seiner Aufklärung aufgeschoben und zu einem anderen Zeitpunkt einer eingehenden Prüfung unterzogen wird, und zwar während eines der Wintermonate, wenn man zum Plesiosaurier über das Eis gelangen kann. Andere Vorschläge gab es keine, Fragen an den Kommandanten schon gar nicht, und damit stand dieser Beschluß fest.
– Gehen wir auf die nächste Frage über –, sagte Lawr Fedòtowitsch, worauf sich die Trojka-Mitglieder in den Wagenfond drängten. Der Kommandant zog sich

schleunigst wieder an und fauchte:
– Das werde ich dir nicht vergessen ... Die besten Brocken habe ich dir zukommen lassen ... Behandelt wie eine leibliche Tochter ... Ausgerechnet im Wasser mußt du schwimmen?! ... –
Dann schlugen wir einen dem See entlanglaufenden Feldweg ein. Die Straße war grauenhaft, und ich dankte Gott, daß wir einen trockenen Sommer hatten, sonst wäre es eine Katastrophe gewesen. Ich hatte Gott aber etwas voreilig gedankt, denn je näher wir an die Sümpfe herankamen, um so öfter zeigte die Straße die Tendenz, entweder gänzlich unseren Blicken zu entschwinden oder sich in zwei von Riedgras überwachsene Wassergräben zu verwandeln. Ich stellte den Motor auf Leerlauf und beschloß, die physischen Kräfte meiner Fahrtgenossen einzusetzen. Daß ich mir vom dicken, schlaffen Farfùrkis keine besondere Hilfe zu erwarten hatte, war mir völlig klar. Chljèbovwòdov sah wohl aus wie ein stämmiger Bauer – hatte er jedoch, verkatert, wie er war, genügend Kraft, mitzuhelfen? Lawr Fedòtowitsch stieg erst gar nicht aus, und auch der unsichtbare Edik würde kaum in Erscheinung treten, nur um den neunhundert Kilo schweren Wagen aus dem Dreck zu bugsieren. Also gingen der Kommandant und ich ans Werk.
Aus meinen pessimistischen Gedanken riß mich das plötzliche Erscheinen einer gigantischen schwarzen Pfütze. Es war nicht eine der normalen patriarchalischen, bucholischen Pfützen, durch die man ohne Bedenken durchfährt. Es war auch keine von jenen trüben, lehmigen Pfützen, die sich uns an städtischen Baustellen träge und schadenfroh in den Weg stellen. Ach nein. Das hier war ein stilles, frostiges, in seiner Stille und Düsternis heimtückisch anmutendes Gebilde, das sich wild durch zwei Reihen gebrechlicher junger Föhren durchzwängte: rätselhaft wie das Auge der Sphinx, hinterhältig wie die Zarin Tamara; ein Gebilde, bei dessen Anblick einem wie ein Alpdruck das Gefühl überkam, die Pfütze müsse

bis zum Rand mit abgesoffenen Lastwagen angefüllt sein. Ich bremste scharf ab und sagte:
– Wir sind angelangt. –
– Grrrm –, machte Lawr Fedòtowitsch. – Genosse Zùbo, referieren Sie. –
In der eingetretenen Stille bemerkten wir deutlich, wie er zauderte. Obwohl es bis zu den Sümpfen noch ein weiter Weg war, schien auch er das böse Gefühl zu haben, daß es hier keinen Ausweg gibt. Er seufzte gehorsam und ließ seine Papiere rascheln.
– Einen Augenblick! – unterbrach ihn Farfùrkis bestürzt. – Horcht! –
Er hob den Zeigefinger und erstarrte. Wie aus weiter Ferne drang silberhell der Klang von Siegesfanfaren an unser Ohr. Ihr vielstimmiger, vibrierender Schall wurde stärker, er schien näher zu kommen. Das Blut blieb uns in den Adern stehen: das waren gar keine Fanfaren, sondern das Summen der Mücken in den Sümpfen. Vorläufig summten nicht alle Mücken, sondern nur ihre Kompanieführer, möglicherweise nur höchstrangige Bataillonführer. Wie Tiere, die in eine Falle geraten sind, hielten wir verstohlen Ausschau. Ringsumher erblickten wir hektarweise nur Morast; er war von schütterem Riedgras überwachsen und von zusammengepreßten Schichten verfaulter Blätter bedeckt, aus denen vermoderte Astknorren herausragten, und der ganze Morast stand im schützenden Schatten erbärmlich schwindsüchtiger Espen. Auf jedem einzelnen Quadratzentimeter dieser riesigen Fläche befanden sich ganze Abteilungen von schlanken und sehnigen, rötlichbraunen Kannibalen – blutrünstig, ausgehungert, einsatzfreudig.
– Lawr Fedòtowitsch! – stammelte Chljèbovwòdov. – Das sind ja Mücken! –
– Ich schlage vor –, schrie hysterisch Farfùrkis, – die Untersuchung dieses Falles auf Oktober zu verlegen ... nein, besser auf Dezember! –
– Grrrm –, machte Lawr Fedòtowitsch überrascht. – Der Allgemeinheit ist nicht klar ... –
Die Luft um uns geriet in Bewegung. Chljèbovwòdov

wimmerte und klatschte sich aus vollen Kräften aufs Gesicht. Farfùrkis machte dasselbe. Lawr Fedòtowitsch wandte sich langsam um; er war zutiefst erschrocken. Und da ereignete sich etwas Unvorstellbares: Ein riesenhafter, fuchsroter Pirat stürzte sich exakt wie bei einer Militärparade auf Lawr Fedòtowitschs Stirn und stieß ihm dabei den Degen in die Augen. Lawr Fedòtowitsch wankte zurück. Er war erschüttert, alles war ihm unbegreiflich, unglaubhaft. Und nun ging es los.

Mit dem Kopf wackelnd wie ein Pferd, mit den Ellbogen wild herumfahrend, schickte ich mich an, auf dem engen Raum zwischen dem Espengestrüpp das Auto zu wenden. An meiner Seite brüllte und wand sich Lawr Fedòtowitsch und vom Rücksitz ertönte ein Schlagen und Klatschen, als ob eine in Hitze geratene Kompanie Ulanen und Leibhusaren eine tätliche Selbstbeleidigungszeremonie vollzöge. Als ich mein Wendemanöver beendet hatte, war mein Gesicht bereits total verschwollen. Mir war, als ob sich meine Ohren in glühend heiße Pfannkuchen verwandelt hätten und die Wangen in Brotlaibe. Auf der Stirn war mir außerdem eine Unzahl kleiner Hörnchen gewachsen.

– Vor! Zurück! Gas! – riefen mir Lawr Fedòtowitsch und die beiden auf dem Rücksitz zu. – Fahren Sie ihn doch nieder! Ich werde Sie vor Gericht stellen, Genosse Priwàlov! –

Der Motor heulte auf, der Schlamm flog nach allen Richtungen, das Auto hüpfte wie ein Känguruh, doch unsere Geschwindigkeit war zu gering, leider viel zu gering: Von zahllosen Aerodromen stiegen immer wieder neue Fliegerstaffeln, Geschwader, ja ganze Kriegsflotten auf. Der Feind in der Luft hatte die absolute Übermacht. Alle außer mir begannen eine verbissene Selbstkritik zu üben und gingen dabei sogar auf Selbstfolterung über. Da ich mit den Händen das Lenkrad halten mußte und mich auch mit den Füßen nicht wehren konnte, benützte ich den einen zeitweise freien Fuß, um mich zumindest überall dort zu kratzen, wo ich mit dem Fuß hinlangte. Dann gelang es uns endlich, aus dem Espengestrüpp herauszukommen und wieder das Seeufer zu erreichen. In der Folge wurde der Weg besser, es ging nun bergauf. Ein heftiger Wind schlug mir ins Gesicht. Ich hielt das Auto an, schöpfte Atem und kratzte mich. Ich kratzte mich voller Wonne, am liebsten hätte ich damit gar nicht mehr aufgehört, als ich plötzlich bemerkte, wie die Trojka gerade den Kommandanten auffraß. Sie beschuldigten ihn, den Terrorakt vorbereitet und in die Tat umgesetzt zu haben, sie präsentierten ihm jetzt die Rechnung für jeden Blutstropfen, den die Mücken von den Trojka-Mitgliedern herausgesaugt hatten. Er mußte nun voll dafür bezahlen. Als ich wieder in den Besitz meiner Seh-, Hör- und Denkfähigkeit gelangt war, konnte ich das, was sich meinen Augen bot, ehrlich gesagt, kaum als Kommandanten bezeichnen: übriggeblieben waren ein ein paar abgenagte Knochen, ein ins Leere starrender Blick und ein kaum hörbares Brummen: »Herrgott ... Christus der Retter ...«

– Genosse Zùbo –, sagte Lawr Fedòtowitsch. – Warum haben Sie in Ihrem Bericht innegehalten? Lesen Sie weiter! –

Mit zittrigen Händen machte sich der Kommandant daran, die im Wagenfond verstreuten Dokumente zusammenzuklauben.

– Referieren Sie unverzüglich über das Wesen der Ungeklärtheit des vor uns liegenden Falles –, befahl Lawr Fedòtowitsch.

Der Kommandant schluchzte noch einmal auf und las dann mit gebrochener Stimme:

– Ein weiträumiger Sumpf, aus dessen Tiefen von Zeit zu Zeit Töne wie »Uch« und »Ach« dringen. –

– Und was weiter? – fragte Chljèbovwòdov.

– Weiter nichts, das ist alles. –

– Alles? Das gibt es nicht! – flennte Chljèbovwòdov.

– Man hat mich getötet! Umgebracht! Und deswegen! Wegen dieser »Ach«-Töne ... Warum hast du uns hierhergebracht, Terrorist? Um uns die »Uch«-Töne anzuhören? Oder um uns Blut abzapfen zu lassen?

Schau mich doch an – in diesem Zustand soll ich mich jetzt im Hotel präsentieren! Du hast mir für mein ganzes Leben die Autorität vernichtet! Ich werde dich derart zurichten, daß dir »Ach« und »Uch« vergehen! –
– Grrrm –, machte Lawr Fedòtowitsch, und Chljèbovwòdov schwieg. – Ich schlage vor, – sprach Lawr Fedòtowitsch weiter, – den Fall Nummer 38, genannt »Kuhriemen«, in Anbetracht seiner ungewöhnlichen Gefährlichkeit für das Volk, einer höheren Rationalisierungsmaßnahme zu unterstellen, und zwar die betreffende »Ungeklärte Erscheinung« als nicht rationalisierbar, als transzendent und folglich als nicht existent zu erklären und damit diese »Ungeklärte Erscheinung« für immer aus dem Gedächtnis des Volkes und aus allen Landkarten und Stadtplänen auszumerzen. –
Chljèbovwòdov und Farfùrkis klatschten wie verrückt in die Hände. Lawr Fedòtowitsch zog seine riesige Aktenmappe unter dem Sitz hervor und legte sie mit der flachen Seite auf seinen Schoß.
– Hier die Akte! – rief er.
Die Akte über die höheren Maßnahmen lag nun auf der Aktenmappe.
– Die Unterschriften!! –
Die Akte wurde unterzeichnet.
– Den Siegel!!! –
Mit einem Knarren ging die Safetür auf, ein Schwall muffiger Kanzleiluft drang heraus und vor Lawr Fedòtowitsch erschien der »Große Runde Siegel«. Lawr Fedòtowitsch ergriff ihn mit beiden Händen, hielt ihn über die Akte und senkte ihn dann mit aller Kraft. Der Himmel verdüsterte sich, die Federung der Wagenkarosserie gab nach. Lawr Fedòtowitsch verstaute die Aktenmappe wieder unter dem Wagensitz und fuhr fort:
– Dem Kommandanten der Kolonie, Genosse Zùbo, wird für die verantwortungslose Unterstützung in unserer Kolonie des unrationellen, transzendenten und infolgedessen nicht existenten Sumpfes »Kuh-

riemen«, für die von ihm nicht garantierte Sicherheit bei der Arbeit der Trojka und auch für den bei dieser Gelegenheit an den Tag gelegten Heroismus ein offizieller Dank ausgesprochen. Hat jemand etwas zu sagen? –

– Weiter! – sagte Lawr Fedòtowitsch. – Was haben wir noch, Genosse Zùbo? –

– Den »Verzauberten Ort« –, sagte der Kommandant, sich wieder aufrichtend. – Er ist nicht weit von hier, ungefähr fünf Kilometer. –

– Gibt es dort Mücken? – erkundigte sich Lawr Fedòtowitsch.

– Bei Jesus Christus dem Herren ... – versicherte treuherzig der Kommandant, – bei Christus unserem Retter ... Mücken gibt es dort keine. Ameisen vielleicht ... –

– Also gut –, nahm Lawr Fedòtowitsch zur Kenntnis.

– Und Wespen? Bienen? – fragte er dann weiter, dabei einen tiefen Scharfsinn und eine unermüdliche Fürsorge für das Volk zur Schau tragend.

– Gott bewahre! – beteuerte der Kommandant.

– Auch keine wilden Stiere? – wollte Lawr Fedòtowitsch wissen.

Der Kommandant versicherte ihm, daß in diesen Gegenden von wilden Stieren überhaupt keine Rede sein könne.

– Und Wölfe? – fragte Lawr Fedòtowitsch argwöhnisch.

In dieser Gegend gab es auch keine Wölfe und auch keine Bären, befleißigte sich Farfùrkis hinzuzufügen. Während die Genossen sich in Fragen der Zoologie übten, studierte ich auf der Straßenkarte den kürzesten Weg zum »Verzauberten Ort«. Die von der Obrigkeit getroffenen Maßnahmen wirkten sich bereits aus: Auf der Karte schien Timùskorpiòn auf, es waren der Fluß Skorpiònka, ein See namens Swerìnoje, ein gewisser »Klettenhain«, eingezeichnet, doch die »Kuhriemen«-Sümpfe, die sich früher einmal zwischen dem Swerìnojesee und dem »Klettenhain« erstreckten, waren nicht mehr da. An Stelle des

»Verzauberten Ortes« befand sich auf der Karte ein anonymer weißer Flecken, der auf den alten Karten in der Antarktis eingezeichnet war. Man befahl mir, in dieselbe Richtung weiterzufahren. Wir fuhren an weidenden Schafen vorbei, zwängten uns durch Kuhherden, umfuhren den »Runden Hain«, überquerten den »Frostigen Bach«, und eine halbe Stunde später hatten wir schließlich den »Verzauberten Ort« vor uns.

Der »Verzauberte Ort« war ein Hügel. Die rechte Seite davon war von einem Wald bewachsen. Allem Anschein nach hatte es in früheren Zeiten rundherum einen dichten, sich bis Kitezhgràd ziehenden Wald gegeben, doch später wurde ausgeholzt, und zurück blieb nur die Waldfläche auf dem Hügel. Ganz oben auf dem Gipfel schimmerte schwärzlich eine Holzhütte; auf dem Hang vor uns zockelten, von einem finster dreinblickenden Hund bewacht, zwei Kühe und ein Kalb; vor dem Hütteneingang scharrten Hühner, und auf dem Dach stand eine Ziege.

– Wieso sind Sie denn schon hier stehengeblieben? – fragte mich Farfùrkis. – Fahren wir doch bis zur Hütte, wir werden doch nicht zu Fuß gehen ... –

– Und Milch gibt es dort, nach alledem, was man hier sieht –, fügte Chljèbovwòdov hinzu. – Mit Vergnügen würde ich jetzt einen Schluck Milch trinken! Nach einer Pilzvergiftung ist Milch angeblich sehr bekömmlich. Fahr weiter, vorwärts, was wartest du noch? –

Der Kommandant versuchte, den Genossen verständlich zu machen, daß es nicht möglich sei, näher an den Hügel heranzufahren, aber seine Erklärungen stießen bei Lawr Fedòtowitsch auf eisige Verwunderung: er war bereits vom Gedanken an die heilenden Eigenschaften der kuhwarmen Milch angesteckt, und als Farfùrkis raunzte: – Saure Sahne! Saure Sahne, frisch vom Keller! –, wäre es beinahe zu einem Streit gekommen. Ehrlich gestanden, auch mir gingen die Erklärungen des Kommandanten nicht völlig ein.

Von Neugierde gepackt, startete ich den Motor und

ließ den Wagen frisch und munter in Richtung Hügel rollen. Das Tachometer schnellte in die Höhe, und die Räder raschelten über das stoppelige Gras. Lawr Fedòtowitsch schaute unverwandt nach vorne, und die Genossen auf dem Rücksitz hatten vor lauter Vorgeschmack auf die kuhwarme Milch zu streiten begonnen, wovon sich die Mücken im Moor ernähren. Auf Grund eigener Erfahrung, behaupteten Chljèbovwòdov, ernähren sich die Mücken ausschließlich von Funktionären, die in den Sümpfen Inspektionen durchführen. Seine Wünsche als Wirklichkeit darlegend, versicherte Farfùrkis, daß sich die Mücken gegenseitig auffressen. Auf die Biblische Geschichte zurückgreifend, stammelte der Kommandant kurz und nachdrücklich irgend etwas von göttlichem Honigtau und gebratenen Heuschrecken. So fuhren wir zwanzig Minuten lang dahin. Als der Kilometerzähler anzeigte, daß wir fünfzehn Kilometer zurückgelegt hatten, besann sich Chljèbovwòdov plötzlich.
– Wieso kommt es denn –, sagte er, – daß wir da fahren und fahren, und der Hügel steht noch immer auf demselben Fleck? . . . Steigen Sie doch auf das Gaspedal, Genosse Chauffeur! Was ist mit Ihnen los, Brüderchen? –
Alle verstummten, und auf dem Kilometerzähler zogen weitere sieben Kilometer vorüber. Dem Hügel kamen wir indessen um keinen Meter näher. Die vom Lärm des Motors herbeigelockten Kühe betrachteten uns eine Weile, dann verloren sie jegliches Interesse an uns und steckten ihre Köpfe wieder ins Gras. Auf dem Rücksitz herrschte große Aufregung. Mit gedämpfter Stimme tauschten Chljèbovwòdov und Farfùrkis Bemerkungen aus, zuerst trockensachlicher, dann bösartiger Natur.
– Eine verbrecherische Handlung –, meinte Chljèbovwòdov.
– Sabotage –, entgegnete ihm Farfùrkis. – Eine Saboteakt von der übelsten Sorte . . . –
Sie setzten dann ihre Konversation im Flüsterton

fort, wovon ich nur mehr Wortfetzen auffing wie: »Blockiert... die Räder drehen sich, während das Auto sich nicht vom Fleck rührt... Kommandant?... Wer weiß ob dieser Interimskonsulent nicht... Benzin... wirtschaftlicher Aufschwung... dann wird das Auto wegen Totalabnützung abgeschrieben... dabei ist es noch funkelnagelneu...« Ich nahm die giftigen Äußerungen dieser bösen Papageien nicht weiter ernst, doch da hörte ich jählings das Zuschlagen der Wagentür und das allmählich verklingende Brüllen Chljèbovwòdovs. Ich stieg mit meiner ganzen Kraft auf die Bremse, wobei Lawr Fedòtowitsch – ohne seine würdevolle Haltung zu verlieren – mit einem hölzernen Krach die Stirn gegen die Windschutzscheibe schlug. Mir wurde schwarz vor den Augen und hinter mir schepperten die Metallzähne des Genossen Farfùrkis. Das Auto machte einen Ruck nach vorn. Als der dadurch aufgewirbelte Staub sich setzte, erblickte ich Chljèbovwòdov, der mit den Armen fuchtelnd hinter uns herlief.

– Gibt es Schwierigkeiten? – fragte Lawr Fedòtowitsch im üblichen Ton. Offensichtlich hatte er den Schlag auf die Windschutzscheibe gar nicht wahrgenommen. – Genosse Chljèbovwòdov, beheben Sie sie. –

Die Behebung der Schwierigkeiten nahm diesmal längere Zeit in Anspruch. Ich mußte aussteigen, um nach Chljèbovwòdov zu schauen. Ich fand ihn dreißig Meter von unserem Wagen entfernt auf dem Boden liegend: zerschunden, mit zerfetzten Hosen, und überaus erstaunt. Er legte mir auseinander, daß er mich und den Kommandanten verdächtigt hatte, gegen ihn ein Komplott geschmiedet zu haben, und zwar hätten wir unbemerkt das Auto auf ein Gestell gefahren mit dem gewinnsüchtigen Vorhaben, ohne uns dabei vom Fleck zu bewegen, eine möglichst hohe Kilometerzahl herauszuschinden. Vom Pflichtgefühl getrieben, hatte er beschlossen auszusteigen, unter das Auto zu schauen und uns zu entlarven. Er konnte einfach nicht begreifen, wieso ihm diese Inspektion nicht gelungen ist. Der Kommandant und ich schleppten ihn zum Auto und legten ihn auf den Boden, damit er sich höchstpersönlich von der Haltlosigkeit seiner Verdächtigungen überzeugen könne. Inzwischen gingen wir Farfùrkis an die Hand, seine Brille und die obere Zahnprothese wiederzufinden. Während Farfùrkis im Auto suchte, fand der Kommandant beides weit vor dem Auto auf dem Boden verstreut.

Das Mißverständnis wurde vollends geklärt, die Einwände Chljèbovwòdovs hatten sich als stark übertrieben erwiesen, und Lawr Fedòtowitsch, der endlich einsah, daß es keine kuhwarme Milch gab, daß es keine geben werde und auch keine geben könne, legte mir ans Herz, nicht das Benzin zu vergeuden, das dem Volk gehöre, und mich meinen unmittelbaren Aufgaben zu widmen.

– Genosse Zùbo –, sagte er. – Berichten Sie über den nächsten Fall. –

Bei dem Fall Nummer neunundzwanzig schienen, wie zu erwarten, weder Familienname noch Vorname, noch Vatername auf; vermerkt war lediglich die Bezeichnung »Der Verzauberte«. Während sein Geburtsdatum in der Tiefe der Jahrhunderte unterging, war der Geburtsort mit Koordinaten angezeigt, deren Genauigkeit bis auf die Bogenminute ging. Als Nationalität war die russische angeführt, die Schulbildung war durchgekreuzt, ebenso die Fremdsprachenkenntnisse. Als Beruf war »Hügel« angegeben und den derzeitigen Arbeitsplatz zeigte wiederum ein Koordinatensystem auf. Im Ausland war der »Verzauberte« noch nie gewesen, seine nächsten Verwandten waren seine Mutter – die feuchte Erde, sein ständiger Wohnsitz war wiederum mit einem Koordinatensystem höchster Präzision angegeben. Und was das Wesen seiner Ungeklärtheit anbelangte, so hatte es Wybegallo kurz und bündig, ohne viel herumzutüfteln, folgendermaßen definiert: »Weder fahrend noch zu Fuß passierbar«.

Der Kommandant strahlte: Diesen Fall würde man so

gut wie sicher rationalisieren! Auch Chljèbovwòdov war mit dem Ergebnis der Untersuchung zufrieden. Farfùrkis frohlockte über die offenkundige, keine Gefahr für das Volk in sich bergende Ungeklärtheit, und Lawr Fedòtowitsch hatte allem Anschein nach auch nichts dagegen einzuwenden. Im Vertrauen eröffnete er uns, daß das Volk Hügel brauche, ja nicht nur Hügel, sondern auch das Flachland, Schluchten und Abgründe, Berge wie den Elbrùs und das Kasbekische Gebirge.

Da öffnete sich die Tür der Hütte, und heraus trat, auf einen Stock gestützt, ein alter Mann in Filzstiefeln und einem knielangen, begurteten Bauernkittel. Er stapfte auf der Schwelle auf und ab: mit der einen Hand schirmte er sich von der Sonne ab, mit der anderen machte er der Ziege mit dem Stock ein Zeichen, sie möge vom Dach heruntersteigen. Dann setzte er sich auf die Eingangsstufen.

– Ein Zeuge! – sagte Farfùrkis. – Sollen wir ihn nicht als Zeugen aufrufen? –

– Zeuge wofür? – erwiderte mit verdatterter Stimme der Kommandant. – Ist der Fall etwa nicht klar? Wenn es da noch Fragen gibt, so könnte ich ... –

– Nein! – sagte Farfùrkis und wandte ihm einen argwöhnischen Blick zu. – Kommt nicht in Frage! Warum denn Sie? Sie sind ja nicht von hier – er ist ein Hiesiger! –

– Rufen wir ihn auf! Aufrufen! – meinte Chljèbovwòdov. – Soll er uns bei dieser Gelegenheit gleich etwas Milch mitbringen! –

– Grrrm –, machte Lawr Fedòtowitsch. – Genosse Zùbo, rufen Sie den Zeugen für den Fall Nummer neunundzwanzig auf! –

– O weh! – stieß der Kommandant hervor und schleuderte seinen Strohhut auf die Erde. Der Fall war ihm unter seinen Augen aus der Hand geglitten.

– Wenn es ihm möglich wäre, zu uns herunterzukommen, würde er doch nicht dort oben herumsitzen! Er ist dort sozusagen im Arrest! Er kann nicht weg! Er

ist dort regelrecht hängengeblieben. –
Am Rande der Verzweiflung und unter den durchbohrenden, mißtrauischen Blicken der Trojka neue Verdrießlichkeiten witternd, wurde der Kommandant ungemein gesprächig und berichtete uns, was man sich in Kitezhgràd über den verzauberten Waldhüter Theophil erzählte. Wie dieser mit seiner Frau recht und schlecht in seinem Wächterhäuschen gelebt hatte – damals war er noch jung und kräftig – und wie dann eines Tages ein grüner Blitz in den Hügel einschlug. – Damit begann die Katastrophe. Theophils Frau war ausgerechnet an jenem Tag in die Stadt gegangen, und, als sie zurückkam, gelang es ihr nicht mehr, den Hügel emporzusteigen. Theophil wollte daraufhin zu ihr: zwei Tage lang versuchte er unermüdlich, zu ihr zu gelangen: umsonst. Seitdem sitzt er auf dem Hügel fest. Er ist oben, sie herunten ... Im Laufe der Jahre hat sich Theophil allmählich beruhigt – das Leben geht weiter ... Er hat sich mit seiner Lage abgefunden ... –
Chljèbovwòdov hörte sich diese schreckliche Geschichte bis zu Ende an, nicht ohne jedoch ab und zu eine heimtückische Frage einzuwerfen. Dann machte er plötzlich eine Entdeckung: Theophil war der Volkszählung entgangen und hatte sich auch nicht den umerzieherischen Maßnahmen unterzogen; es war daher durchaus möglich, daß er ein Kulàk, ein Bauernausbeuter geblieben war.
– Er besitzt zwei Kühe -, stellte Chljèbovwòdov fest, – und ein Kalb. Eine Ziege hat er auch, dabei zahlt er keine Steuern ... – und mit einemmal erweiterten sich seine Augen: – Und wenn ein Kalb da ist, so hält er irgendwo versteckt auch einen Stier! –
– Es stimmt, auch ein Stier ist da –, gab der Kommandant mit verzagter Stimme zu. – Er weidet auf dem anderen Hang. –
– Nun Brüderchen, einen schönen Dreh hast du da beisammen! – sagte Chljèbovwòdov böse. – Ich habe immer schon gewußt, daß du ein Halunke bist und ein Augenwischer, *das* jedoch habe ich mir von dir

nicht erwartet! Daß du der Helfershelfer eines Kulàken bist, daß du versuchst, einen Bauernschinder zu decken! ... –

Der Kommandant holte tief Atem und jammerte:

– Bei der der Heiligen Jungfrau Maria! ... Bei den zwölf Aposteln! ...

– Achtung! – flüsterte mir der unsichtbare Edik zu.

Der Waldhüter erhob jählings den Kopf und, noch immer die eine Hand als Schirm benützend, richtete er seine Blicke auf uns. Dann stand er auf, warf seinen Stock weg und lief, hastig durch das hohe Gras huschend, den Hügel herunter. Die weiße, schmuddelige Ziege lief wie ein Hündchen hinter ihm her. Theophil kam zu uns, setzte sich auf den Boden und stützte nachdenklich das Kinn auf seine knochige, braune Hand; die Ziege ließ sich neben ihm auf dem Gras nieder und begann uns mit ihren gelben, teuflischen Augen zu mustern.

– Menschen sind eben Menschen –, sagte Theophil. – Mich wundert nur ... –

Die Ziege ließ ihre Blicke über uns gleiten und suchte sich schließlich Chljèbovwòdov aus:

– Das wäre also Chljèbovwòdov –, sagte sie. – Rudolf Archìpowitsch Chljèbovwòdov. Er wurde neunzehnhundertzehn in Chochlom geboren – den Vornamen Rudolf haben seine Eltern einem Roman der höheren Gesellschaft entnommen –; Schulbildung: bis zur siebenten Klasse; er geniert sich der Herkunft seiner Eltern; Fremdsprachen hat er eine Menge studiert, beherrscht aber keine ... –

– Bei Jes ...! – bestätigte Chljèbovwòdov mit einem verschämten Kichern. – Beim Leibhaftigen! –

– ... und Beruf hat er auch keinen. Momentan befaßt er sich mit »public relations«. War er im Ausland? Wo?: In Italien, in Frankreich, in der BRD sowie in der DDR, in Ungarn, in England usw. usw.: er war in insgesamt zweiundvierzig Ländern. Überall hat er angegeben und gestohlen. Wesentliche Charakterzüge: hochgradige soziale Zähigkeit und Anpassungsfähigkeit – beides gestützt auf grundsätzliche

Dummheit und auf die unwandelbare Bestrebung, päpstlicher als der Papst zu sein. –
– Das wäre es –, sagte Theophil.
– Haben Sie etwas hinzuzufügen, Rudolf Archìpowitsch? –
– Keineswegs! – sagte Chljèbovwòdov amüsiert. – Nur ist mir nicht ganz klar, was unter »päpstlicher als der Papst« gemeint ist. –
– Hier haben Sie ein Beispiel: Ist der Obrigkeit irgendein Wissenschaftler nicht genehm, so erklären Sie sich, Chljèbovwòdov, gegen die ganze Wissenschaft schlechtweg, Sie lehnen die Wissenschaft einfach in Bausch und Bogen ab. Hat die Obrigkeit an einem Ausländer etwas auszusetzen, erklären Sie gleich allem, was sich hinter dem Kordon befindet, den Krieg. Wissen Sie jetzt, was ich meine? –
– Jawohl –, sagte Chljèbovwòdov. – Anders ist es aber nicht zu machen. Die Schulbildung ist bei uns von einer empfindlichen Beschränktheit. Weiß man sich da nicht zu helfen, ist man geliefert! –
– Hat er gestohlen? – fragte Theophil mit Verachtung.
– Nein –, sagte die Ziege. – Er hat nur das zusammengerafft, was von der Fuhre heruntergefallen ist. –
– Hat er getötet? –
– Wo denken Sie hin? – sagte die Ziege mit einem Grinsen. – Er persönlich jedenfalls nie. –
– Sagen Sie etwas –, forderte Theophil Chljèbovwòdov auf.
– Natürlich wurden Fehler gemacht –, beeilte sich Chljèbovwòdov zu erklären. – Die Menschen sind nun einmal keine Engel. Jeder hat eben seine Fehler. Auch das beste Pferd stolpert zuweilen über seine Füße! – Wer nicht ab und zu einen Fehler begeht, ißt nicht... und wer nicht ißt, kann nicht arbeiten... –
– Ich begreife –, sagte Theophil. – Werden Sie weiterhin Fehler begehen? –
– Nie mehr! – versicherte Chljèbovwòdov fest und un-

erschütterlich.
– Ich danke –, sagte Theophil. Dann schaute er Farfùrkis an.
– Und wer ist denn diese nette Person? – fragte er.
– Das ist Farfùrkis –, sagte die Ziege. – Er wurde noch nie von niemandem mit seinem Vornamen und Vaternamen angesprochen. Geboren wurde er eintausendneunhundertundsechzehn in Tarangor, Hochschulbildung, juridische Fakultät, liest Englisch mit Zuhilfenahme eines Wörterbuchs. Beruf: Lektor. Er besitzt den Grad eines Kandidaten der historischen Wissenschaften. Er war noch nie im Ausland, und er hat auch kein Verlangen danach, sich ins Ausland zu begeben. Wesentliche Charakterzüge: Vorsicht und Dienstbeflissenheit: beides Eigenschaften, die ihm mitunter wohl den Unwillen der Obrigkeit, zu guter Letzt aber immer deren Anerkennung und Dank einbringen ... –
– Was Sie da behaupten, stimmt nicht ganz –, widersprach ihm Farfùrkis mit weicher Stimme.
– Sie scheinen sich da in den Begriffen zu irren. Vorsicht und Dienstbeflissenheit lege ich nicht nur der Obrigkeit gegenüber an den Tag: ich bin von Natur aus vorsichtig und dienstbeflissen – diese Eigenschaften liegen sozusagen in meinen Chromosomen. Und was die Obrigkeit anbelangt, so ist es meine Pflicht, meine Vorgesetzten in die juridischen Schranken ihrer Kompetenz zu weisen. –
– Und wenn die Obrigkeit diese Schranken überschreitet? – fragte Theophil.
– Sehen Sie –, erklärte ihm Farfùrkis – übrigens merkt man sofort, daß Sie kein Jurist sind! – es gibt nichts Nachgiebigeres, nichts Elastischeres als die juridischen Grenzlinien. Man kann auf sie hinweisen, überschreiten darf man sie jedoch nicht. –
– Und wie steht es mit den falschen Zeugenaussagen? – fragte Theophil.
– Ich fürchte, dieser Ausdruck ist etwas veraltet –, bemerkte Farfùrkis. – Bei uns zumindest wird er nicht mehr gebraucht. –

– Hat sich Chljèbovwòdov der falschen Zeugenaussage schuldig gemacht? – fragte Theophil die Ziege.

– Nein, so etwas tut er nicht –, antwortete die Ziege. – Er glaubt stets fest und heilig an die Wahrhaftigkeit seiner Aussagen. –

– Was ist eigentlich Lüge? – sagte da Farfùrkis. – Lüge ist Leugnung beziehungsweise Verfälschung der Tatbestände. Und was ist ein Tatbestand? Kann man denn unter den immer komplizierter werdenden Bedingungen unseres Alltags überhaupt noch von Tatbeständen sprechen? Ein Tatbestand ist eine von Augenzeugen bestätigte Erscheinung oder Handlung. Es kommt mitunter vor, daß Augenzeugen voreingenommen sind, habgierig, oder ganz einfach nur dumm und einfältig. Ein Tatbestand wird auch von Dokumenten beglaubigt, wobei die Dokumente gefälscht oder fabriziert sein können. Ein Tatbestand ist letztlich eine Erscheinung oder Handlung, über deren Gültigkeit ich persönlich bestimme, wobei aber auch mein Instinkt mitunter wackelig, ja sogar durch unvorhergesehen eingetretene Umstände irrig sein kann. Daraus ergibt sich, daß der Tatbestand eine höchst gebrechliche Rolle spielt. Der Tatbestand ist ein verschwommener, unzuverlässiger Begriff, den wir in Hinkunft gänzlich abschaffen werden. Lüge und Wahrheit werden dadurch zu zwei primären, mit allgemeinen Argumenten kaum zu definierenden Begriffen. Es gibt da zwei Antipoden: die »Große Wahrheit« und die »Große Lüge«, wobei die »Große Wahrheit« so großmächtig und ihre Glaubhaftigkeit so offenkundig ist, daß es völlig unsinnig wäre, sie zu widerlegen oder zu verfälschen. Das ist auch der Grund, warum ich nie lüge und natürlich auch keine falschen Zeugenaussagen mache. –

– Scharfsinnig –, sagte Theophil, – äußerst scharfsinnig! –

Dann wandte er sich an die Ziege:

– Wird diese Philosophie über den Tatbestand auch noch nach Farfùrkis weiterbestehen? –

– Nein –, sagte die Ziege mit einem Lächeln, – . . . das heißt, diese Philosophie bleibt natürlich bestehen – Farfùrkis hat damit aber nichts zu tun. Diese Philosophie war ja auch nicht seine Idee. Er hat nie neue Ideen gehabt, außer in seiner Dissertation, übrigens das einzige Beweisstück seiner Leistungen auf diesem Gebiet. –

Theophil war in Gedanken versunken.

– Ist dieses Kapitel somit erledigt? – fragte Farfùrkis, an Theophil gewandt. – Können wir nun unsere Arbeit fortsetzen? –

– Noch nicht –, antwortete ihm Theophil, aus seinen Gedanken erwachend. – Ich hätte noch ein paar Fragen an jenen Herrn dort . . . –

– An wen? – rief Farfùrkis betroffen. – An Lawr Fedòtowitsch? –

– Die Allgemeinheit . . . – deklarierte Lawr Fedòtowitsch und schaute dabei durch sein Theaterglas.

– Fragen an Lawr Fedòtowitsch? . . . brummte bestürzt Farfùrkis.

– Ja –, bestätigte die Ziege, – Fragen an Lawr Fedòtowitsch Wunjùkov, Geburtsjahr . . . –

– Es ist aus –, flüsterte Edik. – Der Strom ist alle . . . dieser Lawr ist wie ein bodenloses Faß . . . –

– Was soll das heißen? – stöhnte Farfùrkis verzweifelt – Genossen! Wo kommen wir da hin? Das geht doch nicht! . . . –

– Völlig richtig –, sagte Chljèbovwòdov. – Das geht uns nichts an. Soll sich die Miliz damit befassen. –

– Grrrm –, machte Lawr Fedòtowitsch. – Hat jemand andere Vorschläge? Fragen an den Referenten? Im Sinne der Allgemeinheit schlage ich vor, den mit der Nummer neunundzwanzig registrierten »Verzauberten« als »Ungeklärte Erscheinung« zu rationalisieren. Das Ministerium für Volksernährung und das Finanzministerium werden sich dann eingehender mit dem Fall befassen.

Zur primären Verwertung schlage ich also vor, den

Fall Nummer neunundzwanzig der Staatsanwaltschaft des Bezirks Timùskorpiòn zu übergeben. –
Ich warf einen Blick auf die Anhöhe des Hügels. Der Waldhüter Theophil stand, gestützt auf seinen Stock, am Eingang seiner Hütte und betrachtete unter dem Schirm seiner Handfläche die Umgebung, während die Ziege im Garten umherstapfte. Ich winkte ihnen zum Abschied mit meiner Mütze. Gleichzeitig mit einem kummervollen Seufzer des unsichtbaren Edik drang das schwere Aufschlagen des »Großen Runden Siegels« an mein Ohr.

EPILOG

Am nächsten Morgen fühlte ich schon beim Erwachen, wie peinlich und hoffnungslos unsere Lage war. Den zerzausten Kopf auf die Hände gestützt, saß Edik, nur mit den Unterhosen bekleidet, am Tisch. Vor ihm glitzerten, auf einem Zeitungspapier ausgebreitet, die Bestandteile des bis zum letzten Schräubchen zerlegten Remoralisators. Mit einem einzigen Blick wurde mir bewußt, wie elend auch ihm zumute war.
Ich schleuderte die Bettdecke weg, setzte die Füße auf den Boden, holte eine Zigarette aus meiner Rocktasche und rauchte sie mir an. Unter normalen Umständen hätte diese gesundheitswidrige Handlung bei Edik unverzüglich eine Reaktion des Unwillens und der Unduldsamkeit ausgelöst, ist er doch ein grundsätzlicher Feind von Disziplinlosigkeit und Verpestung der Luft. Unter normalen Umständen hätte ich es auch niemals gewagt, in Ediks Anwesenheit auf nüchternen Magen zu rauchen. Aber heute war uns alles egal. Wir waren zerstört, erledigt – wir hingen über einem Abgrund.
Erstens einmal waren wir nicht ausgeschlafen. Das fürs erste, würde Modèst Matwjèwitsch sagen. Bis drei Uhr früh hatten wir uns kummervoll auf unseren Betten herumgewälzt und dabei eine bittere Bilanz gezogen; wir hatten die Fenster aufgerissen und

wieder geschlossen, Wasser getrunken, und ich habe sogar in den Kopfpolster gebissen.

Nicht genug, daß wir uns gegenüber diesen Kanalisatoren als ohnmächtig erwiesen haben – das wäre noch das mindeste gewesen, denn schließlich und endlich hatte uns niemand entsprechende Anweisungen gegeben –, wir waren zudem wie ausgelaugt, unsere Gesichtsfarbe war geradezu grün.

Dazu kam, daß alle unsere Hoffnungen, doch noch in den Besitz unserer »Schwarzen Kiste« und der »Sprechenden Wanze« zu gelangen, nach der gestrigen historischen Unterredung bei der Hotelauffahrt in Rauch aufgingen! Im letzten Augenblick hatte der Gegner eine gewaltige Waffe wie den »Großen Runden Siegel« eingesetzt, gegen den wir machtlos sind. Jetzt war unser weiteres Schicksal im Spiel.

Die historische Unterredung am Hoteleingang hatte sich ungefähr folgendermaßen abgespielt: Kaum war ich mit dem staubbedeckten Wagen vor dem Hotel vorgefahren, tauchte beim Eingang wie aus dem Nichts der ungewohnt finster dreinblickende Edik auf.

Edik: Verzeihen Sie, Lawr Fedòtowitsch. Könnten Sie mir für einige Minuten Ihre Aufmerksamkeit gewähren?

Lawr Fedòtowitsch: (schnauft, schleckt sich die von den Mücken verursachten Pusteln auf der Hand ab, wartet darauf, daß man ihm den Wagenschlag öffne.)

Chljèbovwòdov (gereizt): Die Empfangszeit ist zu Ende.

Edik (zieht die Brauen zusammen): Ich möchte nur erfahren, wann es zu einer Erledigung unserer Anträge kommt.

Lawr Fedòtowitsch (zu Farfùrkis): »Umtrunk« kommt vom Zeitwort »trinken«.

Chljèbovwòdov (dienstbeflissen): So ist es! Die Allgemeinheit liebt einen Umtrunk.

Alle (steigen aus).

Kommandant (zu Edik): Nur keine Aufregung! Im

nächsten Jahr werden wir Ihre Anträgelchen schon überprüfen! ...

Edik (plötzlich teufelswild geworden): Ich verlange, daß man mit diesem Amtsschimmel endlich Schluß macht! (Er verstellt den Genossen den Eingang).

Lawr Fedòtowitsch: Grrrm ... Schwierigkeiten? Genosse Chljèbovwòdov, beheben Sie sie.

Edik (drängt): Ich fordere eine sofortige Erledigung unserer Anträge!

Ich (verzagt): Laß sein, es ist aussichtslos ...

Kommandant (erschrocken): Bei Christus dem Herrn ... Bei der Heiligen Jungfrau Maria von Tìmùskorpiòn ... Ich flehe euch an! ...

Es folgte eine höchst peinliche Szene. Chljèbovwòdov hat sich vor Edik aufgestellt und mißt ihn von Kopf bis zu Fuß. Edik entlädt seinen Wutüberschuß durch kleine Kugelblitze. Neugierige sammeln sich an. Aus einem geöffneten Fenster ruft jemand: »Hau ihm doch eine in die Fresse, was wartest du noch? Eine über die Birne!« Farfùrkis flüstert Lawr Fedòtowitsch geschwind etwas ins Ohr.

Lawr Fedòtowitsch: Grrrm ... Ich bin der Meinung, daß man unsere begabte Jugend fördern soll. Ich schlage vor, man möge den Genossen Priwàlov endgültig als Chauffeur bei der Trojka einstellen und den Genossen Amperjàn zum Stellvertreter des erkrankten wissenschaftlichen Konsulenten Wybegallo zu ernennen, wobei ihm die Differenzsumme zum früheren Gehalt ausgezahlt werden soll. Genosse Farfùrkis, fertigen Sie das Projekt der Dienstbefehle aus. Eine Kopie geht an die »drunten«. (Geht auf Edik zu.)

Edik übertrifft sich an Höflichkeit. Er macht dem älteren Mann nicht nur den Weg frei, sondern öffnet ihm sogar die Tür. Ich bin baff: sehe oder höre ich schlecht?

Kommandant (mir freudig die Hand drückend): Ich beglückwünsche Sie zu Ihrer Beförderung, Genosse Priwàlov! Demnach ist alles geklärt ...

Lawr Fedòtowitsch (in der Tür bleibend): Genosse Zùbo!

Kommandant: Zu Befehl!

Lawr Fedòtowitsch (demokratisch scherzend): Heute hat man Sie ordentlich im Schwitzkasten gehalten, Genosse Zùbo! Wollen Sie jetzt nicht ins Dampfbad gehen und dort weiterschwitzen?

Die Trojka entfernt sich mit einem unheilvollen Gelächter. Vorhang.

Bei dem Gedanken an diese Szene und daran, daß es mir ab heute für längere Zeit blühen würde, der Chauffeur der Trojka zu sein, tötete ich meine Zigarette ab und stieß mit heiserer Stimme hervor:

– Wir müssen türmen! –

– Können wir nicht –, sagte Edik. – Das wäre eine Schande. –

– Und hierbleiben – ist das denn keine Schande? –

– Ist auch eine Schande –, mußte Edik zugeben. –Wir sind zur Erkundung hier, man hat uns noch nicht von unseren Pflichten entbunden und daher müssen wir durchhalten, koste es auch noch so große Opfer. Wir *müssen*, Sàscha! Und jetzt ist es Zeit, uns zu waschen, anzukleiden und zur Sitzung zu gehen. –

Ich stöhnte auf, konnte ihm aber nichts darauf sagen.

Wir wuschen uns also, kleideten uns an und frühstückten sogar. Dann begaben wir uns in die Stadt, wo sich jeder einzelne einer für die Gemeinschaft nützlichen Arbeit widmete. Wir waren in düsteres Schweigen gehüllt, wir fühlten uns deprimiert, ja verzweifelt.

Bei der Kolonie kreuzte plötzlich der Mummelgreis Edelweiß auf und trat auf mich zu. Edik zog prompt einen Rubel heraus, was diesmal aber nicht die übliche Wirkung zeitigte. Die materiellen Güter interessierten den Alten nicht mehr, er heischte jetzt geistige Güter. Er wollte, daß ich mich als Organisator bei der technischen Vervollkommnung seines efristischen Aggregats einschalte: dazu müßte ich einen detaillierten Plan ausarbeiten, dessen Berechnungen noch aus der Zeit seiner – des Mummelgreises Edelweiß – Aspirantur stammten!

Nach fünf Minuten Konversation mit ihm sah ich schließlich rot: ich hatte schneidende Worte auf der Zunge und ich war fast daran, meine schrecklichen Vorhaben in die Tat umzusetzen. In meiner Verzweiflung schwatzte ich da irgendeinen Mumpitz über autodidaktische Maschinen. Der Mummelgreis hörte mir mit offenem Mund zu, als wollte er jeden Ton geradezu in sich einsaugen: er schien sich den ganzen Quatsch, den ich ihm auftischte, Wort für Wort einzuprägen. Dann kam mir eine blendende Idee. Wie ein gewitzter Spitzel fragte ich ihn, ob denn Màschkins Aggregat ausreichend kompliziert sei. Er beteuerte mir leidenschaftlich, daß das Aggregat unvorstellbar kompliziert und verwickelt sei und daß sogar er selbst sich manchmal damit nicht auskenne.
– Ausgezeichnet –, sagte ich. – Es ist bekannt, daß man jeder genügend komplizierten elektronischen Maschine beibringen kann, sich selbst zu instruieren und auch selbständig zu produzieren. Letzteres brauchen wir vorderhand nicht; was wir dem Aggregat Màschkins beibringen müssen, ist, die Texte selbständig, ohne Hilfe des Menschen, in der kürzestmöglichen Fassung in die Maschine zu tippen. Wie man das bewerkstelligt? Wir wenden dabei die bestbewährte Methode des ständigen Trainings an... (»Die Methode Montecarlo«, warf Edik beseelt ein.) Ganz richtig die Methode Montecarlo. Der Vorteil dieser Methode liegt in ihrer Einfachheit. Man nimmt einen etwas umfangreicheren Text – sagen wir »Brehms Tierleben«. Màschkin setzt sich hinter sein Aggregat und beginnt das Werk Wort für Wort, Zeile für Zeile, Seite für Seite in die Maschine zu tippen. Währenddessen analysiert der Analysator des Aggregats... (»Der Denker beginnt zu denken«, warf Edik ein). Genau denken ... Und auf diese Weise instruiert sich das Aggregat. Sie kommen nicht dazu »muh« zu sagen, da beginnt es schon selbständig zu schreiben. Hier haben Sie einen Rubel Spesenersatz, gehen Sie in die Bibliothek um Brehms Tierleben ... –

Edelweiß jagte im Eiltempo davon, während wir, durch unseren kleinen Sieg über die hiesigen Elemente wieder einigermaßen ermutigt – übrigens unser erster Sieg im sechsundsiebzigsten Stockwerk –, unserer Wege gingen. Wir waren herzlich froh darüber, Edelweiß nun ein für allemal losgeworden zu sein; der starrköpfige Alte würde mir in Hinkunft nicht mehr über den Weg laufen und mich mit seiner Blödigkeit quälen, sondern brav und artig hinter seiner »Remington« sitzen, emsig auf der Tastatur klappern und die Zunge herausstrecken, sooft es heißt, fremdartige, nicht auf der Tastatur vorhandene Buchstaben mit der Hand nachzuzeichnen. Da kann er lange tippen und fremde Buchstaben nachzeichnen, bis er mit dem »Brehm« fertig ist! Und ist er mit dem »Brehm« fertig, so haben wir schon einen Nachschub bereit, und zwar das Werk von Charles Dickens in dreißig Bänden! Und nach Dickens – Gott steh' uns bei – kommen, wenn es sein muß, noch die neunzigbändigen Gesammelten Werke von Ljev Nikolàjewitsch dran, samt allen Briefen, Artikeln, Aufzeichnungen und Kommentaren ...

Als wir in den Sitzungssaal traten, verlas der Kommandant gerade irgend etwas. Die Kanalisatoren und Wybegallo lauschten, sich dabei gegenseitig zunickend. Edik und ich setzten uns schweigend auf unsere Plätze und bemühten uns, der Rede zu folgen. Eine Zeitlang verstanden wir nicht, worum es dabei ging – es interessierte uns auch nicht. Sehr bald wurde uns jedoch klar, daß sich die Trojka heute mit der Erledigung von Klagen, Anträgen und informativen Mitteilungen seitens der Bevölkerung befaßte. Fjèdja hatte uns bereits erzählt, daß diese Amtshandlung allwöchentlich stattfand. Wir mußten den Wortlaut einiger Briefe über uns ergehen lassen.

Die Schüler des Dorfes Wunjùschkino berichteten über eine dort wohnende alte Frau namens Zoja, von der es allgemein hieß, sie sei eine Hexe. Ihretwegen seien die Ernten so schlecht; außerdem habe sie ih-

ren leiblichen Enkel Wassìlij Kormìlizyn, einen ehemaligen Vorzugsschüler, in einen schlechten Schüler und Rowdy verwandelt, nur weil er ihre Beinprothese zum Altwarenhändler getragen hatte. Das Anliegen der Schülerschaft war, die Trojka möge so bald als möglich Klarheit schaffen, zumal sie, die Schüler, als »Junge Pioniere« solchen Hexengeschichten keinen Glauben schenken könnten. Sie verlangten außerdem, daß sich Wissenschaftler mit diesem Fall befaßten, um auf wissenschaftlicher Basis zu eruieren, ob die Alte tatsächlich imstande war, Mißernten heraufzubeschwören und Vorzugsschüler in schlechte Schüler zu verwandeln. Wenn ja, so möchten die Schüler erfahren, ob es der Wissenschaft nicht möglich wäre, die magischen Kräfte der Alten ins Gegenteilige zu dirigieren und zwar, schlechte Schüler in Vorzugsschüler umzuwandeln ...
Eine Gruppe Touristen schrieb wiederum, sie habe nicht weit vom »Klettenhain« entfernt einen Skorpion von der Größe einer Kuh gesichtet. Der Skorpion habe das diensthabende Personal auf geheimnisvolle Weise eingeschläfert, den Monatsvorrat an Proviant geraubt und sei damit in den Wald geflüchtet. Die Touristen boten ihre Hilfe zur Ergreifung des Ungeheuers an. Bedingung: man möge ihnen die Reisespesen ersetzen ...
Ein Einwohner Timùskorpiòns namens Zajàdly P. P. beklagte sich über seinen Nachbarn, der ihm nun schon seit zwei Jahren mit Hilfe einer besonderen Apparatur Milch abzapfte. Zajàdly verlangte Satisfaktion ...
Ein anderer Einwohner Timùskorpiòns, ein gewisser Krassnodjèvko S. P., sprach seinen Unwillen über die Tatsache aus, daß der städtische Park an jedem Eck und Ende verschmutzt sei und daß man dort überhaupt nicht mehr spazierengehen könne. Die Hauptschuld dafür gab er dem Kommandanten Zùbo, weil dieser die Küchenabfälle der Kolonie dazu verwendete, um drei Schweine und seinen Schwager, einen arbeitsscheuen Parasiten, zu mästen ...

Der Landarzt aus dem Dorf Bùbnowo berichtete, daß er anläßlich einer Bauchhöhlenoperation bei dem hundertfünfzigjährigen Bürger Panzermànov in dessen Blinddarmfortsatz eine antike nordosetinische Münze gefunden habe. Der Arzt wies dabei auf die Tatsache hin, daß der verblichene Panzermànov nie in seinem Leben in Asien gewesen war und auch nie eine solche Münze zu sehen bekommen hatte. In den restlichen zweiundvierzig Seiten seines Briefes veranschaulichte der hochgelehrte Äskulap seine Einstellung zur Telepathie, Telekinese und der vierten Dimension. Er hatte Diagramme und Tabellen beigelegt, außerdem lebensgroße Fotografien von Vorder- bzw. Rückseite der nordosetinischen Münze.
Die Amtshandlung ging gut überlegt und ohne Hast vonstatten. Nach jedem Brief folgte eine längere, von tiefsinnigen Ausrufen ausgefüllte Pause. Dann blies sich Lawr Fedòtowitsch eine »Herzegowina-Flor« durch und erkundigte sich bei Wybegallo, was für einen Antwortentwurf der wissenschaftliche Konsulent der Trojka zu unterbreiten habe. Mit einem breiten Lächeln auf den roten Lippen strich sich Wybegallo mit beiden Händen über den Bart, bat um die Erlaubnis, nicht aufstehen zu müssen, und verlas den gewünschten Entwurf. Seine Antwortschreiben zeichneten sich fürwahr nicht durch Abwechslungsreichtum aus! Er verwendete dabei eine Standardform: »Geehrter Bürger – Geehrte Bürgerin – Geehrte Bürger! ... Wir haben Ihren hochinteressanten Brief erhalten und auch gelesen. Die von Ihnen darin geschilderten Fakten sind der Wissenschaft längst bekannt und für sie daher von keinem Interesse. Destotrotz danken wir Ihnen herzlichst für Ihre Beobachtung und wünschen Ihnen viel Erfolg im Beruf und Privatleben.« Unterschrift. Punkt und aus. Meines Erachtens ist das die beste von allen Erfindungen, die Wybegallo bisher gemacht hat. Es war in der Tat ein enormes Vergnügen, ein derart formuliertes Antwortschreiben jemandem zukommen zu lassen, der uns beispielsweise mitteilte, daß »der Bürger Tschyn

ein Loch in seine Wand gebohrt hatte, um ihn durch Giftgase zu erledigen«! ...
Der Apparat der Trojka arbeitete indessen in einer deprimierenden Monotonie weiter. Der Kommandant ödete uns mit seiner eintönigen, näselnden Stimme an, Lawr Fedòtowitsch schrie von Zeit zu Zeit befriedigt dazwischen, Wybegallo schnalzte mit den Lippen. Eine tödliche Apathie kam über mich. Ich wußte, das war mein Untergang. Obwohl ich spürte, daß ich im schwankenden Treibsand einer völligen seelischen Entropie versank, hatte ich jedoch nicht die geringste Lust, dagegen anzukämpfen. »Also gut«, dachte ich stumpf, »soll mir recht sein. So sind eben die Menschen! Alles Gescheite ist wirklich, und alles Wirkliche ist gescheit. Und was gescheit ist, ist angeblich auch gut ... Und wenn es gut ist, so müßte es demnach sicherlich und für alle Ewigkeit ... Worin unterscheiden sich eigentlich Lawr Fedòtowitsch Wunjùkov und Fjòdor Simeònowitsch Kamnojèdov (Steinefresser) voneinander? Beide sind unsterblich, beide sind allmächtig. Wozu streiten sie sich also? Das ist mir völlig unbegreiflich. Was braucht der Mensch zu guter Letzt? Rätselhafte Mysterien? Ich persönlich brauche so etwas nicht. Kenntnisse? Wozu denn Kenntnisse bei so einem Gehalt? Lawr Fedòtowitsch hat dabei noch den Vorzug, daß er nicht selbst denkt und es auch nicht von seinen Mitarbeitern verlangt – er ist ein gütiger, zuvorkommender Mensch – er läßt es einfach nicht zu, daß sich seine Mitarbeiter überanstrengen ... Unter ihm könnte ich eine große Karriere machen, Farfùrkis ausbooten, Chljèbovwòdov ... beide sind ja wirklich ... Dummköpfe sind sie, ausgesprochene Dummköpfe, die nur die Autorität der Obrigkeit beeinträchtigen ... dabei müßte man diese Autorität noch steigern ... Und da der liebe Gott der Obrigkeit schon einmal kein Hirn zuteil werden ließ, so ist es erforderlich, wenigstens ihre Autorität zu gewährleisten. Läßt du ihr die Autorität, gibt sie dir dafür alles übrige. Das Wichtigste bei dieser Sache ist natürlich,

sich nützlich zu erweisen, möglichst unentbehrlich zu werden ... die rechte oder schlimmstenfalls die linke Hand ...«

Mir war indes völlig bewußt, daß ich dabei zugrunde gehen würde, vergiftet von den scheußlichen Emanationen des »Großen Runden Siegels« und der Bande der Kanalisatoren – und mein Leben würde ich bestenfalls als Exponat im Vivarium unseres Instituts beenden. Und Edik würde ebenfalls zugrunde gehen. Er machte noch einen schwachen Versuch, sich dagegen aufzubäumen, er stellte sich in Positur, es war jedoch alles nur Schein und Trug. In Wirklichkeit – er gestand es mir später – träumte er aber schon davon, Wybegallo hinauszubeißen und zu einem Baugrund außerhalb des Stadtgebietes zu kommen. Ja, beide würden wir zugrunde gehen. Zertrampeln würde man uns, dabei unsere Verzagtheit und Verzweiflung ausnützend. Ein dumpfes, donnerähnliches Getöse schreckte mich aus meinen widerwärtigen Überlegungen. Die Tür sprang auf, und auf der Schwelle standen Fjòdor Simeònowitsch Kamnojèdov (Steinfresser) und Cristòbal Joséwitsch Junta. Ihre Wut war unbeschreiblich: wohin sie schauten, rauchten die Wände, schmolzen die Glasscheiben. Das Transparent mit den Sprüchen über das Volk und seine Sensationen geriet in Brand und stürzte zu Boden. Das ganze Gebäude bebte und vibrierte, der Parkettboden warf sich auf, während die Sessel knieweich vor Schrecken zusammensanken. Was sich abspielte war nicht zum Aushalten und die Trojka hielt es auch nicht aus.

Mit zittrigen Fingern aufeinanderzeigend, kreischten Chljèbovwòdov und Farfùrkis im Chor:

– Ich war es nicht! Er ist an allem schuld! – Dann gingen beide in blauen Rauch auf.

Der Professor Wybegallo lallte:

– Mon dieu –, und verschwand eiligst unter seinem Tisch, von wo er den Blitzwerfern seine umfangreiche Aktentasche entgegenstreckte.

– Diese ... – murmelte er, – diese ... hier haben Sie

alle Dokumente ... das heißt sämtliches Material über diese Halunken, nehmen Sie! ... –
Der Kommandant zog sich dienstbeflissen seinen Rockkragen zurecht und fiel auf die Knie.
Unheil witternd, begann Lawr Fedòtowitsch unruhig den Hals zu verrenken, stützte schließlich die Hände auf den grünen Tisch und erhob sich.
Fjòdor Simeònowitsch Kamnojèdov (Steinfresser) trat an mich und Edik heran, faßte uns um die Schultern und drückte uns an seinen massigen Leib.
– Was ist denn mit euch!? – sagte er mit dröhnender Stimme, als Edik und ich, mit den Köpfen zusammenstoßend, an seine Brust fielen. – Keine Angst, meine strammen Burschen ... Ihr habt immerhin drei Tage durchgehalten ... Bravo, das ist eine Leistung! ... –
Durch die Tränen, die mir die Augen verschleierten, sah ich, wie sich Cristòbal Joséwitsch, böse mit seinem Spazierstock spielend, Lawr Fedòtowitsch näherte und ihm zähnefletschend befahl:
– Hinaus! –
Lawr Fedòtowitsch war baff.
– Die Allgemeinheit ... – stieß er hervor.
– Hinaus, hab' ich gesagt!!! – brüllte Junta.
Beide schauten sich für einen Augenblick in die Augen. Dann huschte über Lawr Fedòtowitschs Gesicht eine menschliche Regung – es war nicht Scham, nicht Angst und auch nicht Feindseligkeit. Er verstaute ohne die geringste Hast seine »Vorsitzenden«-Requisiten in seiner Aktentasche und deklarierte:
– Ich schlage vor, in Anbetracht besonderer Umstände die Sitzung der Trojka auf eine unbestimmte Zeitdauer zu unterbrechen. –
– Auf immer –, sagte Cristòbal Joséwitsch und legte seinen Stock quer über den Tisch.
– Grrrm –, machte Lawr Fedòtowitsch zweideutig. Dann bewegte er sich, ohne jemanden eines Blickes zu würdigen, zum Ausgang, und bevor er den Sitzungssaal verließ, verkündete er noch:
– Ich bin der Meinung, daß wir uns zu einem anderen

Zeitpunkt und an einem anderen Ort wiedertreffen werden ... –

– Kaum –, sagte in verächtlichem Ton Cristòbal Joséwitsch Junta und biß die Spitze einer Havannazigarre ab.

Mit Lawr Fedòtowitsch trafen wir übrigens tatsächlich wieder zusammen – zu einem anderen Zeitpunkt und auch an einem anderen Ort.

Aber das ist eine ganz andere Geschichte.

Arkadi und Boris Strugatzki
im Suhrkamp Verlag

Die Schnecke am Hang. Aus dem Russischen von H. Földeak. Mit einem Nachwort von Darko Suvin. Deutsch von Franz Rottensteiner. 1978. Phantastische Bibliothek Band 13. *suhrkamp taschenbuch* 434

Picknick am Wegesrand. Utopische Erzählung. Aus dem Russischen von Aljonna Möckel. Mit einem Nachwort von Stanisław Lem. Aus dem Polnischen von Friedrich Griese. 1981. Phantastische Bibliothek Band 49. *suhrkamp taschenbuch* 670

Montag beginnt am Samstag. Utopisch-phantastischer Roman. Aus dem Russischen von Hermann Buchner. 1982. Phantastische Bibliothek Band 72. *suhrkamp taschenbuch* 780

Die gierigen Dinge des Jahrhunderts. Phantastischer Roman. Aus dem Russischen von Heinz Kübart. 1982. Phantastische Bibliothek Band 78. *suhrkamp taschenbuch* 827

Fluchtversuch. Science-fiction-Roman. Deutsche Übersetzung von Dieter Pommerenke. 1983. Phantastische Bibliothek Band 89. *suhrkamp taschenbuch* 872

Der ferne Regenbogen. Eine utopische Erzählung. Deutsche Übersetzung von Aljonna Möckel. 1983. Phantastische Bibliothek Band 111. *suhrkamp taschenbuch* 956

Phantastische Bibliothek in den suhrkamp taschenbüchern

Violetter Umschlag kennzeichnet die Bände der »Phantastischen Bibliothek« innerhalb der *suhrkamp taschenbücher*

Band 1 Stanisław Lem, Nacht und Schimmel. Erzählungen. Aus dem Polnischen von I. Zimmermann-Göllheim. st 356

Band 2 H. P. Lovecraft, Das Ding auf der Schwelle. Unheimliche Geschichten. Deutsch von Rudolf Hermstein. st 357

Band 3 Herbert W. Franke, Ypsilon minus. st 358

Band 4 Blick vom anderen Ufer. Europäische Science-fiction. Herausgegeben von Franz Rottensteiner. st 359

Band 5 Gore Vidal, Messias. Roman. Deutsch von Helga und Peter von Tramin. st 390

Band 6 Ambrose Bierce, Das Spukhaus. Gespenstergeschichten. Deutsch von Gisela Günther, Anneliese Strauß und K. B. Leder. st 365

Band 7 Stanisław Lem, Transfer. Roman. Deutsch von Maria Kurecka. st 324 (vergriffen)

Band 8 H. P. Lovekraft, Der Fall Charles Dexter Ward. Zwei Horrorgeschichten. Aus dem Amerikanischen von Rudolf Hermstein. st. 391

Band 9 Herbert W. Franke, Zarathustra kehrt zurück. st 410

Band 10 Algernon Blackwood, Besuch von Drüben. Gruselgeschichten. Aus dem Englischen von Friedrich Polakovics. st 411

Band 11 Stanisław Lem, Solaris. Roman. Aus dem Polnischen von I. Zimmermann-Göllheim. st 226 (vergriffen)

Band 12 Algernon Blackwood, Das leere Haus. Phantastische Geschichten. Deutsch von Friedrich Polakovics. st 30

Band 13 A. und B. Strugatzki, Die Schnecke am Hang. Aus dem Russischen von H. Földeak. Mit einem Nachwort von Darko Suvin. st. 434

Band 14 Stanisław Lem, Die Untersuchung. Kriminalroman. Aus dem Polnischen von Jens Reuter und Hans Jürgen Mayer. st 435

Band 15 Philip K. Dick, UBIK. Science-fiction-Roman. Aus dem Amerikanischen von Renate Laux. st 440

Band 16 Stanisław Lem, Die Astronauten. Utopischer Roman. Aus dem Polnischen von Rudolf Pabel. st 441

Band 17 Phaïcon 3. Almanach der phantastischen Literatur. Herausgegeben von Rein A. Zondergeld. st 443

Band 18 Stanisław Lem, Die Jagd. Neue Geschichten des Piloten Pirx. Aus dem Polnischen von Roswitha Buschmann, Kurt Kelm, Barbara Sparing. st 302

Band 19 H. P. Lovecraft, Cthulhu. Geistergeschichten. Deutsch von H. C. Artmann. Vorwort von Giorgio Manganelli. st 29

Band 20 Stanisław Lem, Sterntagebücher. Aus dem Polnischen von Caesar Rymarowicz. Mit Zeichnungen des Autors. st 459

Band 21 Polaris 4. Ein Science-fiction-Almanach von Franz Rottensteiner. st 460

Band 22 Das unsichtbare Auge. Eine Sammlung von Phantomen und anderen unheimlichen Erscheinungen. Erzählungen. Herausgegeben von Kalju Kirde. st 477

Band 23 Stefan Grabiński, Das Abstellgleis und andere Erzählungen. Mit einem Nachwort von Stanisław Lem. Aus dem Polnischen von Klaus Staemmler. st 478

Band 24 H. P. Lovecraft, Berge des Wahnsinns. Zwei Horrorgeschichten. Deutsch von Rudolf Hermstein. st 220

Band 25 Stanisław Lem, Memoiren, gefunden in der Badewanne. Aus dem Polnischen von Walter Tiel. Mit einer Einleitung des Autors. st 508

Band 26 Gerd Maximovič, Die Erforschung des Omega-Planeten. Erzählungen. st 509

Band 27 Edgar Allan Poe, Der Fall des Hauses Ascher. Aus dem Amerikanischen von Arno Schmidt und Hans Wollschläger. st 517

Band 28 Algernon Blackwood, Der Griff aus dem Dunkel. Gespenstergeschichten. Deutsch von Friedrich Polakovics. st 518

Band 29 Stanisław Lem, Der futurologische Kongreß. Aus dem Polnischen von I. Zimmermann-Göllheim. st 534

Band 30 Herbert W. Franke, Sirius Transit. Roman. st 535

Band 31 Darko Suvin, Poetik der Science-fiction. Zur Theorie und Geschichte einer literarischen Gattung. Deutsch von Franz Rottensteiner. st 539

Band 32 M. R. James, Der Schatz des Abtes Thomas. Zehn Geistergeschichten. Aus dem Englischen von Friedrich Polakovics. st 540

Band 33 Stanisław Lem, Der Schnupfen. Kriminalroman. Autorisierte Übersetzung aus dem Polnischen von Klaus Staemmler. st 570

Band 34 Franz Rottensteiner (Hrsg.), ›Quarber Merkur‹. Aufsätze zur Science-fiction und Phantastischen Literatur. st 571

Band 35 Herbert W. Franke, Zone Null. Science-fiction-Roman. st 585

Band 36 Über Stanisław Lem. Herausgegeben von Werner Berthel. st 586

Band 37 Wie der Teufel den Professor holte. Science-fiction-Erzählungen aus Polaris 1. st 629

Band 38 Das Mädchen am Abhang. Science-fiction-Erzählungen aus Polaris 2. st 630

Band 39 Der Weltraumfriseur. Science-fiction-Erzählungen aus Polaris 3. st 631

Band 40 Die Büßerinnen aus dem Gnadenkloster. Phantastische Erzählungen aus Phaïcon 2. Herausgegeben und mit einem Vorwort von Rein A. Zondergeld. st 632

Band 41 Herbert W. Franke, Einsteins Erben. Science-fiction-Geschichten. st 603

Band 42 Edward Bulwer Lytton, Das kommende Geschlecht. Aus dem Englischen übersetzt von Michael Walter. st 609

Band 43 H. P. Lovecraft, Die Katzen von Ulthar und andere Erzählungen. Deutsch von Michael Walter. st 625

Band 44 Phaïcon 4. Almanach der phantastischen Literatur. Herausgegeben von Rein A. Zondergeld. st 636

Band 45 Johanna Braun, Günter Braun, Unheimliche Erscheinungsformen auf Omega XI. Utopischer Roman. st 646

Band 46 Bernd Ulbrich, Der unsichtbare Kreis. Utopische Erzählungen. st. 652

Band 47 Stanisław Lem, Imaginäre Größe. Aus dem Polnischen von Caesar Rymarowicz. st 658

Band 48 H. W. Franke, Paradies 3000. Science-fiction-Erzählungen. st 664

Band 49 Arkadi und Boris Strugatzki, Picknick am Wegesrand. Utopische Erzählung. Aus dem Russischen übersetzt von Aljonna Möckel. Mit einem Nachwort von Stanisław Lem. st 670

Band 50 Louis-Sébastien Mercier, Das Jahr 2440. Deutsch von Christian Felix Weiße (1772). Herausgegeben, mit Erläuterungen und einem Nachwort versehen von Herbert Jaumann. st 676

Band 51 Johanna Braun, Günter Braun, Der Fehlfaktor. Utopisch-phantastische Erzählungen. st 687

Band 52 H. P. Lovecraft, Stadt ohne Namen. Gespenstergeschichten. Aus dem Amerikanischen von Charlotte Gräfin von Klinckowstroem. st 694

Band 53 Leo Szilard, Die Stimme der Delphine. Utopische Science-fiction-Erzählungen. Mit einem Vorwort von Carl Friedrich von Weizsäcker. st 703

Band 54 Polaris 5. Ein Science-fiction-Almanach. Herausgegeben von Franz Rottensteiner. st 713

Band 55 Arthur Machen, Die leuchtende Pyramide und andere Geschichten des Schreckens. Aus dem Englischen von Herbert Preissler. st 720

Band 56 J. G. Ballard, Der ewige Tag und andere Erzählungen. Deutsch von Michael Walter. st 727

Band 57 Stanisław Lem, Mondnacht. Hör- und Fernsehspiele. Aus dem Polnischen übersetzt von Klaus Staemmler, Charlotte Eckert, Jutta Janke und I. Zimmermann-Göllheim. st 729

Band 58 Herbert W. Franke. Schule für Übermenschen. st 730

Band 59 Joseph Sheridan Le Fanu, Der besessene Baronet und andere Geistergeschichten. Deutsch von Friedrich Polakovics. st 731

Band 60 Philip K. Dick, LSD-Astronauten. Deutsch von Anneliese Strauß. st 732

Band 61 Stanisław Lem, Terminus und andere Geschichten des Piloten Pirx. Aus dem Polnischen von Caesar Rymarowicz. st 740

Band 62 Herbert W. Franke, Keine Spur von Leben. *Hörspiele.* st 741

Band 63 Johanna Braun, Günter Braun, Conviva Ludibundus. Utopischer Roman. st 748

Band 64 William Hope Hodgson, Stimme in der Nacht. Unheimliche Seegeschichten. Deutsch von Wulf Teichmann. st 749

Band 65 Kōbō Abe, Die vierte Zwischeneiszeit. Aus dem Japanischen von S. Schaarschmidt. st 756

Band 66 Die andere Zukunft. Phantastische Erzählungen aus der DDR. Herausgegeben von Franz Rottensteiner. st 757

Band 67 Michael Weisser, SYN-CODE-7. Science-fiction-Roman. st 764

Band 68 C. A. Smith, Saat aus dem Grabe. Phantastische Geschichten. Aus dem Amerikanischen von Friedrich Polakovics. st 765

Band 69 Herbert W. Franke, Tod eines Unsterblichen. Science-fiction-Roman. st 772

Band 70 Philip K. Dick. Mozart für Marsianer. Science-fiction-Roman. Aus dem Amerikanischen von Renate Laux. st 773

Band 71 H. P. Lovecraft, In der Gruft und andere makabre Geschichten. Deutsch von Michael Walter. st 779

Band 72 A. und B. Strugatzki, Montag beginnt am Samstag. Utopisch-phantastischer Roman. Aus dem Russischen von Hermann Buchner. st 780

Band 73 Stanisław Lem, Die Ratte im Labyrinth. Ausgewählt von Franz Rottensteiner. Aus dem Polnischen von Roswitha Buschmann, Caesar Rymarowicz, Jens Reuter und Klaus Staemmler. st 806

Band 74 Johanna Braun, Günter Braun, Der Irrtum des großen Zauberers. Phantastischer Roman. st 807

Band 75 J. G. Ballard, Kristallwelt. Science-fiction-Roman. Deutsch von Margarete Bormann. st 818

Band 76 Peter Schattschneider, Zeitstopp. Science-fiction-Geschichten. st 819

Band 77 Phantasma. Polnische Geschichten aus dieser und jener Welt. Herausgegeben und übersetzt von Klaus Staemmler. st 826

Band 78 Arkadi und Boris Strugatzki, Die gierigen Dinge des Jahrhunderts. Phantastischer Roman. Aus dem Russischen von Heinz Kübart. st 827

Band 79 J. G. Ballard, Die Tausend Träume von Stellavista und andere Vermilion-Sands-Stories. Aus dem Englischen von Alfred Scholz. st 833

Band 80 Brian W. Aldiss, Der unmögliche Stern. Science-fiction-Geschichten. Aus dem Englischen von Rudolf Hermstein. st 834

Band 81 Herbert W. Franke, Transpluto. Science-fiction-Roman. st 841
Band 82 Polaris 6. Ein Science-fiction-Almanach, Herbert W. Franke gewidmet. Herausgegeben von Franz Rottensteiner. st 842
Band 83 Algernon Blackwood, Der Tanz in den Tod. Unheimliche Geschichten. Herausgegeben von Kalju Kirde. Aus dem Englischen von Friedrich Polakovics. st 848
Band 84 L. Sprague de Camp, H. P. Lovecraft. Eine Biographie. Aus dem Amerikanischen von Jörg Krichbaum. st 849 (erscheint nicht)
Band 85 Stanisław Lem, Robotermärchen. Aus dem Polnischen von I. Zimmermann-Göllheim. st 856
Band 86 Phaïcon 5. Almanach der phantastischen Literatur. Herausgegeben von Rein A. Zondergeld. st 857
Band 87 C. A. Smith, Planet der Toten. Phantastische Erzählungen. Aus dem Amerikanischen von Friedrich Polakovics. st 864
Band 88 Jerzy Zuławski, Auf dem Silbermond. Science-fiction-Roman. Aus dem Polnischen von Edda Werfel. st 865
Band 89 Arkadi und Boris Strugatzki, Fluchtversuch. Science-fiction-Roman. Aus dem Russischen von Dieter Pommerenke. st 872
Band 90 Michael Weisser, DIGIT. Science-fiction-Roman. st 873
Band 91 Rein A. Zondergeld, Lexikon der phantastischen Bibliothek. st 880
Band 92 Johanna Braun, Günter Braun, Der Utofant. In der Zukunft aufgefundene Journale aus dem Jahrtausend III. st 881
Band 93 Cordwainer Smith, Herren im All. Science-fiction-Erzählungen. Aus dem Amerikanischen von Rudolf Hermstein. st 888
Band 94 Tod per Zeitungsannonce und andere phantastische Erzählungen aus Rußland. Herausgegeben von Elisabeth Cheauré. Aus dem Russischen von Edda Werfel und anderen. st 889
Band 95 J. G. Ballard, Hallo Amerika! Science-fiction-Roman. Aus dem Englischen von Rudolf Hermstein. st 895
Band 96 J. G. Ballard, Billennium. Science-fiction-Erzählungen. Aus dem Englischen von Alfred Scholz und Michael Walter. st 896
Band 97 Stanisław Lem, Die Stimme des Herrn. Roman. Aus dem Polnischen von Roswitha Buschmann. st 907
Band 98 Thomas Owen, Wohin am Abend? und andere seltsame Geschichten. Deutsch von Rein A. Zondergeld. Mit einem Nachwort des Übersetzers. st 908
Band 99 Martin Roda Becher, An den Grenzen des Staunens. Aufsätze zur phantastischen Literatur. st 915
Band 100 Phantastische Träume. Herausgegeben von Franz Rottensteiner. st 954
Band 101 Jerzy Żuławski, Der Sieger. Ein klassischer Science-fiction-Roman. Aus dem Polnischen von Edda Werfel. st 916

Band 102 Joseph Sheridan Le Fanu, Maler Schalken und andere Geistergeschichten. Deutsch von Friedrich Polakovics. st 923

Band 103 J. G. Ballard, Das Katastrophengebiet. Science-fiction-Erzählungen. Aus dem Englischen von Charlotte Franke und Alfred Scholz. st 924

Band 104 Polaris 7. Ein Science-fiction-Almanach. Herausgegeben von Franz Rottensteiner. st 931

Band 105 Lygia Fagundes Telles, Die Struktur der Seifenblase. Unheimliche Erzählungen. Aus dem portugiesischen Brasilianisch von Alfred Opitz. st 932

Band 106 Adolfo Bioy Casares, Morels Erfindung. Phantastischer Roman. Aus dem Spanischen von Karl August Horst. Mit einem Nachwort von J. L. Borges. st 939

Band 107 J. G. Ballard, Der tote Astronaut. Science-fiction-Erzählungen. Aus dem Englischen von Michael Walter. st 940

Band 108 Villiers de l'Isle-Adam, Die Eva der Zukunft. Deutsch von Annette Kolb. st 947

Band 109 Johanna Braun, Günter Braun, Das kugeltranszendentale Vorhaben. Phantastischer Roman. st 948

Band 110 Stanisław Lem, Eine Minute der Menschheit. Aus dem Polnischen von Edda Werfel. st 955

Band 111 Arkadi und Boris Strugatzki, Der ferne Regenbogen. Eine utopische Erzählung. Aus dem Russischen von Aljonna Möckel. st 956

Band 112 Josef Nesvadba, Die absolute Maschine. Science-fiction-Erzählungen. Aus dem Tschechischen von Erich Bertleff. st 961

Band 113 Adolfo Bioy Casares, Die fremde Dienerin. Phantastische Erzählungen. Aus dem Spanischen von Joachim A. Frank. st 962

Band 114 Jerzy Żuławski, Die alte Erde. Science-fiction-Roman. Aus dem Polnischen von Edda Werfel. st 968

Band 115 Robert Plank, George Orwells »1984«. Eine psychologische Studie. Deutsch von Leopold Spira. st 969

Band 116 J. G. Ballard, Die Dürre. Science-fiction-Roman. Aus dem Englischen von Maria Gridling. st 975

Band 117 Mihály Babits, Der Storchkalif. Phantastischer Roman. Einzig berechtigte Übertragung aus dem Ungarischen von Stefan J. Klein. st 976

Band 118 Walter de la Mare, Aus der Tiefe. Seltsame Geschichten. Aus dem Englischen von Traude Dienel. st 982

Band 119 Johanna Braun, Günter Braun, Die unhörbaren Töne. Utopisch-phantastische Erzählungen. st 983

Band 120 Erckmann-Chatrian, Das Eulenohr und andere phantastische Erzählungen. Aus dem Französischen von Hilde Linnert. st 989

Band 121 Herbert W. Franke, Die Kälte des Weltraums. Science-fiction-Roman. st 990

Band 122 Stanisław Lem, Phantastik und Futurologie I. Autorisierte Übersetzung aus dem Polnischen von Beate Sorger und Wiktor Szacki. st 996

Band 123 Marianne Gruber, Die gläserne Kugel. Utopischer Roman. st 997

Band 124 Stanisław Lem, Waffensysteme des 21. Jahrhunderts. Aus dem Polnischen von Edda Werfel. st 998

Band 125 Stanisław Lem, Das Katastrophenprinzip. Die kreative Zerstörung in der Natur. Aus dem Polnischen von Friedrich Griese. st 999

Band 126 Stanisław Lem, Phantastik und Futurologie II. Aus dem Polnischen von Edda Werfel. st 1013

Band 127 J. G. Ballard, Der vierdimensionale Alptraum. Science-fiction-Erzählungen. Aus dem Englischen von Wolfgang Eisermann. st 1014

Band 128 Svend Åge Madsen, Dem Tag entgegen. Utopischer Roman. Aus dem Dänischen von Horst Schröder. st 1020

Band 129 Peter Schattschneider, Singularitäten. Ein Episodenroman im Umfeld Schwarzer Löcher. st 1021

Band 130 Über H. P. Lovecraft. Herausgegeben von Franz Rottensteiner. st 1027

Band 131 Antoni Słonimski, Der Zeittorpedo. Phantastischer Roman. Aus dem Polnischen von Klaus Staemmler. st 1028

Band 132 Jean Ray, Die Gasse der Finsternis. Phantastische Erzählungen. Aus dem Französischen von Willy Thaler. st 1034

Band 133 Gerd Maximovič, Das Spinnenloch und andere Science-fiction-Erzählungen. st 1035

Band 134 Guy de Maupassant, Die Totenhand und andere phantastische Erzählungen. Aus dem Französischen von Walter Widmer und anderen. st 1040

Band 135 H. P. Lovecraft und andere, Das Grauen im Museum und andere Erzählungen. Ausgewählt von Kalju Kirde. Aus dem Amerikanischen von Rudolf Hermstein. st 1067

Band 136 Martin Roda Becher, Hinter dem Rücken. Phantastische Erzählungen. st 1041

Band 137 Phantastische Welten. Herausgegeben von Franz Rottensteiner. st 1068

st 825 Volker Erbes
Die blauen Hunde
Erzählung
190 Seiten
Die blauen Hunde erzählt die Geschichte einer Krankheit. Scheinbar unangekündigt trifft sie eine junge Frau. Die Vorgeschichte zeigt, daß die Formen ihres Wahns nicht zufällig sind oder abstrus, sondern bis in die absonderlichen Details biographisch bestimmt. Auch der Erzähler, der ehemalige Freund dieser Frau, wird von dem Wahn, der der Wahn einer Epoche ist, erfaßt. Indem er ihre Geschichte erzählt, entdeckt er betroffen die Rolle, die er darin spielt.

st 826 Phantasma
Polnische Geschichten aus dieser und jener Welt
Herausgegeben und übersetzt von Klaus Staemmler
Phantastische Bibliothek Band 77
282 Seiten
Zwanzig Erzählungen von neunzehn Autoren stellt dieser Band vor, utopische und phantastische Geschichten, heitere und ernste, amüsante und besinnliche; Spekulationen über die Zukunft stehen neben satirischen Seitenhieben auf die wenig vollkommene Gegenwart. Und es gibt auch gar schauerliche, diabolische und unheimliche Geschichten.

st 828 Hermann Lenz
Die Begegnung
Roman
204 Seiten
»Ein wundersames und wunderbares Buch ... ein Roman, der ganz unwichtig tut und doch voll Weisheit ist; der beiläufig erzählt wirkt und doch Existentiellem auf den Grund geht; der in geschichtlicher Zeit spielt und uns die eigene Zeit und unsere eigene Zerrissenheit besser wahrnehmen läßt.« *Deutsche Zeitung*

st 829 Pablo Neruda
Liebesbriefe an Albertina Rosa
Zusammengestellt, eingeführt und mit Anmerkungen versehen
von Sergio Fernández Larraín
Aus dem Spanischen von Curt Meyer-Clason
Mit Abbildungen
338 Seiten
Wer die Memoiren Nerudas gelesen hat, kennt seine Erzählhaltung. Das Schreiben sei für ihn wie das Schuhemachen – und so urpersönlich, sympathisch warm und menschlich ist auch der Ton dieser Briefe. Sie befassen sich mit Zuneigung und alltäglichen Sorgen, mit Hoffnungen und Enttäuschungen.

st 831 Helm Stierlin
Delegation und Familie
Beiträge zum Heidelberger familiendynamischen Konzept
258 Seiten
»Die Beiträge des Bandes verarbeiten eine Fülle von Fallbeispielen und therapeutischen Erfahrungsdaten vor dem Hintergrund der psychoanalytischen Grundannahmen zu einem komplexen System von Hilfestellung für die unterschiedlichsten familiären Konstellationen. Lesenswert für jeden, der an Einsicht in ein komplexes Gefüge von Zusammenhängen interessiert ist.«
Wissenschaftlicher Literaturanzeiger

st 833 J. G. Ballard
Die Tausend Träume von Stellavista
und andere Vermilion-Sands-Stories
Aus dem Englischen von Alfred Scholz
Phantastische Bibliothek Band 79
204 Seiten
Vermilion Sands, ein Wüstenkurort zur Erfüllung der ausgefallensten Träume der gelangweilten Reichen, jetzt Künstlerkolonie für Maler, Literaten, bildende Künstler und Musiker, ist in einem langsamen, aber unaufhaltsamen Verfall begriffen. Dichter drücken lediglich auf die Knöpfe ihrer Computer, die automatisch für sie dichten; tönende Skulpturen wachsen aus dem Boden, und empfindsame Pflanzen reagieren auf die Töne der Musik.

Alphabetisches Gesamtverzeichnis der suhrkamp taschenbücher

Abe, Die vierte Zwischeneinszeit 756
Achternbusch, Alexanderschlacht 61
- Das letzte Loch 803
- Der Neger Erwin 682
- Die Stunde des Todes 449
- Happy oder Der Tag wird kommen 262
Adorno, Erziehung zur Mündigkeit 11
- Studien zum autoritären Charakter 107
- Versuch, das ›Endspiel‹ zu verstehen 72
- Versuch über Wagner 177
- Zur Dialektik des Engagements 134
Aitmatow, Der weiße Dampfer 51
Aldis, Der unmögliche Stern 834
Alegría, Die hungrigen Hunde 447
Alewyn, Probleme und Gestalten 845
Alfvén, Atome, Mensch und Universum 139
- M 70 - Die Menschheit der siebziger Jahre 34
Allerleirauh 19
Alsheimer, Eine Reise nach Vietnam 628
- Vietnamesische Lehrjahre 73
Alter als Stigma 468
Anders, Kosmologische Humoreske 432
v. Ardenne, Ein glückliches Leben für Technik und Forschung 310
Arendt, Die verborgene Tradition 303
Arlt, Die sieben Irren 399
Arguedas, Die tiefen Flüsse 588
Artmann, Grünverschlossene Botschaft 82
- How much, schatzi? 136
- Lilienweißer Brief 498
- The Best of H. C. Artmann 275
- Unter der Bedeckung eines Hutes 337
Augustin, Raumlicht 660
Bachmann, Malina 641
v. Baeyer, Angst 118
Bahlow, Deutsches Namenlexikon 65
Balint, Fünf Minuten pro Patient 446
Ball, Hermann Hesse 385
Ballard, Der ewige Tag 727
- Die Tausend Träume 833
- Kristallwelt 818
Barnet (Hg.), Der Cimarrón 346
Basis 5, Jahrbuch für deutsche Gegenwartsliteratur 276
Basis 6, Jahrbuch für deutsche Gegenwartsliteratur 340
Basis 7, Jahrbuch für deutsche Gegenwartsliteratur 420
Basis 8, Jahrbuch für deutsche Gegenwartsliteratur 457
Basis 9, Jahrbuch für deutsche Gegenwartsliteratur 553
Basis 10, Jahrbuch für deutsche Gegenwartsliteratur 589
Sylvia Beach, Shakespeare and Company 823
Beaucamp, Das Dilemma der Avantgarde 329
Becker, Jürgen, Eine Zeit ohne Wörter 20
- Gedichte 690
Becker, Jurek, Irreführung der Behörden 271
- Der Boxer 526
- Jakob der Lügner 774
- Schlaflose Tage 626
Beckett, Das letzte Band (dreisprachig) 200
- Der Namenlose 536
- Endspiel (dreisprachig) 171
- Glückliche Tage (dreisprachig) 248
- Malone stirbt 407
- Molloy 229
- Warten auf Godot (dreisprachig) 1
- Watt 46
Das Werk von Beckett. Berliner Colloquium 225
Materialien zu Beckett »Der Verwaiser« 605
Materialien zu Becketts »Godot« 104
Materialien zu Becketts »Godot« 2 475
Materialien zu Becketts Romanen 315
Behrens, Die weiße Frau 655
Bell, Virginia Woolf 753
Benjamin, Der Stratege im Literaturkampf 176
- Illuminationen 345
- Über Haschisch 21
- Ursprung des deutschen Trauerspiels 69
Zur Aktualität Walter Benjamins 150
Beradt, Das dritte Reich des Traums 697
Bernhard, Das Kalkwerk 128
- Der Kulterer 306
- Frost 47
- Gehen 5
- Salzburger Stücke 257
Bertaux, Hölderlin 686
- Mutation der Menschheit 555
Beti, Perpétue und die Gewöhnung ans Unglück 677
Bienek, Bakunin, eine Invention 775
Bierce, Das Spukhaus 365
Bingel, Lied für Zement 287
Bioy Casares, Fluchtplan 378
- Tagebuch des Schweinekriegs 469
Blackwood, Besuch von Drüben 411
- Das leere Haus 30
- Der Griff aus dem Dunkel 518
Blatter, Zunehmendes Heimweh 649
- Schaltfehler 743
Bloch, Atheismus im Christentum 144
Böni, Ein Wanderer im Alpenregen 671
Börne, Spiegelbild des Lebens 408
Bohrer, Ein bißchen Lust am Untergang 745
Bonaparte, Edgar Poe, 3 Bde. 592
Bond, Bingo 283
- Die See 160
Brandão, Null 777
Brasch, Kargo 541
Braun, J. u. G., Conviva Ludibundus 748
- Der Fehlfaktor 687
- Der Irrtum des Großen Zauberers 807
- Unheimliche Erscheinungsformen auf Omega XI 646
Braun, Das ungezwungne Leben Kasts 546
- Gedichte 499
- Stücke 1 198
- Stücke 2 680
Brecht, Frühe Stücke 201
- Gedichte 251
- Gedichte für Städtebewohner 640
- Geschichten vom Herrn Keuner 16
- Schriften zur Gesellschaft 199
Brecht in Augsburg 297
Bertolt Brechts Dreigroschenbuch 87
Brentano, Berliner Novellen 568
- Prozeß ohne Richter 427
Broch, Hermann, Barbara 151
- Briefe I 710
- Briefe II 711
- Briefe III 712
- Dramen 538
- Gedichte 572

– Massenwahntheorie 502
– Novellen 621
– Philosophische Schriften 1 u. 2
2 Bde. 375
– Politische Schriften 445
– Schlafwandler 472
– Schriften zur Literatur 1 246
– Schriften zur Literatur 2 247
– Schuldlosen 209
– Der Tod des Vergil 296
– Die Unbekannte Größe 393
– Die Verzauberung 350
Materialien zu »Der Tod des Vergil« 317
Brod, Der Prager Kreis 547
– Tycho Brahes Weg zu Gott 490
Broszat, 200 Jahre deutsche Polenpolitik 74
Brude-Firnau (Hg.), Aus den Tagebüchern
Th. Herzls 374
Buch, Jammerschoner 815
Budgen, James Joyce 752
Büßerinnen aus dem Gnadenkloster, Die 632
Bulwer-Lytton, Das kommende Geschlecht 609
Buono, Zur Prosa Brechts. Aufsätze 88
Butor, Paris–Rom oder Die Modifikation 89
Campbell, Der Heros in tausend Gestalten 424
Casares, Schlaf in der Sonne 691
Carossa, Ungleiche Welten 521
– Der Arzt Gion 821
Über Hans Carossa 497
Carpentier, Die verlorenen Spuren 808
– Explosion in der Kathedrale 370
– Krieg der Zeit 552
Celan, Mohn und Gedächtnis 231
– Von Schwelle zu Schwelle 301
Chomsky, Indochina und die amerikanische
Krise 32
– Kambodscha Laos Nordvietnam 103
– Über Erkenntnis und Freiheit 91
Cioran, Die verfehlte Schöpfung 550
– Vom Nachteil geboren zu sein 549
– Syllogismen der Bitterkeit 607
Cisek, Der Strom ohne Ende 724
Claes, Flachskopf 524
Condrau, Angst und Schuld als Grundprobleme in der Psychotherapie 305
Conrady, Literatur und Germanistik als Herausforderung 214
Cortázar, Bestiarium 543
– Das Feuer aller Feuer 298
– Die geheimen Waffen 672
– Ende des Spiels 373
Dahrendorf, Die neue Freiheit 623
– Lebenschancen 559
Dedecius, Überall ist Polen 195
Degner, Graugrün und Kastanienbraun 529
Der andere Hölderlin. Materialien zum »Hölderlin«-Stück von Peter Weiss 42
Der Ernst des Lebens 771
Dick, LSD-Astronauten 732
– Mozart für Marsianer 773
– UBIK 440
Die Serapionsbrüder von Petrograd 844
Doctorow, Das Buch Daniel 366
Döblin, Materialien zu »Alexanderplatz« 268
Dolto, Der Fall Dominique 140
Döring, Perspektiven einer Architektur 109
Donoso, Ort ohne Grenzen 515
Dorst, Dorothea Merz 511
– Stücke 1 437
– Stücke 2 438
Duddington, Baupläne der Pflanzen 45
Duke, Akupunktur 180
Duras, Hiroshima mon amour 112
Durzak, Gespräche über den Roman 318
Edschmid, Georg Büchner 610
Ehrenberg/Fuchs, Sozialstaat und Freiheit 733
Ehrenburg, Das bewegte Leben des Lasik
Roitschwantz 307
– 13 Pfeifen 405
Eich, Ein Lesebuch 696
– Fünfzehn Hörspiele 120
Eliade, Bei den Zigeunerinnen 615
Eliot, Die Dramen 191
Zur Aktualität T. S. Eliots 222
Ellmann, James Joyce 2 Bde. 473
Enzensberger, Gedichte 1955–1970 4
– Der kurze Sommer der Anarchie 395
– Der Untergang der Titanic 681
– Museum der modernen Poesie, 2 Bde. 476
– Politik und Verbrechen 442
Enzensberger (Hg.), Freisprüche. Revolutionäre vor Gericht 111
Eppendorfer, Der Ledermann spricht mit Hubert Fichte 580
Erbes, Die blauen Hunde 825
Erikson, Lebensgeschichte und hist. Augenblick 824
Eschenburg, Über Autorität 178
Ewald, Innere Medizin in Stichworten I 97
– Innere Medizin in Stichworten II 98
Ewen, Bertolt Brecht 141
Fallada/Dorst, Kleiner Mann – was nun? 127
Fanon, Die Verdammten dieser Erde 668
Federspiel, Paratuga kehrt zurück 843
Feldenkrais, Abenteuer im Dschungel des Gehirns 663
– Bewußtheit durch Bewegung 429
Feuchtwanger (Hg.), Deutschland – Wandel und Bestand 335
Fischer, Von Grillparzer zu Kafka 284
Fleißer, Der Tiefseefisch 683
– Eine Zierde für den Verein 294
– Ingolstädter Stücke 403
Fletcher, Die Kunst des Samuel Beckett 272
Frame, Wenn Eulen schreien 692
Franke, Einsteins Erben 603
– Keine Spur von Leben 741
– Paradies 3000 664
– Schule für Übermenschen 730
– Sirius Transit 535
– Tod eines Unsterblichen 772
– Transpluto 841
– Ypsilon minus 358
– Zarathustra kehrt zurück 410
– Zone Null 585
v. Franz, Zahl und Zeit 602
Friede und die Unruhestifter, Der 145
Fries, Das nackte Mädchen auf der Straße 577
– Der Weg nach Oobliadooh 265
– Schumann, China und der Zwickauer See 768
Frijling-Schreuder, Was sind das – Kinder? 119
Frisch, Andorra 277
– Der Mensch erscheint im Holozän 734
– Dienstbüchlein 205
– Herr Biedermann / Rip van Winkle 599
– Homo faber 354
– Mein Name sei Gantenbein 286
– Montauk 700
– Stiller 105
– Stücke 1 70
– Stücke 2 81

– Tagebuch 1966–1971 256
– Wilhelm Tell für die Schule 2
Materialien zu Frischs »Biedermann und die Brandstifter« 503
– »Stiller« 2 Bde. 419
Frischmuth, Amoralische Kinderklapper 224
Froese, Zehn Gebote für Erwachsene 593
Fromm/Suzuki/de Martino, Zen-Buddhismus und Psychoanalyse 37
Fuchs, Todesbilder in der modernen Gesellschaft 102
Fuentes, Nichts als das Leben 343
Fühmann, Bagatelle, rundum positiv 426
– Erfahrungen und Widersprüche 338
– 22 Tage oder Die Hälfte des Lebens 463
Gabeira, Die Guerilleros sind müde 737
Gadamer/Habermas, Das Erbe Hegels 596
Gall, Deleatur 639
García Lorca, Über Dichtung und Theater 196
Gauch, Vaterspuren 767
Gespräche mit Marx und Engels 716
Gibson, Lorcas Tod 197
Gilbert, Das Rätsel Ulysses 367
Ginzburg, Ein Mann und eine Frau 816
Glozer, Kunstkritiken 193
Goldstein, A. Freud, Solnit, Jenseits des Kindeswohls 212
Goma, Ostinato 138
Gorkij, Unzeitgemäße Gedanken über Kultur und Revolution 210
Grabiński, Abstellgleis 478
Griaule, Schwarze Genesis 624
Grimm/Hinck, Zwischen Satire und Utopie 839
Grossmann, Ossietzky. Ein deutscher Patriot 83
Gulian, Mythos und Kultur 666
Gustav Gründgens Faust 838
Habermas, Theorie und Praxis 9
– Kultur und Kritik 125
Habermas/Henrich, Zwei Reden 202
Hammel, Unsere Zukunft – die Stadt 59
Han Suyin, Die Morgenflut 234
Handke, Als das Wünschen noch geholfen hat 208
– Begrüßung des Aufsichtsrats 654
– Chronik der laufenden Ereignisse 3
– Das Ende des Flanierens 679
– Das Gewicht der Welt 500
– Die Angst des Tormanns beim Elfmeter 27
– Die linkshändige Frau 560
– Die Stunde der wahren Empfindung 452
– Die Unvernünftigen sterben aus 168
– Der kurze Brief 172
– Falsche Bewegung 258
– Die Hornissen 416
– Ich bin ein Bewohner des Elfenbeinturms 56
– Stücke 1 43
– Stücke 2 101
– Wunschloses Unglück 146
Hart Nibbrig, Ästhetik 491
– Rhetorik des Schweigens 693
Heiderich, Mit geschlossenen Augen 638
Heilbroner, Die Zukunft der Menschheit 280
Heller, Die Wiederkehr der Unschuld 396
– Enterbter Geist 537
– Nirgends wird Welt sein als innen 288
– Thomas Mann 243
Hellman, Eine unfertige Frau 292
Henle, Der neue Nahe Osten 24
v. Hentig, Die Sache und die Demokratie 245
– Magier oder Magister? 207
Herding (Hg.), Realismus als Widerspruch 493
Hermlin, Lektüre 1960–1971 215
Herzl, Aus den Tagebüchern 374
Hesse, Aus Indien 562
– Aus Kinderzeiten. Erzählungen Bd. 1 347
– Ausgewählte Briefe 211
– Briefe an Freunde 380
– Demian 206
– Der Europäer. Erzählungen Bd. 3 384
– Der Steppenwolf 175
– Die Gedichte. 2 Bde. 381
– Die Kunst des Müßiggangs 100
– Die Märchen 291
– Die Nürnberger Reise 227
– Die Verlobung. Erzählungen Bd. 2 368
– Die Welt der Bücher 415
– Eine Literaturgeschichte in Rezensionen 252
– Das Glasperlenspiel 79
– Innen und Außen. Erzählungen Bd. 4 413
– Italien 689
– Klein und Wagner 116
– Kleine Freuden 360
– Kurgast 383
– Lektüre für Minuten 7
– Lektüre für Minuten. Neue Folge 240
– Morgenlandfahrt 750
– Narziß und Goldmund 274
– Peter Camenzind 161
– Politik des Gewissens, 2 Bde. 656
– Roßhalde 312
– Siddhartha 182
– Unterm Rad 52
– Von Wesen und Herkunft des Glasperlenspiels 382
Materialien zu Hesses »Demian« 1 166
Materialien zu Hesses »Demian« 2 316
Materialien zu Hesses »Glasperlenspiel« 1 80
Materialien zu Hesses »Glasperlenspiel« 2 108
Materialien zu Hesses »Siddhartha« 1 129
Materialien zu Hesses »Siddhartha« 2 282
Materialien zu Hesses »Steppenwolf« 53
Über Hermann Hesse 1 331
Über Hermann Hesse 2 332
Hermann Hesse – Eine Werkgeschichte von Siegfried Unseld 143
Hermann Hesses weltweite Wirkung 386
Hildesheimer, Hörspiele 363
– Mozart 598
– Paradies der falschen Vögel 295
– Stücke 362
Hinck, Von Heine zu Brecht 481
Hinojosa, Klail City und Umgebung 709
Hobsbawm, Die Banditen 66
Hodgson, Stimme in der Nacht 749
Hofmann (Hg.), Schwangerschaftsunterbrechung 238
Hofmann, Werner, Gegenstimmen 554
Höllerer, Die Elephantenuhr 266
Holmqvist (Hg.), Das Buch der Nelly Sachs 398
Hortleder, Fußball 170
Horváth, Der ewige Spießer 131
– Der jüngste Tag 715
– Die stille Revolution 254
– Ein Kind unserer Zeit 99
– Ein Lesebuch 742
– Geschichten aus dem Wiener Wald 835
– Jugend ohne Gott 17
– Leben und Werk in Dokumenten und Bildern 67
– Sladek 163
Horváth/Schell, Geschichten aus dem Wienerwald 595

Hrabal, Erzählungen 805
Hsia, Hesse und China 673
Hudelot, Der Lange Marsch 54
Hughes, Hurrikan im Karibischen Meer 394
Huizinga, Holländische Kultur im siebzehnten Jahrhundert 401
Ibragimbekow, Es gab keinen besseren Bruder 479
Ingold, Literatur und Aviatik 576
Innerhofer, Die großen Wörter 563
– Schattseite 542
– Schöne Tage 349
Inoue, Die Eiswand 551
Jakir, Kindheit in Gefangenschaft 152
James, Der Schatz des Abtes Thomas 540
Jens, Republikanische Reden 512
Johnson, Berliner Sachen 249
– Das dritte Buch über Achim 169
– Eine Reise nach Klagenfurt 235
– Mutmassungen über Jakob 147
– Zwei Ansichten 326
Jonke, Im Inland und im Ausland auch 156
Joyce, Anna Livia Plurabelle 751
– Ausgewählte Briefe 253
Joyce, Stanislaus, Meines Bruders Hüter 273
Junker/Link, Ein Mann ohne Klasse 528
Kappacher, Morgen 339
Kästner, Der Hund in der Sonne 270
– Offener Brief an die Königin von Griechenland. Beschreibungen, Bewunderungen 106
Kardiner/Preble, Wegbereiter der modernen Anthropologie 165
Kasack, Fälschungen 264
Kaschnitz, Der alte Garten 387
– Ein Lesebuch 647
– Steht noch dahin 57
– Zwischen Immer und Nie 425
Katharina II. in ihren Memoiren 25
Kawerin, Das doppelte Porträt 725
Keen, Stimmen und Visionen 545
Kerr (Hg.), Über Robert Walser 1 483
– Über Robert Walser 2 484
– Über Robert Walser 3 556
Kessel, Herrn Brechers Fiasko 453
Kirde (Hg.), Das unsichtbare Auge 477
Kleinhardt, Jedem das Seine 747
Kluge, Lebensläufe. Anwesenheitsliste für eine Beerdigung 186
Koch, Anton, Symbiose – Partnerschaft fürs Leben 304
Koch Werner, Jenseits des Sees 718
– Pilatus 650
– See-Leben I 132
– Wechseljahre oder See-Leben II 412
Koehler, Hinter den Bergen 456
Koeppen, Amerikafahrt 802
– Das Treibhaus 78
– Der Tod in Rom 241
– Eine unglückliche Liebe 392
– Nach Rußland und anderswohin 115
– Reisen nach Frankreich 530
– Romanisches Café 71
– Tauben im Gras 601
Koestler, Der Yogi und der Kommissar 158
– Die Nachtwandler 579
– Die Wurzeln des Zufalls 181
Kolleritsch, Die grüne Seite 323
Komm schwarzer Panther, lach noch mal 714
Komm, Der Idiot des Hauses 728
Konrád, Der Stadtgründer 633
– Der Besucher 492
Konrád/ Szelényi, Die Intelligenz auf dem Weg zur Klassenmacht 726
Korff, Kernenergie und Moraltheologie 597
Kracauer, Das Ornament der Masse 371
– Die Angestellten 13
– Kino 126
Kraus, Magie der Sprache 204
Kroetz, Stücke 259
Krolow, Ein Gedicht entsteht 95
Kücker, Architektur zwischen Kunst und Konsum 309
Kühn, Josephine 587
– Ludwigslust 421
– N 93
– Siam-Siam 187
– Stanislaw der Schweiger 496
– Und der Sultan von Oman 758
Kundera, Abschiedswalzer 591
– Das Leben ist anderswo 377
– Der Scherz 514
Laederach, Nach Einfall der Dämmerung 814
Lagercrantz, China-Report 8
Lander, Ein Sommer in der Woche der Itke K. 155
Laqueur, Terrorismus 723
Laxness, Islandglocke 228
le Fanu, Der besessene Baronet 731
le Fort, Die Tochter Jephthas und andere Erzählungen 351
Lem, Astronauten 441
– Das Hospital der Verklärung 761
– Der futurologische Kongreß 534
– Der Schnupfen 570
– Die Jagd 302
– Die Ratte im Labyrinth 806
– Die Untersuchung 435
– Die vollkommene Leere 707
– Imaginäre Größe 658
– Memoiren, gefunden in der Badewanne 508
– Mondnacht 729
– Nacht und Schimmel 356
– Solaris 226
– Sterntagebücher 459
– Summa technologiae 678
– Terminus 740
– Transfer 324
– Über Stanisław Lem 586
Lenz, Hermann, Andere Tage 461
– Der russische Regenbogen 531
– Der Tintenfisch in der Garage 620
– Die Augen eines Dieners 348
– Die Begegnung 828
– Neue Zeit 505
– Tagebuch vom Überleben 659
– Verlassene Zimmer 436
Lepenies, Melancholie und Gesellschaft 63
Lese-Erlebnisse 2 458
Leutenegger, Ninive 685
– Vorabend 642
Lévi-Strauss, Rasse und Geschichte 62
– Strukturale Anthropologie 15
Lidz, Das menschliche Leben 162
Liebesgeschichten 847
Link, Das goldene Zeitalter 704
– Die Reise an den Anfang der Scham 840
– Tage des schönen Schreckens 763
Literatur aus der Schweiz 450
Lovecraft, Cthulhu 29
– Berge des Wahnsinns 220
– Das Ding auf der Schwelle 357
– Die Katzen von Ulthar 625

– Die Stadt ohne Namen 694
– Der Fall Charles Dexter Ward 391
– In der Gruft 779
MacLeish, Spiel um Job 422
Mächler, Das Leben Robert Walsers 321
Mädchen am Abhang, Das 630
Machado de Assis, Posthume Erinnerungen 494
Machen, Die leuchtende Pyramide 720
Majakowski, Her mit dem schönen Leben 766
Malson, Die wilden Kinder 55
Martinson, Die Nesseln blühen 279
– Der Weg hinaus 281
Mautner, Nestroy 465
Mayer, Außenseiter 736
– Georg Büchner und seine Zeit 58
– Richard Wagner in Bayreuth 480
Materialien zu Hans Mayer, »Außenseiter« 448
Mayröcker. Ein Lesebuch 548
Maximovič, Die Erforschung des Omega Planeten 509
McCall, Jack der Bär 699
McHale, Der ökologische Kontext 90
Meier, Der schnurgerade Kanal 760
Mein Goethe 781
Melchinger, Geschichte des politischen Theaters 153, 154
Mercier, Das Jahr 2440 676
Meyer, Die Rückfahrt 578
– Eine entfernte Ähnlichkeit 242
– In Trubschachen 501
Miłosz, Verführtes Denken 278
Minder, Dichter in der Gesellschaft 33
– Kultur und Literatur in Deutschland und Frankreich 397
Mitscherlich, Massenpsychologie ohne Ressentiment 76
– Thesen zur Stadt der Zukunft 10
– Toleranz – Überprüfung eines Begriffs 213
Mitscherlich (Hg.), Bis hierher und nicht weiter 239
Molière, Drei Stücke 486
Mommsen, Goethe und 1001 Nacht 674
– Kleists Kampf mit Goethe 513
Morante, Lüge und Zauberei 701
Morselli, Licht am Ende des Tunnels 627
Moser, Gottesvergiftung 533
– Lehrjahre auf der Couch 352
Muschg, Albissers Grund 334
– Entfernte Bekannte 510
– Gegenzauber 665
– Gottfried Keller 617
– Im Sommer des Hasen 263
– Liebesgeschichten 164
– Noch ein Wunsch 735
Myrdal, Asiatisches Drama 634
– Politisches Manifest 40
Nachtigall, Völkerkunde 184
Neruda, Liebesbriefe an Albertina Rosa 829
Nizon, Canto 319
– Im Hause enden die Geschichten. Untertauchen 431
Norén, Die Bienenväter 117
Nossack, Das kennt man 336
– Der jüngere Bruder 133
– Die gestohlene Melodie 219
– Nach dem letzten Aufstand 653
– Spirale 50
– Um es kurz zu machen 255
Nossal, Antikörper und Immunität 44
Örkény, Interview mit einem Toten 837
Offenbach, Sonja 688
Olvedi, LSD-Report 38
Onetti, Das kurze Leben 661
Oviedo (Hg.), Lateinamerika 810
Painter, Marcel Proust, 2 Bde. 561
Paus (Hrsg.), Grenzerfahrung Tod 430
Payne, Der große Charlie 569
Pedretti, Harmloses, bitte 558
– Heiliger Sebastian 769
Penzoldts schönste Erzählungen 216
– Der arme Chatterton 462
– Die Kunst das Leben zu lieben 267
– Die Powenzbande 372
Pfeifer, Hesses weltweite Wirkung 506
Phaïcon 3 443
Phaïcon 4 636
Phantasma 826
Plenzdorf, Die Legende vom Glück ohne Ende 722
– Die Legende von Paul & Paula 173
– Die neuen Leiden des jungen W. 300
Pleticha (Hg.), Lese-Erlebnisse 2 458
Plessner, Diesseits der Utopie 148
– Die Frage nach der Conditio humana 361
– Zwischen Philosophie und Gesellschaft 544
Poe, Der Fall des Hauses Ascher 517
Politzer, Franz Kafka. Der Künstler 433
Portmann, Biologie und Geist 124
– Das Tier als soziales Wesen 444
Prangel (Hg.), Materialien zu Döblins »Alexanderplatz« 268
Prinzhorn, Gespräch über Psychoanalyse zwischen Frau, Dichter, Arzt 669
Proust, Briefe zum Leben, 2 Bde. 464
– Briefe zum Werk 404
– Die Welt der Guermantes 2 Bde. 754
– Im Schatten junger Mädchenblüte, 2 Bde. 702
– In Swanns Welt 644
– Sodom und Gomorra 2 Bde. 822
Psycho-Pathographien des Alltags 762
Psychoanalyse und Justiz 167
Puig, Der schönste Tango 474
– Verraten von Rita Hayworth 344
Raddatz, Traditionen und Tendenzen 269
– ZEIT-Bibliothek der 100 Bücher 645
– ZEIT-Gespräche 520
– ZEIT-Gespräche 2 770
Rama (Hg.), Der lange Kampf Lateinamerikas 812
Ramos, Karges Leben 667
Rathscheck, Konfliktstoff Arzneimittel 189
Recht, Verbrecher zahlen sich aus 706
Regler, Das große Beispiel 439
– Das Ohr des Malchus 293
Reik (Hg.), Der eigene und der fremde Gott 221
Reinisch (Hg.), Jenseits der Erkenntnis 418
Reinshagen, Das Frühlingsfest 637
Reiwald, Die Gesellschaft und ihre Verbrecher 130
Ribeiro, Maíra 809
Riedel, Die Kontrolle des Luftverkehrs 203
Riesman, Wohlstand wofür? 113
– Wohlstand für wen? 114
Rilke, Materialien zu »Cornet« 190
– Materialien zu »Duineser Elegien« 574
– Materialien zu »Malte« 174
– Rilke heute 1 290
– Rilke heute 2 355
Rochefort, Eine Rose für Morrison 575
– Frühling für Anfänger 532
– Kinder unserer Zeit 487

– Mein Mann hat immer recht 428
– Das Ruhekissen 379
– Zum Glück gehts dem Sommer entgegen 523
Rodriguez, Monegal (Hg.), Die Neue Welt 811
Rosei, Landstriche 232
– Wege 311
Roth, Der große Horizont 327
– die autobiographie des albert einstein. Künstel. Der Wille zur Krankheit 230
Rottensteiner (Hg.), Blick vom anderen Ufer 359
– Die andere Zukunft 757
– Polaris 4 460
– Polaris 5 713
– Polaris 6 842
– Quarber Merkur 571
Roumain, Herr über den Tau 675
Rüegg, Antike Geisteswelt 619
Rühle, Theater in unserer Zeit 325
Russell, Autobiographie I 22
– Autobiographie II 84
– Autobiographie III 192
– Eroberung des Glücks 389
Russische Liebesgeschichten 738
v. Salis, Rilkes Schweizer Jahre 289
Sames, Die Zukunft der Metalle 157
Sarraute, Zeitalter des Mißtrauens 223
Schäfer, Erziehung im Ernstfall 557
Schattschneider, Zeitstopp 819
Scheel/Apel, Die Bundeswehr und wir. Zwei Reden 522
Schickel, Große Mauer, Große Methode 314
Schimmang, Das Ende der Berührbarkeit 739
– Der schöne Vogel Phönix 527
Schneider, Der Balkon 455
– Die Hohenzollern 590
– Macht und Gnade 423
Über Reinhold Schneider 504
Schulte (Hg.), Spiele und Vorspiele 485
Schultz (Hg.), Der Friede und die Unruhestifter 145
– Politik ohne Gewalt? 330
– Wer ist das eigentlich – Gott? 135
Schur, Sigmund Freud 778
Scorza, Trommelwirbel für Rancas 584
Semprun, Der zweite Tod 564
– Die große Reise 744
Shaw, Der Aufstand gegen die Ehe 328
– Der Sozialismus und die Natur des Menschen 121
– Die Aussichten des Christentums 18
– Politik für jedermann 643
– Wegweiser für die intelligente Frau ... 470
Simpson, Biologie und Mensch 36
Smith, Saat aus dem Grabe 765
Sperr, Bayrische Trilogie 28
Spiele und Vorspiele 485
Spuk, Mein Flirt ... 805
Steiner, George, In Blaubarts Burg 77
– Der Tod der Tragödie 662
– Sprache und Schweigen 123
Steiner, Jörg, Ein Messer für den ehrlichen Finder 583
– Strafarbeit 471
Sternberger, Panorama oder Ansichten vom 19. Jahrhundert 179
– Gerechtigkeit für das 19. Jahrhundert 244
– Heinrich Heine und die Abschaffung der Sünde 308
– Über den Tod 719
Stierlin, Adolf Hitler 236
– Das Tun des Einen ist das Tun des Anderen 313
– Delegation und Familie 831
– Eltern und Kinder 618
Stolze, Innenansicht 721
Strausfeld (Hg.), Materialien zur lateinamerikanischen Literatur 341
– Aspekte zu Lezama Lima »Paradiso« 482
Strawinsky 817
Strehler, Für ein menschlicheres Theater 417
Strindberg, Ein Lesebuch für die niederen Stände 402
Struck, Die Mutter 489
– Lieben 567
– Trennung 613
Strugatzki, Die Schnecke am Hang 434
– Montag beginnt am Samstag 780
– Picknick am Wegesrand 670
Stuckenschmidt, Schöpfer der neuen Musik 183
– Maurice Ravel 353
– Neue Musik 657
Suvin, Poetik der Science Fiction 539
Swoboda, Die Qualität des Lebens 188
Szabó, I. Moses 22 142
Szillard, Die Stimme der Delphine 703
Szczepański, Vor dem unbekannten Tribunal 594
Tendrjakow, Mondfinsternis 717
Terkel, Der Große Krach 23
Timmermans, Pallieter 400
Trocchi, Die Kinder Kains 581
Ueding (Hg.), Materialien zu Hans Mayer, »Außenseiter« 448
Ulbrich, Der unsichtbare Kreis 652
Unseld, Hermann Hesse – Eine Werkgeschichte 143
– Begegnungen mit Hermann Hesse 218
– Peter Suhrkamp 260
Unseld (Hg.), Wie, warum und zu welchem Ende wurde ich Literaturhistoriker? 60
– Bertolt Brechts Dreigroschenbuch 87
– Zur Aktualität Walter Benjamins 150
– Mein erstes Lese-Erlebnis 250
Unterbrochene Schulstunde. Schriftsteller und Schule 48
Utschick, Die Veränderung der Sehnsucht 566
Vargas Llosa, Das grüne Haus 342
– Die Stadt und die Hunde 622
Vidal, Messias 390
Waggerl, Brot 299
– Das Jahr des Herrn 836
Waley, Lebensweisheit im Alten China 217
Walser, Martin, Das Einhorn 159
– Das Schwanenhaus 800
– Der Sturz 322
– Die Anselm Kristlein Trilogie, 3 Bde. 684
– Ein fliehendes Pferd 600
– Ein Flugzeug über dem Haus 612
– Gesammelte Stücke 6
– Halbzeit 94
– Jenseits der Liebe 525
Walser, Robert, Briefe 488
– Der Gehülfe 813
– Der »Räuber« – Roman 320
– Poetenleben 388
Über Robert Walser 1 483
Über Robert Walser 2 484
Über Robert Walser 3 556
Weber-Kellermann, Die deutsche Familie 185
Weg der großen Yogis, Der 409
Weill, Ausgewählte Schriften 285
Über Kurt Weill 237
Weischedel, Skeptische Ethik 635

Weiss, Peter, Das Duell 41
Materialien zu Weiss' »Hölderlin« 42
Weiß, Ernst, Der Aristokrat 792
– Der arme Verschwender 795
– Der Fall Vukobrankovics 790
– Der Gefängnisarzt 794
– Der Verführer 796
– Die Erzählungen 798
– Die Feuerprobe 789
– Die Galeere 784
– Die Kunst des Erzählens 799
– Franziska 785
– Georg Letham 793
– Ich – der Augenzeuge 797
– Männer in der Nacht 791
– Mensch gegen Mensch 786
– Nahar 788
– Tiere in Ketten 787
Weissberg-Cybulski, Hexensabbat 369
Weisser, SYN-CODE-7 764
Weltraumfriseur, Der 631
Wendt, Moderne Dramaturgie 149
Wer ist das eigentlich – Gott? 135
Werner, Fritz, Wortelemente lat.-griech. Fachausdrücke in den biolog. Wissenschaften 64
Wie der Teufel den Professor holte 629
v. Wiese, Das Gedicht 376
Wilson, Auf dem Weg zum Finnischen Bahnhof 194
Winkler, Menschenkind 705
Wittgenstein, Philosophische Untersuchungen 14
Wolf, Die heiße Luft der Spiele 606
– Pilzer und Pelzer 466
– Punkt ist Punkt 122
Wollseiffen, König Laurin 695
Zeemann, Einübung in Katastrophen 565
– Jungfrau und Reptil 776
Zimmer, Spiel um den Elefanten 519
Zivilmacht Europa – Supermacht oder Partner? 137